YAIZA

Alberto Vázquez-Figueroa

KOLIMA BOOKS

Categoría: Novelas
Colección: Biblioteca Alberto Vázquez-Figueroa

Título original: Yaiza
Primera edición: 1984
Reedición actualizada y ampliada: Febrero 2021
© 2021 Editorial Kolima, Madrid
www.editorialkolima.com

Autor: Alberto Vázquez-Figueroa
Dirección editorial: Marta Prieto Asirón
Portada: Silvia Vázquez-Figueroa
Maquetación de cubierta: Sergio Santos Palmero
Maquetación: Carolina Hernández Alarcón

ISBN: 978-84-18811-11-1

No se permite la reproducción total o parcial de esta obra, ni su incorporación a un sistema informático, ni su transmisión en cualquier forma o por cualquier medio, sea este electrónico, mecánico, por fotocopia, por grabación u otros métodos, el alquiler o cualquier otra forma de cesión de la obra sin la autorización previa y por escrito de los titulares de propiedad intelectual.

Cualquier forma de reproducción, distribución, comunicación pública o transformación de esta obra solo puede ser realizada con la autorización de sus titulares, salvo excepción prevista por la ley. Diríjase a CEDRO (Centro Español de Derechos Reprográficos) si necesita fotocopiar o escanear algún fragmento de esta obra (www.conlicencia.com; 91 702 19 70 / 93 272 04 45).

PRÓLOGO

Yaiza es la lógica continuación de la historia de la familia Perdomo Maradentro y nacida, no a la sombra del éxito que pudiera alcanzar en su momento la primera parte, *Océano*, sino más bien por el hecho de que me resistía a abandonar a un personaje que, como Yaiza, había llegado a convertirse en parte de mí mismo.

Hay personajes –y eso por desgracia no suele ocurrir demasiado a menudo– que consiguen apoderarse de la voluntad del autor, lo manejan a su antojo, viven en su cabeza y en su corazón, e invaden la intimidad de sus sueños hasta el punto de que llega un momento en que empieza a temer que acabará por volverle loco.

Es una sensación al propio tiempo fascinante y angustiosa, como una feroz batalla entre el miedo que produce saber que alguien pugna por ocupar tu sitio y el indescriptible placer de vivir más de una vida, puesto que en un segundo se puede pasar de un tranquilo despacho sobre el mar de Lanzarote, a los calores, el polvo y la violencia de los llanos venezolanos o las selvas guayanesas.

Cuando alguien como Yaiza nace en la mente de un escritor, es ella la que le traslada al punto en que se encuentra y no el escritor el que la sitúa donde quiere.

Y cuando alguien como Yaiza habla y piensa, es ella la que obliga a hablar y pensar al escritor aunque este no tenga intención de hacerlo.

Yaiza se había apoderado de mí en *Océano* y poner punto final a aquella novela fue tanto como matarla cuando aún no había cumplido los dieciocho años ni había empezado a mostrar cuanto llevaba dentro. La había dejado en un barco a la vista ya de las costas de Venezuela y sentía tanta curiosidad como pudiera sentir cualquier lector, o incluso ella misma, por saber qué era lo que le iba a ocurrir en aquel lugar exótico y maravilloso. Veía a Yaiza, que era parte de mí mismo, en un país que siempre ha sido en cierto modo como mi segunda patria; trataba de imaginar lo que ocurriría cuando chocaran dos mundos y dos formas de ver la vida tan distintos, y aunque lo tenía en la mente, me daba la impresión de que mientras no lo escribiera y no pudiera volver a leerlo jamás existiría.

En cierto modo, los escritores tenemos una deformación profesional que nos impide creer en nada que no esté impreso, y las ideas e incluso las palabras se nos antojan algo inconsistente y sin valor mientras no queden plasmadas sobre el papel. Llevándolo al límite sería como si Napoleón solo hubiera existido a partir del momento en que se publicó su primera biografía.

Yaiza no debía morir y por lo tanto un buen día no resistí más, me senté a la máquina y la hice resucitar casi con el exclusivo fin de satisfacer mi insana curiosidad y ver qué era lo que sucedía cuando se enfrentase a un mundo tan distinto al mar y a Lanzarote, como sabía que lo eran Caracas o los llanos y las selvas del interior de Venezuela.

No sé si será una de mis mejores novelas, y si alcanzará la altura de *Océano*, pero lo que sí es cierto es que disfruté escribiéndola más de lo que disfruté nunca con ninguna otra.

Alberto Vázquez-Figueroa

Atrás había quedado el océano, con toda su carga de tragedia y sufrimiento, y atrás había quedado también, muy lejos, Lanzarote y su mundo de recuerdos y nostalgias que parecían destinados a seguirles a todo lo largo de sus vidas, cualquiera que fuera el rumbo que tomaran.

Delante –alrededor ahora– Venezuela, «La Tierra Prometida», soñada por generaciones de emigrantes, pero a la que ellos, los Perdomo Maradentro, se habían visto más empujados por las circunstancias que atraídos por ansias de fortuna, puesto que para la mayoría de los miembros de la familia nunca existió otro sueño ni otra ansia que continuar juntos en la diminuta Playa Blanca, en cuyas aguas encontraban lo necesario para cubrir sus cortas necesidades.

Pero ahora, de la árida tierra volcánica y desértica habían pasado a la espléndida vegetación del trópico, y del callado pueblecito de trescientos habitantes al estruendo de una Caracas transformada en pocos años en la más explosiva, agitada y babélica ciudad del mundo.

De la destruida Europa, recién arrasada por las guerras, llegaban en aluvión fugitivos y desheredados de todos los países, lenguas, creencias e ideologías, y Venezuela, y más concretamente aún aquel largo y estrecho Valle de Caracas, se estaba convirtiendo en el crisol en el que trataban desordenadamente de amalgamarse tantas culturas, tanto dolor y tantas esperanzas.

Muchos, como los Maradentro, no traían más equipaje que sus manos ni más medios de fortuna que su necesidad de sobrevivir, y la menor de la estirpe, aquella que tenía el «don de atraer a los peces, aplacar a las bestias, aliviar a los enfer-

mos y agradar a los muertos» advirtió de inmediato, angustiada, que aquel maremágnum de gentes, autos, ruidos, olores y altos edificios a medio construir la agobiaban, y se sentía más desvalida frente a la gran ciudad de lo que se había sentido frente a las desatadas fuerzas del océano, el ataque de las bestias que lo poblaban o incluso el espanto del naufragio y la muerte.
—¿Qué te ocurre...?
—Tengo miedo.

Sus hermanos no hicieron comentarios porque probablemente también ellos se sentían atemorizados a la vista de un mundo tan diferente a cuanto habían conocido, y su madre se limitó a apartarle el cabello del rostro, con aquel ademán tan tierno y tan suyo, para posar suavemente la mano sobre su hombro como si el simple gesto bastara —y bastaba— para tranquilizarla.

Estaban allí, quietos los cuatro, de pie en el centro de la explanada en la que les había depositado el autobús que les subió desde La Guaira, observándolo todo con el asombro y el respeto de quien sabe que se está enfrentando por primera vez a un poderoso monstruo contra el que no existe forma de luchar, y advirtiendo cómo negros nubarrones oscuros y amenazantes avanzaban desde el Este penetrando por el fondo del largo valle, cubriendo las altas laderas de la majestuosa montaña y arrojando sobre la ciudad cataratas de un agua oscura y cálida que parecía querer ahogar con su estrépito el rugir de los motores.
—¿Isleños?

Se volvieron a contemplar al calvo gordo que, espatarrado sobre un banco vecino, parecía haber estado analizando uno por uno a cuantos llegaban.
—¿Cómo dice?
—Que si son «isleños». ¿Canarios?
—¿Cómo lo sabe...?

—Lo primero que se aprende en Venezuela es a distinguir la nacionalidad, e incluso la región de los demás, al primer golpe de vista. —Hizo un vago gesto con su única mano, pues el muñón de la otra lo ocultaba bajo la manga de una amplia y sudada guayabera de un azul indefinido–. ¿Buscan alojamiento? –quiso saber.

—¿Qué clase de alojamiento?

—Por treinta bolívares puedo proporcionarles un cuarto con tres camas y derecho a cocina. Y se podrán duchar todos los días.

—Somos cuatro –le hicieron notar.

—Las mujeres pueden dormir en la misma cama –replicó mientras se ponía de pie pesadamente y lanzaba una mirada hacia lo alto–. ¡Decídanse! –añadió–. Viene un «palo de agua» y no tengo malditas ganas de enchumbrarme.

Aurelia Perdomo miró a sus hijos, advirtió que gruesas gotas comenzaban a salpicar la calzada y se encogió de hombros con gesto resignado.

—De acuerdo –aceptó.

Siguieron al elefantiásico manco hasta el mayor y más herrumbroso automóvil que hubieran visto nunca, un «Pontiac» que debió ser blanco en un tiempo y ahora recordaba más un orinal desportillado que un auténtico vehículo, y tuvieron que aguardar bajo la lluvia a que el monstruoso trasero se hundiera entre los muelles y el crin del desfondado asiento para que al fin el gordo luchara con los carcomidos cerrojos interiores y les permitiera la entrada.

Casi empapados por la violenta lluvia tropical que parecía complacerse en buscar sus cuerpos atravesando las delgadas ropas, se acomodaron como buenamente pudieron en el interior de aquel trasto maloliente que comenzó a rugir y estremecerse como un anciano atacado por un violento acceso de tos.

—El pago de la primera semana por adelantado –señaló el hombretón–. Normalmente no acepto huéspedes sin equipaje.

»¿Cómo es que han llegado únicamente con lo puesto?
—Naufragamos —fue la respuesta—. Lo perdimos todo.
—¡Vaya! —fue el comentario mientras se ponían muy lentamente en marcha—. ¡Ya es mala suerte! Pero ustedes, los «isleños», están locos. Se hacen a la mar en barcuchos de mala muerte y luego pasa lo que pasa. ¡Milagro ha sido que no se ahogaran...! Mi nombre es Mauro, Mauro Monagas; mi abuelo materno era asturiano.
—Yo soy Aurelia Perdomo, y estos son mis hijos: Sebastián, Asdrúbal y Yaiza.
—Muy guapos, sobre todo la chica. —Rio sonoramente, y su risa resonó incluso sobre el golpear de la lluvia que martilleaba el techo traspasándolo por media docena de puntos—. ¡Claro que con semejante madre!

El supuesto halago rezumaba una viscosa suciedad repulsiva, pues se diría que las palabras en boca de aquel hombre grasiento, sudoroso y ahora a todas luces maloliente, cambiaban extrañamente de significado, como dotadas de una misteriosa doble intención que tan solo él parecía comprender, aunque ninguno de sus pasajeros replicó, pues se encontraban absortos en la lluvia que caía: un diluvio como jamás habían contemplado antes y que en apenas unos minutos superaba toda el agua recogida a lo largo de años en su lejana y árida isla del otro lado del Atlántico.

Los limpiaparabrisas no parecían dar abasto para permitir tan siquiera una mediana visibilidad, y el cochambroso vehículo avanzaba a trancas y barrancas entre un tráfico que se había espesado con el agua como si esta uniese unos a otros los vehículos que se movían apenas por las estrechas calles, parachoque con parachoque, haciendo resonar cada vez más estruendosamente sus bocinas, y del amplio valle nacía un clamor insufrible que ascendía por las laderas del monte y las colinas e iba a rebotar contra las bajas y espesas nubes o los altos y monstruosos edificios.

Frotando el vaho del cristal, Yaiza Perdomo trataba de atisbar tras la cortina de gruesas gotas que querían formar una única cascada, y todo cuanto alcanzaba a distinguir eran coches, camiones, autobuses, gente que corría a refugiarse en los portales o bajo las marquesinas, y fachadas de inconcebibles colorines que se alternaban con infinidad de comercios en cuyos escaparates comenzaban a brillar las primeras luces.

Más allá de la ventanilla el mundo parecía deslizarse como en un sueño, desdibujado y casi a cámara lenta en algunos momentos, sorprendente pesadilla en la que los rostros y aun los cuerpos aparecían como distorsionados, irreales pero al propio tiempo acordes con la irrealidad de cuanto los rodeaba –hierro, cemento y caucho–, todo ello empapado por una lluvia torrencial y un profundo y fétido olor a sudor de hombre gordo, gasolina mal quemada, tierra mojada y descompuesta vegetación tropical.

Le asaltó una desconocida sensación de vértigo y sintió una casi incontenible ansia de vomitar. Ella, hija, nieta y bisnieta de pescadores, que había soportado estoicamente las borrascas o el mar de fondo de una larguísima travesía del océano en una desvencijada goleta de menos de veinte metros, descubría ahora sin embargo que su cuerpo se rebelaba contra el traqueteo de aquel renqueante y vetusto «Pontiac», y contra la sensación de agobio producida por el calor y la hedionez.

–¿Te ocurre algo, hija?
–Me asfixio. ¡Esta ciudad apesta!
–Es cosa de la lluvia –comentó el gordo Mauro Monagas sin volverse–. Revienta los sumideros y hace que el río Guaire eche fuera toda su mierda. ¡Ese río acabará matándonos a todos! –añadió–. La mayoría de las cloacas van a parar a él, y atraviesa la ciudad de parte a parte. Hay zonas donde durante tres meses al año no se puede vivir de la peste, los mosquitos y las ratas que hay.

—Siempre había oído decir que esta era una ciudad moderna —replicó con suavidad Sebastián, el mayor de los hermanos—. Todo el mundo habla de ella.

—¡Y lo es! —admitió el otro—. La más moderna y la de más rápido crecimiento del planeta en este instante. Y ese es el problema: llegan tantos emigrantes y se construye tan aprisa que todo se queda pequeño y nadie se preocupa de planificar un carrizo. De un día al siguiente nacen barrios que ni siquiera tienen alcantarillado... ¡Cosa de locos!

—Habrá mucho trabajo en ese caso.

El Manco se rascó la ceja con el muñón y se volvió a mirar de reojo a Asdrúbal, que se sentaba a su lado y era quien había hecho el comentario.

—Eso depende de ustedes —dijo—. ¿Qué saben hacer?

—Somos pescadores.

Se oyó una estruendosa carcajada, desagradable y ofensiva.

—¡Pescadores...! —exclamó—. ¡No friegue! Como no se dediquen a pescar moñigos en el Guaire, ya me explicará qué piensan hacer en Caracas.

—Hemos venido a conseguir los permisos de residencia —puntualizó Asdrúbal—. Luego volveremos al mar.

—¡En Venezuela no hay mar, amigo! Hay mucha costa, eso sí, pero no el mar que ustedes buscan. Aquí nadie pesca, porque apenas da para vivir. En Venezuela el dinero está aquí, en Caracas. Aquí se hacen las fortunas... O en Maracaibo, cerca de los campos de petróleo. El resto, el mar y sus peces, son para los negros de Barlovento. Y las selvas para los indios. ¡Háganme caso! —concluyó—. Si van a la costa se morirán de calor y asco. —Se arrimó al bordillo de la acera y frenó en seco—. ¡Hemos llegado!

Era un edificio viejo y tétrico que olía a humedad, orines y comida barata, con un lúgubre portal y una rechinante escalera de madera desgastada que trepaba a duras penas hasta un tercer piso en el que se abrían dos altas puertas quejumbrosas.

La habitación correspondía al conjunto, un cubículo asfixiante y oscuro sin más ventilación que una diminuta ventana a la que le faltaban dos cristales y frente a la que se alzaba el desconchado muro de un estrecho patio interior.

—¡Dios bendito!

—Si no les gusta no hay compromiso —puntualizó Mauro Monadas con naturalidad pero seguro de sí mismo—. Me pagan el transporte y se van a la calle a mojarse y buscar otra cosa antes de que se haga de noche. —Encendió un cigarrillo apretando la caja de cerillas contra su cuerpo con ayuda del muñón y sonrió burlón—. Pero dudo que consiguieran nada mejor por ese precio, y sería una pena que pasaran su primera noche en Caracas al aire libre. —Se pasó la mano por la nariz—. ¡Bueno! —se impacientó—. No puedo perder el día con ustedes. ¿Se quedan o se van?

Aurelia Perdomo recorrió nuevamente con la vista el deprimente cuartucho, pasó revista, uno por uno, a los rostros de sus hijos, reparó en la intensa palidez de su hija menor, y concluyó por agachar la cabeza con resignación.

—Nos quedamos —susurró.

El gordo alargó su única mano y chasqueó los dedos.

—¡La plata!

Lentamente, Aurelia introdujo la mano en el bolsillo de su vestido, extrajo unos billetes que contó con sumo cuidado y los depositó en la sudorosa palma, que se cerró sobre ellos como una trampa.

—¡Una semana! —señaló el hombre—. Ni un día más. El retrete es la tercera puerta y la cocina está al fondo del pasillo. Su turno es de doce a doce y media y de siete y media a ocho.

Dio media vuelta y desapareció por el estrecho pasillo por el que apenas cabía y los Perdomo Maradentro se sintieron incapaces de hacer comentarios e incluso de mirarse a la cara, como si todos –los cuatro– se avergonzaran ante los demás miembros de la familia por soportar la humillación de semejante trato y tener que pasar tan solo un minuto de su vida en tan repugnante porqueriza.

Aurelia Perdomo cerró muy despacio la puerta, apoyó en ella la espalda y lanzó un hondo suspiro de resignación.

–¡Bien! –musitó sin mirar directamente a ninguno de sus hijos–. Hemos perdido cuanto teníamos y estamos aquí, sin dinero, en el más inmundo lugar de una ciudad desconocida de un país extraño. Supongo que quienquiera que sea que nos esté castigando no será capaz de inventar la forma de hundirnos más aún. Vamos a descansar porque a partir de mañana tenemos que conseguir que las cosas empiecen a cambiar.

Caracas era una ciudad madrugadora. Desde mucho antes de amanecer, sus gentes comenzaban a bullir y ponerse en movimiento, y con la primera claridad del día –sobre las seis de la mañana– las calles, las avenidas y las rápidas autopistas se convertían en un hervidero de alborotados automovilistas a los que pese a lo tempranero de la hora se diría que había atacado el veneno de la prisa.

Era como si con la misma velocidad con que el sol ascendía en el horizonte, más allá de la cordillera que dominaba el Monte Ávila, ascendiera el volumen del estruendo de aquella ciudad que hasta pocos años antes no había sido más que una recoleta villa de nostalgias coloniales en la que tan solo se escuchaba el piar de los pájaros y el canto del viento en las copas de los altos chaguaramos.

Cientos, miles, millones de rugientes motores, griterío de claxons, sirenas de policías y ambulancias, chirriar de grúas, llamadas de vendedores ambulantes que voceaban las más heterogéneas mercancías y, sobre todo ello, dominándolo, confundiéndolo pero nunca ahogándolo, la algarabía de también cientos, miles y millones de aparatos de radio a todo volumen que parecían querer competir entre sí por emitir una voz diferente o una música más chillona.

Emigrantes que habían llegado desde dispersos rincones del planeta decididos a recuperar velozmente los años perdidos en guerras, hambre, cárceles o campos de concentración habían contagiado de su fiebre a un gran número de criollos que parecían estar despertando de una larga siesta para descubrir que también ellos, los más humildes y olvidados, aquellos a los que la antigua Venezuela agrícola y colonial no brindó nada nunca, estaban igualmente en condiciones de apoderarse de un hermoso pedazo del gran pastel en que se había transformado la nueva Venezuela del petróleo, el hierro y la bauxita.

Tan solo la vieja aristocracia del dinero, los descendientes de las vetustas familias de hacendados cuyos tatarabuelos conquistaron las planicies del interior a golpe de espada y lomo de caballo, se esforzaba inútilmente por mantener la calma con el aire distante del marqués que ve cómo un populacho enloquecido irrumpe en su jardín, aplasta sus parterres y roba sus rosas y manzanas.

Como altivos castillos asediados por las bárbaras hordas, los viejos caserones circundados de robles centenarios se iban viendo asaltados por agresivos edificios de veinte y treinta pisos desde cuyas diminutas ventanas ávidos ojos inquisidores espiaban lo que ocurría en el interior de los empedrados patios, ansiosos siempre por avanzar un metro más, tumbar un nuevo árbol o transformar en galería comercial, hotel o condominio, un mimado jardín o una lánguida rotonda.

La Caracas de las buganvillas, las mimosas, los chaguaramos, los caobos y los flamboyanes se esforzaba inútilmente al comienzo de la agitada década de los cincuenta por contener el desenfrenado empuje de la Caracas del cemento, el hierro y el asfalto, pero ya todos sabían que era aquella una batalla perdida tiempo atrás, y que uno a uno los reductos de un hermoso pasado colonial y romántico se irían derrumbando vencidos por la especulación y el desenfreno.

Caracas era en verdad una ciudad madrugadora, pero aquella mañana, horas antes de que el más activo de sus habitantes se dispusiera a iniciar un nuevo día de afanes y trabajos, ya en el deprimente y tétrico cuartucho de los Perdomo Maradentro nadie dormía por más que los cuatro permanecieran tumbados con los ojos clavados en el levísimo rectángulo de claridad del ventanuco.

Fue Aurelia, que tan bien conocía el sueño de sus hijos, la que al fin inquirió con un susurro:

—¿Qué ocurre...? ¿Por qué estáis despiertos?

Le constaba sin embargo que constituía una pregunta inútil, porque el desvelo de sus hijos era el mismo que el suyo; un desvelo provocado por el miedo a un futuro que se les presentaba tan incierto en un ambiente extraño e incomprensible para ellos.

Aquella había sido siempre la hora de ponerse en pie, tomar café y ayudar al padre a lanzar la barca al agua para hacerse a la mar en busca del sustento. Aquella era la hora de estudiar la dirección y la fuerza del viento, la altura de las olas, el empuje de la corriente y la forma de las nubes que recorrían el cielo. Aquella era la hora de alegrarse con la promesa de un próximo amanecer esplendoroso más allá de la Punta del Papagallo; la hora de la esperanza de que hermosos meros y sabrosas cabrillas mordieran con saña los anzuelos y se dejasen izar a bordo tras una corta y dulce lucha. Aquella había sido, desde que tenían memoria, la hora más amada del día o de la noche.

Pero ahora... ¿qué hora era aquella, tan lejos de Lanzarote y de su mundo...? Era diferente Caracas bajo la primera claridad de la mañana. El Monte Ávila que dominaba la ciudad cerrando el valle por el Norte destacaba de un verde luminoso al reflejar el agua caída la noche anterior sobre las hojas de millones de árboles los primeros rayos de un sol que penetraba desde más allá de Petare. El aire aparecía limpio, como si lo hubiesen lavado cuidadosamente antes de tenderlo a secar a ese sol mañanero, y el sordo rumor del tráfico que iba creciendo por momentos retumbaba más apagado y menos molesto que durante la tarde anterior. Olía a salchichas y «arepas» recién hechas, y antes de sumergirse definitivamente en el bullicio de las gentes que marchaban calle abajo, Asdrúbal y Sebastián emplearon la mitad del dinero que les diera su madre en llenar el vacío de casi veinticuatro horas de sus estómagos con un «perro-caliente» y un enorme vaso de café humeante.

—¿Dónde podríamos encontrar trabajo? —preguntaron al vendedor, un negro retinto de arrugadísimo rostro—. Cualquier clase de trabajo...

El otro, un anciano escuálido al que le faltaban casi todos los dientes, observó con detenimiento a ambos hermanos, reparó en el enorme tórax y los poderosísimos brazos de Asdrúbal, e inquirió ceceante:

—¿Te gusta cargar ladrillos...?

—No me gusta, pero tampoco me importa...

El negro terminó de llenar un nuevo vaso de café, se lo entregó a una mujeruca apresurada, cobró su dinero y señaló parsimoniosamente hacia el extremo de la calle:

—A cuatro cuadras encontrarán la Avenida Sucre. Luego a la izquierda, como a cinco o seis cuadras más, están levantando un edificio enorme. Puede que necesiten peones.

Le dieron las gracias y se alejaron con el vaso de cartón en una mano y la salchicha en la otra, ansiosos por no perder un minuto y presentarse los primeros en la obra en demanda de trabajo.

Trabajo había, desde luego, pero duro y mal pagado, puesto que aunque la ciudad crecía como un cáncer grisáceo sobre la verde piel del valle, era tal la masa de emigrantes que arribaban cada día al puerto de La Guaira que los patronos especulaban descaradamente con el hambre de los recién llegados.

Los obreros portugueses, la mayoría de los cuales habían dejado al otro lado del Atlántico a sus desamparadas familias y tenían que ganar por tanto para mantenerse a sí mismos y enviarles algo con qué subsistir, se ofrecían a destajo por sumas irrisorias, y Asdrúbal y Sebastián comprendieron de inmediato que, o aceptaban el jornal por miserable que pudiera parecerles, o cualquiera de los que se sumaban constantemente a la larga fila y que bajaba desde los «ranchitos» de los cerros se quedaría con el puesto.

Eran más de ocho horas diarias de cargar sacos, empujar carretillas o palear arena bajo un sol vengativo y un calor húmedo y agobiante para obtener a cambio un puñado de bolívares que malamente bastaban para matar el hambre, pagar el cuartucho y ahorrar lo que un despótico intermediario exigía por conseguirles las cédulas de identidad y los permisos de residencia.

—En cuanto los tengamos, nos volveremos a la costa. Al mar, que es lo nuestro.

Era siempre Asdrúbal el que insistía en esa necesidad de abandonar Caracas, pero Aurelia dudaba, Sebastián se oponía y Yaiza continuaba sumida en el largo mutismo que parecía haberse apoderado de ella desde que pusieran el pie en el continente.

—Ya oíste lo que dijo Monagas. En la costa nos moriríamos de hambre.

—¿Más que aquí? —se asombró su hermano ante la objeción de Sebastián—. Si hay un mar, hay peces, y nosotros sabemos pescar. Y prefiero morirme de hambre allí que aquí. ¡Mira este lugar! ¡Y mira a Yaiza, encerrada entre cuatro paredes sin más paisaje que ese muro de mierda! No puede poner el pie en la calle sin que la hostiguen los gamberros, y a veces creo que esas bandas de chulos son muy capaces de subir a molestarla. Había puesto el dedo en la llaga y lo sabía. El barrio, poblado de prostitutas, borrachos, vagos y pandilleros, paso obligado de toda la hez de la ciudad que subía y bajaba a los «ranchos» de un cerro en el que no imperaba otra ley que la violencia, constituía un peligro para cualquier transeúnte a cualquier hora del día o de la noche, pero sobre todo se había convertido en una auténtica amenaza para la menor de los Perdomo Maradentro desde el instante mismo en que puso por primera vez el pie en la calle.

Su portentoso cuerpo, que había sido causa ya de tantas desdichas, parecía borrar de inmediato con su sola presencia la del resto de los seres humanos, y sus inmensos ojos verdes, a la vez infantiles y profundamente penetrantes, fascinaban y atraían como un imán irresistible.

A sus diecisiete años la menor de la estirpe de los Maradentro provocaba el asombro por la absoluta perfección de su belleza, y no bastaban su timidez o su ansia de pasar inadvertida para evitar que de inmediato todos los ojos se posaran en ella.

El simple hecho de cruzar el mercado vecino, aun en compañía de su madre, se convertía por tanto en una aventura desagradable y denigrante, pues a los silbidos de admiración y las frases soeces que tanto odiaba se unía ahora con demasiada frecuencia el acoso de pandillas de muchachuelos que se abalanzaban sobre ella con la evidente intención de manosearla.

Cuando un mulato malencarado llegó al punto de pellizcarle brutalmente el pecho desgarrándole parte de su único vestido, Yaiza Perdomo optó por refugiarse definitivamente en el tétrico cuartucho del que no se atrevía a salir más que en compañía de sus hermanos.

19

Pero ni siquiera encerrada entre cuatro paredes Yaiza Perdomo podía sentirse a salvo de los hombres, porque al otro lado del muro, justamente frente a la cama en que solía permanecer tumbada durante horas cosiendo o leyendo semidesnuda para combatir el asfixiante calor y no gastar más aún su escasa ropa, el gordo Mauro Monagas había practicado un pequeño agujero, disimulado tras un desportillado espejo, y, encerrado a solas en su mísero despacho-dormitorio, había convertido el hecho de espiar y masturbarse en la razón principal de su existencia.

La primera vez que el Manco Monagas vio a Yaiza en la estación de autobuses se sintió impresionado, pero la primera vez que aplicó el ojo a un agujero y a la oblicua luz que penetraba por el ventanuco distinguió el cuerpo desnudo de la muchacha, creyó enfrentarse a una visión del otro mundo y advirtió que se ahogaba, falto de aliento.

No sabía entonces que con aquel acto se había convertido en el primer hombre que la contemplaba desnuda, y por unos instantes tuvo que apoyar la frente en la pared y sujetarse con su única mano al borde de la mesa, porque experimentó la sensación de que las fofas piernas le temblaban negándose a sostener su inmenso culo y que de un momento a otro se derrumbaría sobre el piso estrepitosamente;

Se le secó de inmediato la boca, que tuvo que abrir por completo para que el aire lograra descender a sus pulmones, y se masturbó contra el muro sin importarle que el semen resbalase por el pringoso papel de flores amarillas. Luego dejó caer sus ciento treinta kilos de grasa en un desfondado sillón que crujió tristemente y permaneció largo rato espatarrado y abierta la bragueta, fija la vista en un punto indefinido porque aún continuaba teniendo ante los ojos la indescriptible visión que había estado contemplando.

—¡Nunca imaginé que algo así pudiera existir! —musitó roncamente—. ¡Nunca!

Las paredes de su habitación se hallaban tapizadas de fotografías de mujeres desnudas arrancadas de las más atrevidas revistas masculinas, pero ahora, al recorrer con la vista aquellos cuerpos que durante gran parte de su vida le habían fascinado, tuvo la sensación de que no constituían más que un conjunto de caricaturas esperpénticas.

Manco de nacimiento, adiposo, maloliente y prematuramente calvo, Mauro Monagas no había disfrutado de otro contacto con mujeres que aquel de la contemplación de las revistas o sucios encuentros con las más baratas prostitutas, y en las escasas ocasiones en que, muchos años atrás, trató de iniciar una relación más profunda, se sintió de inmediato tan violentamente rechazado que pronto llegó a la conclusión de que su destino era continuar engordando en la soledad de aquel fonducho que su madre le había dejado y para el que cada vez le resultaba más difícil encontrar huéspedes pues se caía a pedazos.

Nada había en su vida que mereciera la pena ser recordado salvo aquel domingo en que por una nariz de diferencia perdió la oportunidad de acertar los seis ganadores de un «cuadro de caballos» y hacerse rico para siempre, y a sus casi sesenta años no era más que un hombre frustrado en todas y cada una de las facetas de la vida.

Atraído por una fuerza irresistible se puso pesadamente en pie y aplicó de nuevo el ojo al agujero. Recostada en la cama, justamente frente a él, Yaiza leía absorta, y pudo recrearse en la firmeza de sus piernas entreabiertas, la tersura de sus muslos y la leve protuberancia oscura de su sexo apenas cubierto con unas diminutas bragas blancas. Imaginó lo que significaría hundir el rostro en aquellas ingles y hociquear buscando con la lengua la dulce y sabrosa entrada a una cueva viva y rosada que sin duda nadie exploró antes, y advirtió, sin tratar de evitarlo, cómo la boca se le encharcaba y una baba espesa resbalaba entre sus labios para ir a depositarse sobre los blancos pelos de su barba.

Descubrió sorprendido que por primera vez en su vida lograba una segunda erección en escaso margen de tiempo y permaneció allí pegado, manoseándose excitado, hasta que hizo su entrada en la vecina habitación Aurelia Perdomo y tomó asiento a los pies de Yaiza, impidiéndole continuar contemplándola.

Esa noche, tumbado en su cama del apestoso cuartucho por el que corrían libremente las cucarachas y las chinches, el Manco Monagas permaneció desvelado durante horas, rememorando la prodigiosa visión de aquella tarde.

Los domingos eran días especialmente hermosos en la vida de Yaiza, no solo por el hecho de que sus hermanos descansaran de aquella dura labor de cargar y descargar ladrillos, sino también porque era la única ocasión que tenía de abandonar su encierro y disfrutar de un poco de aire puro.

Muy de mañana, antes de que las pandillas de gamberros y ladronzuelos comenzaran a invadir las calles, abandonaban el barrio y se adentraban en aquella otra Caracas de urbanizaciones residenciales, el Parque del Este, o incluso los frondosos bosques de las faldas del Ávila, allá por San Bernardino.

Eran largos paseos los cuatro juntos, disfrutando de la presencia de los seres amados y el paisaje, pues Caracas se les antojaba una ciudad maravillosamente enclavada y hermosa pese a que los hombres pareciesen aquejados de una frenética pasión por destrozarla.

Había un lugar al pie del Ávila en que una alta cascada caía rumorosa por entre las copas de majestuosas ceibas y caobos que daban luego sombra al riachuelo que allí nacía, y Yaiza amaba ser la primera en llegar a ella para disfrutar a solas de una indescriptible ducha de agua helada que parecía librarla de todo el sudor, la hediondez y la tensión que había ido acumulando encerrada en la sucia habitación durante tantos días.

Luego, ya limpia, se tumbaba sobre la hierba de un rincón apartado a disfrutar del copioso desayuno que Aurelia había traído; desayuno en el que las típicas «arepas» criollas rellenas de queso se alternaban con el «gofio» isleño que habían encontrado en una tienducha regentada por un palmero, y era aquella la hora de hacer proyectos para cuando se hubieran quitado de encima la pesada carga de legalizar su estancia en el país y pudieran buscar acomodo en una zona de la ciudad en que Yaiza no tuviera que ver transcurrir su existencia como reclusa voluntaria.

—¡Si me dejarais trabajar, todo sería más rápido! —insistía una y otra vez—. ¡Me siento inútil!

Pero Sebastián, que por ser el mayor se había convertido indiscutiblemente en el «cabeza de familia» negaba convencido, secundado en este caso por su madre y su hermano:

—No, hasta que nos hayamos mudado y conozcamos mejor la vida aquí. Esto no es Lanzarote y continuamente oigo hablar de muchachas que desaparecen. A unas las violan y las matan; a otras se las llevan a los prostíbulos de los campos petroleros o las pasan a Colombia y Brasil. ¡Quién sabe lo que ocurriría cuando no estuviéramos nosotros para protegerte!

—¡No soy una niña!

—¡No! —replicaba Sebastián—. Por desgracia no eres una niña, pero este no es nuestro mundo y aún no hemos aprendido a desenvolvernos en él. Aquí llegan gentes de todas partes, y los hay que no son pobres emigrantes como nosotros que únicamente pretenden ganarse la vida y salir adelante. Junto

con los campesinos, los obreros y los exiliados se han infiltrado también los ladrones, los asesinos, los estafadores y los proxenetas escapados de todas las cárceles de Europa.
—¿Qué es un proxeneta? —quiso saber su hermana.
—Alguien que anda a la búsqueda de muchachas para explotarlas prostituyéndolas —intervino Aurelia—. Algo que, gracias a Dios, no teníamos en Lanzarote.
—¿Cómo puede un hombre obligar a prostituirse a una mujer si ella no quiere? —inquirió Yaiza sorprendida—. No lo entiendo.
—Yo tampoco lo entendí nunca, pero ocurre —replicó su madre convencida—. Las drogan, las emborrachan o las pegan, no lo sé muy bien, pero es algo que ha existido siempre. Sebastián tiene razón: esta ciudad no es segura, y hasta que no sepamos más de ella tenemos que mantenerte apartada.
—¡Pero las demás chicas...!
Aurelia Perdomo cortó el inicio de protesta extendiendo la mano y acariciando dulcemente el rostro de su hija.
—Tú no eres como las demás chicas, Yaiza —dijo—. Lo hemos discutido muchas veces. Los hombres se sienten demasiado atraídos por ti, y esa atracción ha provocado excesivos problemas. —Sonrió levemente—. Confía en tus hermanos —suplicó—. Están haciendo todo lo que pueden por sacarnos de este lugar. ¡Será cuestión de días!

Pero los días llevaban rumbo de convertirse en semanas, y estas en meses, porque nuevos gastos venían a sumarse a los anteriores, y en más de una ocasión tuvieron que acostarse sin cenar puesto que los dos jornales y lo que las mujeres ganaban cosiendo alguna ropa no bastaba, y conseguir un alojamiento decente lejos de aquel espantoso barrio y aquel tétrico edificio se encontraba por el momento fuera de sus posibilidades.

Yaiza había aprendido por tanto a resignarse y guardar silencio, aunque a menudo imaginara que acabaría volviéndose loca de depresión y abatimiento, sobre todo durante las largas horas en que su madre tenía que salir a entregar lo que habían cosido o a hacer interminables colas ante las ventanillas de la Dirección de Extranjería, y experimentaba entonces la agobiante sensación de que las paredes se cerraban sobre ella, y un profundo desasosiego la invadía como si se sintiera constantemente espiada por ojos invisibles.

Se esforzaba sin embargo por rechazar tales ideas temiendo acabar por obsesionarse, pues esa impresión de saberse espiada la perseguía desde que se convirtió en la asombrosa mujer que era y allá en Playa Blanca los hombres la seguían con la vista a todas partes en cuanto ponía el pie fuera del umbral de su casa.

Había tenido entonces que abandonar su costumbre de pasear por la playa con el agua a media pierna, puesto que tales paseos parecían haberse convertido en el principal espectáculo de los mozos del pueblo, y le constaba también que cuando su madre la enviaba a buscar pan infinidad de ojos la acechaban tras los postigos de las ventanas.

La seguridad de que por mucho que pretendiera evitarlo su sola presencia provocaba a los hombres haciendo aflorar lo peor que había en ellos, y el convencimiento de que esa y no otra había sido la causa que desencadenara el tremendo cúmulo de desgracias que habían aquejado a los suyos en los últimos tiempos, comenzaba a pesar como una losa sobre el ánimo de la muchacha, y pese a que sus hermanos y su madre se esforzaban por librarla de semejante sentimiento de culpabilidad, este continuaba anidando en lo más íntimo de su ser.

Su cuerpo, su cara y aquel «don» heredado de alguna desconocida bisabuela y que le permitía «aplacar a las bestias, aliviar a los enfermos, atraer a los peces y agradar a los muertos» hacía de Yaiza Perdomo –la única hembra nacida en la familia de los Maradentro a lo largo de cinco generaciones– un ser absolutamente excepcional, pero también, y por todo ello, terriblemente vulnerable.

Su capacidad de hablar con los muertos la destacaba de los seres humanos, pero le confería al propio tiempo una apariencia de lejanía e intangibilidad que excitaba y atraía a los hombres, como si presintieran que jamás podrían alcanzarla, lo cual contribuía al hecho de que, desde el momento en que tuvo conciencia de que se había convertido en mujer, Yaiza Perdomo se sintiera como una bestia acosada a la que nadie parecía dispuesto a conceder un minuto de tregua.

–A veces me gustaría desfigurarme el rostro o cortarme los pechos –le confesaba a su madre con absoluta sinceridad–. Sería la única forma de conseguir paz para todos. ¿De qué me sirve cuanto la Naturaleza, o quienquiera que sea, me ha proporcionado si me obliga a permanecer encerrada como una leprosa y no trae más que desgracia sobre nosotros? ¡Es como una maldición!

Aurelia trataba de obligarla a desechar tales ideas, pero en lo más íntimo de su ser se veía en la necesidad de admitir que si efectivamente su hija no hubiera sido tan hermosa aún vivirían felices en Lanzarote, y Abel Perdomo, aquel gigante de dos metros al que tanto había amado, no habría muerto.

Pero nadie tenía la culpa de que Yaiza hubiera nacido así. Ni ella misma, ni sus padres, ni tan siquiera aquella lejanísima heredera de los poderes mágicos de la hechicera Armida, la primera de las brujas que se estableció en Canarias y de la que contaba la tradición que emanaba el origen de tales fuerzas ocultas.

¡Pero cómo librarse de esas fuerzas! ¿Desfigurándose la cara o cortándose los pechos, como en sus peores momentos de depresión apuntaba ella misma? Tal solución no dejaba de ser una rabieta infantil y lo sabían. Tan solo el tiempo conseguiría anular la belleza de Yaiza Perdomo, y hasta que no fuera su propia naturaleza la que destruyera desde dentro la perfecta armonía de su cuerpo, estaba condenada a vivir con él por más que le pesara.

—Cuando dejemos este barrio todo será distinto —repetía una y otra vez Aurelia, machacona—. ¡Ten paciencia, hija! Tan solo un poco de paciencia.

Pero Yaiza sabía que nada sería distinto; que los hombres no cambiaban con los barrios, de igual forma que no cambiaban por más que estuviera el océano por medio, y continuaría siendo la principal víctima de su propia belleza y de su «don», por larga que fuera su odisea a través de continentes, países y ciudades.

Y no era ella la única en saberlo, pues sus hermanos, acostumbrados desde que se hizo mujer a los estragos que causaba por donde quiera que fuese, comprendían cada vez con mayor claridad que la ciudad babélica y disparatada a la que habían ido a parar constituía el lugar menos idóneo para proteger a una muchacha como Yaiza.

El edificio en el que trabajaban y donde el arquitecto era alemán, los aparejadores criollos, los capataces italianos y los albañiles y peones húngaros, polacos, portugueses, colombianos, españoles y turcos, reflejaba a la perfección la totalidad de su entorno, porque la avalancha de gentes había sido tan rápida y tan fuerte que aún no habían tenido tiempo de conformar una sociedad nueva con usos y costumbres propios a los que atenerse, sino que cada grupo, y aun cada individuo, libraba una batalla tratando de imponer sus reglas y su forma de vida.

Lo que en un barrio estaba bien, tan solo por el simple hecho de cruzar una calle estaba mal; lo que una determinada comunidad veía con buenos ojos, resultaba inaceptable a la comunidad vecina, y al dios que unos rezaban lo maldecían los de enfrente, aunque trataran de convencerse de que estaban esforzándose por construir una nación nueva y distinta.

Y si para algunos era en efecto una nueva patria a la que pensaban dedicar todos sus afanes echando en ellas raíces y olvidando para siempre la destrozada Europa, para otros no era más que un lugar aborrecible del que únicamente les interesaba un dinero con el que regresar a la tierra que añoraban y a la que por años que pasaran siempre se sentirían profundamente arraigados.

Para estos últimos, Venezuela, como lugar de paso, no merecía respeto, y no estaban dispuestos a realizar esfuerzo alguno por adaptarse o mejorarla un ápice. Exprimirían de ella cuanto pudieran y se marcharían sin dedicarle tan solo un pensamiento ni agradecerle que en un momento dado, cuando ninguna otra esperanza les quedaba, les había abierto sus puertas brindándoles la oportunidad de rehacer sus vidas.

Esos, los emigrantes temporales, los que tenían siempre el pensamiento puesto en el retorno, eran sin duda los peores, pues abrigaban el convencimiento de que algún día desaparecerían para siempre, y poco importaba el recuerdo que hubieran dejado de su estancia.

Chulos, prostitutas, ladronzuelos y estafadores se movían por el afán de conseguir la cifra que se habían fijado como meta y regresar a sus lugares de origen a convertirse nuevamente en personas decentes, y ello contribuía en gran parte a que en aquella ciudad y en aquellos momentos cualquier concepto de moralidad se encontrara por completo trastocado.

Asdrúbal y Sebastián lo comprendieron de inmediato, lo cual no significaba que no constituyese para ellos un choque violento, pues educados según las rígidas normas de su madre y las sencillas pero severas reglas de un pequeño pueblo de pescadores, el desgarro y la desfachatez con que muchos de cuantos los rodeaban hacían y decían las cosas más inverosímiles tenían la virtud de dejarles a menudo estupefactos.

La simple obtención de un puñado de billetes justificaba cualquier acción, y las personas —especialmente las mujeres— parecían haberse transformado únicamente en objetos que se apartaban a un lado en cuanto perdían su utilidad.

Se iban deteriorando a pasos agigantados los conceptos de hogar y familia, y las alarmantes estadísticas señalaban que de continuar semejante degradación muy pronto casi el setenta por ciento de los niños nacidos en el país serían hijos naturales, la mitad de los cuales quedarían abandonados a su suerte al poco tiempo, lo que provocaría sin duda un rápido crecimiento del desarraigo y la delincuencia entre la población juvenil. Ello desembocaría irremediablemente en un nuevo aumento de la tasa de crecimiento de hijos abandonados, lo que implicaba el riesgo de que, en el transcurso de dos generaciones, en Venezuela llegasen a existir más delincuentes que ciudadanos honrados.

¿Cuál era el remedio?

Ni Sebastián ni Asdrúbal se sentían en absoluto capacitados para opinar sobre el tema, porque en realidad su única preocupación por el momento era la de tratar de llevar a casa cada día un jornal que les permitiera subsistir, procurando evitar que la vorágine del ambiente que les rodeaba afectara a su unidad familiar.

Los Maradentro fueron –desde que se tenía memoria de los orígenes de su estirpe y del sobrenombre que tan justificadamente se habían ganado– un clan familiar indisoluble que ningún conflicto interno consiguió jamás resquebrajar ni ningún elemento externo desunir, pero ahora se enfrentaban a un universo diferente, y Sebastián, que había sido siempre el más inteligente de los hermanos, se sentía profundamente preocupado tanto por los riesgos que pudiera correr Yaiza rodeada de un ambiente agresivo y hostil, como por el rechazo que Asdrúbal, mucho más primitivo y más aferrado que él a lo que había sido su vida hasta entonces, llegara a sentir por un país con el que no conseguía de momento identificarse.

Sebastián sabía que, por extraños y desplazados que se sintieran, estaban condenados a quedarse en Venezuela, porque ellos, los Perdomo Maradentro, jamás podrían regresar a España y a Lanzarote.

Al Manco Monagas le temblaron las piernas y estuvo a punto de desmayarse cuando al abrir la puerta se encontró allí, en el pestilente descansillo de su miserable fonducho, la impresionante y siempre angustiosa figura de don Antonio Ferreira, más conocido por su popular sobrenombre de don Antonio das Noites, un hombre altísimo, que adornaba su cetrino rostro con un enorme bigote caído y unos ojos tan negros e inexpresivos que jamás se lograba averiguar en ellos si estaba a punto de estrechar una mano o asestar una puñalada.

El gordo Mauro Monagas conocía de vista, y en especial de oídas, a don Antonio das Noites, y lo último que hubiera imaginado en este mundo era que algún día iba a encontrárselo –alto como un ciprés y serio como un búho– plantado ante su puerta y acompañado por Lucio Larraz, su inseparable chófer y guardaespaldas.

Por unos instantes permaneció levemente desconcertado, como si sospechara que se trataba de una aparición o de un incomprensible error impropio de semejante personaje, y tuvo que ser el mismo brasileño el que le obligara a reaccionar extendiendo la mano para apartarlo a un lado con suavidad y firmeza.

–¡Buenos días! –saludó con una voz cavernosa que parecía emerger más de su estómago que de su garganta–. Dile a la chica que salga.

—¿Qué chica?

Habían hecho su entrada sin ser invitados, y el matón cerró la puerta mientras don Antonio das Noites se volvía levemente a el Manco y lo observaba desde su increíble altura como quien mira a una cucaracha que corretea por la cocina.

—La carajita esa de la que todo el mundo habla —musitó.

—¿Yaiza?

—No sé cómo se llama. Solo sé que cada vez que pone el pie en la calle, el barrio se alborota, y por lo que cuentan vive aquí. —Hizo una corta pausa—. ¡Llámala!

Mauro Monagas estuvo a punto de negarse porque se había hecho a la idea de que la muchacha le pertenecía y nadie tenía derecho a verla o espiarla, pero le venció el temor que el brasileño y su bronco guardaespaldas producían, y avanzando por el húmedo y sombrío pasillo golpeó levemente una puerta.

—¡Yaiza! —susurró—. Yaiza, un señor quiere verte.

Pero la puerta no se abrió y al cabo de unos instantes, una voz inquirió desde dentro:

—¿Quién es?

—Don Antonio das... —dudó, y al fin salió del paso como pudo—. Es un señor muy importante —dijo—. Quiere hablarte.

La pregunta sonó seca y precisa:

—¿De qué?

El gordo se volvió inquisitoriamente a los dos hombres que aguardaban bajo la única bombilla del pasillo y fue don Antonio Ferreira el que replicó con toda la naturalidad que permitía su profundísima voz:

—De trabajo. Tengo un trabajo que ofrecerle.

De nuevo se hizo un largo silencio, y resultaba evidente que la muchacha dudaba, pero al fin replicó, segura de sí misma:

—Vuelva por la noche. Cuando estén mis hermanos.

El brasileño no pudo evitar un leve gesto de desconcierto y por unos segundos se diría que iba a enfurecerse, pero antes de que pudiera reaccionar, el Manco se precipitó a golpear nuevamente la puerta.

–¡Pero Yaiza! –exclamó–. ¡No seas niña! Don Antonio es un hombre muy ocupado y no puede perder su tiempo volviendo cuando a ti te apetezca. ¡Sal un momento! ¡Solo un momento!

–¡Si no quiere volver, que no vuelva! –fue la respuesta–. Pero yo no salgo.

Don Antonio Ferreira hizo un brusco gesto con la cabeza y Lucio Larraz se dispuso a derribar la puerta, pero Mauro Monagas lo detuvo alzando su única mano y pidió que lo siguieran en silencio a la estancia vecina.

Una vez en ella, apartó con sumo cuidado el pequeño taco de madera que cubría el agujero de la pared, permitiendo que contemplaran tranquilamente el espectáculo de una Yaiza que, sentada semidesnuda muy cerca de la ventana, se afanaba en remendar unos viejos pantalones de su hermano mayor.

La escena tuvo la virtud de impresionar incluso a un hombre que había visto tantas mujeres desnudas como don Antonio das Noites, que permaneció largo rato muy quieto, fascinado por la serenidad que se desprendía del cuerpo y el rostro de la mujer-niña. Al fin se apartó a un lado, colocó de nuevo el taco de madera en su sitio, y se encaminó a la puerta, pensativo.

Ya en la escalera se volvió al dueño de la casa e inquirió con extrañeza:

–¿Nunca sale de esa habitación?

–Tan solo los domingos. Se van muy temprano y regresan al oscurecer...

El brasileño hizo un mudo gesto de comprensión con la cabeza y comenzó a descender los peldaños en pos de su guardaespaldas para desaparecer en el rellano sin despedirse siquiera.

Tan solo cuando desde la ventana de su habitación los vio subir a un lujoso Cadillac gris y alejarse calle abajo, el Manco Monagas lanzó un largo suspiro de alivio y se dejó caer con todo su peso sobre el sufrido y maltratado sillón, que crujió una vez más sonoramente. Había pasado un miedo espantoso, puesto que por unos minutos llegó a temer que le arrebataran por la fuerza lo más preciado que había poseído nunca.

Aquella niña, aquella criatura intangible y casi etérea, suave, dulce y lejana que se movía en silencio o permanecía muy quieta durante horas en su encierro, había trastornado hasta límites insospechados su monótona existencia, y no concebía que pudieran regresar los amargos tiempos en que el vacío y la frustración que continuamente le invadía no desapareciesen por el simple hecho de apartar un taco de madera y contemplar a un ser que amaba con toda la violencia y la ternura de quien no ha amado antes jamás en este mundo.

Ya la mayoría de las veces ni siquiera experimentaba la necesidad de masturbarse o manosearse mecánicamente mientras permanecía con el ojo pegado a la pared, porque le bastaba aprenderse de memoria cada gesto, extasiarse con el ademán con que Yaiza se apartaba el largo cabello de los ojos, la forma en que de tanto en tanto volvía el rostro hacia la luz de la ventana, la majestuosidad con que permanecía erguida, alzados siempre el busto y la barbilla, y la felina y provocativa gracia en su andar o de inclinarse para arreglar una cama.

A menudo se preguntaba, admirado, cómo era posible que jamás lograra sorprender en ella un gesto brusco o carente de armonía, un dejarse caer desmañadamente en una silla, una expresión de aburrimiento o un ademán carente de sentido.

Era –podría creerse– como si Yaiza Perdomo hubiese sido educada por los mentores de una reina y viviese con el convencimiento de saberse continuamente observada, y en realidad era así porque, desde muy niña, Yaiza supo que a todas horas la observaban los muertos, aquellos muertos a los que agradaba entre otras muchas cosas por la serena y dulce armonía de sus gestos; gestos que había heredado junto al «don» de algún muerto perdido ya en la noche de los tiempos.

¿Con quién hablaba a veces?

No pronunciaba palabra, ni tan siquiera sus labios se movían, pero el gordo Monagas descubría de tanto en tanto expresiones de sus ojos o formas de mirar a un punto de la estancia que le obligaban a imaginar que estaba manteniendo un silencioso diálogo con alguien muy concreto, alguien al que nunca llegó a ver, pero cuya presencia parecía a punto de materializarse a cada instante.

En tales ocasiones, el Manco se apartaba del muro y, angustiado y sudoroso, iba a tumbarse en su sucio camastro bebiendo largos tragos de tibia cerveza. Era miedo entonces también lo que sentía y una especie de agobiante desasosiego en el que el corazón le latía con tal ímpetu que parecía siempre a punto de estallarle en el pecho, como si estuviera aguardando la caída de un rayo que acabara por fulminarlo por su incalificable osadía de espiar a tan maravillosa criatura.

¿De dónde había salido?

Todos sus esfuerzos por aproximarse a ella o incluso a sus hermanos y a su madre habían resultado estériles, pues, cuando se encontraba a solas, Yaiza apenas ponía el pie fuera de la habitación, y cuando la familia se reunía conformaban un bloque monolítico en el que resultaba evidente que ningún elemento extraño —y él menos que nadie— tendría nunca cabida.

Asdrúbal y Sebastián trabajaban de sol a sol y regresaban reventados de cansancio, mientras Aurelia recorría los alrededores buscando algún comercio que fregar, alguna casa en la que ayudar o alguna ropa que llevarle a su hija para coser, sin dedicar nunca a su casero más que un cortés saludo al cruzarse por los pasillos.

Resultaban por completo inabordables, y cuanto Mauro Monagas había logrado saber sobre ellos era que procedían de la canaria isla de Lanzarote y que habían atravesado el océano en una minúscula goleta en cuyo naufragio había desaparecido el padre. Los cuatro parecían vivir para el recuerdo de ese padre, la nostalgia por el hogar perdido y la preocupación por el futuro –al parecer siempre amenazado– de la menor de los miembros de la familia.

Los hermanos, dos hombretones en edad de divertirse y que en cualquier otra circunstancia deberían pasar más tiempo consumiendo ron en los «botiquines» que en su casa, actuaban como si hubieran renunciado de modo voluntario a sus propias vidas y estas no tuvieran sentido más que en función de su hermana, pero no con el absurdo y folklórico sentimiento de «honra» tan arraigado entre emigrantes de la Italia meridional, sino más bien con la entrega de quien tiene el convencimiento de estar en posesión de algo sumamente valioso que amerita cualquier sacrificio.

Para el Manco Monagas, cuya madre le echó al mundo a patadas y había pasado el resto de sus días dándole más patadas en el gordo trasero sin dedicarle apenas una caricia o una frase de cariño, aquel inquebrantable espíritu familiar y el desbordado amor que se advertía en cada uno de sus miembros constituía una novedad desconcertante, hasta el punto de que en lo más profundo de su ser experimentaba una mayor sensación de culpabilidad cuando espiaba la intimidad de la familia que cuando tan solo se deleitaba con la inquietante desnudez de Yaiza.

—No me gusta ese hombre.
—¿Quién?
—Ese... el alto del bigote. Lleva más de una hora sin moverse, y donde quiera que Yaiza va, sus ojos la siguen como los de un cuadro colgado en una pared. Me pone nerviosa.
—¿Quieres que le diga que se vaya?
Aurelia se volvió a su hijo menor, que era quien había hecho la pregunta, y negó con un gesto.

—Este es un lugar público, y hasta ahora no ha hecho otra cosa que mirar. —Hizo una pausa—. Y no quiero líos. Parece peligroso, y el otro tiene aspecto de matón. Mejor sería que nos fuéramos.

—¡Pero aquí estamos bien! —protestó Sebastián—. Es tu lugar predilecto.

—Lo era hasta que llegó ese con su cochazo y su cara de palo. Me molesta cómo mira a Yaiza.

—Todos los hombres miran a Yaiza. Deberías estar acostumbrada.

—Hay formas de mirar y de mirar. —Comenzó a recoger los restos del almuerzo amontonándolos apresuradamente en la cesta de mimbre—. ¡Vámonos! —insistió—. Me apetece dar un largo paseo por Sabana Grande y ver los escaparates. —Trató de sonreír sin mucho ánimo—. Así nos iremos haciendo una idea de lo que vamos a comprar cuando seamos ricos.

Era largo el paseo, pero no tenían prisa; y si algo único poseía en verdad Caracas eran los atardeceres: unas puestas de sol inimitables en las que el cielo parecía engalanarse de mil tonalidades, entre las que prevalecía siempre el rojo, y al final del valle por el que se ascendía hacia los hermosos bosques húmedos de Los Teques se recortaban aquí y allá aisladas palmeras, copudas ceibas o altivos chaguaramos, mientras un denso olor a tierra húmeda y vegetación selvática vencía en esos momentos a la pestilencia de la ciudad, sus autos y su río convertido en cloaca.

Los domingos en Caracas carecían de aquella crispación exacerbada que se adueñaba de la capital durante el resto de la semana, en la que todo parecía centrarse en la ambición de apoderarse de unos bolívares, y por las avenidas, los parques y las plazas deambulaban familias igualmente humildes e igualmente desarraigadas, mientras grupos de hombres charlaban en cien idiomas diferentes o se apretujaban en torno a una radio de la que surgía la escandalosa voz de un locutor que comentaba las incidencias de las carreras de caballos, que constituían la última y definitiva esperanza de tantos emigrantes.

Se contaba la anécdota de un portugués que al día siguiente de poner el pie en Venezuela acertó el único «cuadro» ganador de las apuestas del «Cinco y Seis», cobró trescientos mil bolívares, y esa misma tarde emprendió el regreso a su pueblo, del que probablemente nunca más volvió a salir.

Pero aquellos milagros no ocurrían más que una vez por siglo y el final de los domingos caraqueños solía impregnarse de desesperanza por la decepción de cuantos se veían obligados a aceptar que el lunes, con la primera claridad del alba, tendrían que reemprender la penosa tarea de subsistir en un hostil bosque de grúas chirriantes.

De los dos hermanos, Sebastián era el que mejor soportaba aquel duro esfuerzo, ya que era el único miembro de la familia que en alguna ocasión acarició la idea de cambiar de vida y emigrar a otras tierras abandonando la tradición marinera familiar, mas para Asdrúbal saberse tan lejos del mar que amaba y rodeado de una gente con la que nada tenía en común constituía un auténtico martirio. Asdrúbal aborrecía una ciudad de la que se sentía prisionero porque estaba acostumbrado desde que tenía memoria al azul infinito, y hacia donde quiera que ahora mirase no distinguía más que gigantescos edificios o el telón de fondo de verdes montañas que contrastaban con el ocre, el violeta o el magenta de las cadenas de volcanes de Lanzarote.

—¿Crees que regresaremos algún día?
—¿Tanto lo echas de menos?
—¡No puedes imaginar cuánto! Ni en mil años me acostumbraría a vivir lejos de allí.

Se encontraban en la cima del edificio en obras, sentados uno frente al otro sobre sendos bosques de ladrillos, amasando el zurrón de «gofio», que junto con un pedazo de chorizo constituiría su magro almuerzo, y observando el incesante tráfico de la afanosa ciudad cuyas nuevas autopistas se iban abriendo camino como los tentáculos de un gigantesco pulpo que creciera con el único propósito de adueñarse del fértil valle en que en tiempos muy remotos se asentó la salvaje tribu de los «caracas».

–Yo, sin embargo, creo que aquí podríamos hacer grandes cosas –comentó Sebastián mientras abría el zurrón y dividía en dos su contenido–. Tengo planes para el futuro: este es un país lleno de posibilidades que únicamente está esperando gente con imaginación y ganas de trabajar y hacerse rica.

–No tengo ningún interés en hacerme rico –sentenció Asdrúbal–. Por lo menos en una ciudad como esta. El primer dinero que gane lo emplearé en comprar un barco y volver al mar. –Le costaba trabajo aceptar el punto de vista de su hermano–. ¿Realmente puedes vivir lejos del mar?

–Pasamos toda nuestra vida en el mar, pero no fue mucho lo que nos dio. Quizás haya llegado la hora de cambiar. ¿Qué ofrece el mar más que peligro, hambre e incertidumbre? Nos llaman los Maradentro porque tenemos fama como pescadores, pero generaciones de los mejores únicamente consiguieron hambre y miseria. Mamá se deslomó trabajando sin tener nunca un traje nuevo, y nuestras mujeres, el día que las tuviéramos, seguirían el mismo camino. ¿Es eso lo que quieres..., continuar arrastrando hambre durante diez generaciones más?

–Yo antes nunca noté esa hambre.

–Lo sé –admitió Sebastián–. Siempre te bastó con una «pella» de gofio y un pescado seco a condición de que te dejaran echarte cada mañana al mar en busca de un buen mero. Papá era igual, porque pescar era lo que le gustaba, pero no resultaba muy justo, sobre todo para los demás, que pagábamos las consecuencias...

–¡Nunca te quejaste!

—Ni me quejo porque agradezco la infancia que me dieron: siempre comimos y nos sobró cariño. Pero si se presenta la oportunidad intentaré mejorar nuestro destino.

Asdrúbal señaló con un amplio gesto los montones de arena y ladrillos que se extendían a su alrededor y alzó significativamente su pequeño trozo de chorizo barato.

—¿Consideras esto una oportunidad? —inquirió socarrón—. Hace más de un mes que llegamos y lo único que he conseguido es librarme de caer por el hueco de ese ascensor.

—Agitó la cabeza una y otra vez, negativamente—. Recuerdo que me sacasteis al mar cuando aún no había cumplido diez años, y desde el primer día me esforcé por trabajar como un hombre. Nunca me oirías quejarme. ¡Pero esto! Esto no es propio de hombres. ¡Esto es de esclavos!

—Pronto saldremos de aquí.

—¿Cuándo?

Sebastián no tenía respuesta a esa pregunta, ni sabía cuándo podría tenerla porque la realidad era que cada día trabajaban con más ahínco y cada día la situación empeoraba.

—No lo sé —admitió al fin mientras se ponía en pie dando por concluido su almuerzo y apoyándose en una gruesa columna de hormigón para contemplar la totalidad de la ciudad que se desparramaba a sus pies, de Catia a Petare, y de Los Palos-Grandes a Las Colinas de Bello-Monte—. No lo sé —repitió—. Pero puedes estar seguro de que no llegué hasta aquí para quedarme de peón. Ahí abajo, entre toda esa gente y todo ese dinero, tiene que haber un sitio para mí. —Encendió un cigarrillo, el primero de los tres que compartían al día, y sin volverse, concluyó—: Es únicamente cuestión de encontrarlo.

Asdrúbal, que se había puesto en pie a su vez, tomó el pitillo y con él en la mano señaló hacia abajo:

—¿Crees que también habrá sitio para mí? ¿Y para mamá? ¿Y para Yaiza?

Resultaba evidente que Asdrúbal no era el más listo de los dos, pero conocía bien a su hermano, y al referirse a Yaiza había recalcado significativamente la pregunta, tratando de devolverlo a la realidad de que, independientemente de las oportunidades que Caracas se mostrara dispuesta a brindarles, ellos, los Perdomo Maradentro, se verían siempre obligados a contar con un factor del que jamás podrían prescindir: Yaiza.

Sebastián permaneció unos instantes como ausente y por último optó por encogerse de hombros admitiendo su impotencia para encarar el problema.

—¿Y qué pretendes que hagamos con ella? —inquirió—. ¿Desterrarla en una isla desierta? ¿Taparle la cara como a las moras? Algún día tendrá que empezar a vivir por su cuenta.

—¿Aquí? —se asombró Asdrúbal—. ¿Aquí, en Caracas? La destrozarían.

—No todos son salvajes.

—Menos lo eran en Lanzarote, y viste lo que ocurrió. Los del pueblo la respetaban porque sabían que con los Maradentro no se podía jugar, pero en cuanto llegaron forasteros tuve que matar a uno o aquella misma noche tal vez la hubieran matado a ella. ¡Desengáñate! Lo sabes mejor que nadie: Caracas no es lugar para Yaiza.

—¿Y cuál lo es? —se impacientó su hermano—. ¿Un convento? ¿La caja fuerte de un Banco? —Golpeó el muro con el puño—. ¡Si al menos hubiera salido golfa! No ya puta, simplemente «¡normal!». ¡Dios bendito! Me desespera, porque sin proponérselo nos ha convertido en sus esclavos y ni siquiera deseo dejar de serlo. —Chascó la lengua confuso—. Y me gustaría que alguien me explicara por qué.

—Tiene el «don».

—¡El «don»...! —Sebastián tomó de nuevo asiento con gesto de fatiga sobre el montón de ladrillos y aspiró una última bocanada antes de pasarle la colilla a su hermano—. Desde que

Yaiza nació esa palabra nos persigue como si de una maldición se tratase. –Alzó los ojos–. A ti y a mí nos arruinó la vida.

–Y papá murió por ello, lo sé –admitió Asdrúbal–. Pero aún confío en que algún día ese «don» vuelva a ser lo que fue en un principio: una gracia divina con la que Yaiza aliviaba a los enfermos o nos permitía calar las liñas donde estarían los peces...

–¡Lástima que en Caracas no haya peces! –ironizó su hermano.

–Pero hay enfermos.

–Sabes que mamá se opone a que Yaiza utilice el «don» –sonrió con amargura–. Con lo supersticiosa que es aquí la gente, en cuatro días tendría más cola que una barraca de feria. –Negó con la cabeza–. ¡No! –añadió–. Lo que tenemos que procurar es que lo pierda. –Rió divertido–. Si además perdiera el culo y las tetas se nos habrían acabado los problemas.

Sonó una sirena llamando al trabajo y Asdrúbal señaló con un gesto el montón de ladrillos sobre el que se sentaba su hermano.

–Olvídate de ello –replicó–. Ahora nuestro problema es trasladar todo eso sin dejarnos los sesos allá abajo. Apúrate, que el capataz está mirando y a la primera de cambio llama a los portugueses.

–¡Jodíos portugueses! –se lamentó Sebastián–. Algunos están trabajando a medio jornal con tal de que les dejen dormir en la obra. ¡Así no hay manera!

Asdrúbal señaló despectivamente con un ladrillo hacia la ciudad que se desparramaba a sus pies.

–¡Y tú aún aseguras que encontrarás un sitio ahí abajo! ¡Como no sea en el cementerio!

Lucio Larraz cumplió eficazmente la orden recibida, y en cuanto cayó la noche introdujo al renuente Mauro Monagas en el inmenso Cadillac gris y le dio varias vueltas por las más oscuras e irreconocibles calles de La Castellana, el Country y Altamira antes de conducirle al lujosísimo palacete de su patrón, que recibió al Manco en el más elegante despacho que este hubiera visto o imaginado durante su ya larga existencia.

Don Antonio Ferreira no era hombre que perdiera el tiempo con personajes de la escasa categoría de Mauro Monagas, por lo que de entrada se limitó a señalar un sobre depositado sobre la mesa.

—Ahí hay dos mil bolívares... —dijo—. Son tuyos. A cambio tan solo quiero una muestra de la escritura de la chica y que mantengas la boca cerrada.

El gordo Monagas, aterrorizado desde el momento mismo en que Lucio Larraz le indicó que tendría que ir con él, le gustara o no, trató de vencer el irresistible temblor de su única mano, tragó saliva, y con un supremo acto de valor se atrevió a inquirir:

—¿Qué piensas hacer?

—Llevármela, naturalmente —replicó Don Antonio das Noites con absoluta tranquilidad—. Una criatura semejante no merece vivir encerrada entre cuatro paredes, expuesta a que cualquier día una pandilla de golfos de barrio decidan subir a cogérsela. Yo puedo proporcionarle cuanto quiera.

—No va a ser fácil. Sus hermanos...

—Sus hermanos no son más que unos muertos de hambre —le interrumpió convencido el brasileño—. Cuando encuentren una carta explicando que se marcha porque no soporta vivir encerrada, no podrán hacer nada, y si lo intentan me ocuparé de que los expulsen del país. —Ahora el tono de su voz cambió, confiriendo una marcada intención a sus palabras—. Entre mis clientes hay algunos muy, pero que muy influyentes —dijo, y ante la muda aceptación de su interlocutor, continuó–: Tendrán que resignarse, y más tarde les enviaré algún dinero para que no alboroten. –Agitó la cabeza como si en verdad le doliera semejante comportamiento–. Conozco a este tipo de gente: todos reaccionan igual.

–Ellos no –osó contradecirle Mauro Monagas en un nuevo derroche de valor–. Nunca admitirán que se ha ido, por muchas cartas que deje.

–¿Cómo lo sabes?

–Porque Yaiza es distinta. –Hizo una pausa–. No es solo que sea distinta exteriormente, es que es distinta en todo, y los suyos lo saben. Si se la lleva, removerán cielo y tierra.

Don Antonio das Noites, rey del negocio de la prostitución en Venezuela durante la década de los cuarenta, se limitó a encender un largo habano y expulsar una densa columna de humo.

–Deja que sea yo quien se preocupe –señaló–. No van a quitarme el sueño. Tú lo único que tienes que hacer es proporcionarme esa muestra de escritura y cerrar la boca. –Sonrió con gesto de hombre de mundo y quiso mostrarse generoso–. Si todo sale bien, y esa chica me hace ganar lo que imagino, cuenta con otros dos mil «bolos». ¿De acuerdo...?

Mientras hablaba había extendido la mano abriendo el sobre y desparramando en abanico veinte billetes de cien bolívares, cuya visión parecía vencer el último conato de resistencia del Manco Monagas, que alargó su única mano, se apoderó del dinero y lo guardó en un bolsillo de sus enormes y descoloridos pantalones.

–Lo que usted diga –admitió, servil–. Pero recuerde que se lo advertí: es una familia muy unida –concluyó, convencido.

Don Antonio Ferreira se apoltronó en su sillón, extendió los pies, colocándolos sobre una pequeña banqueta, y sin dejar de fumar observó al gordo y habló como quien le habla a un niño que no tiene las ideas demasiado claras.

—Escucha, Monagas —comenzó—. Deja de inquietarte por ellos... o por la muchacha. Será lo mejor que pueda ocurrirle. ¿Qué destino le espera? ¿Continuar encerrada hasta el día que se case con cualquier albañil que la cargue de hijos y la muela a palos? —Se sirvió un abundante coñac sin hacer la menor intención de invitar a su interlocutor, y tras aspirar profundamente su aroma, continuó—: En el ambiente en que vive nadie sabría apreciar lo que vale. —Bebió despacio y con delectación—. Sin embargo, conmigo será distinto: yo le proporcionaré los mejores clientes. Pocos y escogidos; gente de clase capaz de valorar lo que pongo en sus manos. No más de uno o dos «servicios» al día. ¿Imaginas lo que puede llegar a pagar un Melquíades Medina, o el mismísimo Hans Meyer, por pasar una noche con esa criatura si no está muy puteada? Y seré generoso con ella, te lo aseguro: le colocaré en un banco el veinte por ciento de todo lo que gane. —Sonrió socarrón—. ¡Y quién sabe! Tal vez cualquier pendejo se encapriche con ella, la retire, e incluso acabe casándose.

Se puso en pie, y se encaminó a la puerta en lo que constituía una clara invitación a que el otro se marchase—. Yo puedo labrar su fortuna —sentenció—. Su familia, lo único que puede hacer es continuar manteniéndola en la mierda y la miseria. Estoy convencido de que a la larga me lo agradecerá.

De nuevo en el Cadillac, con la mano en el bolsillo aferrando los billetes y dando vueltas por arboladas calles desconocidas, el Manco Monagas se esforzó vanamente por ordenar su mente y hacerse a la idea de que no estaba viviendo una pesadilla. Aquel era uno de los coches de don Antonio das Noites y era dueño de más dinero del que hubiera visto nunca en casi sesenta años de existencia.

¡Dos mil bolívares!

Dos mil bolívares, y quizás otros dos mil más a cambio de algo tan sencillo como conseguir la escritura de una muchacha a la que con frecuencia había observado mientras anotaba algo, al parecer muy íntimo, en una libreta barata que dejaba luego sobre la estantería sin que ni su madre ni sus hermanos hicieran nunca ademán de averiguar su contenido. ¿Por qué?

¿Por qué ninguno de ellos pretendió leer jamás lo que había escrito?

¿Por qué ni siquiera él mismo, que tan perfectamente conocía la existencia de la libreta y tan fascinado se sentía por la muchacha y cuanto a ella se refiriese, había aprovechado alguna de aquellas largas ausencias de los domingos para averiguar algo más sobre Yaiza a través de sus escritos?

¿Qué extraña fuerza le había obligado a mantenerse lejos del sencillo cuaderno de tapas azules que permanecía a la vista de todos pero que todos parecían esforzarse por ignorar?

«No deseo que vuelvan, pero ¿cómo pedirles que se marchen?».

«Los quiero cuando están a mi lado, y no siento miedo en ese instante; pero... ¿y luego...?».

«¿Cómo murió Damián Centeno? ¿O don Matías Quintero? Me visitan a veces y me culpan de su desgracia, pero tampoco me aclaran cuál es mi parte en el hecho de que ahora estén en un lugar que los atemoriza y desorienta...».

Sentado en la misma silla en que tantas veces se sentaba a escribir cuando la espiaba durante largas horas, el Manco Monagas se esforzó inútilmente por encontrar algún sentido lógico a una serie de frases inconexas escritas con una letra pequeña y muy cuidada que llenaban casi una tercera parte de la libreta azul.

¿Quiénes eran aquellos personajes? ¿Existían realmente, eran tan solo fruto de la imaginación de una chiquilla obsesionada por su encierro o se trataba en verdad de muertos que le hablaban, seres cuya presencia había presentido cuando advertía como parecía estar hablando sin mover siquiera los labios?

45

A solas aquella mañana de domingo en la que sus escasos huéspedes habían escapado a la búsqueda de un lugar menos apestoso y tétrico, el gordo Mauro Monagas experimentó un escalofrío pese al asfixiante bochorno del cuartucho sin apenas ventilación, y giró lentamente la vista en derredor, tratando de descubrir allí, sentados en los camastros, las figuras de todos aquellos seres que parecían haberse convertido en asiduos visitantes.

«¿Qué pretenden de mí...? ¿Cómo convencerlos de que por más que me esfuerce no puedo hacer nada por ellos?».

Le resultó imposible continuar más allá de la cuarta página y regresó a su cuartucho, huyendo de aquel otro que ahora se le antojaba poblado de seres fantasmales, hasta el punto de imaginar estar escuchando a través del muro extrañas voces apagadas y confusos susurros.

¿Quién era aquella chiquilla frente a la cual se consideraba incapaz de pronunciar media docena de palabras provistas de sentido, y cuya presencia le apocaba como de niño le apocaba la presencia de aquel gigantesco mulato que golpeaba salvajemente a su madre persiguiéndola por toda la casa para acabar por encerrarse juntos durante horas en cualquier habitación?

Mauro Monagas no había creído nunca en nada, excepto en la perra suerte que le había hecho nacer manco, gordo, hijo de puta y pobre, y tan estúpidos le resultaban los «meapilas» de misa diaria como los adoradores de «María-Lionza» con sus paganos ritos que no eran en el fondo más que una degeneración típicamente criolla del «vudú» haitiano o las «macumbas» brasileñas, pero aquel domingo, tumbado durante todo el día en su camastro sin sentir hambre ni necesidad de destapar una cerveza, se preguntó si no habría estado equivocado durante tantos años, y existía tal vez un mundo distinto al mundo cotidiano en el que todo se limitaba a luchar por conseguir un puñado de bolívares con los que seguir luchando.

Mauro Monagas no había leído muchos libros en su vida, pero aquellas tres páginas de un sencillo cuaderno azul que no habría costado cuatro «lochas» le habían impresionado más que todos los libros que hubieran caído en sus manos hasta ese día:
«¿Dónde está Dios, si a los vivos no nos da nunca una prueba indiscutible de su existencia y a los muertos los mantiene igualmente en la ignorancia?».
«¿A quién iré yo a suplicarle que me ayude cuando vague también por un mundo sin formas?».

Se preguntó si la respuesta más simple no estaría en el hecho evidente de que aquella pobre muchacha estaba loca y era por eso por lo que su familia la mantenía siempre oculta, y tembló al imaginar a Yaiza, «su Yaiza», encerrada en un manicomio, y tembló igualmente al imaginar a Yaiza, «su Yaiza», encerrada en el palacete de don Antonio Ferreira a disposición de hombres como Melquíades Medina, o aquel bastardo de Hans Meyer al que la prensa acusaba de nazi y era ya dueño de doce de los mayores edificios de Caracas.

¿Cuál de ellos ofrecería más por ser el primero en acariciar su piel inimitable, hundir el rostro entre unos muslos que no se cansaba de contemplar durante horas y penetrar al fin hasta lo más recóndito de aquel cuerpo único, que de tanto espiar se había hecho ya la ilusión de que era suyo?

Medina era un criollo parrandero y borrachín que dilapidaba a manos llenas el dinero que obtenía de ir vendiendo metro a metro los inmensos cafetales que había heredado en el este de la ciudad, y Meyer un frío especulador que se enriquecía a la misma velocidad comprando esos cafetales para transformarlos en urbanizaciones o en altas moles de hierro y hormigón.

Nada tenían en común más que su afición a las mujeres, y Mauro Monagas se regodeó durante el resto de la tarde en el dolor que le producía imaginar a don Antonio das Noites ofertando a uno y otro su mercancía viviente; aquel ser adorable que ellos nunca sabrían tasar más que en bolívares y que saldría a subasta como podría subastarse una yegua o un mueble antiguo.

Extendió la mano, apartó la raída alfombra y un ladrillo y contempló una vez más los veinte billetes que le entregara el brasileño. Él sabía mejor que nadie que no era avaricia, sino miedo lo que le había impulsado a aceptar aquel dinero, porque no era más que el gordo y miserable Manco Monagas, al que le temblaban las nalgas y sudaba frío en presencia de hombres como Ferreira o Lucio Larraz.

–¡Pero ella es mía!

Le asustó la firmeza de su propia exclamación dicha en voz alta que resonó en la casa vacía con la fuerza y la intensidad de una verdad indiscutible. Yaiza era suya, aunque jamás hubiera rozado uno solo de sus cabellos ni su única mano se hubiera atrevido tan siquiera a tocarla. Yaiza era suya pese a aquellos billetes y pese al brasileño y su malencarado guardaespaldas, y Yaiza continuaría siendo suya pese a todos los millones de tipos como Melquíades Medina o el nazi Hans Meyer. ¡Y era tan poco lo que él pedía! Un agujero en un muro y que ella continuase allí, al otro lado de ese muro, cosiendo lejana y pensativa en silenciosa charla con todos aquellos seres misteriosos a los que se refería en sus escritos. No pedía poseerla, ni acariciarla, ni tan siquiera rozar levemente el borde de su vestido. Tan solo pedía llenarse los ojos con su luminosa presencia y maravillarse con la gracia de cada uno de sus gestos.

¿Era eso mucho?

Lo era sin duda para un manco nacido hijo de puta que no había hecho otra cosa en sesenta años que engordar soñando cada sábado con salir de la miseria acertando los ganadores de seis carreras de caballos, y a lo largo de aquella inacabable tarde de domingo, Mauro Monagas llegó por sí mismo a la dolorosa conclusión de que su vida se había perdido entre las patas de miles de caballos remolones que nunca se decidieron a atravesar la meta en el orden que él predijo.

Y luego cayó en la cuenta de que la primera vez que contaba con dinero suficiente para hacer una apuesta importante había olvidado rellenar los formularios.

A medianoche Yaiza comenzó a agitarse con un sueño inquieto, plagado de pesadillas, y tras revolverse una y otra vez gimió como si la estuvieran martirizando, y al fin se despertó, quedando sentada con los ojos muy abiertos, dilatados por el terror.

Aurelia encendió de inmediato la mustia bombilla que confería a la estancia una triste luz amarillenta, y pese al cansancio, Asdrúbal y Sebastián abrieron a su vez los ojos.

—¿Qué ocurre?

—Tenemos que irnos.

La miraron estupefactos, y fue su hermano mayor el primero en tomar asiento en el borde de la cama y observar con fijeza a la muchacha.

—¿Irnos...? —inquirió—. ¿Adónde?

—No lo sé —admitió ella—. No sé lo que ocurre, pero todos me gritan que me vaya.

—¿Quiénes son «todos»?

No hubo respuesta, y nadie pareció querer insistir en la pregunta, que Aurelia fue la primera en soslayar, poniéndose en pie y cubriéndose con su único vestido.

—¡Vamos, hija! —suplicó—. Procura tranquilizarte e intenta explicar lo que te pasa.

Yaiza la miró y luego se volvió a sus hermanos. Asdrúbal, que había buscado apoyo en la pared sin abandonar la cama, extendió la mano y encendió un cigarrillo aun a sabiendas de que contravenía las órdenes de su madre, que había prohibido fumar en la recargada habitación. Dio dos chupadas y pasó el pitillo a su hermano, limitándose a esperar porque conocía bien a su familia y le constaba que cuando la pequeña se despertaba de aquel modo, cualquier cosa, por absurda que pareciese, podría acontecer.

—Corro peligro —replicó al fin la muchacha—. Todos corremos peligro y tenemos que marcharnos.

—¿Ahora? —se asombró Sebastián. Asintió, convencida.

—Ahora.

Su hermano agitó la cabeza, negando.

—¡Ni hablar! —exclamó—. Me he pasado el día cargando sacos y mezclando cemento. No pienso lanzarme a esas calles de Dios a las dos de la mañana.

Yaiza se limitó a volverse hacia su madre y repetir con aquella naturalidad que tenía la virtud de desarmarla:

—Algo terrible ocurrirá si nos quedamos.

—¿Estás segura?

—Tú sabes que nunca se equivocan.

Aurelia Perdomo la observó intentando buscar una respuesta en el fondo de sus ojos, y al fin asintió con un levísimo ademán de cabeza.

—¡Está bien! —ordenó con un tono de voz que no admitía réplica—. Recojan todo.

Sebastián se limitó a lanzar un resoplido y cerrar los ojos con inequívoco gesto de hastío y resignación, mientras Asdrúbal, tras alargarle de nuevo el cigarrillo en un vano intento de calmarlo, se ponía en pie con parsimonia.

Al otro lado del muro, Mauro Monagas había abiertos los ojos alarmado por las voces, y cuando se cercioró de que algo extraño ocurría, se aproximó a la pared, apartó con sumo cuidado el taco de madera y aplicó el ojo al agujero.

Advirtió cómo ambos hermanos se vestían dando la espalda a Yaiza, que comenzaba a hacerlo a su vez, y distinguió igualmente las manos de Aurelia, que colocaba apresuradamente en el fondo de una caja de cartón cuanto aparecía desparramado por la estancia.

Se alarmó.

El corazón le dio un vuelco en el pecho y experimentó el mismo temblor de piernas que le atacara la primera vez que descubrió a la muchacha desnuda.

Durante unos segundos todo se le antojó confuso y sin explicación, pero pronto llegó al convencimiento de que sus huéspedes se estaban disponiendo para la marcha.

Meditó unos instantes recostado en la pared, y al fin taponó de nuevo el agujero, se puso a duras penas los pantalones, y con su monstruosa barriga al aire salió al pasillo y golpeó la puerta.

—¿Qué ocurre? —inquinó cuando Sebastián asomó la cabeza.

—Nos vamos.

—¿A estas horas? ¿Por qué?

El otro miró hacia dentro, comprobó que Yaiza estaba ya vestida y abrió la puerta de par en par al tiempo que se encogía de hombros tratando de mostrar su desconocimiento y su impotencia.

—¡Cosas de mi familia, que está chiflada! —comentó—. Yaiza asegura que aquí nos acecha un gran peligro.

—¿Qué clase de peligro?

El gordo Monagas notó cómo los verdes ojos de la muchacha se clavaban en él buscando atravesarlo o leer en el fondo de su mente, y deseó más que nada en este mundo encontrarse muy lejos de allí, porque le asaltó el convencimiento de que sabía la verdad.

Pese a ello insistió con voz más débil volviéndose a la madre, que concluía de empaquetar las escasas pertenencias del grupo.

—¿Qué clase de peligro?

—No lo sabemos —replicó desganadamente Aurelia sin mirarle—. Pero si mi hija dice que tenemos que irnos, tenemos que irnos.

—¡Pero han pagado hasta el sábado —protestó el Manco—. ¡Quédense por lo menos hasta entonces!

—¡No! Nos vamos.

Era la primera vez que Asdrúbal abría la boca en el transcurso de la noche, pero su voz denotaba a las claras la firmeza de su determinación.

—¿Adónde?

—No lo sabemos.

—¡Pero...! —se sorprendió Monagas, desconcertado—. ¿Cómo podré localizarlos?

—¿Para qué?

—Para lo que pueda necesitar.

—No creo que podamos ayudarle nunca en nada.

—¿Y si reciben una carta o alguien pregunta por ustedes?

—No esperamos ninguna carta. —Asdrúbal hizo una corta pausa y puntualizó escuetamente—: Y nadie nos conoce.

El Manco Monagas recorrió uno por uno los cuatro rostros que a su vez le miraban, llegó a la conclusión de que todo estaba perdido, y súbitamente vencido dio dos pasos y se dejó caer en el borde de la cama más próxima, inclinando la cabeza y pasándose la mano por su enorme calva sudorosa.

—¿Qué será de mí ahora? —musitó roncamente—. ¡Dios bendito! ¿Qué será de mí?

Los Perdomo intercambiaron una mirada de sorpresa y guardaron silencio, observando fijamente a aquel gordo grasiento que parecía haberse convertido en la más pura estampa del abatimiento y la desesperación.

Al fin Aurelia tomó asiento frente a él y extendió la mano, apoyándola en una de sus rodillas.

—¡No se lo tome así! —señaló—. Encontrará otros huéspedes. Total, para lo que le pagamos...!

El otro tardó en reaccionar y decidirse a mirarla de frente.

—Usted no lo entiende —dijo al fin—. Nadie lo entendería. —Hizo una pausa—. Pero ella tiene razón, y es mejor que se marchen. Váyanse y no vuelvan nunca... ¡Nunca!

—¿Por qué?

—Porque Antonio das Noites la encontrará si se queda en Caracas. O en Maracaibo, Valencia, Puerto Cabello, o cualquier otra ciudad venezolana. —Agitó la cabeza, pesimista—. Su gente está en todas partes y le informarán de cualquier muchacha útil para su negocio. —Ahora, al hablar miraba fijamente a Yaiza, como si no existiera nadie más que ella en este mundo—. Quería llevarte —añadió—. Quería convertirte en la prostituta más famosa del país. Él sabe cómo hacerlo; él sabe mejor que nadie cómo drogar y enviciar a una mujer para que haga cuanto quieran sus clientes.

Asdrúbal dio un paso adelante, amenazador.

—¡Usted lo sabía! —exclamó—. ¡Lo sabía y no nos advirtió, maldito hijo de puta!

El gordo ni siquiera se molestó en mirarle.

—Tenía miedo —dijo—. Ustedes también lo tendrían si conocieran a ese sucio canalla brasileño. ¡Váyanse! —repitió obsesivamente—. ¡Por favor, váyanse donde él nunca pueda encontrarla!

—¿Cómo? —quiso saber Sebastián—. Aún no nos han entregado las cédulas de identidad, ni los permisos de residencia. En cuanto salgamos de Caracas nos detendrá la Policía.

El Manco apartó los ojos de Yaiza y le miró.

—En el Departamento de Extranjería hay un negro, Abelardo Chirinos. Si han presentado ya la documentación, en dos horas lo soluciona todo por quinientos bolívares... ¡Vayan a verle de mi parte!

—No tenemos dinero.

—Yo lo tengo... –señaló Mauro Monagas–. Ferreira me lo dio. ¡Llévenselo! Que su propio dinero sirva para burlarlo. ¡Es un hijo de puta! ¡No como yo, que nací así, sino un auténtico hijo de puta que quería entregar a Yaiza al cerdo de Medina o a ese nazi de Meyer... –Sonrió quizá por primera vez en muchos años–. ¡Me alegra joderles! –admitió–. Y me alegra saber que por mucho dinero que tengan ninguno podrá pagar por ser él el primero en ponerle las manos encima.

Ya a solas, más a solas que nunca en el mugriento cuartucho donde había pasado tantos años, el Manco Monagas se tumbó en el camastro a contemplar el techo evocando cada uno de los momentos que había pasado con el ojo pegado a la pared preguntándose cómo transcurriría de allí en adelante su vida si no podía llenarla con la presencia portentosa y única de Yaiza.

Sintió unos incontenibles deseos de llorar, de llorar sin recato, como no lo hacía desde que fuera el niño más solitario, triste y desgraciado del mundo, y aún lloraba cuando golpearon la puerta, y tuvo que hacer un esfuerzo para contenerse y limpiarse las lágrimas con un mugriento pañuelo antes de abrir.

—¿Qué ha ocurrido? –fue lo primero que inquirió agresivamente Lucio Larraz–. Llevo más de dos horas esperando. ¿Dónde está?

—¿Quién?

El otro le miró como si se hubiera vuelto loco.

—¿Quién va a ser, estúpido? Esa chica.

—Se fue –replicó el Manco Monagas con una súbita calma que a él mismo le sorprendió–. Sus muertos la avisaron de que vendrías, y se marchó. —Hizo un ademán indicando que le dejara en paz—. Y dile a tu jefe que no se moleste en buscarla. ¡Nunca la encontrará! Yaiza no es para él, ni para Meyer o cualquier otro cabrón semejante. Ella no es de nadie. ¡Jamás será de nadie!

Lucio Larraz le observó como si le costara un gran esfuerzo averiguar a qué se estaba refiriendo, y en realidad le costaba ese esfuerzo. No dijo nada, pero fue hasta la habitación vecina, se cercioró de que todos se habían ido llevándose lo poco que tenían, y cuando regresó hizo un imperioso e inequívoco gesto con la mano.

—¡Vamos! —dijo—. Don Antonio querrá hablar contigo.

—¿Y si me niego?

—Te romperé el cuello aquí mismo. ¿Está claro?

—Muy claro.

Se calzó, en chancletas, sin calcetines, los viejos zapatones mientras se abotonaba la eterna y resobada guayabera ayudándose con el muñón que la sujetaba sobre el voluminoso vientre, y cuando Lucio Larraz lo empujó media hora después ante don Antonio Ferreira, este le dirigió una larga mirada de desagrado y desconcierto.

—¿Qué pasa? —inquirió—. ¿Dónde está la carajita?

—Se ha ido —se anticipó a responder el guardaespaldas—. En la casa no queda nadie y este no hace más que decir tonterías. Por eso lo traje.

El brasileño se volvió a Mauro Monagas y lo observó con detenimiento, aguardando una explicación.

—Se despertó a medianoche asegurando que corría peligro, convenció a sus hermanos y se fueron —señaló al fin el gordo—. Intenté retenerlos, pero resultó imposible.

—¿Pretendes que me crea semejante estupidez?

—Es la verdad.

—¿Me estás tomando el pelo? Una mocosa se despierta, dice que corre peligro, y todos se levantan y se van. ¡Nunca oí nada igual!

—Ya le dije que ella es distinta. —Monagas hizo una leve pausa y bajó el tono de voz—. Creo que habla con los muertos.

Don Antonio das Noites le miró estupefacto, y luego se volvió hacia Lucio Larraz, como pidiendo una aclaración, pero el otro permaneció impasible, porque se diría que nada en este mundo conseguiría sorprenderle.

—Habla con los muertos, ¿eh? —repitió al fin el brasileño, mientras se pellizcaba la nariz con un gesto nervioso que se sentía incapaz de controlar—. ¡Bien! Pronto vas a poder charlar con ella si no empiezas a explicarte. —Hizo una pausa y pareció querer taladrarle con la mirada—. De acuerdo —admitió—. Supongamos que tú no dijiste nada y se fueron por su cuenta. ¿Por qué no me avisaste? Te bastaba con coger un teléfono y llamar a cualquiera de mis chicas. En cinco minutos yo lo habría sabido.

—Es que no quería que lo supiese.

Podría asegurarse que ahora don Antonio Ferreira se desconcertaba realmente, y estudió al manco Mauro Monagas como si se tratara de alguien a quien nunca había visto con anterioridad.

—No lo querías —murmuró sin cesar de pellizcarse la nariz—. ¿Por qué?

—Porque Yaiza no nació para puta, ni para que tipos como Meyer la anden manoseando. —Sonrió levemente—. Le di su dinero y tiempo para escapar. —Hizo una pausa—. Nunca podrá encontrarla —concluyó, convencido—. ¡Nunca!

—Eso está por ver —replicó el brasileño sin inmutarse—. Puedo hacer que encuentren a alguien en Venezuela aunque se esconda bajo tierra. —Comenzó a silbar distraídamente una pegadiza tonadilla del carnaval carioca, y al poco señaló, como si no tuviera importancia—: Pero ahora el problema eres tú...:

te has quedado con dos mil bolívares míos. ¿Qué puedo hacer contigo?

Mauro Monagas hizo un gesto con la cabeza hacia Lucio Larraz, que había quedado a sus espaldas, junto a la puerta, y comentó con idéntico tono:

—Ya él lo dijo: romperme el cuello.

Don Antonio das Noites sonrió, y se diría que la situación había acabado por hacerle gracia. Buscó la botella de coñac, se sirvió un largo trago y lo paladeó mientras inclinaba apenas la cabeza para observar irónicamente al gordinflón, que permanecía en pie ante él, orgulloso y desafiante.

—¿Eso es lo que te gustaría? —inquirió al fin en tono de burla—. ¿Que Lucio te mandara al otro barrio cuando te sientes feliz porque te has sacrificado por la mujer que amas? ¡Oh, mierda! —exclamó—. Los viejos suelen hacer el ridículo cuando se enamoran. Unos se arruinan por la primera putita que la mama bien... Otros abandonan a su mujer e incluso a sus hijos, y tú, que no tienes mujer, ni hijos, ni puedes arruinarte, decides sacrificar tu puerca vida. —Negó convencido—. ¡Pero no me vale, Monagas! ¡Tu vida no vale dos mil bolívares! ¡Ni siquiera veinte! Y no te voy a hacer el favor de matarte como a un héroe. —Sonrió malignamente—. Lo que quiero es que me recuerdes toda la vida. ¡Y a ella! Te juro que te vas a acordar de esa niña cada vez que tengas que sonarte los mocos o limpiarte el culo. —Se volvió a Lucio Larraz e hizo un gesto con la cabeza—. ¡Llévatelo! —ordenó secamente—. Llévatelo, pero no lo mates: córtale la otra mano.

El negro Abelardo Chirinos pareció darse cuenta de la urgencia del problema, por lo que exigió el doble de la cantidad acostumbrada, pero cuando se la prometieron hizo gala de una eficacia impropia del Departamento de Extranjería, porque una hora después reaparecía con cuatro documentos, que entregó con una mano mientras recibía mil bolívares en la otra.

—¿Qué hacemos ahora? —quiso saber Sebastián cuando se encontraron de nuevo en la calle.

—Ya oíste a Monagas —replicó su madre—. Marcharnos. Salir cuanto antes de esta ciudad y buscar un lugar en el que ese hombre, como quiera que se llame, no pueda encontrar nunca a tu hermana. Estoy segura de que era aquel: el flaco que vimos en el parque. Era como un buitre al acecho de su presa. ¡Vámonos pronto! —suplicó.

—¿Al mar?

Sebastián se volvió a su hermano, que era quien había hecho la pregunta.

—Si nos buscan lo harán en la costa antes que nada. ¿O no?

—Sí. Supongo que sí —admitió Asdrúbal—. Pero ese tipo también tiene gente en las ciudades.

—¡De acuerdo! No debemos ir al mar, ni a las ciudades.

—Sebastián hizo una pausa, sonrió, y dio la impresión de que se estaba burlando de sí mismo y de la situación en que se encontraban—. Nos quedan la selva, los Llanos y los Andes... ¿Quién decide?

—No creo que sea para tomárselo a broma —se molestó su madre—. Es mucho lo que está en juego. —Hizo una pausa—. Y no creo que la selva sea lugar para tu hermana.

—No, desde luego. No lo es. Y tampoco me lo estoy tomando a broma. Pero es que a veces tengo la impresión de que alguien, en alguna parte, está tratando de burlarse de nosotros.

»¿Hasta dónde piensa empujarnos? ¿No va a existir un lugar en este mundo en el que podamos vivir en paz? Donde quiera que vayamos, ciudades, selvas, llanos o montañas,

habrá hombres, y ya sabemos lo que ocurre en cuanto Yaiza aparece.
—Ella no tiene la culpa.
—Y nadie la acusa. —Se volvió a su hermana que marchaba en silencio, cabizbaja y ausente como si se encontrara muy lejos de allí—. Tú sabes bien que no te culpo, pequeña pero, lo queramos o no, esa es la realidad. —Agitó la cabeza—. Tengo la impresión de ir por el mundo con un barril de pólvora bajo el brazo esperando a que alguien prenda fuego a la mecha. —Le tomó la barbilla y obligó a que le mirara a los ojos—. ¿Por qué no decides tú? ¿Los Llanos o los Andes?

Yaiza se detuvo en el centro de la acera y todos se detuvieron a su vez y la miraron. Estaba extrañamente seria y aparentaba tener sesenta años cuando dijo:
—Ocurrirán cosas dondequiera que vayamos. —Hizo una larga, muy larga pausa, y por último, en voz muy baja, añadió—: Únicamente cuando yo desaparezca podréis vivir en paz.

Se habían quedado clavados en el centro de una ancha acera de la Avenida Universidad, y a su lado estallaba el tráfico y la prisa de la Caracas más comercial y activa, con coches y autobuses que pasaban rugientes y apresurados transeúntes que se abalanzaban inadvertidamente sobre ellos.

Fue Aurelia Perdomo la que abrazó a su hija, su pequeña, un mujerón que la sobrepasaba fácilmente una cabeza, y musitó:
—Sabes que eres nuestra alegría, y si desaparecieras la vida dejaría de tener sentido. —Le acarició el cabello con su afectuoso ademán de siempre—. Lo único que te pedimos es que no cambies nunca, porque así es como eres y así queremos que sigas siendo. —Se volvió a Sebastián—. Y ahora decide tú, que eres el mayor. ¿Adónde vamos?

El otro se encogió de hombros.
—¡Qué más da! —replicó—. Lo único que se me ocurre es que entremos en la estación de autobuses y subamos al primero que salga.

—A San Carlos.
—¿San Carlos?
—Sí. –Se impacientó el taquillero–. Ese autobús va a Maracay, Valencia y San Carlos. Y el lunes regresará por Valencia y Maracay hasta Caracas. ¿Tanto le cuesta entenderlo?
—No. No me cuesta entenderlo. Tan solo pretendo que me explique dónde queda San Carlos.
El hombrecillo les miró por encima de las gafas como si sospechara que estaban tratando de tomarle el pelo, pero advirtió la seriedad de los cuatro rostros –uno de los cuales era el más hermoso que hubiera visto nunca– y, volviéndose, señaló un punto en el resobado mapa cargado de moscas que colgaba de la pared a sus espaldas.
—San Carlos está aquí –indicó–. En el estado Cojedes.
—¿Es bonito?
Observó desconcertado a la mujer que había hecho la pregunta.
—No tengo ni idea, señora. No he estado nunca. Para mí, más allá de Los Teques, el que no tira flechas toca el tambor. No hay más que indios y negros. En Caracas nací, y de aquí no me sacan ni a tiros.
—¿Cree que encontraremos trabajo?
—¿Son isleños?
—Sí.
—En ese caso, es posible. A los llaneros les gustan los canarios. Dicen que saben trabajar la tierra. –Tamborileó repetidas veces con los dedos sobre el mostrador en clara demostración de que empezaba a impacientarse–. ¡Bueno!

—pidió—. ¡Decídanse! ¿Van a San Carlos o no van a San Carlos? No puedo perder el día con ustedes.

Sebastián consultó a su madre con la mirada, y ante el mudo gesto de asentimiento comenzó a contar el dinero.

—De acuerdo —admitió—. Déme cuatro billetes. ¿Cuánto falta para que salga?

—Veinticinco minutos. Pueden esperar en el bar.

Esperaron en el bar, y mientras pedían unas «arepas» y unos refrescos, advirtieron cómo la mayoría de los parroquianos no apartaban la vista de Yaiza, hacían comentarios, e incluso iniciaban una leve maniobra de aproximación, aunque resultaba evidente que la presencia de Sebastián y Asdrúbal les cohibía.

Al fin resonó clara una voz en el extremo de la barra:
—¡No seas pendejo! Son hermanos.

Un mulato malencarado que no se había despojado siquiera del amarillo casco de trabajo inquirió de lado a lado del local:

—¡Perdone, señora! No pretendo molestarla, pero es que aquí, mi compañero y yo, tenemos una duda: ¿Verdad que los tres son sus hijos?

Aurelia observó al hombre, reparó en que la atención de todos los presentes había quedado pendiente de ella, y tras un corto silenció negó con la cabeza, mientras indicaba a Yaiza y Sebastián.

—Ellos dos son mis hijos —dijo, y luego señaló a Asdrúbal—. Él es mi yerno...

Un leve murmullo de desencanto se extendió por el amplio salón y más de un par de ojos se clavaron envidiosos en Asdrúbal que, aunque se desconcertó en un primer momento, se esforzó por mostrar una indiferencia que se encontraba muy lejos de sentir.

Cuando resultó evidente que el interés que los hombres sentían por Yaiza había decaído por el hecho de que estaba ca-

sada y su esposo tenía aspecto de ser muy capaz de tumbar un muro de un puñetazo, Asdrúbal se inclinó sobre la mesa y masculló en voz baja:
—¿Y por qué no Sebastián? Él es mayor.
—Sebastián y Yaiza se parecen. Salieron a mí y a los Ascanio. Tú saliste a tu padre. —Arrugó la nariz en un cómico mohín—. Y eres más fuerte y más bruto. Con esos brazos y esas manos se lo pensarán mucho antes de decidirse a molestar a «tu mujer».
—No es mala idea —admitió Sebastián mientras sorbía su refresco como si estuviera hablando del calor o de que amenazaba lluvia—. La verdad es que no es en absoluto mala idea, al menos mientras andamos de un lado para otro.
—Tengo otra aún mejor —señaló Aurelia. La miraron expectantes.
—¿Cuál?
—Que Yaiza se quede embarazada.
—¿Cómo has dicho? —se asombraron.
—Que Yaiza se quede embarazada —repitió, y les miró con una chispa de burla en los ojos—. ¿Conocéis a alguien capaz de faltarle al respeto a una mujer embarazada?
—Me parece que empiezo a entender —admitió Sebastián—. ¿Cómo piensas hacerlo?
—Con un vestido amplio y un poco de relleno. —Señaló con un gesto hacia los puestos ambulantes que ocupaban gran parte del otro lado de la calle—. En ese mercadillo podríamos encontrarlos, y también un par de alianzas de latón —se volvió a su hija—: No te importa, ¿verdad?
La muchacha inclinó la cabeza sin querer mirarla.
—Me da vergüenza —dijo. Aurelia sonrió, comprensiva.
—¿Por qué? —inquirió—. Yo era poco mayor que tú cuando esperaba a tu hermano, y no sentía vergüenza, sino orgullo. Es muy bonito esperar un hijo.

–Lo será cuando lo esperas de un hombre al que quieres, pero no cuando sabes que estás tratando de engañar y lo único que llevas en la tripa son trapos.
 –Nos evitaría muchos problemas –hizo notar Sebastián.

Yaiza no respondió, y cuando comprendió que iba a sumergirse de nuevo en uno de sus largos mutismos, su hermano insistió:

–Escucha, pequeña: no sabemos lo que vamos a encontrar en San Carlos, y ya has visto lo que ha ocurrido aquí, incluso teniéndote encerrada. Como ese hombre dijo, más allá de Los Teques este país es aún semisalvaje. –Obligó a que le mirara a los ojos–. Tú eres demasiado hermosa, cada día que pasa esa hermosura aumenta, y por mucho que trates de disimularla, y yo sé que lo intentas, tendremos siempre líos. Pero como mamá dice, por bestia que sea un hombre, y a no ser que se trate de un enfermo mental, casi siempre respeta a una mujer que espera un hijo. –El tono de su voz se hizo levemente suplicante–. ¡Hazlo por nosotros! –pidió–. Únicamente hasta que tengamos una idea clara de adónde vamos.

La muchacha le contempló largamente, luego se volvió a Asdrúbal y a su madre, que la observaron en silencio, y por último hizo un levísimo gesto de asentimiento.

–Está bien –admitió.

Cruzaron la calle y compraron un amplio vestido de percal a cuadritos rosa y blanco, dos anillos baratos, y un pequeño cojín capaz de desfigurar apenas su portentoso cuerpo.

Allí mismo, en un portal oscuro, y mientras sus hermanos vigilaban, Aurelia la ayudó a cambiarse de ropa, y cuando al fin surgió con su nueva apariencia, el rostro arrebolado y los ojos clavados en el suelo, Sebastián la estudió y negó con gesto pesimista.

–¡Maldita sea! –masculló–. No sé qué diablos podemos hacer contigo. ¡Estás aún más guapa!
 –¡Tonto!

—¿Tonto? —se asombró—. Busca un espejo y mírate—. Se volvió a Asdrúbal—. ¡Díselo tú! ¿No resulta increíble?

Resultaba en verdad increíble, y lo corroboraron de inmediato porque ahora no eran únicamente los hombres los que se volvían a mirarla, sino que incluso llamaba la atención de las mujeres, que sonreían con ternura ante la presencia de aquella majestuosa mujer de resplandeciente rostro de niña que avanzaba con paso de reina y el empaque de quien acababa de inventar para la humanidad la gracia de ser madre.

Cuando el vetusto autobús comenzaba a encarar, gruñendo y resoplando, las primeras cuestas y curvas de Los Teques, Sebastián, que había permanecido en silencio observando el perfil de su hermana, que se sentaba junto a Asdrúbal en el banco delantero, se volvió a Aurelia, que contemplaba el paisaje, e inquirió en voz baja:

—¡Confiésame algo! ¿De verdad somos los tres hijos del mismo padre? ¿Nunca tuviste nada que ver con algún príncipe que fondeara su yate en Playa Blanca, ni te visitó un marciano antes de que naciera Yaiza?

—¡Vete a la porra! —fue la áspera respuesta—. ¿Cómo puedes faltarle al respeto así a tu madre?

Sebastián le palmeó afectuosamente el antebrazo y dejó su mano sobre la de ella con un tierno gesto de amor filial.

—No te enfades, pero creo que tu error estuvo en tener unos hijos demasiado guapos para ser tan pobres —dijo, y se señaló a sí mismo y a sus hermanos—. Nosotros, millonarios, no hubiéramos tenido problemas, pero se supone que un pescador de Lanzarote no puede permitirse lujos: ni siquiera el de tener hijos fuera de lo común. —Le guiñó un ojo—. ¿O no?

—¡Desde luego! —admitió Aurelia—. Y sobre todo tan modestos. —Se volvió a medias en su asiento, apoyándose en el cristal de la ventanilla y, observándole con fijeza, añadió—: ¿Qué te ocurre? ¿Por qué estás tan risueño? Todo va mal; quizá nos persigan; hemos tenido que marcharnos de una ciudad en la que pensabas hacerte rico, y sin embargo, por primera vez en mucho tiempo, bromeas... ¿Por qué?

Sebastián se encogió de hombros.

—Tal vez porque ya no tendré que subir a ese edificio a cargar ladrillos. Me horrorizan las alturas, y estos días han sido un martirio, no por el trabajo, sino por el vértigo. —Hizo una pausa—. O tal vez se deba a que presiento que las cosas van a ir mejor y encontraremos un buen lugar donde asentarnos.

—¡Dios te oiga...!

Él señaló hacia su hermana.

—¿Te has fijado en Yaiza? —inquirió—. Llevaba meses apagada y mustia, pero esta mañana resplandece como si una luz interior la iluminara. —Chascó la lengua—. Sé que es estúpido —admitió—, pero a menudo ella es para mí como un barómetro que me avisa cuando va a llegar la calma o la tormenta. —Le apretó la mano con fuerza, como tratando de infundirle confianza—. Y ahora viene la calma.

Su madre no respondió, limitándose a aferrarle a su vez la mano, y durante largo rato permanecieron así, muy juntos y en silencio, observando el hermoso paisaje de verdes colinas, altos árboles y macizos de flores de Los Teques; un paisaje por el que el cansino autobús se abría paso cada vez más lentamente a medida que la pendiente aumentaba, hasta el punto de que podría temerse que en cualquier momento lanzaría un postrer suspiro para desmoronarse convertido en un montón de chatarra que cubriría por completo la estrecha y serpenteante carretera.

Los últimos quinientos metros constituyeron un martirio para la máquina y una cruel incertidumbre para sus pasajeros, que casi contuvieron la respiración e iniciaron un absurdo e inconsciente intento de empujar desde dentro concluyendo por lanzar un común suspiro de alivio cuando las cuatro ruedas coronaron milagrosamente la cima y se lanzaron, con un sonoro chirrido de alegría, pendiente abajo, hacia los Valles del Arauca.

El sol caía inclemente sobre la polvorienta carretera que se perdía de vista en una llanura sin más horizonte que aislados grupúsculos de árboles achaparrados que se desparramaban aquí y allá sin orden ni concierto, y del inmóvil autobús, que ni siquiera sombra parecía capaz de proporcionar; tan solo sobresalían las piernas y los inmensos zapatones del hombre que tumbado bajo el motor trataba inútilmente de reparar los desperfectos de una desmantelada máquina que no constituía ya más que un puro desperfecto.

Dos horas bajo los rayos de aquel sol asesino podían destruir a cualquier ser humano, y los Perdomo Maradentro, que eran casi los únicos pasajeros que no se habían quedado en Valencia, Maracay o cualquiera de los restantes pueblos o apeaderos de la ruta, dudaban entre regresar al interior del vehículo recalentado hasta convertirse en un horno insufrible o permanecer a la intemperie con la esperanza de que alguna ráfaga de aire refrescara el ambiente.

Nadie pronunciaba una palabra y se diría, por la actitud del conductor y los que parecían ser sus clientes habituales, que el incidente formaba parte de la rutina del servicio de la empresa, y no cabía tan siquiera el derecho a la protesta, pues la única opción que se ofrecía al descontento era la de continuar a pie la larga travesía.

Habían cruzado media docena de vehículos sin que ninguno apuntara tan siquiera el gesto de disminuir la velocidad para interesarse por el destino de quienes les hacían señas desde el borde del camino, y tan solo dos ágiles muchachos consiguieron colgarse de la trasera de un humeante camión que pasó en dirección opuesta cargando gigantescos troncos de oscura madera.

—¿Cuánto falta hasta el pueblo más cercano? —quiso saber Sebastián cuando llegó a la conclusión de que los esfuerzos del improvisado mecánico resultarían por completo ineficaces, y que el vehículo parecía no tener la menor intención de reanudar su camino.

—Unos treinta kilómetros. —El hombre hizo un gesto hacia Yaiza—. No creo que la señora, en su estado, lo resista. —Se secó el sudor de la frente dejándose un nuevo churretón de grasa en la cara—. Este sol es muy traidor y seca el cerebro. Tenga paciencia. Conozco este trasto; cuando menos lo espere arrancará de nuevo.

—¿Está seguro?

El otro le miró largamente, dudó, y al fin negó con un repetido gesto de cabeza:

—Seguro está el cielo, hermano, y aun así casi nadie lo alcanza. ¿Para qué engañarle? Ya son ocho las veces que he tenido que pasar la noche en el asiento de atrás.

—¿Nunca mandan ayuda?

—Al día siguiente. —Hizo una corta pausa—. Los tiempos andan revueltos y a nadie le agrada lanzarse por estos rumbos cuando cae la noche. —Sonrió casi con una mueca y mostró la culata de un rifle que ocultaba bajo el asiento—. Pero no se preocupe —añadió—, con el autobús bien cerrado estaremos seguros.

Sebastián regresó junto a su familia y agradeció el cigarrillo que su hermano había encendido para ambos. Dio una larga chupada y comentó:

—Parece que no vamos a tener muchas opciones: o caminar treinta kilómetros o pasar aquí la noche...

—No cabe duda de que tienes porvenir como profeta —ironizó su madre—. Según tú, las cosas tenían todo el aspecto de mejorar.

Sebastián hizo ademán de protestar, pero Yaiza alzó los ojos hacia él y, muy suavemente, señaló:

—No te inquietes. Ya viene.

La miraron. Conocían aquel particularísimo timbre de voz.

—¿Quién? ¿Quién viene?
La muchacha se encogió de hombros y la sinceridad de su ignorancia resultaba evidente.
—No lo sé —replicó—. Pero viene.
—¡Ya empezamos!

La exclamación había partido como era de esperar del impaciente Sebastián, pero no tuvo tiempo de añadir nada más porque su hermano le golpeó con el codo en el antebrazo y en silencio indicó con un gesto a la lejanía, allí donde en el casi único desnivel de terreno que presentaba la llanura acababa de hacer su aparición un vehículo que avanzaba veloz haciendo que sus cromados y cristales reflejaran los rayos del sol.

Se limitaron a observarlo mientras iba creciendo de tamaño y tomando la forma concreta de una camioneta blanca y verde, porque aunque hasta ese momento nadie hubiera detenido su marcha, estaban convencidos de que aquella pararía.

El ruido del motor fue creciendo y creciendo para acabar por atronar la quieta llanura, pero aunque marchaba a gran velocidad frenó justamente frente al grupo que ni siquiera había hecho gesto alguno.

El cristal de la ventanilla izquierda descendió y una mujer de unos cuarenta años, facciones muy marcadas, piel curtida, ojos penetrantes y cabello recogido bajo un ancho sombrero de fieltro, observó uno por uno a quienes la contemplaban, y contestó sardónica.

—¡Vaya! ¡Náufragos de la llanura! —Hizo un gesto hacia la caja de la camioneta—. Suban o este sol les matará. —Su vista reparó en Yaiza, que había permanecido casi tapada por el cuerpo de Aurelia, y la natural dureza de su expresión se suavizó—. Las señoras pueden venir conmigo —añadió—. Estarán más cómodas.

Permaneció luego encerrada en sí misma durante largos minutos, atenta tan solo a evitar los incontables baches de la monótona carretera que parecía haber sido trazada con tiralí-

neas y, por último, sin mirar a Yaiza, que se sentaba entre ella, y a Aurelia, inquirió.
—¿Van a San Carlos?
—Sí.
—¿Viven allí?
—No. —Ahora fue Aurelia la que respondió—. Pero confiamos en encontrar trabajo y quedarnos.
—¿Emigrantes? —Ante la muda afirmación, quiso saber—: ¿De dónde?
—Españoles. De Canarias.
—¿De Tenerife?
—Lanzarote.
—¿Lanzarote? —Se sorprendió mirándola de reojo—. No sabía que hubiera una isla que se llamara Lanzarote. Casi todos los que vienen son de Tenerife, La Gomera o La Palma. Y algunos de Gran Canaria. ¡Pero Lanzarote! —Agitó negativamente la cabeza, y luego fijó la vista en el vientre de Yaiza—: ¿Para cuándo?

La muchacha bajó a su vez los ojos, contempló el bulto que le desfiguraba la cintura, dudó y se volvió a su madre en busca de ayuda.

Esta guardó silencio también unos instantes, observó con detenimiento a la mujer que conducía y aguardaba la respuesta, y al fin replicó:
—No está embarazada. —Hizo una leve pausa—. Es solo un truco para evitar molestias. Ni siquiera está casada. Los chicos son también mis hijos. —Hizo una nueva pausa, más larga, y trató de justificarse—. Ya sabe cómo son las cosas: una familia pobre en un país extranjero y sin conocer las costumbres... Teníamos problemas.

Los negros ojos recorrieron detalle por detalle el rostro de Yaiza mientras el vehículo disminuía su velocidad y el comentario resonó claro y sincero:

—No me extraña. —Ensayó una sonrisa aunque resultaba evidente que no acostumbraba a sonreír—. ¿Cómo te llamas? —quiso saber.
—Yaiza. Yaiza Perdomo.
—¡Yaiza! Nunca había oído ese nombre. Es muy bonito. —Intentó de nuevo aquella especie de sonrisa frustrada—. Yo me llamo Celeste. Celeste Báez, y desciendo de una familia de más de siete generaciones de llaneros. Mi madre juraba que me engendró sobre un caballo y que solo se apeó de él para que yo viniera al mundo. ¿Te gustan los caballos?
—Nunca he visto ninguno.

La camioneta se detuvo en seco y los pasajeros que se sentaban en la trasera y que no esperaban el frenazo estuvieron a punto de salir despedidos por encima de la cabina del conductor.

Celeste Báez, que se había quedado como alelada, tuvo que apoyarse en el ancho volante para observar con detenimiento a la muchacha que tenía a su lado.

—¿Que no has visto nunca un caballo? —repitió incrédula—. ¿Me estás tomando el pelo?
—No, señora. Los he visto en fotografía, naturalmente. —Abrió las manos en un claro gesto de impotencia—. Pero en Lanzarote únicamente hay camellos, y desde que llegué a Venezuela no he tenido ocasión de tropezar con ningún caballo. —Sonrió con una timidez que tenía la virtud de aplacar a cualquiera—. ¡Lo lamento! —concluyó.

—Razón tienes en lamentarlo —fue la respuesta mientras el vehículo se ponía de nuevo en marcha, aunque ahora a una velocidad mucho más moderada—. Los caballos son las criaturas más hermosas, nobles y generosas que existen sobre la Tierra. Mucho mejores que el mejor ser humano, y el que no los conoce y los ama pierde la mitad de su vida. Yo tengo más de dos mil y a lo largo de su historia mi familia ha criado treinta y nueve campeones, un ganador en el «Kentucky Derby», y otro

en el «Arco de Triunfo» de París. –Hizo una larga pausa y por último, mientras comenzaba a acelerar a fondo nuevamente, añadió–: La verdad es que cuesta trabajo entender que exista un mundo sin caballos.
   –Lo nuestro es el mar.
   –¿El mar?
   –Los Maradentro siempre hemos sido pescadores. –Yaiza sonrió con una cierta intención–. Desde hace más de diez generaciones.
   –¿Pescadores? ¡Vaya! ¡Eso sí que es bueno! ¿Y qué hace una familia de pescadores camino de los Llanos? ¿Nadie les ha dicho que van en dirección opuesta?
   –Es una historia muy larga –intervino Aurelia.
   –El camino hasta San Carlos también es largo –replicó de inmediato Celeste Báez–. Cuénteme la parte de esa historia que quiera, pero cuénteme la verdad. Prefiero el silencio a las mentiras. Estuve casada con el hombre más mentiroso que ha existido y se agotó mi cupo.
   Aurelia permaneció indecisa un par de kilómetros, pero al fin, sin tratar de imprimir inflexiones a su voz ni dramatizar su relato, dijo:
   –El verano pasado tres muchachos intentaron violar a Yaiza, pero mi hijo Asdrúbal acudió en su defensa y, en la lucha, mató a uno de ellos. El padre del muerto era muy poderoso y tuvimos que escapar de Lanzarote en nuestro viejo barco, que naufragó ahogándose mi marido. Llegamos a Venezuela con idea de establecernos en la costa, pero parece ser que en este país se consume poco pescado y no hay mucho futuro si no cuentas con tu propio barco y un vehículo para llevar lo que captures a los mercados. Nos instalamos en Caracas, pero en cuanto Yaiza ponía el pie en la calle los hombres la atosigaban y tuvimos que escapar porque un tipo que maneja una red de prostitución pretendía raptarla.
   –Antonio das Noites.

—¿Le conoce?

—Mi marido era uno de sus más asiduos clientes. —El tono de su voz mostró a las claras su rencor—. Le pagó una semana de juerga con cuatro de sus putas regalándole mi mejor caballo: Torpedero. —Golpeó levemente el volante—. Hubiera sido un gran campeón, pero Ferreira es un hombre que corrompe todo lo que toca.

»¿Sabía que tiene tipos especializados en prostituir chicas? Entre ellos, el alcohol y las drogas las dominan. —Se volvió apenas y observó de reojo a Yaiza, que había permanecido en silencio—. Ese malnacido te habría desgraciado. —Hizo una pausa en la que volvió de nuevo su atención a la carretera y por último quiso saber—: ¿Qué piensan hacer en San Carlos?

—Buscar trabajo.

—¿Qué clase de trabajo? —Rió divertida aunque sin mala intención—. ¿De pescadores?

—De lo que salga —replicó Aurelia—. Gracias a Dios, mis hijos son fuertes, sobre todo Asdrúbal, y están acostumbrados desde pequeños a arrimar el hombro. El mar es muy duro.

—Lo imagino —fue la respuesta—. Lo conozco poco, pero supongo que debe ser duro. Duro y peligroso. ¿Qué saben de vacas? —Lanzó una ojeada a Yaiza—. Supongo que al menos vacas habrás visto... ¿O no?

—En Lanzarote tampoco hay vacas —replicó con sinceridad la muchacha—. Solo cabras.

—¡Dios bendito! Si me lo cuentan no me lo creo. —Movió de un lado a otro la cabeza como si aquella fuera la más inconcebible conversación que hubiera mantenido en su vida—. ¿Y de agricultura? —insistió—. En algún lugar pondrían los pies, digo yo. ¿Entienden de agricultura?

—Nada.

—¿Nada? —se asombró.

—Lanzarote es volcánica y donde vivíamos todo era roca. Roca y arena. El único árbol de Playa Blanca era la mimosa del patio de «Señá» Florinda. —Evocó su isla y se diría que su voz se empañaba—. Algunos años, cuando llovía subíamos hasta Uga a ver la hierba, y en el norte hay palmeras y tierra de cultivo. Pero los pescadores del sur no entendemos de eso. Solo entendemos de mar y peces.

Celeste Báez pareció meditar sobre lo que acababa de escuchar, y por último señaló a su izquierda, hacia la llanura que se perdía de vista en el horizonte.

—¿Ven eso? —dijo—. Es el nacimiento de los Llanos, que se extienden hasta las selvas del sur y la frontera con Colombia. Aquí no hay más que caballos, vacas, tierras de cultivo, bestias salvajes, algunos indios y ladrones de ganado. ¿Cómo esperan ganarse la vida en un lugar semejante?

—Alguna forma habrá.

—Cualquier lugar les resultaría más sencillo. Incluso la luna.

—Los restos de un naufragio no pueden elegir hacia qué playa les arrastrará la corriente —señaló Yaiza—. Y nosotros no somos ahora más que restos de un naufragio.

—Entiendo.

Durante largo rato, tal vez media hora, corrieron en silencio por la inacabable y monótona carretera que no ofrecía más accidente que sus propios baches y algún badén o matojos que se habían ido apoderando del maltrecho asfalto, y al cabo de ese tiempo Celeste Báez indicó con un ademán de la cabeza un grupo de árboles y una casucha de madera que se alzaba en lo alto de una loma.

—¿Quieres ver un caballo de cerca? —inquirió, y sin aguardar respuesta disminuyó la marcha y se adentró por el minúsculo sendero de tierra que conducía al bosquecillo y al potrero.

Un mestizo de edad indefinida que trenzaba delgadas tiras de cuero con un apagado habano entre los labios abandonó la hamaca que colgaba de poste a poste en el porche de su mi-

núsculo «caney» y se adelantó sin abandonar un instante su tarea.
—¡Buenas tardes! —saludó—. ¿Se les ofrece algo?
Celeste, que había saltado ágilmente de la cabina, se aproximó a la empalizada e indicó con un gesto la media docena de animales que allí se encontraban.
—¿Le importa que echemos un vistazo a sus potros? —inquirió—. La señora no ha visto nunca un caballo.
El hombrecillo se volvió a observar a Yaiza, que descendía del vehículo en pos de su madre, y la apagada colilla del puro cayó de sus labios al abrírsele la boca de asombro, nadie podría decir si por el hecho de descubrir que existía en el mundo una persona que jamás había visto un caballo o por la impresión que le producía la presencia de la muchacha.
Al fin, cuando hubo recuperado del polvo su cigarro y el uso de la palabra, hizo un amplio gesto con la mano hacia la portezuela del potrero:
—Pueden pasar y verlos todo lo cerca que quieran. Son mansos, excepto el bayo solitario, que es una mala bestia «hijaputa» que muerde y cocea a quien se le aproxima.
Abrió la puerta y quedó patente que Celeste Báez sabía cómo tratar a los caballos, pues pronto los tuvo comiendo en su mano mientras besaba sus hermosas cabezas.
—¡Ven! —pidió a Yaiza—. ¡Acércate! No tengas miedo.
Yaiza obedeció mientras su madre y sus hermanos observaban, y tímidamente acarició a las bestias que permitieron que les rascara la testuz y les pasara la mano por el lomo.
—Son hermosos, ¿verdad? —inquirió Celeste.
—Muy hermosos.
—E inteligentes. En el rancho hay uno que cada mañana salta el seto, mete a nariz por la ventana de mi dormitorio y me despierta. —Sonrió con cierta tristeza—. Pero ya está viejo. Cada día le cuesta más saltar el seto. Es lo malo que tienen

los caballos: no puedes amarlos demasiado porque sabes que algún día los perderás.

Yaiza no respondió. Continuaba acariciando mecánicamente a uno de los animales mientras mantenía la vista fija en el bayo que permanecía apartado.

—¿Y ese por qué es malo? —inquirió.

—Tal vez no supieron domarlo, tal vez esté loco, o tal vez simplemente tenga malos instintos. ¡Ocurre a veces!

La muchacha no hizo comentario alguno; continuó observando al caballo con extraña fijeza y por último, como si ella misma no se diera cuenta de lo que hacía, avanzó unos pasos.

Al advertirlo, el mestizo se alarmó.

—¡No haga eso! —rogó—. Ya le he dicho que ese malnacido es peligroso.

Pero Yaiza no pareció escucharle y se quedó quieta sin dejar de mirar al animal, que se había erguido mirándola a su vez.

Durante unos instantes, que se antojaron infinitos, se mantuvieron así, con los ojos del uno fijos en los del otro, y ninguno de los presentes hizo un gesto ni pronunció una palabra, como si de pronto hubiesen comprendido que algo inusual estaba sucediendo, algo a lo que no se sentían capaces de dar explicación.

Luego, muy lentamente y sin dejar de mirarla, el bayo comenzó a avanzar como si una fuerza irresistible le atrajera hacia la muchacha que lo aguardaba segura de que no corría peligro.

Cuando llegó frente a ella, el animal se detuvo y agachó la cabeza con humildad, permitiendo que lo acariciara.

Un silencio que casi hacía daño se había apoderado de la llanura y por unos mágicos segundos el tiempo pareció detenerse y la mujer-niña fue dueña absoluta de la voluntad de la bestia.

Luego dio media vuelta y regresó sobre sus pasos seguida por el caballo como por un perro amaestrado o un cordero.

El hombrecillo, cuyo habano había ya desaparecido en alguna parte definitivamente, inquirió estupefacto:

—¡Vaina! ¿Cómo puede hacer eso?

Aurelia Perdomo, que estaba a su lado, cerró los ojos con resignación y dejó escapar un hondo suspiro.

—Amansa a las bestias —replicó con voz ronca—. Lo ha hecho siempre. Desde el día en que nació.

Celeste Báez amaba a los caballos.

Los amaba mucho más que a cualquier ser humano, porque de las bestias no había recibido más que afecto, mientras que de las personas escasos recuerdos gratos conservaba.

Su madre murió joven y su padre le fue llenando la casa de amantes temporales que la relegaban a un segundo término empujándola cada vez más hacia las cuadras, los potreros y las largas cabalgadas por la llanura ilimitada, y por ello no resultó sorprendente que una calurosa tarde de verano, cuando aún no había cumplido los dieciséis años, un zafio peón la colocara a cuatro patas sobre un montón de paja y la montara exactamente igual que habían visto esa mañana cómo el más potente de los garañones, Centurión, montaba a la más joven y delicada de las yeguas.

Aquella sofocante tarde, y las otras cien que le siguieron, constituían quizás el único recuerdo valioso que Celeste conservaba de su relación con los hombres, pues el analfabeto y bestial Facundo Camorra unía a su gigantesco pene una desesperante capacidad de autocontrol que le permitía permanecer durante más de una hora entrando y saliendo sin cesar en el cuerpo de la hembra que se arriesgaba a colocarse de espaldas a él y que tenía que acabar por dar mordiscos a una vieja fusta para evitar que sus gritos de placer acabaran por echar abajo las paredes.

Pero una malhadada tarde la amante de turno tuvo la estúpida ocurrencia de comenzar a menstruar en el momento más inoportuno, lo que hizo que don Leónidas Báez abandonara su dormitorio en hora inapropiada y decidiese ensillar por sí mismo su caballo.

Lo que vio en la cuadra no debió gustarle en absoluto ya que salió al instante y nada dijo, pero Facundo Camorra apareció muerto dos días más tarde a orillas de un «caño» seco, pues según contaron debió tener la mala ocurrencia de ponerse a orinar muy cerca del nido de una «mapanare» que le picó en la cabeza de su inmensa pinga matándole en pocos minutos entre los más atroces sufrimientos que hubiera podido experimentar jamás llanero alguno.

A Celeste la enviaron al «Hato Cunaguaro», el más alejado y abandonado de la mano de Dios de cuantos poseía la familia Báez a todo lo ancho y largo de la geografía venezolana y en compañía de un silencioso matrimonio de viejos sirvientes permaneció hasta que vino al mundo –del que se fue en contadísimos minutos– el poco deseado vástago del infortunado Facundo Camorra.

Cuando regresó a la «Hacienda Madre», Celeste se había transformado en una mujer enjuta y de marcados rasgos impropios para su edad, que pareció limitar su vida al cuidado de los caballos y la paciente espera del día en que entre el ron y las putas echaran a su padre de este mundo.

Dos años más tarde hizo sin embargo su aparición Mansur Tafuri, un argentino de origen turco que venía precedido por la fama de ser el mejor entrenador de caballos del continente y uno de los hombres más violentos y viciosos que hubiera puesto jamás los pies sobre la pista del hipódromo.

Nadie pudo entender cómo se las arregló Tafuri para convencer a la rica heredera de los Báez para que se casara con él y no pidiera luego el divorcio pese al millón de motivos y las trescientas palizas que le propinó a lo largo de su agitada vida en común, pero lo cierto fue que hasta que Cantaclaro no mató al turco de una oportuna coz en la nuca, Celeste Báez no consiguió disfrutar de una sola hora de auténtica felicidad en quince años.

Tal vez esa coz era otra de las razones por las que Celeste amaba tanto a los caballos a los que a partir de ese momento había dedicado, con más entusiasmo que nunca, toda su atención y todos sus afanes, y le molestaba verse en la obligación de admitir que, pese a presumir de saberlo todo sobre ellos, se enfrentaba de improviso al hecho de que alguien que confesaba no haber visto nunca uno de cerca parecía tener más dominio sobre los animales del que hubieran tenido nunca ella, su padre, o incluso el mismísimo Mansur Tafuri, y a solas camino de Guanare se esforzaba una y otra vez por apartar de su mente el recuerdo de la muchacha que había dejado una hora antes en compañía de su madre y sus hermanos en el corazón mismo de San Carlos.

—¿Qué van a hacer? —se preguntó cuando dejaba atrás las últimas casas, pese a que había llegado tiempo atrás a la conclusión de que nadie podía solucionar los problemas de las innumerables familias de emigrantes que arribaban constantemente a las costas de Venezuela en busca de un destino que la mayoría de las veces no se asemejaba en absoluto al que habían imaginado al otro lado del mar.

El país era inmenso, se encontraba escasamente poblado, y ofrecía infinitas oportunidades a los recién llegados, pero aunque nada podía oponerse a la política de puertas abiertas que estaban practicando los últimos gobiernos, lo cierto era que ninguno de ellos se había preocupado por el hecho de que esa masiva e indiscriminada emigración no estaba siendo encarrilada ni recibía ayuda suficiente.

Hambrientos y desesperados, hombres, mujeres y niños de otras geografías, otros climas y otras costumbres, se enfrentaban sin preparación previa a la enloquecida ansiedad de riqueza de una Caracas caótica y desbordada o al semi-salvajismo de un interior brutal, desolado y sin infraestructuras apropiadas en el que fieras, insectos, hombres violentos, indios primitivos y paisajes insólitos envolvían a los recién llegados en una desconcertante y compleja tela de araña de la que, con frecuencia, nunca conseguían desprenderse.

Familias como la que acababa de abandonar en San Carlos vagaban de un extremo a otro de Venezuela tratando inútilmente de encontrar un lugar al que adaptarse y en el que sobrevivir, y muchas de ellas concluían convirtiéndose en nómadas eternos a los que consumía la nostalgia, mientras la xenofobia, un sentimiento desconocido para el criollo hasta pocos años antes, comenzaba a hacer su aparición entre las clases más bajas y menos preparadas, que veían en aquel aluvión de extranjeros desesperados un evidente peligro para sus tradicionales formas de vida.

¿Quién acogería en San Carlos a los Perdomo Maradentro?

¿Quién ofrecería un trabajo mínimamente digno a unos seres que admitían que su única habilidad reconocida era pescar?

—¡Están locos! —masculló deseando dar por liquidado el tema, aunque presentía que continuaría obsesionándole la desconcertante escena en la que una bestia cerrera y resabiada, de mirar atravesado y ojos enloquecidos, inclinaba sumisamente la testuz como si reconociera en aquella muchacha a su señora natural.

Había «algo» diferente e inexplicable en la isleña de almendrados ojos verdes e indefinible hermosura, «algo» que había percibido casi desde el momento en que detuvo la camioneta al borde del camino y que iba mucho más allá de su cuerpo explosivo o la fiera ingenuidad de su rostro. Era como un halo de misterio y lejanía que la distinguía de cuantos la rodeaban, y cuando se sentó a su lado Celeste Báez experimentó una inquietante sensación mezcla de bienestar y desasosiego que se había exacerbado tras la escena del potrero.

¿Quién era?

Una muerta de hambre «pata-en-el-suelo» según la expresión llanera que más gráficamente definía al miserable que no poseía tan siquiera una triste montura que lo aislara del peligro de las innumerables serpientes, alacranes y escorpiones de la sabana.

¿Dónde estaba Lanzarote y cómo cabía imaginar un lugar en el mundo donde la tierra fuera de roca y lava, y no existieran vacas ni caballos?

Apretó el acelerador deseosa de distinguir cuanto antes las primeras casas de Guanaro y encontrar aún despierta a su tía Encarnación, que comenzaría de inmediato a relatarle los mil chismes de las innumerables y olvidadas ramas de la familia, permitiéndole de ese modo dejar definitivamente a un lado la imagen de Yaiza Perdomo, pero ni la cháchara de su tía, ni incluso cuanto le contaron sus primas, que por casualidad estaban también en casa, consiguió distraerla, y fue Violeta —en su familia por tradición las mujeres llevaban siempre nombres de colores— la que se lo hizo notar.

—¿Qué te ocurre? —quiso saber—. Llevas toda la noche como ida, y apenas has cenado. —Sonrió con picardía—. ¿Es que te has enamorado en Maracay?

Negó suavemente y por unos instantes estuvo a punto de contar lo ocurrido, pero prefirió no hacerlo porque tenía la impresión de que era algo que únicamente a ella pertenecía.

—Naturalmente que no —replicó al fin tratando de desviarse del tema—. Es que tengo problemas en la hacienda. Cuatreros.

—¿Indios?

—Esos no me preocupan. De tanto en tanto roban un par de vacas para comer, pero no es grave. Son los otros; las bandas organizadas que se llevan de golpe veinte o treinta cabezas y las pasan a Colombia. Día a día se envalentonan, y si les haces frente es peor. El mes pasado hirieron a un peón. Le metieron una bala en la rodilla y le han dejado cojo para siempre.

—La culpa es tuya —sentenció su tía Encarnación, que había insistido una y mil veces en el tema—. «La Hacienda Madre» es demasiado para una mujer. Deberías venderla e irte a Caracas. O a Europa, a vivir como una reina. Estás quemando tu vida inútilmente.

»¡Y total para qué! ¡Ni siquiera tienes hijos que un día te agradezcan la herencia que les dejes! —Hizo una leve pausa y sus palabras tenían una marcada intención hiriente—. Ya no eres ninguna niña, Celeste, y si no te diviertes ahora, nunca podrás hacerlo.

—Criar caballos me divierte —fue la seca respuesta—. Nada hay que me produzca más placer que lo que hago. —Agitó la cabeza mientras se servía un largo vaso de ron que apuró despacio, paladeándolo porque era el primero de la noche—. ¿Qué encontraría en Caracas? ¿O en Europa? ¿Tipos dispuestos a «entretener» a una llanera que apesta a cuadra? ¿Hermosos vestidos que me sentarían como a un caimán unas enaguas? ¿Gente fina que se reiría de mí? —Bebió de nuevo y comenzó a sentirse mejor—. No, tía... —añadió—. Me conozco y conozco mis limitaciones: lo mío es el Llano y los caballos.

—Y el ron.

Alzó el vaso y lo contempló al trasluz.

—Y el ron, en efecto. Es lo único que contribuye a hacer la vida más agradable sin pedir nada a cambio.

—A la larga lo pide. Piensa en tu padre. Y en el tío Jorge...
¿De qué valía pensar en ellos? Poco importaban unos vasos de ron cuando las calurosas noches se hacían eternas o en el sopor de la media tarde la imaginación echaba a andar por sí sola hacia las cuadras en busca del recuerdo de un Facundo Camorra que se encontraba tan increíblemente dotado que podía penetrarla y sentarse en sus nalgas como si galopara sobre su nervioso caballejo blanquinegro.

A solas en la cama cayó de improviso en la cuenta de que a partir del tercer vaso de ron, cuando había dejado de importarle en absoluto el cotorreo de su tía y de sus primas, no era únicamente el rostro de Yaiza Perdomo el que regresaba una y otra vez a su memoria, sino también, y con monótona insistencia, el del menor de sus hermanos; aquel del pelo rebelde y el pecho de toro, el que no había dicho una sola palabra pero cuyo rostro se le antojaba vagamente familiar.

A punto de dormirse, descubrió que en sus recuerdos, los rasgos de Asdrúbal Perdomo se entremezclaban con los ya casi olvidados de Facundo Camorra.

Era domingo y el calor se había convertido en el único dueño de las calles de San Carlos.
Muy de mañana, antes de que el sol se elevara lo suficiente como para resecar un aire que no corría de esquina a esquina, familias que lucían sus mejores galas habían acudido a misa saludándose bajo soportales o a la sombra de floridos araguaneys, pero pasado el mediodía no quedaban a la intemperie más que algunos perros y sufridos caballos que espanta-

ban nerviosamente las moscas coceando hasta sacar chispas a los adoquines que empedraban la mayor parte de la ciudad.

Incluso las «pulperías» de los portugueses o las «fuentes de soda» de italianos y criollos cerraron sus puertas hasta que un aire fresco llegara desde el Norte haciendo salir de nuevo a las gentes de sus casas, y por contentos pudieron darse al conseguir unas «arepas» del último «botiquín» aún abierto, teniendo que consumirlas acomodados en el desportillado banco de azules losetas que circundaban una gruesa y copuda ceiba.

Nada tenía que ver San Carlos con Caracas, y se podría pensar que pertenecía a otro país e incluso a otro continente, pues era aquella una pequeña ciudad tranquila y recoleta que parecía íntimamente orgullosa de su pasado colonial sin haber recibido aún la agresiva influencia del «boom» petrolero y la invasión masiva de inmigrantes.

San Carlos encaraba la segunda mitad del siglo XX sin las locas prisas ni el agobio de la capital, y continuaba siendo una inviolable tradición el hecho de que los domingos las familias se recogiesen temprano en sus hogares a disfrutar de un copioso almuerzo de carne asada, dulces caseros, abundante cerveza y café negro y fuerte.

Se encendían luego los habanos, se servía ron a los hombres y un licor dulce a las mujeres, y se alargaba la sobremesa escuchando al abuelo que contaba sus historias o hacía discursos hasta que la cabeza se le doblaba sobre el pecho y comenzaba a roncar.

Las casas de San Carlos, de gruesos muros y altos techos, sombrías por dentro en contraste con los vivos colores de sus luminosas fachadas, eran casas en cuyo interior parecían conservarse a propósito la oscuridad y el frescor de las noches, pues la penumbra era la única forma conocida de luchar allí contra el tórrido calor tropical.

San Carlos, sus edificios y sus gentes se mantenían anclados en tiempos remotos, como si el peso de los años o la historia no corriesen sobre sus tejados a la misma velocidad con que corrían por el resto del mundo, y continuaban desconfiando de aquellos «misiús» zarrapastrosos que se acomodaban en un banco de la plaza a devorar «arepas», porque los consideraban muy capaces de entrar a robar sigilosamente en sus hogares en cuanto les supieran dormidos.

Yaiza presentía que tras las celosías de balcones y ventanales, ojos cargados de malicia espiaban constantemente cada uno de sus movimientos, y no le dolía por ella, que estaba acostumbrada a vivir espiada por hombres excitados y mujeres envidiosas, sino por sus hermanos y en especial su madre, a la que aquel fisgoneo y rechazo herían profundamente.

Se habían convertido en parias; ellos, los Maradentro, orgullosos desde siempre de su estirpe afincada a través de generaciones en un mismo lugar con una sólida casa y un bien ganado prestigio de gente honrada, estable y trabajadora, se veían condenados a vagar ahora, sin rumbo, sin destino y sin patria de pueblo en pueblo y de paisaje en paisaje, durmiendo en fonduchos y comiendo en plazas públicas ante la despectiva mirada de los lugareños.

No tenían adonde acudir a asearse o hacer sus necesidades, y todo cuanto poseían entre los cuatro se amontonaba en una caja de cartón malamente amarrada que Sebastián y Asdrúbal se turnaban en cargar sin gran esfuerzo.

Eran emigrantes y en cierto modo compartían el amargo destino de tantos como les precedieron o vendrían más tarde, pero se sentían los más desgraciados de entre todos los que hubieran existido o pudieran existir, porque ellos jamás anhelaron una vida diferente a la que siempre habían tenido, ni en sus mentes anidaron sueños de poder y riqueza.

—Volvamos.

Era Asdrúbal quien lo había dicho.

—¿Adónde?

—A Lanzarote. A casa, de donde nunca debimos salir.

—Sabes que no puedes volver, y tu destino es el de todos. Siempre fue así.

—Prefiero la cárcel que vernos de este modo. ¿Por qué tenéis que pagar los tres por lo que hice solo?

—Lo hemos discutido y no vale la pena hablar siquiera del asunto —replicó su madre—. Seguiremos juntos y jamás volveremos.

Asdrúbal señaló con un ademán la desolada plaza recalentada por el sol.

—¿Es esto mejor? —inquirió acusadoramente—. ¿Sabes lo que conseguirás si continuamos así? Que un día desaparezca de vuestro lado. Me iré adonde no podáis encontrarme o me pegaré un tiro para que regreséis a casa en paz y sin miedo al castigo.

—No lo harás... —replicó Aurelia tranquila—. Eres mi hijo y sé que no lo harás. No serías capaz de abandonarnos en estas circunstancias, porque nunca volveríamos sin ti y no pararíamos hasta encontrarte. —Sonrió con amargura—. ¡En cuanto a suicidarte, yo te eduqué de otra manera!

—La desesperación hace cambiar.

—Aún no estamos desesperados —intervino su hermano—. Continuamos juntos y estamos sanos. Ahora tenemos incluso algún dinero y permiso de residencia. Mañana, cuando esta ciudad deje de estar dormida encontraremos trabajo, estoy seguro.

—¿Y esta noche?

—Volveremos a la fonda.

—¿A esa fonda? —se asombró Asdrúbal—. ¿Le llamas fonda? Nos comían los mosquitos y las chinches, las cucarachas correteaban por la cama y el calor casi nos ahoga. ¿Cómo puedes pretender volver a meter a mamá y a Yaiza en ese sitio?

—¿Prefieres dormir aquí, en la plaza, con esa gente acechando?

–Tal vez. Tal vez, ¿por qué no? –repitió–. En el fondo, ¿qué me importa la gente? Si aquí corre más aire y no me pasan las cucarachas por la cara, prefiero dormir en el banco. –Hizo una pausa y se volvió a Yaiza, que permanecía, como de costumbre, silenciosa y absorta, como si viviera en un mundo diferente–: ¿Y tú qué piensas? –quiso saber–. A veces se diría que todo esto nada tiene que ver contigo.

La muchacha pareció salir de un profundo ensoñamiento, y tras mirar largamente a su hermano concluyó por dedicarle una leve sonrisa que iluminó su rostro y fue como si una ráfaga de aire fresco barriera la caliente plaza llevándose muy lejos las palabras amargas y los tristes presagios.

–Si tenemos que desaparecer, desapareceremos juntos –replicó con su voz cálida y grave–. Y si nos tenemos que suicidar, lo haremos juntos. Pero no temas: ese día aún no ha llegado. Tranquilízate y disfruta del lugar y del momento. ¡Me gusta esta plaza! –añadió girando la vista a su alrededor–. Me gustan esas casas de colores alegres, y las flores, las palmeras y este árbol tan grande y tan copudo. –Sonrió de nuevo–. Me gusta sentarme en este banco y esperar.

–¿Esperar qué?

Se encogió de hombros y se sumió de nuevo en el mutismo, con la atención pendiente de un diminuto colibrí que se mantenía quieto en el aire agitando un millón de veces sus frágiles alas mientras introducía su largo y afilado pico en una flor de un rojo intenso.

Asdrúbal Perdomo se volvió a su madre y a su hermano en busca de aclaración, pero comprendió al primer golpe de vista que se encontraban tan desconcertados como él mismo, por lo que se limitó a recostarse de nuevo en el asiento y mostrarle la lengua a una ventana tras cuyas persianas tuvo la sensación de que un par de oscuros ojos le observaban.

Sebastián sacó un cigarrillo y como siempre lo compartieron en silencio dispuestos a permitir que el tiempo transcurriera más lento en aquel lugar que en ningún otro del planeta, tratando de contagiarse del estado de espíritu de quien consideraba que aquella desolada plaza era en verdad un lugar hermoso rodeado de casas de colores llamativos, altivas palmeras, colibríes diminutos y gigantescas y frondosas ceibas.

Una hora más tarde, cuando el bochorno cobró mayor presencia y todos excepto Yaiza dormitaban, una silenciosa camioneta hizo su aparición en el extremo de la estrecha y empedrada calle, y avanzó despacio, como si le asustara inquietar la siesta ciudadana o buscara una dirección desconocida.

Al llegar a la plaza se detuvo, el motor se apagó, y Celeste Báez descendió y se les quedó mirando apoyada en la ventanilla del vehículo.

–¡Hola! –saludó con timidez.

–¡Hola! –replicó Yaiza mientras su madre y sus hermanos abrían los ojos.

–He vuelto.

La muchacha no dijo nada, limitándose a asentir sin que se pudiera interpretar si estaba contrastando un hecho evidente o confirmando algo que sabía de antemano.

La recién llegada cruzó la acera buscando la acogedora sombra y se detuvo frente a ellos. Se la advertía desconcertada, como si estuviera preguntándose a sí misma qué demonios hacía allí en aquellos momentos.

Al fin, y al advertir que cuatro pares de ojos estaban fijos en ella, inquirió, aún a sabiendas de la ingenuidad de su pregunta:

–¿Encontraron trabajo?

Sebastián señaló con un amplio gesto a su alrededor:

–Aquí, en domingo, ni las moscas trabajan.

–Tengo un pequeño «hato» muy lejos, llano adentro, a orillas de un afluente del Arauca –dijo entonces ella–. Es un lugar solitario con no más de quinientas reses y cien caballos que cada día disminuyen porque abundan los ladrones de ganado y el capataz es viejo y no puede hacerles frente. —Su vista estaba fija en Aurelia, aunque ella hubiera deseado mirar a Yaiza o a aquel Asdrúbal que tanto le recordaba a Facundo Camorra—. La casa es muy antigua, pero grande y cómoda. No puedo pagarles mucho porque aquello no me da más que pérdidas, pero tendrán techo y comida y ahorrarán algún dinero.

—Usted sabe que no entendemos de tierras ni de ganado —le respondió Aurelia.

—Lo sé. —Tomó asiento a su lado y le golpeó con afecto la rodilla—. Lo sé, pero también sé que son capaces de aprenderlo. Hay dos peones indios algo flojos, pero de confianza. Lo que necesitan es una mano más fuerte que la de Aquiles. —Guiñó un ojo tratando de infundirles confianza—. Y yo iré de vez en cuando. Si se deciden, nos vamos ahora mismo.

Aurelia Perdomo se volvió a mirar a su hijo Sebastián, brindándole la decisión puesto que era el mayor y el cabeza de familia. Este observó a su vez a Asdrúbal, que se limitó a encogerse de hombros evidenciando que le daba igual una cosa que otra, y por último todos los ojos se clavaron en Yaiza como si tuvieran la seguridad de que era la única que podía adivinar si la propuesta convenía a la familia.

Su expresión, distendida, era de buen augurio.

—Al menos no tendré que vivir eternamente embarazada —dijo—. Me gustarán los Llanos —añadió—. Me gustarán, pero no por mucho tiempo. Asdrúbal quiere volver al mar.

Sebastián asintió y se dirigió directamente a Celeste Báez.

—Nos agradaría probar —dijo.

La mujer extendió la mano en señal de aceptación y cierre del trato.

—Los gastos pagados, mil bolívares mensuales y el cinco por ciento de los beneficios, aunque dudo mucho que los haya. ¿De acuerdo?

Sebastián estrechó la mano en nombre de toda la familia:
—De acuerdo.

Minutos más tarde la blanca camioneta se alejaba por la larga calleja empedrada, dejando la plaza, el banco y la ceiba más solitarios que nunca.

En Puerto Nutrias concluía todo vestigio de carretera –cuyo asfalto había desaparecido muchísimos kilómetros atrás– y en Puerto Nutrias era como si acabara el mundo o por lo menos como si acabara la civilización del siglo XX. Era verano, las aguas del Apure bajaban escasas y un cuarto de hora separaba el pueblo del punto en que se encontraba atracada la balsa, por lo que costaba un notable esfuerzo imaginar que meses más tarde, cuando las grandes lluvias confiriesen al río toda su fuerza y esplendor, aquella pacífica corriente de apenas trescientos metros de anchura y nula profundidad alcanzaría a lamer las primeras casuchas de barro del distante villorrio.

–Pero en invierno –puntualizó Celeste Báez– nadie sueña cruzarlo, pues el agua sobrepasa las copas de los árboles y el río es como un mar furioso capaz en sus mayores crecidas de arrasarlo todo.

Tras recorrer muy despacio la fangosa orilla, la camioneta había sido embarcada en un destartalado «bongó», construido a base de troncos y bidones vacíos, al que cuatro hombres empujaban clavando largas pértigas en el limo del fondo para caminar luego de proa a popa, extraer la pértiga del agua y reiniciar el monótono ciclo.

Al otro lado y a casi idéntica distancia del borde del agua a la que se hallaba Puerto Nutrias, se alzaba Bruzual, que estaba considerado con toda propiedad el primer y último auténtico pueblo del Llano, y el principio y el fin de todos los caminos que de él llegaban o a él conducían.

Sus calles eran anchas y polvorientas, flanqueadas por casas de blancas paredes y techos de palma o planchas de zinc, con amplias ventanas pintadas de rabiosos colores y altas puertas ante las que se alzaba una barra de atar caballos.

Bruzual era ante todo un pueblo pensado para los caballos, que lo compartían más con vacas, cerdos, perros y gallinas que con seres humanos, y las pocas personas que alcanzaron a ver mientras lo atravesaban fueron descalzos jinetes, desharrapados chicuelos, un par de mujeres de rostro oscuro y ojos profundos que contemplaban, en melancólico silencio, el paso del vehículo.

Quinientos metros más allá de la última casa, cuando habían quedado también atrás las rústicas cochiqueras y dos huertos abandonados, desaparecía por completo todo rastro de carretera, camino o sendero, pues era allí donde en verdad comenzaba la sabana, y la sabana no admitía carreteras, caminos ni senderos, porque cuantos se trazaban un año durante la sequía desaparecían con las inundaciones del invierno siguiente.

Y fue allí, al borde mismo del pajonal sin horizonte, donde Celeste Báez detuvo la camioneta, pidió a todos que descendieran y apartando el respaldo de su asiento dejó a la vista un arsenal de armas perfectamente engrasadas.

Extrajo en primer lugar un reluciente «Remington», se cercioró de que estaba debidamente cargado y con una bala en la recámara y se lo tendió a Asdrúbal Perdomo.

—¿Sabe usarlo? —inquirió.

Los cuatro se miraron un tanto desconcertados, y al fin el aludido asintió sin convicción.

—En la Marina me dieron un mosquetón —admitió—. Pero no hice más de diez disparos y no recuerdo si se parecía a este.

—¿Y usted?
Sebastián, a quien iba ahora dirigida la pregunta, se encogió de hombros.
—Lo mismo. —Lanzó una mirada a la llanura que se extendía ante él—. Pero imagino que no vamos a la guerra.
—No, desde luego —ratificó la mujer—. No vamos a la guerra, pero el Llano está infestado de ladrones de ganado, y si en el camino nos topamos con ellos, el único lenguaje que entienden es el del plomo. Este es el gatillo, este el seguro, y este el cerrojo —indicó—. Está cargado, y que sean capaces o no de atizarle a un cuatrero es cosa suya, pero les aconsejo que practiquen, porque lo único que les va a sobrar aquí es munición y ocasión de utilizarla.
Sebastián Perdomo la observó fijamente.
—¡Oiga! —inquirió al fin—. ¿Está hablando en serio? —La miró de hito en hito.
—¿Tengo aspecto de gastar bromas?
Los Perdomo Maradentro repararon una vez más en aquel cuerpo delgado y fibroso; el trazo enérgico de las facciones de su rostro; el cabello recogido bajo el viejo sombrero de color indefinido, y los ojos, fríos, negros, y profundos, y al fin Sebastián negó con un casi imperceptible ademán de cabeza.
—No —admitió—. No tiene aspecto de gastar bromas, pero yo creía que estas cosas solo ocurrían en las películas.
—Escuche —fue la seca respuesta—. Al otro lado del río acabó la civilización y allá delante, donde mueren los Llanos, empiezan las selvas del Orinoco, que es tanto como decir que empieza la prehistoria. Hágase a la idea de que cada jornada que avancemos será como si retrocediésemos un siglo. —Concluyó de ajustarse un resobado cinturón-canana del que colgaba un pesado revólver, y comenzó a repartir el resto de las armas como quien reparte cuchillos y tenedores al comienzo de un almuerzo campestre—. Acostúmbrate a llevarlas —añadió—. Aquí, además de merodeadores y cuatreros, hay ser-

pientes, pumas, caimanes, anacondas, toros que embisten sin provocación y traicioneros jaguares a los que nosotros llamamos «tigres». —Le tendió a Aurelia un hermoso «Cok» niquelado, pero esta lo rechazó con un gesto.

—¡No, gracias! —Hizo una corta pausa y resultaba evidente que le costaba un gran esfuerzo lo que iba a decir—. Tendrá usted que perdonarnos —continuó—, pero creo que hemos cometido un error al aceptar su oferta. ¡Este no es lugar para nosotros! Entiéndame: no es que me asusten las bestias, pero es que ya uno de mis hijos tuvo que matar a un hombre, y no deseo que esa ocasión vuelva a presentarse. —Se dirigió ahora a Asdrúbal y Sebastián—. Lo siento —añadió—, pero sería mucho mejor que regresáramos cuando aún estamos a tiempo.

Sus hijos se miraron decepcionados y un tanto incómodos pero no tuvieron tiempo de reaccionar, porque fue la propia Celeste Báez la que intervino con manifiesta acritud:

—¡No diga tonterías! —exclamó—. ¿Adónde van a ir? El problema de ustedes no serán nunca los cuatreros, a los que bastará con que les disparen a las patas o por encima de la cabeza procurando no acertar. —Se volvió a Yaiza—. Su problema es ella, y no pueden pasearla por Venezuela eternamente «embarazada». Este es un país duro en el que el «macho» está acostumbrado a apoderarse de lo que se le antoja, sobre todo si lo que se le antoja es una mujer. —Trató de sonreír y por un momento pareció casi humana—. ¡Créame! —añadió—. Sus hijos correrán más peligro protegiendo a su hermana fuera del Llano que a mis caballos y a mis vacas dentro de él.

Aurelia no supo qué replicar porque se la advertía desconcertada, e instintivamente buscó el consejo de Sebastián, que inclinó de modo casi imperceptible la cabeza.

—Tiene razón —dijo—. Ya viste lo que ocurrió en Caracas y no podemos condenar a Yaiza a vivir para siempre con un cojín en la cintura. —Guiñó un ojo—. ¡Ten confianza! —añadió—. Aunque nos lo propusiéramos, jamás seríamos capaces de acertarle a un cuatrero ni a dos metros de distancia. Nunca mataremos a nadie –concluyó.

Su madre no parecía muy convencida, pero resultaba evidente que tampoco se le ofrecía mucho donde elegir y decidió resignarse.

–¡De acuerdo! –dijo–. ¡Ojalá ocurra como dices!

–Ocurrirá, no se preocupe –la tranquilizó Celeste Báez–. Y ahora todos arriba; el camino es largo.

–Perdone una pregunta –la interrumpió Asdrúbal extendiendo la mano y señalando la monótona uniformidad de la llanura de alta hierba reseca que se extendía ante ellos–. ¿A qué camino se refiere? Yo no veo ningún camino. ¿Cómo sabe adónde vamos?

La llanera le miró y en sus ojos brilló una chispa de burla.

–Dígame –inquirió–. ¿Tenían ustedes bien marcados los caminos en el mar?

–No, desde luego –replicó Asdrúbal confuso.

–Pues aquí es lo mismo. De momento, hay que seguir en aquella dirección, siempre hacia el Sur. Cruzaremos un «caño», luego un río y por último otro «caño», que si los cálculos y la memoria no me fallan, debe ser ya «Caño Setenta». Desde allí hacia el Suroeste, buscando un paso en el Guaritico si es que no lleva demasiada agua, y vadeado el Guaritico probablemente encontraremos algún «baqueano» que nos sepa llevar hasta el «hato».

La observaron estupefactos:

–¿Quiere decir que no sabe exactamente cómo ir hasta su propio «hato»?

–Es que es el más pequeño. –Abrió las manos como dando a entender que no tenía la culpa–. Y hace años que no aparezco por allí.

–¿Cuándo llegaremos?

–Tal vez mañana. Tal vez pasado. Tal vez dentro de cuatro días. ¡Qué más da! Tenemos agua, alimentos y gasolina para dos semanas y no tienen por qué preocuparse. Aquí lo único que importa es que no se parta un eje o nos metamos hasta los cubos en un «caño» o un río.

—¿Qué es un «caño»...?

—Como un río que no corre, quebradas en las que se queda el agua del invierno que se va secando lentamente a lo largo del verano. Constantemente varían de tamaño, forma, e incluso dirección, y eso es lo que hace que el paisaje cambie de continuo aun siendo siempre el mismo. —Pareció dar por concluida la charla y trepó a su puesto tras el volante cerrando la portezuela—. ¡No se preocupen! —añadió—. He pasado toda mi vida en los Llanos y me he perdido más de treinta veces, pero aún estoy viva y pienso seguir estándolo mucho tiempo.

Casi al instante las casas de Bruzual y todo cuanto quedaba a sus espaldas desapareció tragado por la espesa nube de polvo que la camioneta levantaba a su paso y que en la reseca llanura era como un clarín que anunciase a increíbles distancias el avance de un vehículo.

Se inició entonces una diabólica danza bajo el tórrido y pegajoso calor de media mañana, calor que iba ascendiendo con el sol, y que alcanzó pasado el mediodía los cincuenta grados centígrados, espesando el aire, secando las gargantas y haciendo que cada poro del cuerpo pareciese palpitar como dotado de vida propia en su afán por expulsar diminutas gotas de un sudor espeso y salado.

Espatarrados sobre un revoltijo de cajas, sacos y bidones a los que se creería dotados de voluntad propia pues de continuo saltaban como pretendiendo escapar de aquella enloquecida coctelera, Asdrúbal y Sebastián eran los que con mayor rigor sufrían las fatigas del viaje pues el sol se empeñaba en abrasarlos, el polvo ascendía directamente hasta sus fosas nasales y el traqueteo semejaba una constante lucha con cien borrachos invisibles que estuvieran tratando de arrojarles violentamente a aquel mar de espesos matorrales.

Dos horas después alcanzaron la orilla del primer «caño», y Celeste Báez se detuvo a la sombra de un grupo de arbustos del que alzaron el vuelo docenas de ibis rojos y enormes «garzones-soldado» de plumaje blanco y negro cuyo marcial aspecto justificaba a las claras su denominación.

—Dejaremos pasar aquí la «malcalor» y comeremos —dijo—. Pueden refrescarse con cubos, pero no se metan en el agua. Los ríos, al correr, son menos peligrosos, pero cuando los «caños» comienzan a secarse, se concentran bichos que se vuelven cada vez más agresivos. Puede haber anguilas eléctricas, «tembladores», pirañas, rayas, e incluso alguna anaconda. —Señaló una masa oscura que se distinguía a unos doscientos metros más abajo, en la ribera opuesta—. Aquellos son caimanes, que los tenemos de dos tipos: el «yacaré» y la «baba», y cualquiera de ellos puede arrancarles una pierna de un mordisco.

Minutos más tarde, mientras derramaba sobre su hermano cubos de agua oscura y tibia que apenas conseguía refrescarles pero les liberaba en parte de la gruesa capa de polvo que les cubría, Asdrúbal se detuvo un instante en su tarea y comentó meditabundo:

—¿No estaremos cometiendo una locura? A mí no me parece que este sea lugar apropiado para Yaiza.

—¿Y cuál lo es? —replicó Sebastián—. ¿Caracas con ese fulano tratando de meterla a puta, o San Carlos, donde nos espiaban como si estuviéramos a punto de robarles? —Tomó a su vez el cubo, lo llenó de agua y la dejó caer muy lentamente sobre la cabeza de su hermano intentando aclarar la pastosa masa que había formado el barro en sus cabellos—. Estoy de acuerdo que el lugar no es apropiado, pero es que no nos han dejado otra opción. Supongo que si alguien ha conseguido hacerse viejo aquí, nosotros lograremos sobrevivir un tiempo. Tan malo no puede ser el sitio.

La mansión era grande y luminosa, de madera de paraguatán y aun de caoba, que allí costaba tanto como el palo más seco, con una amplia galería que la rodeaba por completo, alzada sobre postes que la aislaban de serpientes y alacranes, y la ponían a salvo cuando al dormido río le daba por despertar, erguida casi en la cima de la loma pero manteniendo a unos cien metros las copudas ceibas y las altivas.

Le faltaba pintura, y un siglo de lluvias y de soles había dejado su marca en techumbre y paredes, pero aún conservaba el orgullo de ser la edificación más sólida y altiva desde el Apure al Meta.

—Esta era la famosa «Hacienda El Tigre» que nadie cabalgaba en tres días, pero las particiones entre herederos la fueron mutilando y al fin a nosotros nos quedó la casa, estas tierras y ese ganado, y como ya el nombre se le iba quedando grande, mi padre la dejó en «Hato Cunaguaro», un felino que abunda por aquí y que es poco mayor que un gato montés.

Celeste Báez conocía bien aquella casa porque había pasado en ella los más hermosos días de su infancia y años más tarde largos meses de embarazo hasta dar a luz en la habitación del fondo a una criatura de la que nunca supo ni tan siquiera el sexo, y a la que las tranquilas aguas del río se llevaron de inmediato porque don Leónidas Báez no aceptaba al hijo de un gañán en su familia.

Sentada en la mecedora del porche a la espera de uno de aquellos atardeceres que tan bien recordaba, y escuchando los ruidos que hacían a sus espaldas los Perdomo Maradentro mientras cambiaban muebles de lugar, barrían estancias y se acomodaban en lo que sería su hogar, evocó con nostalgia el tiempo en que dejaba pasar largas horas en aquel mismo lugar acariciándose el vientre y advirtiendo cómo daba patadas la criatura, tentada por la idea de trepar a un caballo y alejarse al galope a buscar un lugar seguro en el que traer a su hijo al mundo, y le pesaba desde entonces como una losa insoportable su cobardía, porque aquel ser inocente no merecía un destino tan trágico, y siempre presintió que si lo hubiera conservado los años posteriores no habrían sido tan áridos, vacíos y carentes de sentido.

Un mozarrón sería ya Facundo Báez; alguien en quien depositar la carga del diario batallar con peones y caballos; alguien en el que descansar de los esfuerzos y fatigas; alguien a quien ofrecer tanto amor malgastado.

Un hombretón sería ya, sin duda alguna, parecido a aquel Asdrúbal de negro pelo ensortijado, pecho de toro y mandíbula cuadrada que había hecho temblar su pulso cuando se despojó de la camisa a la orilla del «caño» para que su hermano le arrojara cubos de agua, y Celeste se preguntaba por qué razón, si se había estremecido de aquel modo al ver semidesnudo a un hombre tan hermoso, había estado sin embargo a punto de perder el sentido al descubrir, más allá de las matas, la majestuosa desnudez de su hermana.

Tratar de alejarse de la visión de Asdrúbal, bordear la ceiba y toparse de frente con el cuerpo empapado de Yaiza Perdomo, a la que su madre duchaba junto a la orilla, había constituido probablemente la más violenta impresión que Celeste Báez había experimentado desde la lejana tarde en que el superdotado Facundo Camorra la atravesó por primera vez con lo que se le antojó un hierro de marcar ganado al rojo vivo.

Tuvo que quedarse muy quieta entre las matas dudando entre volverse a contemplar el poderoso pecho de Asdrúbal o extasiarse ante la belleza de aquella criatura, y le espantó el hecho de que por un instante le asaltó la incomprensible tentación de avanzar unos metros para alargar la mano y acariciar aquella piel sin tacha; aquellos senos rotundos; aquellos muslos de mármol o aquella negra mata de vello ensortijado.

Fue tan solo un chispazo rápidamente dominado, pero un feroz chispazo que la mantuvo toda la tarde inquieta; que le obligó a vaciar una botella de ron para conseguir dormir en paz consigo misma, y que continuó obsesionándola durante el día siguiente, al igual que la asaltaba ahora cuando observaba el sol bajar hacia su ocaso y escuchaba aquella voz profunda y repleta de misteriosas resonancias que preguntaba a sus hermanos en qué habitación querían dormir.

Celeste Báez nunca había experimentado atracción por las mujeres y pese a la maledicencia de quienes no llegaban a entender las razones de su agresivo comportamiento, su forma de vestir o la aspereza de sus gestos, jamás hasta aquel bochornoso mediodía sabanero le pasó por la mente la idea de tocar a ninguna como no fuera para ayudarle a traer un hijo al mundo, y por ello la magnitud de la descarga eléctrica que había recorrido su espina dorsal al descubrir la desnudez de Yaiza la anonadaba.

¿Qué poder de seducción emanaba de aquella desconcertante criatura? ¿De dónde partía la fuerza que irradiaba y que atraía como un gigantesco imán todas las atenciones? ¿Cómo era posible que incluso ella misma se viera asaltada de forma tan clara por un impulso tan violento?

Quieta en la mecedora, con el cuerpo inclinado hacia delante, los codos sobre las rodillas, el cigarrillo en una mano y un vaso de ron en la otra, permaneció largo rato observando esconderse el sol más allá de los araguaneys que limitaban sus tierras al oeste, buscando en lo más profundo de los complejos sentimientos que se habían apoderado de su espíritu en las últimas horas, y tratando de ser sincera consigo misma y decidir si deseaba que en aquel justo momento Asdrúbal Perdomo la tomara del brazo y la condujera a la cuadra para ponerla de rodillas y penetrarla con la misma violencia con que la penetraba Facundo Camorra, o hubiera preferido recostar a Yaiza Perdomo en la inmensa cama sobre la que tantos años atrás dio a luz un hijo olvidado y comenzar a acariciarla tiernamente para concluir hundiendo profundamente el rostro en aquel insondable abismo de negro vello ensortijado.

Sintió vergüenza de sí misma y más tarde sintió rencor e incluso odio hacia aquella criatura que había aparecido de improviso en su monótona existencia inquietándola y produciéndole un angustioso desasosiego tiempo atrás olvidado, pero luego la oyó preguntarle a su madre si podía empezar a fregar la cocina, y comprendió que el mal no estaba en ella o en la magnificencia de su desnudez, sino en los ojos con que la había mirado y el ansia de posesión que se apoderaba de todo ser humano al enfrentarse a algo tan especialmente hermoso.

Oscurecía y no existía para Celeste Báez espectáculo en el mundo comparable a aquellos atardeceres de la llanura, cuando el sol se había ocultado ya en el horizonte, todo cobraba un tinte gris sobre la tierra y el cielo se entremezclaba de azul, blanco y escarlata violento.

Percibió el retumbar de los cascos y el grito de un hombre y este apareció inclinado sobre el cuello de su nerviosa yegua conduciendo ante sí, lazo en mano, una reata de animales con la crin al aire, la cabeza alta y el paso ágil, mientras un perro, que era como una diminuta centella, ayudaba a su amo a mantener unido al grupo, la nube de polvo que iban dejando atrás se elevaba más allá de las más altas palmeras y un relinchar impaciente y nervioso indicaba que dos caballos habían escapado alejándose en la penumbra.

Pero el jinete empujó la reata al corral de toscos maderos, permitió que un silencioso indio lo cerrara y, sin descender siquiera de la cabalgadura, bebió un trago de agua y partió de nuevo hacia la noche en pos de los animales fugitivos guiado únicamente por las sombras, los ladridos y el golpear de las pezuñas. En la quietud del llano, que ya a aquellas horas nada ni nadie era capaz de turbar, Celeste fue comprendiendo por el jadear de la yegua, el relincho de los perseguidos, las llamadas del hombre, las respuestas del perro y el golpear del lazo contra la silla, qué era lo que estaba ocurriendo en las tinieblas y fue como un suspense expectante, hasta que de entre las som-

bras nació la cabeza de una bestia, después otra, luego el polvo, y al fin el jinete descalzo, que ni siquiera espuelas necesitaba, y que tras recoger definitivamente a los animales, avanzó hasta detener su montura al pie de la baranda para despojarse del ancho sombrero, secarse el sudor y saludar respetuoso:
 —¡Buenas noches, ama! Años sin verla.
 —Buenas noches, Aquiles... Muchos, en efecto.
 El hombre indicó con un gesto hacia el interior de la casa en donde comenzaban a brillar luces y se advertía ruido y movimiento.
 —¿Huéspedes?
 —Vienen a quedarse... A ti voy a llevarte a la «Hacienda Madre». Nicanor se queda ciego y necesito a alguien de confianza en mis ausencias.
 El jinete meditó unos instantes y al fin giró la vista a su alrededor como tratando de abarcar la inmensidad de cuanto le rodeaba.
 —Ya estoy viejo y me había hecho a la idea de que me enterrarían allí, al pie del samán, junto a mi Naima.
 —Allí te enterrarán si ese es tu gusto, pero antes vendrás conmigo. Desmonta y echa un trago... Ese llano escupe mucho polvo y todo se emperra en agarrarse a la garganta.
 El anciano obedeció, desensilló su yegua, que se alejó sola hacia la cuadra, y ascendiendo sin prisas los escalones se detuvo, muy erguido, con el sombrero aún en la mano, ante la mujer que llenó hasta el borde un vaso de ron y se lo alargó a la vez que señalaba una banqueta.
 —¡Siéntate! —pidió—. Tendrás muchas cosas que contarme... ¿Cómo marcha el «hato»?
 —Esperando «la seca» que ya se anuncia y promete ser dura. —Tomó acomodo, bebió despacio, y añadió pausadamente—: La crianza fue buena y nacieron varios potros hijos de Barragán que podrían ser campeones, pero por desgracia algunos me los robaron en mis propias narices. —Hizo una corta

pausa–. Pude recuperarlos, pero no quise echar leña al fuego ni provocar disgustos familiares.

–¿Quién fue?

–Su primo, Cándido Amado.

–«...de los 'zamuros' y los buitres» –exclamó instintivamente Celeste Báez siguiendo la tradición familiar cuando alguien se refería a los Amado–. ¿Salió tan ladrón como su padre?

–Con todos los respetos hacia el gran «coñoesumadre» que fue don Cándido, el vástago resultó aún más artero y guabinoso. Al menos el viejo no ocultaba sus mañas, y si demostrabas que sus hombres te habían afanado un potro, lo devolvía con una botella de «caña» y una disculpa, pero el Candidito es hipócrita y enredador como puta de «botiquín» y usted disimule el símil.

–Tendré que conocerle.

–No va a gustarle.

–A nadie le gustaron nunca los Amado. Tan solo a mi pobre tía Esmeralda a la que igual le hubiera dado un mono «araguato» que un Amado.

–«...de los 'zamuros' y de los buitres». –El viejo hizo un gesto hacia el interior de la casa–. ¿Gente del Llano?

–Del mar. Nunca habían visto una vaca ni un caballo.

Aquiles Anaya, que había iniciado parsimonioso la tarea de liar un cigarrillo en un papel amarillento, se detuvo un instante, reflexionó, pasó luego la lengua por el pegamento y enrolló con igual calma las puntas.

–La tierra es suya –dijo al fin–. Suyos también los animales, y no soy quien para aconsejarle cómo manejar sus negocios.

–Son buena gente. Con ganas de trabajar y salir adelante, y confío en que tú les enseñarás cuanto haga falta.

–Si usted lo ordena.

—Te lo pido. El que quiere puede aprender sobre vacas y caballos. El que no quiere, nunca aprende a trabajar.

Había cerrado la noche, apenas se distinguían ya los rostros y el capataz buscó una cerilla, encendió el cigarrillo y alzó luego el cristal del quinqué que colgaba sobre su cabeza. Cuando prendió la llama que iluminó parte de la baranda, su vista quedó fija en la figura humana que había hecho su aparición en el umbral de la puerta y la observó hasta que al consumirse la cerilla le abrasó los dedos, aunque no hizo gesto alguno ni protestó siquiera, limitándose a tomar asiento de nuevo muy despacio y respirar como si le hubiera faltado súbitamente el aire.

Celeste Báez no necesitó volverse pues supo desde el primer momento de quién se trataba.

—Acércate, Yaiza —pidió—. Quiero presentarte a mi capataz, Aquiles Anaya...

—¡Buenas noches!

—¡Buenas noches! —replicó apenas el viejo.

La muchacha dio unos pasos, se detuvo frente a ellos y se acomodó sobre el travesaño superior de la baranda de modo que inadvertidamente su desnuda pierna, su rodilla y el nacimiento de uno de sus pétreos muslos quedaron frente a la llanera que hizo un esfuerzo y apartó de inmediato la mirada clavándola en la noche.

—Celeste me ha hablado de usted... —musitó Yaiza con una voz que parecía llenarlo todo—. Dice que me enseñará a montar a caballo y ordeñar una vaca.

El anciano no respondió, pues se aseguraría que todos sus sentidos se habían concentrado en uno solo, el de la vista, y la contemplaba y volvía a contemplar de arriba abajo y abajo arriba con la ausente insistencia de quien está tratando de cerciorarse de que se encuentra ante un ser de carne y hueso, y no es víctima de una jugarreta de su imaginación.

—¡Vaina! —exclamó al fin.

—¿Cómo dice?

—He dicho «vaina», y usted perdone, pero me duele tener que haber llegado hasta tan viejo para descubrir que una mujer así pueda existir. —Se volvió hacia Celeste Báez—. ¿De dónde la ha sacado?
—La encontré en el camino.
—¡Por ese camino debí pasar yo cuarenta años antes! —se lamentó el llanero—. ¿Cómo dice que se llama?
—Yaiza.
—¡Yaiza...! —Lanzó un leve silbido—. Pues escuche, pequeña: por estos llanos y estas selvas me tropecé con muchos tigres, pumas, anacondas, serpientes, indios bravos y ladrones de ganado, pero por mi «taita» le juro que jamás me topé con nada que, remotamente, se me antojase tan peligroso como usted.
Ella sonrió y su sonrisa pareció avivar y multiplicar el brillo de la oscilante llama.
—¡Gracias! —replicó—. Tal como lo ha dicho me halaga el cumplido, pero será el último, ¿verdad?
Había un matiz de súplica tan nítido y sincero en su pregunta, que el capataz pareció captarlo de inmediato, la miró a los ojos, leyó en el fondo de ellos, y asintió convencido.
—Lo será, mi hija. Lo será —prometió.

—A la mitad de los que no arrastró el agua durante las últimas inundaciones, los matará la sed en los próximos meses, y aquellos potros y becerros que no devoraron los tigres o las alimañas a poco de nacer, se los llevarán a Colombia los cuatreros o los marcarán con sus hierros los vecinos... —Hizo una pausa, mientras concluía de liar uno de sus amarillentos cigarrillos–. Por contentos podemos darnos si salvamos dos de cada diez animales que nacen en el «hato», y eso nunca lo hará rentable. –Miró directamente a Celeste Báez que ocupaba la otra cabecera de la larga y pesada mesa de caoba–. Tal vez haría mejor en ceder de una vez y vendérselo a su primo.

–¡Nunca! –fue la seca respuesta que no admitía discusión–. Aunque pierda dinero toda mi vida, jamás consentiré que uno de esos «amados de los 'zamuros' y los buitres» ponga el pie en esta casa como dueño. –Dedicó una sonrisa de agradecimiento a Yaiza, que le cambiaba en ese momento el plato, y continuó con voz firme–: Ese fue siempre el sueño del «sacristán», que se murió sin conseguirlo, y lo es también de la babosa de su hijo, que está convencido de que el hecho de vivir en «Cunaguaro» le convertiría de la noche a la mañana en llanero y hombre de pelo en pecho. ¡Nunca! –repitió–. Antes lo regalo.

–Pues seguirá echando lavativas hasta aburrirnos.

–A mí «pata-e-rolo» –sentenció Celeste–. Si algún día me hincha las pelotas mando para a acá a una docena de mis muchachos a que recuperen por las bravas a todas las bestias que se me han llevado y algunas más. En cuanto le enseñe las uñas, Candidito se mea los pantalones, porque al fin y al cabo no lleva en la sangre más que el vino de misa que bebía su padre y el agua bendita con que se lavaba el culo la retrasada de su madre. ¿Cómo es personalmente?

–Como mango pasado: amarillo, blando, relamido y fibroso. Le sudan las manos, cuando habla te escupe y le queda siempre saliva en la comisura de los labios.

Celeste Báez abrió mucho la boca y sacó la lengua mientras lanzaba una exclamación gutural que mostraba a las claras su repugnancia, y luego se volvió a Asdrúbal y Sebastián, que se sentaban a la derecha de la mesa entre ella y el viejo capataz.

—¡Ya lo han oído! —dijo—. Ese es su vecino y el que intentará jeringarles. Olviden que es mi primo y no consientan nunca que traspase las lindes de mis tierras.

—Lo hace en cuanto me descuido —le recordó Aquiles Anaya—. A veces creo que piensa que esto es suyo y que muy pronto «Hato Cunaguaro» y «Hato Morrocoy» volverán a unirse para convertirse de nuevo en la «Hacienda El Tigre».

—Encendió su cigarrillo—. Y que él será el patrón.

—¡Ni muerta! —replicó la llanera mientras golpeaba con el dedo la mesa, segura de sí misma—. De mi abuelo aprendí un truco: cuando tuvo que repartir la herencia y vio que no le quedaba más remedio que cederle algo a mi tía Esmeralda y al ladino ladrón de su marido, les entregó «Morrocoy» con la condición claramente estipulada de que no la podrían vender; ni ellos, ni sus hijos, ni sus nietos. De ese modo condenó al «sacristán», que estaba convencido de haber hecho su fortuna preñando a una pobre retrasada mental, a pasarse el resto de su vida en una tierra que odiaba. —Sonrió—. Yo haré lo mismo: quien herede algún día «Cunaguaro» jamás podrá venderlo.

—¿Por qué? —quiso saber Aurelia, que al igual que sus hijos había permanecido en silencio durante el largo almuerzo—. ¿Qué más da quien ocupe unas tierras o una casa que solo le proporcionan pérdidas y disgustos?

Celeste Báez la observó unos instantes mientras se servía un generoso vaso de ron, pareció aguardar a que Yaiza regresara de la cocina y tomara asiento junto a su madre, y por último, pausadamente, replicó:

—Usted quizá no lo entiende, pero los Báez hemos sido, desde muy antiguo, una familia de pura estirpe llanera. Ha habido Báez buenos y Báez malos, como en toda gran familia, pero siempre fueron hombres bragados y mujeres de coraje. —Bebió con el ansia con que parecía hacerlo siempre—. Pero siendo muy mayores, mis abuelos cometieron el error de tener una hija que les salió, por desgracia, retrasada. No se nota mucho, pero lo cierto es que nunca fue agraciada y su edad mental no supera la de una niña de once años. Su único consuelo y su refugio eran los santos y la Iglesia, y aprovechándose de ello un sacristán la embarazó en un confesionario con el único y exclusivo propósito de entrar a formar parte de los Báez. Ese fue el tal Cándido Amado, y el fruto del confesionario su hijo, Candidito.

—¿Pero y su tía? —quiso saber Aurelia—. ¿Qué culpa tiene?

—A mi tía la han mantenido contenta con una habitación llena de santos, y eso le basta. La pobrecita es como un mueble, y aquí no la tratarían mejor de lo que la han tratado hasta el presente. —Señaló a su alrededor con un amplio gesto de las manos—. Esta es una casa llena de historia y de recuerdos, y aquí nació mi abuelo Abigail, que galopó toda una noche con tres balas en el cuerpo antes de quedarse frío sobre la silla, y ni aun muerto lo derribó el caballo.

—¿Era tuerto?

Celeste Báez se volvió con rapidez a Yaiza Perdomo y la miró con sorpresa:

—¿Cómo lo sabes?

Se hizo un silencio; un silencio tenso en el que sus hermanos y su madre la miraron acusadoramente, y Yaiza pareció darse cuenta de lo improcedente de su pregunta porque se sonrojó, inclinó la cabeza y la mano que sostenía el cuchillo tembló ligeramente antes de apoyarse en la mesa.

Tanto Aquiles Anaya como la dueña de la casa percibieron que algo ocurría; observaron con detenimiento a Asdrúbal, Sebastián y Aurelia, y por fin Celeste inquirió de nuevo:

—¿Cómo lo sabes?

La muchacha no dijo nada. Aún con la cabeza gacha jugueteó unos instantes con el cuchillo y por último se volvió a mirar a su madre en busca de ayuda. Ante la seriedad de su expresión hizo un gesto de impotencia.

—Lo lamento —dijo—. Me salió sin pensar.

Aurelia inclinó la cabeza comprensiva y le acarició con ternura el antebrazo:
—Lo sé, hija. No te inquietes. —Hizo una pausa y con un supremo esfuerzo, añadió—: Responde a la pregunta.

Pero Yaiza se mordió los labios y alzó ahora el rostro hacia sus hermanos. Se diría que estaban a punto de saltársele las lágrimas, y su súplica iba dirigida preferentemente a Sebastián:

—¡No te enfades! —pidió—. No es mi intención complicar las cosas.

—¡Está bien, pequeña! Está bien —fue la amistosa respuesta—. Al fin y al cabo, pronto o tarde tenía que saberse.

—¿Pero qué es lo que ocurre? —se impacientó Celeste Báez visiblemente nerviosa—. ¿A qué viene tanto secreto? ¿Y cómo es posible que sepas que mi abuelo era tuerto, si desde que le saltaron el ojo nunca permitió que le fotografiaran y es algo que incluso yo tenía olvidado?

Yaiza meditó aún unos segundos; la miró, miró luego al viejo capataz, que no había abierto la boca limitándose a analizar cada uno de sus gestos, y al fin, con cierta timidez, comenzó:

—La primera noche que dormimos en la casa vino a verme un jinete. Montaba un caballo negro y vestía una camisa blanca abotonada hasta el cuello y manchada de sangre por tres partes. Permaneció un largo rato al otro lado de la ventana, mirándome con su único ojo: el izquierdo. Luego dijo algo y se marchó.

—¿Qué dijo?

La menor de los Perdomo Maradentro se sonrojó, inclinó de nuevo la cabeza, y por último, casi con un susurro, añadió:

—«Hubieras sido una digna madre de los Báez, pero al último Báez que hubiera sido digno de tal nombre lo devoraron los caimanes de ese río».

Con el aullido de un animal al que le hubieran abierto las entrañas con un cuchillo helado, Celeste se dobló sobre sí misma y cayó de su asiento, revolcándose en el suelo y dando patadas a diestro y siniestro como presa de un ataque epiléptico.

Se precipitaron sobre ella tratando de calmarla; la obligaron a beber un largo vaso de agua, y Aurelia la abrazó y acarició hasta que cesó de estremecerse.

Cuando dejó de hipar y de sorber mocos, Celeste Báez fijó los ojos en Yaiza y, entrecortadamente, musitó:

—Era un niño. Era un niño y he tenido que esperar tantos años para saberlo. ¡Mi niño! —sollozó de nuevo—. Mi niño, al que se lo comieron los caimanes. —Hizo una pausa, se pasó el dorso de la mano por la nariz, y sin apartar los ojos de la muchacha, inquirió, agresiva—: ¿Quién eres? ¿Quién eres, que apareces de pronto y todo lo transformas...? —Agitó la cabeza como si tratara inútilmente de ordenar las ideas—. Desde que te conozco todo en mí se confunde.

»¿Quién eres, di? ¿Por qué amansas a los caballos? ¿Por qué enloqueces a las personas? ¿Por qué te hablan los muertos? —Alzó suplicante los ojos hacia Aurelia e insistió—: ¿Por qué?

La otra hizo un gesto de profunda resignación:

—Tiene el «don».

—¿El «don»?

—Un poder superior a ella misma que no puede controlar. Le obedecen las bestias y le hablan los muertos. A veces cura a los enfermos y presiente las desgracias.

—¿Es «ojeadora»?

Todos se volvieron a Aquiles Anaya, que era quien había hecho la pregunta y que no parecía alterado, como si todo aquello fuera algo que no estuviera en absoluto reñido con la lógica.

—¿«Ojeadora»? —repitió Aurelia molesta.

—Que tiene relación con hechiceros y «ojeadores» que enferman a un animal o a un cristiano tan solo con mirarlo.
—Hizo un gesto con la cabeza hacia el horizonte—. Allá, en las selvas del Orinoco vive «Camajay-Minaré», la diosa que obliga a que se maten por su amor los hombres. —Hizo una corta pausa y lanzó la colilla de su cigarrillo al fondo de la taza que había contenido café—. Aquí en el llano cuenta con muchos seguidores —concluyó—. En especial entre los «baqueanos» y los indios.
—Mi hermana no tiene nada que ver con brujos ni hechicerías —intervino seco y malhumorado Sebastián—. Tan solo percibe cosas que a otros les están vedadas. —Se volvió a Celeste y resultó evidente que estaba tratando de desviar la atención—. Lo que me sorprende es que le impresione tanto lo que ha dicho —comentó—. ¿Acaso tiene algún significado?

La aludida, que había logrado recuperar en parte la calma, tomando asiento nuevamente para reconfortarse con un largo trago de ron pese a que aún le temblaba el pulso, respondió sin mirarle, pues su vista continuaba pendiente de Yaiza:

—Sí. Naturalmente que lo tiene, pero prefiero no hablar de ello. —Llenó de nuevo el vaso—. ¿Qué más sabes de esta casa? —inquirió por último.

A Yaiza le molestó la pregunta; pareció rechazarla en un principio, pero al fin giró la vista a su alrededor como si viera por primera vez aquellas paredes y aquel techo o estuviera tratando de leer un mensaje que únicamente ella sabía descifrar.

—Es muy antigua y ha nacido mucha gente en ella —dijo—. Pero aún está viva, porque aquí nunca murió nadie.

—Eso no es cierto —replicó Celeste Báez y con el dedo indicó directamente a Aquiles Anaya—. Su esposa murió aquí.

La muchacha guardó silencio y volvió a mirar las paredes como si ella misma se sorprendiera por su error, pero no le dejaron mucho tiempo para hacerlo, porque el anciano capa-

taz, que había reiniciado la tarea de liar uno de sus cigarrillos, comentó sin alzar la cabeza:
—Perdone, ama, pero lo que ha dicho no es exactamente así. Naima padeció aquí toda su enfermedad, pero una tarde salió a dar un paseo y cuando regresé me la encontré dormida para siempre allí, bajo el samán que tanto le gustaba. —Encendió con serena calma su cigarrillo—. La acompañé toda la noche, allí la enterré y allí sabe usted que quiero que me entierren. —Indicó con un leve ademán a Yaiza—. Por lo que puedo recordar, ella tiene razón: nadie ha muerto aún en esta casa.

Se hizo un silencio en el que no se escuchó más que el resoplar de los caballos que habían quedado junto a la baranda y el cacareo de una gallina que buscaba gusanos. Cuando al fin se decidió a hablar, se diría que el tono de Celeste sonaba marcadamente agresivo.

—Dime... —inquirió—. ¿Nunca te equivocas?

Ella la miró con fijeza, directamente a los ojos, y con infinita calma replicó:

—Me gustaría equivocarme siempre. Sería más fácil para todos.

—No he pretendido molestarte.

—No me molesta. Estoy acostumbrada.

La llanera fue a decir algo tratando quizá de disculparse, pero Aurelia la interrumpió con un gesto de la mano.

—¡No se preocupe! —dijo—. Es lógico que estas cosas inquieten y sorprendan. —Intentó sonreír con innegable esfuerzo—. Me ocurre incluso a mí, que la conozco desde que nació. A la mayor parte de la gente le extraña que ella misma rechace esos poderes, pero es que resultan incontrolables y casi nunca sirven para nada.

—¿Han consultado a algún especialista?

—¿Qué clase de especialista? Mi hija no está enferma.

—No, ya lo sé —admitió Celeste Báez—. No está enferma, pero habrá quien se ocupe de esta clase de fenómenos: parapsicólogos, psiquiatras, sociólogos..., ¡qué sé yo!

—En Lanzarote, por no haber no había ni dentista —puntualizó Asdrúbal Perdomo interviniendo por primera vez en la conversación—. Y el médico era un viejo matasanos, más peligroso que la propia enfermedad. Yaiza nunca ha tenido ni siquiera un catarro. Lo que le ocurre es que le concedieron el «don», y contra eso no hay nada que hacer. Si hubiera nacido bizca, chepuda o paticorta sería una de las muchas mujeres que tuvieron el «don» a lo largo de la historia de la isla—. Chascó la lengua fastidiado—. Pero lo malo es que se sumó a todo lo demás, y se pasó de rosca.

—No es su culpa.

Se volvió a su madre, que era quien lo había dicho.

—¡Lo sé! —admitió—. Nos pasamos la vida diciendo que no es su culpa, y yo soy el primero en reconocerlo, pero algún día me gustaría que alguien me explicara quién diantres es responsable de que estas cosas ocurran. Me siento orgulloso de que mi hermana sea tan guapa. Y de que sea tan alta. Y de que tenga tan precioso cuerpo. Y de que sea tan dulce e inocente. Y de que alivie a los enfermos. Y de que los animales se amansen en su presencia. E incluso, si me apuras, de que algunos difuntos vengan a buscar consuelo en ella. Me siento orgulloso —repitió—. Pero lo cierto es que todo eso junto acaba por joderme la vida. ¡Y a ti, y a ella, y a Sebastián, y al lucero del alba!

—Y a mí.

Asdrúbal se volvió a Celeste Báez, que era quien había hecho la corta afirmación.

—Y a usted, señora; es cierto y lo lamento.

—Creo que lo mejor sería que nos devolviera a San Carlos —señaló Aurelia—. Ha sido muy generosa con nosotros y no desearíamos complicarle la vida.

—¡No! Eso nunca —protestó la llanera—. Que lo que ha dicho me haya impresionado no significa nada. Ha sido un mal momento, eso es todo. A veces nos conviene una sacudida, porque nuestras vidas suelen volverse monótonas. —Acarició su vaso, pensativa y sin beber, pero sin dejar de mirarlo al trasluz, como si en realidad estuviera hablando más para sí misma que para los presentes, y continuó—: Hace años que tan solo me dedicaba a criar caballos y administrar haciendas sin pensar en el futuro y, lo que es aún peor, ni siquiera en el pasado. —Guardó silencio pero nadie hizo comentario alguno y permanecieron a la expectativa porque resultaba evidente que Celeste Báez estaba tratando de sincerarse, o de justificar el incidente de minutos antes y del que sin duda se sentía en cierto modo avergonzada—. Yo era muy joven... —Se volvió a mirar directamente a Yaiza—. Tendría tu edad cuando tuve un hijo al que no me permitieron conocer porque ensuciaba el buen nombre de los Báez. —Sonrió con ironía—. Un nombre que mi padre había arrastrado por cien prostíbulos y mi tía Esmeralda por confesionarios y sacristías. Por eso nunca quise volver aquí. Temía enfrentarme a los recuerdos. —Ahora paseó la vista por Aurelia y sus hijos—. Pero cuando les encontré se me pasó ese miedo, e incluso experimenté la necesidad de volver, como si presintiera que algo extraño iba a ocurrir. Tal vez me hiera, pero siempre es mejor que continuar vegetando. —Se puso en pie y su expresión se serenó bruscamente— ¡Quédense! —pidió—. Quédense, porque estoy convencida de que aquí encontrarán la paz que necesitan.

Se encaminó a la puerta sin que el menor de sus gestos denotara la cantidad de alcohol que había ingerido, que tan solo se reflejaba quizás en el inusual brillo de sus ojos, y ya a punto de salir, comentó:

—Les pido disculpas. Hacía muchos años que no había hablado tanto. —Ensayó su media sonrisa de siempre—. Y no volverá a repetirse.

Descendió rápidamente los escalones de madera y escucharon la voz con que animaba a su caballo y el rumor de cascos que se alejaban, galopando, por la reseca llanura.

Durante unos minutos nadie se movió, sorprendidos por el inesperado e inconsecuente monólogo impropio de quien había demostrado tanto carácter y una personalidad tan acusada, y al fin Aquiles Anaya, alargando el brazo para apoderarse de la cafetera, comentó:

—Por mi «taita» que jamás lo hizo. Ella siempre fue llanera y amiga de hablar poco. Pero lo entiendo. Nació para ser una mujer muy dulce y se crió en este ambiente, donde la primera virtud es ser muy macho. Fue como cruzar yegua con toro. Nunca vi un potrillo con cuernos.

Tenía razón Celeste Báez, y en el Llano los Perdomo encontraron por un tiempo la paz que estaban necesitando y que se les había mostrado esquiva desde aquella noche de San Juan en que Asdrúbal le partiera el corazón de un mal golpe a uno de los agresores de su hermana.

El Llano, y dentro de sus confines desmesurados aquel lugar concreto, a la vez áspero y tranquilo, hermoso y desolado, vitalista y moribundo, brindó a la familia, y en especial al más sensitivo de sus miembros, Yaiza, el espacio ideal y el tiempo de paso lento necesarios para tomar conciencia del cambio que se había efectuado en su cuerpo y en su mente, transformándola de niña alborotadora y fantasiosa en mujer madura y sosegada.

No había hombres allí que la acosaran porque tan solo estaban sus hermanos, la tierna afabilidad del viejo capataz y la distante indiferencia de dos indios que habitaban con sus familias en la ranchería cercana, y que cumplían como buenamente podían las funciones de peones de un «hato» semiabandonado en el que ningún auténtico llanero aceptaba trabajar por falta de incentivos.

En «Cunaguaro» no había bestias cimarronas a las que «cachilapear» corretéandolas incansablemente por la llanura hasta conseguir que el lazo hábilmente lanzado las derribara en un santiamén dejándolas empaquetadas y listas para que el hierro al rojo les grabara la marca del nuevo dueño. En «Cunaguaro» no se domaban ya en espectacular rodeo los potros más cerreros hasta convertirlos en mansas monturas que volaran más tarde sobre la sabana o fueran enviados a los mejores hipódromos del continente. En «Cunaguaro» no se organizaban partidas a la caza del caimán, el tigre, el puma o la anaconda. En «Cunaguaro» no había ron ni canciones en torno al fuego al final de una larga jornada de trabajo en el pastizal o el monte bravío, y sobre todo, en «Cunaguaro» no quedaban más hembras que dos tristes indias de pechos por la cintura y niños en los brazos.

No. En el «Hato Cunaguaro» no había hombres que pudieran inquietarla, y aquel no sentirse eternamente espiada, perseguida, acosada, requebrada, silbada, pellizcada y hasta manoseada, constituía una sensación tan placentera y tan profunda que apenas la primera claridad del alba doblaba la esquina de la tierra allá por donde decían que se encontraba el gran Orinoco, Yaiza se lanzaba a recorrer incansable el río, el monte o la sabana, sorda a las advertencias de Aquiles Anaya que le prevenía contra las mil bestias del Llano, pues Yaiza sabía desde que apenas levantara un metro del suelo que no existía en este mundo bestia alguna de la que ella tuviera que cuidarse.

Cruzaba los esteros con el agua a media pierna sin que jamás una raya, un yacaré o un «temblador» la inquietaran, y avanzaba entre bandadas de garzas, garzones y rojos «coro-coro» sin que alzaran el vuelo, e incluso los tímidos chigüires, cuya única defensa estuvo siempre en la huida, permanecían tranquilos cuando la veían llegar y pasar de largo como si su instinto les anunciara que de aquel ser humano jamás deberían temer nada.

Aquiles Anaya la observaba a menudo, acomodado en lo alto de su montura, con el eterno cigarrillo amarillento entre los labios, rebuscando en su memoria entre tantas historias como corrían por sabanas y selvas alguna que hiciera referencia a un ser remotamente semejante a aquella isleña llegada del otro lado del mundo que nunca había visto una vaca, ni un caballo, venado, puma, jaguar, anaconda o cualquiera de los mil habitantes de los «caños», los esteros y los ríos, pero que parecía haberse convertido, sin el menor esfuerzo, en dueña de todas sus voluntades.

La encontraba a veces muy de mañana sentada al pie de un paraguatán añejo que dominaba el recodo del río, observando atenta la vida de las aguas, o la descubría caminando a lo lejos, cruzando entre manadas de un ganado que sin ser cimarrón sí era aún bravío, y se le antojaba ilógico que se aproximara a acariciar a los terneros sin que un toro acudiera a cornearla o tan siquiera la vaca le lanzara un mugido de protesta.

Le venía entonces a la mente una y otra vez aquella extraña pregunta que hiciera Celeste Báez:

—¿Quién eres, di...? ¿Quién eres?

Y se creería que, al igual que el viejo capataz, también Yaiza marchaba en pos de esa pregunta, como si presintiera que aquel tiempo de estancia en la sabana era un paréntesis que le habían concedido para que tuviera la oportunidad de encontrarse a sí misma y averiguar si deseaba quedarse para siempre allí, como prisionera voluntaria de una cárcel que no conocía más rejas que las distancias.

O tal vez Yaiza pedía a su futuro un retorno a su pasado; a los tiempos en que sus hermanos aún se revolcaban con ella sobre la arena sin sentirse nerviosos, la subían a caballo sobre su cuello o no experimentaban temor a la hora de entrar en su dormitorio sin necesidad de llamar a la puerta.

¿De qué le valía el «don» si no le había ayudado a detener su desarrollo? ¿Qué utilidad tenía su amistad con los difuntos si estos no eran capaces de indicarle cómo continuar para siempre en un paraíso infantil en el que podía sentarse durante horas sobre las rodillas de su padre? ¿De qué le servía que la respetaran las bestias de los Llanos si el tiempo no quería respetarla?

El mundo de los adultos aquel inquietante mundo edificado sobre el sexo la asustaba, y ese miedo se había iniciado una calurosa mañana en que al cepillarse el cabello ante el espejo de su madre presintió que llevaba camino de convertirse en una mujer capaz de desatar lo mejor y lo peor que había en los hombres.

Fueron aquellos los ya lejanos días en que tomó conciencia de que su cuerpo existía con independencia de su mente, como algo más que un conjunto de piel, músculo y huesos que servían para correr, nadar o jugar, y que ese conjunto se rebelaba ya y comenzaba a adquirir su propia personalidad y consistencia.

Como un extraño monstruo llegado de lugares ignotos, la Yaiza mujer se iba apoderando con rapidez de la Yaiza niña, y el error estuvo en que se posesionó de su cuerpo muchísimo tiempo antes que de su espíritu, lo que precipitó aquel sentimiento de terror que aún vivía en ella.

Luego los acontecimientos se acumularon y resultó evidente que todas las tragedias emanaban del mismo punto de partida: la exuberancia de su cuerpo y la confusión de su mente, y hasta el momento en que pudo pasear por las llanuras sin más testigos que las aves y las bestias, no gozó de tranquilidad para aceptar que ya no era tan solo mujer exteriormente.

—Pero es triste.

—¿Por qué? Yo me sentí orgullosa el día que comprendí que sentía y actuaba como una mujer.

—Tal vez tú no tuviste una infancia como la mía y no sufrías al tener que abandonarla.

Aurelia sonrió agradecida.

—Me alegra saber que, pese a lo poco que poseíamos, fuimos capaces de proporcionarte una infancia feliz.

Estaban sentadas al pie del viejo paraguatán del recodo del río, adonde Aurelia acudía a buscarla cuando le había oído levantarse muy temprano y salir sin haber desayunado, y les gustaba permanecer allí observando cómo las «babas», los yacarés y los morrocoyes emergían con los primeros rayos de sol, los peces saltaban escapando del acoso de saurios y pirañas, y las innumerables aves, cuya variedad de nombres jamás conseguirían aprender, picoteaban en la orilla, se sumergían en las aguas profundas, o cantaban y parloteaban en el pajonal y las matas del ribazo.

—Fue muy feliz, desde luego... —admitió la muchacha—. En aquel tiempo ni siquiera el «don» me daba miedo, e incluso me divertía saber cuándo iban a entrar los peces o hablaba con el abuelo.

—¿Ya nunca viene a verte?

—Menos que antes. Este no es su ambiente y alega que pierde el rumbo y le confunden tantas vacas y caballos. —Sonrió—. Sigue siendo un excéntrico.

—¿Y papá? —Era la primera vez que Aurelia se atrevía a preguntar directamente por Abel Perdomo y resultaba evidente que se sentía azorada—. ¿Nunca lo has visto?

Yaiza negó en silencio con la mirada fija en una gigantesca hormiga que ascendía velozmente por la pernera de su pantalón, y ante la terquedad de ese mutismo, su madre insistió:

—¡Me gustaría tanto saber algo de él!

—No puedo hacer nada. Son ellos los que vienen. Yo nunca los llamo.

—¿Lo has intentado?

—No. Ni quiero. —La miró de frente—. ¡Entiéndelo! No es por papá. También a mí me gustaría saber que se da cuenta de cuánto le necesitamos, pero si tomo la iniciativa me adentraré en un mundo del que jamás sabré salir.

Aurelia le acarició la mano con ternura.

—Lo sé, hija —señaló—. Y eso es algo que no quiero pedirte. Lo único que pretendo es que si algún día sabes algo me lo cuentes. —Hizo una pausa y marcó las palabras con intención—. Sea lo que sea.

Yaiza no deseaba continuar hablando de aquel tema porque resultaba difícil y doloroso explicarle a su madre que el hombre al que había amado tanto y junto al que tan segura se sintió durante años, probablemente vagaba ahora entre tinieblas perdido y asustado, al igual que lo estaban la mayoría de los difuntos que en alguna ocasión la visitaron.

Yaiza sabía mejor que nadie cuánto le había correspondido sufrir a su madre en los últimos tiempos, y cuánto tendría que sufrir aún en el futuro, y se le antojaba demasiado cruel hacerle partícipe de su convencimiento de que ningún muerto encontraba la paz mientras hubiera dejado atrás a los seres que amaba.

De las largas conversaciones que mantuviera en los amaneceres con el abuelo Ezequiel, «Señá» Florinda, o tantos otros como acudían en busca de un consuelo que ella apenas sabía proporcionarles, había ido extrayendo la conclusión de que los muertos no querían descansar hasta sentirse de nue-

vo acompañados por quienes más amaron en vida y jamás se atrevían a iniciar a solas el largo viaje hacia la nada.
—¿Crees que estoy loca?
—Ser diferente no significa en absoluto estar loco, a menos que comiences a obsesionarte con la idea. Si para ti resulta lógico hablar con los muertos o aplacar a las bestias, continúa haciéndolo y no le des más vueltas.

Pero resultaba difícil aceptarlo, sobre todo desde que al otro lado de la mosquitera que cubría su ventana la observaba a menudo el tuerto Abigail Báez, que jamás accedió a descender de su caballo como si se hubiera ido al otro mundo atado a su montura, o una india muy joven y de ojos redondos y asustados, que tardó una semana en confesarle que era Naima, a quien la tuberculosis arrastró a su tumba bajo el samán a los dos años de casarse con Aquiles Anaya.

No quiso decirle nada al viejo capataz. No quiso turbar su limpia y tranquila mirada de llanero dispuesto a emprender en paz su última galopada confesándole que aquella mujer, cuyo recuerdo con tanto amor conservaba, le culpaba por haberla sacado de sus lejanas selvas del Roraima para traerla a una «civilización» frente a cuyas enfermedades su cuerpo carecía de defensas.

—Él no quiso quedarse allí con los míos —le había dicho—. No me amaba lo suficiente para compartir mi mundo. Yo sí le amé para seguirle al suyo, y ahora estoy muerta. ¡Llevo ya tanto tiempo muerta y esperando...!

De día, al cruzar en sus paseos no lejos de la tumba y el samán, Yaiza se preguntaba si en verdad la esposa del capataz habría sido una india tuberculosa, o se trataba únicamente de otra de las absurdas fantasías que poblaban sus sueños y su mente, pero en su fuero interno «sabía» que de la misma manera que Abigail Báez había existido tal como lo describiera, tuerto y con su «liquiliqui» blanco ensangrentado, Naima había habitado también aquella casa y se había sentado en el mismo porche a contemplar la soledad de la sabana y escuchar cómo la tisis le devoraba los pulmones.

¿Qué terror experimentaría una pobre criatura semisalvaje nacida en los bosques más espesos al esperar así, tan lejos de su mundo, el avance incontenible de una de aquellas enfermedades que espantaban y diezmaban sin compasión a los de su raza?

En ocasiones Yaiza se acercaba hasta la ranchería en que los indios se hacinaban rodeados de cerdos, perros y gallinas e intentaba una estéril aproximación a aquellas mujeres que, sin haber superado los treinta años eran ya ancianas de pechos caídos, piel ajada y ojos que no parecían esperar de la vida nada más que la muerte.

Fieras tribus que antaño dominaron la sabana habían ido quedando reducidas por el empuje del hombre blanco a jirones dispersos, que se escondían aquí y allá, en lo más espeso del monte bravo, cerca de cimarroneras que les proporcionaban alguna vaca con que aplacar su hambre, o familias que se habían rendido sin condiciones, limitando su existencia a una semiesclavitud a merced del capricho o la buena voluntad de sus patrones.

Dueños indiscutibles en otro tiempo de la inmensidad de las llanuras que se extendían desde las faldas de la cordillera a las márgenes del Orinoco, los terratenientes, ansiosos de acrecentar sus haciendas, los habían ido diezmando a base de perseguirlos a tiros o proporcionarles aguardiente envenenado y ropas contaminadas en la más cruel forma de exterminio que el ser humano hubiera sido capaz de imaginar.

—No puedo creerlo.

—No lo creas si no quieres —había replicado Aquiles Anaya indiferente—. Pero hace treinta años los «cuibás» eran aún temidos y admirados, y se les encontraba en todas partes, altivos, libres y orgullosos. —Señaló hacia la ranchería—. Eso es lo mejor de lo que queda.

—¿Por qué?
—¿Por qué, qué?
—¿Por qué esa necesidad de destruirlos? Aquí hay sitio para todos. Nunca he visto una tierra tan vacía. ¿Acaso no cabían unos cuantos indios?
—Sí, desde luego —admitió el capataz—. Esta es una de las tierras más deshabitadas del mundo, pero por esa misma razón resulta ingobernable. Tiene sus leyes propias: «La Ley del Llano» que no se parece a ninguna otra porque no existe ningún otro lugar semejante.
—¿Y no protege al indio?
—¿Al indio? —rio irónicamente el anciano—. ¡No, desde luego! Puede que especifique a quién pertenece cada ternero nacido en libertad en cimarroneras jamás exploradas por ningún hombre blanco, pero no menciona al indio, porque el indio ante la ley simplemente no existe.
—¿Quién hizo esa ley?
—Los hacendados. Los dueños de «hatos» tan extensos como algunos países europeos. Esa ley está pensada para entenderse entre ellos y no tener que pleitear en caso de que un determinado rebaño esté pastando en tierras de otro, o se planteen problemas de límites o aguas, pero no para tener en cuenta los derechos de los auténticos propietarios de esas haciendas: los indios.
—¿Y el Gobierno no hace nada?
De nuevo aquella sonrisa escéptica.
—Jamás vi a un indio sentado en el Congreso.
—¿Y nadie les defiende? ¿Nadie les representa?
—Una vez hubo un hombre: Rómulo. El Catire Rómulo, le llamaban, porque era muy rubio a pesar de ser llanero de pura cepa. Había estudiado Medicina en Europa y al regreso alzó su voz en favor de los que consideraba tan venezolanos como el mismísimo Bolívar, pero a Gómez no le gustaba que nadie alzara la voz por ninguna razón y mandó en su busca. Los ha-

cendados proporcionaron los caballos y fue cosa de asombro ver a más de mil jinetes acosando a uno solo sabana adentro. Cincuenta «morocotas» de oro ofrecieron por su cabeza, y eso era más de lo que podía ganar un peón en seis vidas que tuviera. ¡Dios, qué cacería! Rómulo tenía tres remontas; tres alazanes tostados, hermanos los tres de padre, y saltaba al galope de uno a otro sin permitir que ninguno se cansara. ¿Quién podía soñar con atraparlo? Siempre se perdía de vista en el horizonte, y cuando las cosas se le ponían difíciles buscaba refugio en Colombia.

—¿Qué fue de él?

—Un día acudió a verle su padre y le dijo: «Hola, Rómulo: me siento muy orgulloso de ti», y sin mediar más palabra sacó un revólver y le pegó dos tiros.

—¿Su propio padre?

—El mismo.

—¿Por qué?

—Porque Juan Vicente Gómez le había llamado y le había dicho: «O me traes la cabeza de tu hijo, o te envío las de sus cuatro hermanos. Cuatro por uno: elige». —Aquiles Anaya lanzó lejos un escupitajo—. Y todos sabían que aquel viejo tirano cumplía sus amenazas.

—¿Qué fue del padre?

—Metió la cabeza de Rómulo en un saco, se la llevó al dictador y al día siguiente y con el mismo revólver se levantó la tapa de los sesos.

—¡Es una historia horrible!

—¡Cosas del Llano! Nadie más habló en defensa de los indios. Al menos mientras Gómez vivió.

A partir de aquel día a Yaiza no le sorprendió que los habitantes de la ranchería se mostraran tan esquivos cada vez que trataba de ayudarles o acariciar a uno de sus chicuelos. Para ellos, todo hombre blanco, exceptuando quizás Aquiles Anaya, que se había unido años atrás a una de su raza, era un enemigo en potencia, pues además nadie podía garantizar que no acabaría por contagiarles una de aquellas cuatro enfermedades contra las que carecían de defensas: tuberculosis, sífilis, gripe y sarampión.

–¿Cómo luchar contra ellas?

–No hay forma –había sido la segura respuesta de Celeste–. Habría que vacunarlos masivamente, pero es tanto el daño que les hemos hecho, que creen que lo que pretendemos es aniquilarlos. Dudo que alguna vez seamos capaces de recuperar su confianza.

Celeste Báez se había marchado a la «Hacienda Madre» días más tarde prometiendo regresar con provisiones para el largo invierno antes de que se iniciaran las lluvias, por lo que Yaiza no pudo insistir en el tema de los indígenas, ya que Aquiles Anaya procuraba evitarlo, quizá por temor a tener que confesar que su propia esposa había sido uno de ellos.

Casi desde la primera noche en que pareció captar qué clase de gente eran los Perdomo Maradentro, el viejo capataz asumió sin reservas el papel de protector de los «isleños» en un duro esfuerzo por adaptarlos a la primitiva existencia de la sabana, un lugar en el que paisaje, clima, habitantes, costumbres e incluso parte de las palabras nada tenían en común con las que conocían desde siempre, y los caballos fueron, lógicamente, el principal objeto de atención del llanero, puesto que en torno a ellos giraba la razón misma de la precaria existencia del «Hato Cunaguaro».

Para Aquiles Anaya –y en eso coincidía con su ama–, los caballos constituían la especie animal más noble y hermosa que el Creador había puesto sobre la Tierra, muy superior en casi todo al ser humano, y conocía por sus hábitos y características a cada uno de los que poblaban –domados o cimarrones, mansos o cerreros– hasta el último confín de la hacienda, e incluso a la mayoría de cuantos valía la pena ser conocidos a todo lo largo y ancho de las llanuras apureñas.

—Candidito Amado tiene una yegua, hija de Torpedero, en Caradeángel que, con un buen entrenador y un jinete decente ganaría el «Grand Nacional» por seis cuerpos de ventaja –decía–. Pero ese «huevón» nunca ha sabido lo que tiene entre las piernas y solo sabe sacarle provecho con espuelas.

Para la mayoría de los llaneros, que cabalgaban descalzos sujetando los estribos entre los dedos de los pies, utilizar espuelas y castigar con ellas al animal era una muestra, no ya de crueldad, siendo como era la suya una existencia por lo general dura y cruel, sino en especial de ineficacia, puesto que un jinete que no consiguiera hacer galopar a su montura sin necesidad de espolearla no era merecedor siquiera de tal nombre.

—Tu caballo debe ser parte de ti –advirtió a Yaiza en el momento de buscarle montura–. Y no debes elegirlo por su estampa sino por su temperamento y la capacidad que demuestre de adaptarse a tu forma de ser. Un animal tranquilo montado por un jinete nervioso es como «un arroz con mangos», y lo más probable es que cualquiera de los dos termine histérico. Aunque si los dos tienen exceso de nervio, la bestia se volverá loca de remate y es posible que cualquier día se lance a un abismo. – Rio divertido–. Aunque aquí, en los Llanos, pocos abismos hay.

Se encontraban los cinco junto a la empalizada de los mansos y aunque Aurelia se negaba a aprender a cabalgar, el capataz insistió con el argumento de que una vez que Celeste Báez se había llevado la camioneta, el caballo era el único medio de transporte existente, ya que dada la magnitud de las distancias a nadie se le podía ocurrir la idea de intentar llegar a pie a parte alguna.

—A todos los «pata-en-el-suelo» acaba matándoles una cascabel o una «mapanare»; así que elija: caballo o serpiente.

—Caballo.

Aquiles Anaya sonrió mientras señalaba con la cabeza un bayo que apenas superaría el metro y medio de altura y lucía largas crines.

–Ese es un animal tranquilo, que nunca le dará problemas –dijo–. No corre, pero es capaz de mantener el mismo paso hora tras hora sin incomodar a quien lo monta.
–Es muy pequeño –señaló Aurelia–. En realidad, aquí casi todos los caballos son pequeños. Quizá sea idea mía, pero en Tenerife eran más grandes.
–Es la raza –puntualizó el capataz–. Los caballos criollos suelen ser bajos pero duros y andarines, buenos para largos viajes. No es el que yo escogería para perseguir a una yegua cimarrona o un toro bravo, pero sí para ir hasta Bruzual y regresar borracho.
–Nunca espero regresar borracha de Bruzual.
El llanero sonrió:
–Pero menos la imagino acosando reses monte adentro. ¡Hágame caso! Ese bayo le conviene.
No era cosa de ponerse a discutir con alguien que lo sabía todo sobre caballos y que se volvió a Yaiza, la miró largamente, como si la descubriera una vez más, y dando la espalda al cercado, inquirió con intención:
–¿Cuál es el mejor animal de los que hay ahí?
–El pelirrojo.
–Eso es un alazán. Un alazán que lleva fuego en las venas y en la capa. Cuando murió el Catire Rómulo, los Báez buscaron sus tres caballos hermanos y los cruzaron con yeguas de la «Hacienda El Tigre». De su sangre provienen Torpedero, Barragán, Caraegato y muchos otros que se hicieron famosos. Ese es hijo de Barragán y nació para que tú lo montaras.
–¿Cómo se llama?
–Sólo su dueño tiene derecho a bautizar a un caballo. ¿Cómo quieres llamarle?
La muchacha meditó unos instantes mientras el llanero, su madre y sus hermanos la observaban, y por último sonrió.
–Timanfaya –dijo–. Se llamará Timanfaya.
–¿Qué significa? –quiso saber Aquiles Anaya.

—Son las Montañas de Fuego de Lanzarote; una región de volcanes en la que en cuanto se escarba un poco afloran temperaturas de cientos de grados. Y en los atardeceres cobra ese color rojizo.

—Timanfaya —repitió el llanero como tratando de acostumbrar su oído al nombre—. ¡De acuerdo! Eres tú quien decide. Ahora tan solo falta que él no se oponga. —Señaló el animal—. ¡Ve y dile su nombre!

Yaiza se inclinó cruzando entre los palos de la cerca, se aproximó al alazán, que la vio llegar sin hacer gesto alguno y cuando estuvo a su lado acarició su ancho cuello murmurándole algo al oído. La bestia lanzó un resoplido sacudiendo la cabeza y la muchacha lanzó una corta carcajada.

—¡Le gusta! —exclamó—. Le parece un poco largo, pero le gusta.

Aquiles Anaya emitió un sonoro gruñido.

—¡Déjate de vainas! —rezongó—. Lo único que falta es que me hagas creer que también hablas con los animales. Aunque viniendo de ti me espero cualquier cosa.

—¡No es posible!

—Como usted mande, patrón. Si no es posible, no es posible. Pero el domingo me «rumbeé» hasta las cercanías de la casa por ver si en un descuido podía echarle el lazo a ese alazán que me tiene encandilado, y escondido en el chaparral pude ver cómo le estaban montando. Me encontraba lejos, pero seguro que se trataba de una mujer.

—Sería mi prima Celeste.
—Su prima galopa a pelo sobre el garañón más cerrero, y aquella estaba aprendiendo.
—¿Aprendiendo? —se sorprendió Cándido Amado—.
¿Aprendiendo a montar?
—Así se me antojó, con su permiso. Daba vueltas en torno al viejo Anaya, que parecía decirle lo que tenía que hacer. Y había más gente.
—Está bien, Ramiro. ¡Gracias!

El llamado Ramiro, un hombretón cetrino y malencarado de boca carnosa y ojos estrábicos hizo un leve ademán de asentimiento, presionó con las rodillas su montura y se alejó al trote hacia el distante «caney» de los peones dejando a su patrón furioso y pensativo, porque para Cándido Amado la idea de que alguien se estableciese en el «Hato Cunaguaro» significaba el fin de sus sueños, pues desde que tenía memoria había oído a su padre hablar del día en que pudieran trasladarse a la hermosa mansión que dominaba el río, abandonando al fin el inhóspito lugar en que les condenaron a vivir, una casa absurda y sin gracia que se alzaba como un mazacote informe en el centro de la llanura, no lejos de un estero infestado de mosquitos, barrida por todos los vientos, azotada por el temible «barinés» que comenzaba a soplar inclemente a partir de abril y castigada por las torrenciales lluvias que la inundarían meses más tarde.

El «Hato Morrocoy» era probablemente uno de los mayores del Arauca, pero de lo único que podía presumir era de espacio en un lugar donde el espacio sobraba. El Llano era más llano y más monótono allí que en parte alguna, y para Cándido Amado había llegado a convertirse en una cárcel abierta en todas direcciones, aunque fuera de aquel lugar no tenía adonde ir, ni era patrón de nadie, ni al que nadie conocía.

Su esperanza, su única esperanza, se había centrado siempre en el hecho de que el viejo Aquiles Anaya muriese o no pudiera ya trepar siquiera a una silla de montar, y ese día, sin nadie que le atendiera la casa y el ganado, su prima Celeste aceptaría venderle «Cunaguaro».

Con una salida al río y sin tener a sus espaldas la presión de los Arriola que cercaban sus tierras por dos lados, Cándido Amado podría demostrar que era un llanero tan digno de tal nombre como pudieran serlo los miembros de las más viejas familias, y no sería entonces ya «el hijo del sacristán y de la tonta», ni el «fruto del confesionario, amado de los zamuros y los buitres», sino un poderoso hacendado, al que todos tendrían que respetar cuando pretendiera hablar en las reuniones que anualmente convocaban los ganaderos para resolver problemas comunes, fijar precios o modificar la ley del llano.

—¡No es posible! —repitió en voz alta mordiendo las palabras—. ¡No es posible que ese maldito marimacho haya traído gente nueva a la casa!

—¿Qué ocurre, hijo?

Se volvió. Desde el otro lado de la fina tela metálica que no bastaba para impedir que en los atardeceres los «zancudos» invadieran las estancias, su madre le observaba con aquella bobalicona sonrisa que nunca abandonaba un rostro achatado en el que una lengua demasiado rosada parecía colgar siempre sobre la comisura de su labio inferior.

—¡Tu familia! —replicó mordiendo las palabras—. ¡Siempre tu familia!

—¿Qué ha hecho ahora?

—Celeste ha traído gente a «Cunaguaro».

—Está en su derecho. Cuando mi padre repartió la herencia, a Leónidas le correspondió «Cunaguaro». ¿O no?

Su hijo no se dignó responder porque le constaba que constituía mi esfuerzo inútil explicarle cualquier cosa que no estuviera relacionada con vírgenes y santos, y Esmeralda Báez pareció sumergirse de nuevo en el profundo abismo de sus dificultosos razonamientos, hasta que tras una larga pausa, afirmó una y otra vez con la cabeza.

—Sí. Creo que sí. Leónidas heredó la «Hacienda Madre» y «Cunaguaro», que al morir él pasaron a Celestita. —Sonrió—. Hace tiempo que no veo a Celestita. Debe estar hecha una mujer.

—Ya debe andar por los cuarenta, y si no fuera tan machorra tendría nietos.

—¿De veras? ¡Me muero! Cómo pasa el tiempo... —Paseó su gruesa lengua por el labio superior, humedeciendo el oscuro vello que lo cubría y se restregó de un lado a otro el dedo índice bajo la nariz en un mecánico y repetido gesto que su hijo aborrecía—. ¡Y pensar que le enseñé a rezar! —añadió al rato—. Adoraba a santa Águeda.

»¡Cómo le gustaba santa Águeda! —Abrió mucho sus mongoloides ojos—. ¿O era a Violeta a quien le gustaba santa Águeda? Ya no lo recuerdo. ¿Lo recuerdas tú?

—¿Cómo quieres que lo recuerde? —fue la agria respuesta—. Aún no había nacido.

—¿No? ¡Qué raro! Pero si tú lo dices... —Se sumió una vez más en su mutismo, y cuando emergió de él quedó claro que había olvidado por completo de lo que había estado hablando—. Mañana empiezo una novena y me gustaría que Imelda me acompañase —dijo—. ¿Podrías pedírselo? A mí no me hace caso. —Se restregó por enésima vez la nariz—. Nadie me hace caso en esta casa. —Lloriqueó de pronto—. Ni siquiera tú, mi propio hijo.

Él no hizo comentario alguno, limitándose a encaminarse a la pequeña mesa que hacía las veces de bar y rebuscar entre las botellas para elegir el aguardiente más puro, porque una de las características de Cándido Amado— y quizá la única por la que era respetado en toda la sabana— era por su sorprendente capacidad de beber cualquier cosa a cualquier hora del día o de la noche, sin que el tipo de bebida ni la cantidad ingerida pareciesen hacerle nunca efecto.

Su madre aguardó largo rato una respuesta, pero al advertir que él se concentraba en el hecho de beber, apoyado en uno de los postes de la baranda, insistió suplicante:

—¿Hablarás con Imelda?

—¿Crees que la gente no tiene otra cosa que hacer que acompañarte en tus novenas?

La mirada, siempre ida, somnolienta y alelada de Esmeralda Báez se paseó por la inmensidad de la desolada llanura que rodeaba la casa y la ranchería hacia los cuatro puntos cardinales, y por último, entre desconcertada e incrédula, inquirió:

—¿Lo tiene?

—¡Oh, mamá, déjame en paz! —protestó Cándido Amado—. Nunca has entendido nada, ni nunca lo entenderás. Reza tú sola. Dios escucha mejor cuando le hablan de uno en uno.

—¿De veras?

Era la misma cantinela día tras día, mes tras mes y año tras año, encerrado entre aquellas cuatro paredes y aquellos cuatro horizontes, a solas con un ser que con la edad parecía ir perdiendo sus casi nulas facultades mentales y sin otro consuelo que un montón de botellas y sueños irrealizables.

—Tengo que hacer algo —masculló mientras apuraba hasta el fondo el vaso de aguardiente que ni siquiera calentó su encallecida garganta—. Tengo que hacer algo, porque está visto que la paciencia no sirve de nada. Aunque no le quedara más que tierra pelada sin una sola res ni un solo potro, esa puta continuaría pegada a ella como una garrapata.

Poco a poco, con la paciencia del jaguar que espera entre el rastrojo a que su víctima se ponga a tiro, Cándido Amado había ido apoderándose con el paso del tiempo de las mejores cabezas de ganado del «Hato Cunaguaro», amparando sus rapiñas de cuatrero en una vieja ley del Llano que aseguraba que «propiedad que se mueve no es propiedad», y las vacas o las yeguas que por muy bien marcadas o sobradamente conocidas no podía abigear no dudaba en eliminarlas, pues sabía mejor que nadie que tierra llanera que no soportara una buena carga de reses para nada valía, y despoblar Cunaguaro» era la forma de desvalorizarla y conseguir que su prima Celeste decidiera desprenderse de ella.

Pero pasaba el tiempo; había cumplido ya los treinta con largura y en tantos años no había tenido ante sus ojos más paisaje que aquella llanura aborrecible, ni ante su mente más meta que apoderarse del «hato» vecino y fundar nuevamente «La Hacienda El Tigre».

–¿Tú viviste en la casa?
–¿Dónde?
–En el «Hato Cunaguaro», junto al río.
–Sí. Creo que sí.
–¿Cómo es?
–No me acuerdo.
–Haz memoria.

La pobre mujer se esforzó, pero concluyó por negar repetidamente.

–Es inútil. No me acuerdo. Pero creo que era allí donde mi madre tenía un san Jenaro enorme que presidía el salón.

No parecía existir nada en la mente de Esmeralda Báez que no estuviera ligado a la imagen de los santos, y sus vidas, obras y milagros se habían convertido en la única cosa de este mundo de la que guardaba un recuerdo claro y poseía un conocimiento profundo.

–Ahora que lo pienso, me pregunto por qué razón dejé de rezarle a san Jenaro –añadió–. Era muy bueno y cumplidor. –Chascó su lengua de iguana–. Tal vez si hubiera continuado rezándole aún seguiría en la casa grande.

Su hijo tomó una botella al azar y se sirvió hasta el borde un líquido oscuro que muy bien podía ser ron, coñac o licor de café.

—Si tuvieras que rezarle un padrenuestro a cada santo que conoces, no te quedaría tiempo para sonarte —masculló—. ¿Es que no tienes otra cosa que hacer?

La anciana paseó una vez más la vista por la monótona llanura.

—¿Como qué? —quiso saber.

Aquello era más de lo que Cándido Amado podía soportar, y con el vaso en la mano descendió los cuatro escalones que le separaban de la sabana y echó a andar sin rumbo, porque cualquier rumbo que hubiera elegido le habría conducido indefectiblemente al mismo sitio: un horizonte tras el cual se escondía un nuevo e idéntico horizonte.

Diez minutos después se detuvo; agotó hasta el fondo el líquido de su vaso —coñac probablemente— y se volvió a contemplar desde lejos la apelmazada vivienda, el estero casi seco del que ya garzas y chigüires habían huido y los «caneys» de la destartalada ranchería.

La idea de continuar para siempre allí le producía náuseas, y admitió que se sentía capaz de asesinar personalmente a su prima sin que el pulso le temblara lo más mínimo.

—¡Me venderá «Cunaguaro»! —se prometió a sí mismo—. Me venderá «Cunaguaro» o le retorceré el pescuezo como a un pollo.

Anochecía cuando regresó tras haber meditado largamente sobre la actitud que debía adoptar, y el rápido crepúsculo tropical daba paso a las primeras sombras en el momento en que penetró en la minúscula cabaña de Imelda Camorra, que le aguardaba apoltronada tras una pesada mesa, teniendo ante ella dos vasos y una botella de ron más que mediada.

—¡Hola!
—¡Hola!

—Creí que no vendrías.
—Tenía que pensar.
—¡Qué raro!
—No empecemos.
—No empiezo. Acabo. Ya ves a lo que conduce pensar tanto.
—¿Te has enterado?
—En el Llano las malas noticias las lleva el viento, y las buenas el agua. —Bebió y a continuación le llenó el vaso mientras él tomaba asiento al otro lado de la mesa—. ¿Así que tu prima ha traído gente? Y, por lo que parece, gente joven —sonrió irónica—. ¿También piensas esperar a que se mueran?
—Tengo mis planes.
—¡Sí! —se burló ella—. Lo sé. Tú siempre tienes planes. ¡Y promesas! Pero me cansé de tus promesas. —Se desabrochó el vestido y mostró unos enormes pechos de oscuros pezones que enloquecían a los hombres tanto o más que su ancha boca de gruesos labios, sus negros y malignos ojos, y su provocativo e insaciable culo—. ¿Ves esto? —inquirió con acritud—. Es todo lo que Dios me dio para abrirme camino en la vida, y dentro de unos años comenzarán a caerse. ¿Y qué habré sacado de ellos? Que tú los babosees a cambio de la promesa de casarte conmigo y llevarme a vivir algún día a «Cunaguaro». Pero la tonta no quiere que te cases, y «Cunaguaro» cada vez está más lejos.
—¡No hables así de mi madre!
—¿Por qué no? ¿Acaso no es tonta? Si tu padre no la hubiera puesto de rodillas en aquel confesionario prometiéndole que vería bajar del cielo a san Jacinto si se quitaba las bragas, hace ya tiempo que la habrían encerrado en cualquier parte. ¡Tú mismo lo dices!
—Yo puedo decirlo.
—¿Y yo no? ¿Por qué? Me he ganado ese derecho a golpe de novenas y rosarios. Pero ya me cansé. Si antes de las lluvias

no estamos casados y viviendo en «Cunaguaro», te juro que me largo a San Fernando.

—¿Y qué vas a hacer en San Fernando?

—Han abierto un burdel nuevo. Limpio, precioso y elegante. En dos años me hago rica. Y si no lo consigo, al menos me habré divertido más que en este «peladero de monos» en compañía de un «huevón» al que le asusta su madre.

—No lo harás.

Los negros ojos, inmensos e inquietantes, se clavaron en él con insistente fijeza.

—¿Estás seguro?

Cándido Amado no estaba en absoluto seguro, y más bien parecía convencido de que aquella difícil mujer con la que compartía la vida era muy capaz de regresar a un burdel de donde ya no podría volver a sacarla casi a rastras con la promesa de que se casarían de inmediato.

—Ten un poco de paciencia —suplicó.

—¿Paciencia? —repitió ella, despectiva—. Paciencia es lo único que me ha sobrado desde que te conozco. ¡Pero se me acabó! Si hubiera seguido trabajando, a estas horas sería la encargada de ese nuevo local, ganaría mucha plata y únicamente me acostaría con quien de verdad me apeteciera.

—O estarías tísica.

—¿Tísica yo? ¡No me hagas reír!

—O sifilítica.

—Siempre supe cuidarme.

—O hubieran estado a punto otra vez de matarte de una cuchillada.

—¡Guá! ¡Hombre para decir pendejadas! También podría haberme tocado un «cuadro de caballos», que aquí ni siquiera esa posibilidad me queda. Aquí me siento enterrada en vida, y empiezo a creer que ni casarse por la Iglesia y ser dueña de un «hato» merece tanto sacrificio.

—Mucho estás cambiando. Siempre dijiste que darías cualquier cosa por dejar de ser puta.

—Es que esto es peor. Te lo advierto: esperaré hasta la entrada de las aguas. No voy a pasarme otro invierno viendo cómo los rayos caen a mi alrededor y esperando a que uno baje por esa chimenea «electrojodiéndome» definitivamente. —Bebió de nuevo, puesto que era de las pocas personas capaces de competir con Cándido Amado a la hora de beber—. Solo hasta que lleguen las lluvias —repitió—. El día que comience a soplar el «barinés» o brille el primer relámpago me largaré a San Fernando.

Él permaneció en silencio, observándola y preguntándose qué clase de martirio sería el invierno si se veía obligado a continuar en el «Hato Morrocoy» soportando a una vieja imbécil, viendo cómo la lluvia convertía a la llanura en una laguna, y rezando a todos los santos que adoraba su madre para que uno de aquellos terroríficos rayos que lanzaba un cielo enfurecido no le partiera en mil pedazos.

Por último exhaló un hondo suspiro y suavemente masculló:

—Mataré a Celeste.

—¡Qué bolas tienes! —exclamó despectiva Imelda Camorra—. Eso no te lo crees ni borracho, y jamás te he visto borracho. —Hizo una larga pausa en la que sujetaba el vaso con las dos manos y, sin apartar la mirada de su interlocutor, añadió—: Cuando su padre, aquel cabrón de Leónidas Báez, descubrió que mi tío Facundo se cogía a su hija, lo esperó en un «caño», le puso el revólver ante los ojos, le obligó a enseñarle el carajo, y sacando un «mapanare» hizo que se lo mordiera y lo finiquitó de la forma más cruel que nadie se haya cargado jamás a un ser humano. —Agitó la cabeza negativamente—. Pero eso lo hacen los Báez, que tienen sangre llanera y los cojones como un panal de abejas. Pero a ti, en las venas, tu padre tan solo te puso agua bendita, y tienes los cojones más finos que mantel de iglesia.

La violenta bofetada hubiera tumbado de espaldas a cualquiera, pero Imelda Camorra ni siquiera se inmutó, porque se diría que la esperaba y que incluso le producía una innegable satisfacción, pese a que un leve hilillo de sangre corrió por la comisura de sus labios bajando hacia la barbilla. Permitió que goteara, manchando la mesa como si aquello fuera algo natural y frecuente, y todo cuanto hizo fue extender el brazo y tomar del aparador otra botella, que colocó ante ambos, permitiendo que esta vez fuera él quien llenara los vasos.

Cuando continuó hablando lo hizo con absoluta naturalidad, como si la bofetada no hubiera existido y la sangre no siguiera manando hacia la mesa.

—Mi viejo pasó años jurando que vengaría a su hermano, pero era tan cobarde como tú. Si no llega a morirse, Leónidas Báez te habría echado a patadas en el culo de estos llanos y a mi padre le hubiera cosido la boca con esparto. —Bebió una vez más y lanzó un hondo suspiro de resignación—. Hombres agallados como él era lo que yo hubiera necesitado, pero por desgracia se acabaron.

—No tengo ganas de armar otro «mierdero» esta noche —le advirtió Cándido Amado—. No estoy para esas vainas.

—Pues es una lástima, porque yo sí que lo estoy —fue la provocativa respuesta—. Y me muero por partirte la botella en la cabeza.

—¡Párala ya!

—¿Por qué? ¿Es que no te gustan las verdades? Tú y yo sabemos que eres malo en la cama, flojo en el trabajo y cagón en la vida. Tu paciencia no es virtud, sino apatía, y el hecho de que el alcohol jamás te nuble la mente no tiene mérito porque, siendo hijo de tu madre, apenas tienes mente que nublar.

Cándido Amado lanzó un largo resoplido, apuró su ron, se puso lentamente en pie, y apartando la silla comenzó a desabrocharse el ancho y pesado cinturón.

Imelda Camorra —cuya familia había hecho desde antiguo justo honor a su apellido— sonrió apenas mientras en sus oscurísimos y por lo general opacos ojos brillaba ahora una leve chispa de alegría, y tras beber a su vez, alzó el rostro, miró a su contrincante, y bruscamente alzó un pie por debajo de la mesa, propinándole una salvaje patada en la entrepierna.

Cándido Amado soltó un alarido y cayó hacia atrás rebotando contra la pared, pero no pudo permitirse el lujo de dejarse escurrir hasta el suelo a concentrarse en su dolor, porque sabía por experiencia lo que se le venía encima con una botella en la mano dispuesto a abrirle la cabeza, y no tuvo más que el tiempo justo de apoderarse de una silla y proyectarla hacia delante para que una de las patas se clavara en el estómago de la mujer.

Fue una lucha brutal, cruel y equilibrada, ya que Imelda era más alta que su rival, y a su imponente masa humana unía un bestial salvajismo y una innegable satisfacción en la contienda, pues resultaba evidente que pocas cosas debían producirle mayor placer que el hecho de golpear y ser golpeada sin compasión ni miramientos, hasta el punto de que a los escasos minutos no quedaba un solo mueble intacto, y hasta los cristales de la única ventana habían saltado hechos añicos.

Quedaron al fin tumbados, uno a cada lado de la estancia, jadeantes, aturdidos y ensangrentados, y por último, con un sobrehumano esfuerzo, Cándido Amado se puso pesadamente en pie, apoyándose en cuanto encontró a mano, y se encaminó, tambaleante, hacia la puerta, en cuyo umbral se detuvo a mirarla.

—¡Está bien! —dijo—. Te prometo que antes de que entren las lluvias nos casaremos, aunque se oponga mi madre. —Se pasó el dorso de la mano por el labio inferior, también abierto y ensangrentado–. ¡Y vivirás en «Cunaguaro», aunque para ello tenga que matarlos a todos! –concluyó.

«La Seca» se presentaba larga y dura, el llano se cuarteaba bajo un sol al que jamás empañaba el rostro una triste nube, y durante diez horas diarias hombres y bestias se veían obligados a soportar un calor asfixiante, que en los mediodías aquietaba el mundo, cortaba la respiración, lo sumía todo en un doloroso silencio, e incluso impedía que las aves –aves sabaneras acostumbradas desde siempre a achicharrarse– alzaran siquiera el vuelo, porque al poco caían como fulminadas por una espada incandescente.

La mayor parte de los «caños» y esteros se habían agotado, y allí donde aún perduraban unos dedos de agua, esta parecía hervir de vida, aunque era ya una vida que comenzaba a aletargarse aplastada por la falta de oxígeno y el calor de lo que parecía más una densa sopa demasiado concentrada que un lugar habitable.

Yacarés, babas, morrocoyes, chigüires, venados, monos, «cachicamos», osos hormigueros y algún que otro cerdo asilvestrado compartían aquellos últimos bebederos con garzas, garzones, guacamayos, «coro-coro», gavilanes, «zamuros», mochuelos, potros, vacas, becerros, anacondas, pumas, e incluso en la mitad de la noche algún solitario jaguar o «tigre sabanero».

No había lucha. No había ni siquiera miedo en los más débiles, pues ya la sequía en sí aterrorizaba lo suficiente a las posibles víctimas, y ni las más sanguinarias fieras se molestaban en matar, pues muerte y carne fresca era cuanto encontraban constantemente en derredor.

Solo un acontecimiento conseguía estremecer de tanto en tanto la apatía y el sopor de los habitantes de la llanura en aquellos agotadores y desesperantes días, y era el olor del humo que llegaba de pronto anunciando que el llano ardía; que algún campesino había echado «candela» a sus agostados «conucos», y que esa «candela» se esparcía de horizonte a horizonte avanzando sin prisas y sin viento, pero sin encontrar tampoco quien frenara su impulso, destruyendo toda vida a su paso y empujando a las bestias hacia el ínfimo refugio de aquellos «caños», aquellos esteros y aquellos ríos, que no eran ya más que una triste caricatura de lo que fueron en un tiempo.

–¡Es estúpido! –protestaba Aurelia–. Yo no entiendo de agricultura, pero he leído que es lo que peor puede hacerse. Al paso del fuego únicamente sobreviven las semillas de las plantas más duras y leñosas, y la tierra pierde el humus y la vida microscópica que la airea.

–El llanero aún cree que es la mejor forma que existe de que al año siguiente los pastos sean buenos. Y también es la forma de acabar con las serpientes y garrapatas que acosan al ganado.

–¡Pero es una locura! –insistió Aurelia–. Y una imprudencia. Cualquier día abrasarán a la gente.

–Con frecuencia ha ocurrido –admitió Aquiles Anaya–. Y raro es el año en que alguna familia no tiene que huir abandonando su casa a las llamas. Pero no se inquiete. Aquí estamos a salvo. La ribera del río nos protege por tres lados, y aquella franja de tierra baldía por el cuarto. Esta es la única casa del Arauca que no tiene que temer ni al fuego, ni al agua, ni al rayo, ni al viento: se hizo a conciencia.

Tenía razón el capataz: el viejo caserón del «Hato Cunaguaro» había sido construido pensando en los más mínimos detalles, y era cómodo y fresco pese a sus gruesos tabiques de roble centenario, aunque resultaba evidente que estaba necesitando una buena mano de pintura y una reparación a fondo.

Celeste Báez había prometido traer pintura y brea para el tejado en su próximo viaje, y entretanto, y aprovechando las horas de más calor en que resultaba imposible realizar cualquier trabajo al aire libre, los Maradentro se entretenían en restaurar muebles, puertas, suelos y ventanas, transformando la fisonomía de la vetusta y semiabandonada mansión.

En las mañanas, después del paseo al alba −que era ya el único momento en que merecía la pena pasear−, las mujeres se ocupaban de ordeñar las mansas vacas del establo, mientras los hombres acompañaban al capataz en su tarea de intentar salvar a los desconcertados animales, conduciéndolos como buenamente podían a los escasos bebederos que iban quedando en la llanura.

Asdrúbal había aprendido a montar con más soltura que su hermano, y siendo más fuerte y resistente soportaba mejor las largas jornadas al sol y las agotadoras galopadas de las que con frecuencia Sebastián regresaba molido y derrengado, ya que si conservaba intactos los huesos era porque su ángel de la guarda particular amortiguaba las caídas cada vez que salía volando por encima de las orejas de su montura.

−¡Todo parece ir bien! −se lamentaba, llevándose las manos a los riñones−. Pero de pronto, cuando estoy más confiado, ese maldito animal se para en seco, y ahí voy yo, como si me estuviera lanzando al mar desde la proa de un barco.

Aurelia, por su parte, había renunciado a todo lo que no fuera acercarse hasta la ranchería y regresar al paso lento de su cabalgadura, mientras Yaiza y su alazán parecían haberse convertido en un solo cuerpo a partir del tercer día, y Aquiles Anaya llegó a preguntarse para qué demonios necesitaba aquella criatura sus lecciones si se diría que el potro obedecía sus órdenes sin necesidad de que se las dictase.

El llanero iba renunciando con el paso del tiempo a todo intento de entender nada de cuanto se relacionase con aquel extraño ser llegado, no ya de otro país y otro continente, sino incluso de otra dimensión, resignándose a adoptar la actitud de Aurelia y sus hijos, que aceptaban portentos y extravagancias con un «¡cosas de Yaiza!», que si bien no aclaraba nunca nada, al menos evitaba romperse la cabeza buscando explicación a lo absolutamente inexplicable.

Que las vacas dieran más leche cuando las ordeñaba, las gallinas pusieran huevos cuando se lo pedía, o aquel gallo cabrón que picaba a propios y extraños se acurrucara a sus pies como un perro faldero eran cosas que si algún día se las hubieran contado jamás habría creído, pero que ahora se le antojaban tan comunes como el hecho de que saliera el sol cada mañana.

Era otro el «hato» desde que los Perdomo Maradentro llegaran, y el viejo había decidido rogarle a su patrona que no lo trasladara nunca a la «Hacienda Madre», pues en «Cunaguaro» era donde siempre había deseado morir, y ahora incluso había desaparecido la agobiante soledad que antaño a menudo le deprimía.

Era como si en los postreros años de su vida hubiera encontrado una familia que le quería y respetaba, y que permanecía atenta cuando en las noches contaba viejas historias del Llano o de las selvas, pues Aquiles Anaya era hombre que había corrido mucho mundo y de joven ejerció de «baqueano» y «siringueiro» allá por los confines del Cunaviche, el Alto Orinoco, o las estribaciones del Roraima, ya en la frontera con Brasil.

—Esta cicatriz es el recuerdo de una flecha «motilona»; en la pierna llevo una bala de los cuatreros colombianos, y en una parte que no puedo enseñar por respeto a las señoras me mordió una piraña una tarde en que vadeábamos el Arauca con una punta de ganado.

Largas charlas nocturnas, buena comida, sorprendentes prodigios, mucho trabajo y agradable compañía conformaban su existencia, mientras el calor, el polvo y la sequía iban transformando la llanura en un infierno, los mosquitos y «gengenes» parecían haberse vuelto locos, y cada mañana mil ojos se elevaban al cielo con la muda esperanza de que hacia el Este hicieran su aparición tímidas nubes anunciadoras del fin de su agonía.

La «selección natural» comenzó su tarea, y las bestias más débiles tapizaron de cadáveres el llano, mientras las aves carroñeras –los únicos seres felices en semejante época del año– se atiborraban de carne o trazaban círculos cada vez más cerrados en torno a becerros y potros, que avanzaban tambaleantes y sin rumbo por aquel infinito mar petrificado.

Si alguna criatura viviente existía sobre la Tierra a la que Yaiza Perdomo aborreciera, esa criatura era el «zamuro», aquel negro pajarraco maloliente capaz de saltarle los ojos a una vaquilla que todavía conservara un hálito de vida o de introducirse en el estómago de una yegua a devorarle las entrañas aún palpitantes, y pese a haber soportado sin inmutarse el ataque de un monstruo marino en la más oscura noche o pasearse sin armas entre las fieras que infestaban los esteros, los «caños» y el monte bravo, se estremecía ante la sola visión de una de aquellas aves cobardes, repelentes e incapaces de enfrentarse a quien no se encontrara ya en los umbrales de la muerte.

¿Por qué?

Resultaba inútil que constantemente buscara en su interior respuesta a esa pregunta, pues se diría que los «zamuros», más que con su pasado, se encontraban relacionados con su futuro; un futuro que no lograba entrever, pero en el que presentía que algún papel importante desempeñarían los pájaros carroñeros, y aquella mañana los había visto volar con más insistencia que nunca sin conseguir apartarlos de su

mente, cuando a sus espaldas resonó una voz que era casi un graznido:
—¿Hay alguien ahí?
Se alzaron por entre los animales que ordeñaban, y desde la penumbra del establo observaron a los dos hombres cuyas siluetas se recortaban contra la furiosa luz exterior.
—Sí. Hay alguien —replicó Aurelia—. ¿Quiénes son ustedes?
—Gente de paz. Buscamos a Aquiles.
—No está. Volverá al atardecer.
—¿Podrían darnos un poco de agua? Esa sabana abrasa.
Fue Yaiza la que avanzó hasta el fondo de la amplia estancia y regresó con un cántaro lleno de agua que alargó a los desconocidos.
Cándido Amado tardó en tomarlo, porque toda su atención estaba puesta en la muchacha que había ido surgiendo hacia la luz y que parecía haberle deslumbrado con mayor intensidad que el sol de fuego que brillaba a sus espaldas, pero ante su insistencia bebió con avidez y pasó luego el recipiente a Ramiro, que permanecía retrasado, aunque sus ojos no perdían detalle de cuanto ocurría a su alrededor.
—¡Gracias! —dijo, mientras el peón bebía—. Ustedes son nuevas aquí, ¿verdad?
Ante el mudo asentimiento de Yaiza, añadió:
—¿Trabajan para mi prima?
Ahora fue Aurelia la que avanzó, y con un gesto de la cabeza indicó a su hija que regresara junto a las vacas.
—Trabajamos para doña Celeste —replicó con sequedad—. Pero ella no está, y ya le he dicho que su capataz no regresará hasta la tarde.
Cándido Amado se despojó del mugriento sombrero y se pasó un pañuelo por la sudada calva, que contrastaba, muy blanca, con su rostro requemado por el sol hasta la raya de la frente. Durante unos instantes observó a Aurelia, pero su

atención volvió de inmediato a Yaiza, que acababa de reanudar su trabajo.
—Esperaremos —dijo.
—No aquí —replicó Aurelia con rapidez—. Ni en la casa. Ignoro las costumbres, pero tengo orden de no permitir la entrada a nadie.

Los dos hombres la observaron sorprendidos por la firmeza de sus palabras, y fue Ramiro el que intervino:
—Pero mi patrón es primo de la señora —señaló—. No somos vagabundos.
—¡Lo imagino! —El tono de voz y la decisión no cambiaban—. Pero yo me atengo a lo que me han dicho. Pueden esperar en la ranchería o entre los árboles. Les llevaré agua y comida.

Un relámpago de furia cruzó por los ojos de Cándido Amado, y por un instante se le creería a punto de abalanzarse sobre la mujer y golpearla, pero la presencia de Yaiza, que le observaba con fijeza, le obligó a contenerse, y por último masculló, mordiendo las palabras:
—¡Está bien! Nos vamos. Pero adviértale a Aquiles que volveré mañana, y que si no está le esperaré en la casa, le guste a usted o no... ¡Buenos días!

Dio media vuelta sin aguardar respuesta, y trepando a su hermosa potranca clavó con furia las espuelas y partió al galope.

Aurelia les observó mientras se alejaban dejando a sus espaldas una densa columna de polvo, y agitando la cabeza regresó a tomar asiento no lejos de su hija.
—No me gusta ese hombre —masculló—. Tenía razón Celeste, y no me gusta su primo.
—El otro es peor —le hizo notar Yaiza.
—¿Cómo lo sabes?
—Se lo leí en los ojos.

—¡Pues eso sí que es un milagro, porque los tiene tan atravesados que ni un chino leería en ellos! —Rio su propio chiste, pero de inmediato su rostro se ensombreció y alzó la mirada hacia su hija—: Pero ahora que lo dices, es cierto; nunca conocí a nadie de aspecto tan siniestro.

—Es Ramiro Galeón —aclaró Aquiles Anaya cuando le hablaron de la visita que había recibido—. El menor de los Galeones, nueve hermanos cuatreros, ladrones y asesinos, aunque por fortuna ya solo sobreviven seis. —Cortó un enorme pedazo de carne jugosa y sangrante, porque estaban cenando y era así como le gustaba comerla y Aurelia lo sabía—. Uno de ellos, Goyo, alardea de haber matado por lo menos a doscientas personas, y es el hombre más temido del Llano. —Masticó despacio su carne—. Ramiro también tiene una larga historia, pero últimamente está muy tranquilo de capataz y mano derecha de Candidito Amado.

—Volverán mañana.

—Les estaré esperando. Y les enseñaré muy clarito el camino de regreso. —Con un gesto señaló un pesado fusil que colgaba sobre la chimenea—. Hace tiempo que me ronda la cabeza llevarme por delante a un Amado o, en su defecto, un Galeón.

—¿Por qué?

—Me han «cachapeado» ya tantas reses que ni con mil de sus cochinas vidas pagarían, y lo que me faltaba era verles «tigreando» en torno a la casa.

—¿«Tigreando»? —se sorprendió Yaiza.

—Rondando, husmeando, jeringando, jodiendo... La palabra no importa. Lo que importa es pararles las patas, porque son gente arrecha.
—¡No se meta en problemas...!
El anciano se volvió a Aurelia, que era quien había hablado.
—En el Llano, señora, la mejor manera de tener problemas es no querer tener problemas. Esta es una tierra dura, y cuando no te encaras a las cosas o a la gente, acaban encarándose ellas a ti. —Pareció haber perdido de improviso su acostumbrado buen apetito, y apartando a un lado el plato comenzó a liar uno de sus amarillentos y apestosos cigarrillos—. Cándido Amado sabe que tiene prohibido acercarse a la casa. Así fue siempre y así seguirá siendo mientras «Cunaguaro» pertenezca a los Báez.
—¡Pero de eso a liarse a tiros...!
—«A cada musiú su idioma» —sentenció el llanero—. Y el «plomo» es el único idioma que entienden los cuatreros.
—Siempre existe alguna otra manera de entenderse.
—¡Escucha, hijo! —Sus palabras iban dirigidas ahora a Sebastián—. Si todo el mundo entendiera cuando se trata de razonar, ustedes continuarían en Lanzarote, su padre no habría muerto, y no habrían tenido que atravesar el océano en un barco de juguete. Estoy tratando de enseñarles a sobrevivir en la sabana, y deben escucharme o acabarán como el gallo pelón: sin plumas y cacareando.
—¡Pero es que estamos cansados de violencia!
—¿Violencia? —se asombró el llanero—. Cuando tengo oído que en Europa millones de personas se han matado de la manera más cruel y estúpida, ¿llamas violencia al hecho de que yo amenace con caerle a tiros a unos cuatreros? ¡Vaina! —exclamó—. Aquello es «violencia». Aquí, en una tierra donde roncan los tigres y en los ríos acechan los caimanes, eso no es violencia: es lógico.

—Tal vez tenga razón —admitió Asdrúbal.
—¡La tengo, jovencito! La tengo —insistió Aquiles Anaya—. Son ustedes, los europeos, los que acaban de dar un ejemplo de barbarie que el mundo tardará en olvidar, y por lo tanto no consiento que ahora vengan diciendo que en nuestros países somos «violentos» porque de vez en cuando arreglamos nuestros asuntos a tiros y cuchilladas.
—Estoy de acuerdo —replicó Asdrúbal—. Pero yo, que admito haber matado a alguien, puedo asegurarle que eso es algo que nunca se olvida.
—Podríamos discutir el tema toda la noche —fue la respuesta—. Pero si permito que Cándido Amado o Ramiro Galeón se acerquen a la casa, la estoy poniendo en peligro, y además estoy desobedeciendo las órdenes de mi patrona. —Había encendido su cigarrillo y comenzó a apestar la estancia con un humo denso y casi palpable—. Y esas son cosas que no estoy dispuesto a hacer. ¡Así que «plomo»!
—No hay plomo que mate a Ramiro Galeón.

Se hizo un silencio; el inquietante y helado silencio que acostumbraba a seguir a las palabras de Yaiza cuando las dejaba caer con aquel tono impersonal y distante que obligaba a imaginar que no era ella quien las había pronunciado, sino alguien a través de su boca.

—Repítelo —pidió por último el llanero.
—He dicho que no hay plomo que mate a Ramiro Galeón.
—¿Cómo lo sabes?

La muchacha se encogió de hombros.
—Lo sé.
—De acuerdo —aceptó Aquiles Anaya con naturalidad—. Si el plomo no lo mata, cuando llegue la hora fundiré una bala de oro. Aún conservo una «Morocota» de las que gané en el Cunaviche que le partirá el corazón en diez pedazos.

—Tampoco vale —negó Yaiza Perdomo convencida—. Ni plomo, ni oro, ni hierro, ni bronce... —negó de nuevo—. ¡Ningún metal! —puntualizó—. Ninguno le causará daño.

—¡Eso es una pendejada!

—Si usted lo dice...

Los Maradentro estaban acostumbrados al hecho de que la menor de la familia jamás discutía cuando se ponía en duda alguna de sus aseveraciones, pero aquello no parecía rezar con el viejo llanero, que trató de hacerla salir del caparazón en que se refugiaba, aclarándole los motivos que tenía para suponer que el estrábico capataz del «Hato Morrocoy» se diferenciaba en algo tan especial del resto de los mortales.

—He visto muchas cosas asombrosas —dijo—. En un par de ocasiones me tropecé con «Espantos de la Sabana», jinetes sin cabeza que galopan llano adentro en las noches de luna llena, e incluso acepté sin rechistar que se te apareciera el espíritu de don Abigail Báez, porque yo, de los muertos, me lo creo todo, pero de eso a que haya un cristiano al que las balas no maten media un abismo.

—Si le dan, le matan —puntualizó la muchacha—. Pero nunca le darán.

—¿Por qué?

—Tal vez corra más que ellas. Tal vez sepa esquivarlas. Tal vez tenga un amuleto que le protege. Ya le he dicho que no lo sé.

Aquiles Anaya se puso en pie, se aproximó al ventanal, y pegando la nariz al cristal —quizás el único que quedaba sano en todo el caserón— contempló largamente la luna, que comenzaba a hacer su aparición en el horizonte, más allá del palmar.

—¡De acuerdo! —admitió sin volverse—. Aceptemos que no se puede matar a ese bizco del demonio... ¿Qué hay del guabinoso de Cándido Amado?

La muchacha le miró sin comprender.

—¿Qué quiere decir? —inquirió.

–¿A ese puedo matarle o no puedo matarle?

Yaiza se volvió a sus hermanos en muda súplica, y fue Sebastián el que intervino con cierta sequedad.

–Ella no lo sabe todo sobre todo el mundo –señaló–. No es una echadora de cartas ni una pitonisa. –El viejo se había vuelto a mirarla de frente y mantuvo con fijeza esa mirada–. No la presione –suplicó.

–¡Vale! No la presiono. Pero ustedes tampoco me presionen sobre cómo debo llevar los asuntos del «Hato». Llanero nací y moriré llanero. «Al que salió barrigón, ni que lo fajen chiquito»... –concluyó.

No se habló más, y al alba ya se encontraba el fusil engrasado y listo para volarle la cabeza a cualquiera –cualquiera, menos Ramiro Galeón–, y por primera vez en años Aquiles Anaya no estaba trepado en su montura cuando el sol hizo su aparición sobre las lejanas copas de las moriches y los «palodeagua» de la otra orilla del río, sino que permanecía tumbado en el «chinchorro» de la baranda con el arma al alcance de la mano y la mirada fija en los araguaneys de poniente, que era por donde tenía que hacer su aparición quien viniera de «Morrocoy».

Los dos hombres debían haber iniciado el camino con la noche de frente, pues aún no calentaba en demasía aquel sol sabanero, que más tarde haría sudar hasta el cuero de las riendas, cuando ya se encontraban a la vista avanzando sin prisas sobre el barro reseco y cuarteado de lo que fuera un mes antes el estero.

Cándido Amado parecía otro, desde el sombrero de «pelo-eguama» reluciente que tan solo utilizaba para ir a la «gallera», a las pulidas botas que le martirizaban el empeine y que no se había vuelto a poner desde el día en que enterró a su padre, e incluso la calva se la había peinado cubriéndosela con cabellos que le partían casi de la coronilla, y cuando saludó ceremonioso desde lo alto de la preciosa jaca recién cepillada, el viejo capataz ni siquiera hizo ademán de alargar la mano hacia su rifle.

—¡Buenos días nos dé Dios!

—Y más frescos, si es posible.

—Tiempo sin vernos, don Aquiles.

—Verdad es, que hasta olerles me cuesta trabajo cuando andan levantándome potros en la sabana.

—¡Cosas del Llano! ¡Lástima ver tan buenos animales solos, abandonados y sin hierros!

—Solos no están, que sus madres los amamantan; abandonados tampoco, que en los límites del «Hato» están en su casa, y si en ella los dejaran, pocos hierros necesitarían hasta que les llegara la edad justa de quemarles el culo.

—Con frecuencia se confunden con los míos.

—Poco llanero es quien no distingue qué potro nació de su padrote y cuál de los del vecino, pero tampoco es cuestión de pedirle mangos al guayabo.

—¿Dejamos el tema?

—En el corral se queda de momento. ¿A qué se debe el honor de la visita?

—Me informaron de que mi prima Celeste andaba por estos rumbos, y se me antojó presentarle mis respetos, conocerla y tratar con ella ciertos negocios que tenemos pendientes.

—Pues le informaron mal, porque ya no anda en «Cunaguaro». Para verla y negociar, mi consejo es que se enrumbe hasta la «Hacienda Madre».

—¡Muy lejos queda eso!

—Pues su yegua no es coja, y si como me barrunto es la hija de Torpedero en Caradeángel, que «emigró», no por su gusto, a «Morrocoy», en seis jornadas se pone cómodamente en la hacienda.

Cándido Amado eludió con descaro la respuesta, y girando la vista a su alrededor indicó con un ademán de la barbilla hacia Asdrúbal y Sebastián, que permanecían a la expectativa cerca de la puerta de los establos.

—¿Peones nuevos?

—Eso parece.

—Ayer vi dos mujeres.

—Sería que estaban.

—¿Alguno está casado con alguna?

—No es mi estilo andar pidiendo los papeles a la gente – replicó con manifiesta sorna el capataz–. Y ya conoce el dicho: «Países distintos, distintas costumbres». Puede que sí, puede que no.

Ahora Cándido Amado hizo un gesto hacia la casa.

—¿No va a invitarme a entrar? El sol empieza a apretar.

El otro negó con firmeza:

—No es mía la casa y me lo pusieron claro: solo pueden entrar personas autorizadas.

—Pero yo soy de la familia.

—Razón de más. –Sacó su bolsita de tabaco y papel y comenzó a liar con provocativa parsimonia un cigarrillo–. Usted sabrá disimular, don Cándido, pero a mi edad no puedo jugarme el empleo por capricho. Nadie me ofrecería otro.

—Conmigo lo tendría. Capataz de toda la «Hacienda El Tigre» ¡Y doblándole el sueldo!

—Se me antoja que me está «mamando el gallo» –rio el viejo mientras pasaba la lengua por el borde del papel–. Me ofrece algo que no es suyo, porque, o yo ando errado o la mitad del «Tigre» continúa perteneciendo a mi patrona. –Indicó luego al silencioso Ramiro Galeón, que ni había hablado ni había hecho gesto alguno, como si fuera una estatua de sal–. ¿Y qué haría con su hombre? Tantos años de fieles servicios no se pagan de ese modo, don Cándido.

—Ramiro es asunto mío –replicó el otro, inquieto y amoscado–. ¿Por qué no entramos, y a la fresca discutimos mi propuesta?

—Prefiero no hacerlo, y así no se presenta la oportunidad de tener que buscar otro empleo. Estoy contento con este. —Encendió el cigarrillo y pareció dar por concluida la conversación, añadiendo con humor—: Por cierto: si se anima a empujarse hasta la «Hacienda Madre», recuérdele a doña Celeste que prometió enviarme pintura y brea para la casa. Queremos dejarla nuevecita por dentro y por fuera. —Chascó la lengua, lanzando un sonido que quería expresar su entusiasmo y admiración—. Digan lo que digan, nunca habrá otra semejante por estos pagos, ¿no le parece?

Cándido Amado se mordió los labios, y por un instante se podría pensar que iba a echar mano al revólver que ocultaba bajo su ancho y recién planchado «liqui-liqui», pero reparó él en la rápida ojeada que Aquiles Anaya lanzaba al rifle y se contuvo.

—¡De acuerdo! —dijo al fin—. Si ese es su sentido de la hospitalidad, nos marchamos... ¿Podría pedirle a la muchacha que nos trajera un poco de agua? El camino es largo y el calor aprieta.

El llanero tomó el rifle, y con él en la mano entró en la casa, mientras replicaba:

—Yo la traeré. No me gusta andar molestando a la gente con pendejadas.

Estaba llenando con parsimonia un jarro en la cocina, cuando se interrumpió sonriendo al escuchar el rumor de cascos de caballo que se alejaban y se volvió a Yaiza, que pelaba patatas no lejos de la ventana.

—El hijo del sacristán venía por ti, y le picó no verte. —Se asomó a ver la nube de polvo—. Va más rascado que chucho con garrapata en el cipote, y disculpa la expresión.

—Se buscó un mal enemigo.

—Siempre fue malo y siempre fue enemigo. Y además pendejo.

melda Camorra alzó los ojos del vaso que contemplaba absorta desde hacía largo rato, y se sorprendió al advertir que su visitante nocturno era Ramiro Galeón.

—¿Qué haces aquí? —inquirió molesta—. Cándido aún no ha venido, y si te encuentra se va a enfadar.

—Ya no vendrá.

Había algo en el tono de voz del estrábico que hizo que la mujerona le prestase una atención especial.

—¿Qué quieres decir? —inquirió—. ¿Ocurre algo? Hace rato le vi en el porche y parecía estar bien.

—Allí sigue. Y sigue bien. Bebiendo hasta reventar con la vista fija hacia los lados de «Cunaguaro».

—Eso no es nuevo. Así lleva la vida.

—Es nuevo. Ahora es distinto.

Imelda observó con fijeza al hombretón que, pasando una de sus largas piernas sobre el respaldo de la silla, había ido a tomar asiento en el lugar que normalmente ocupaba Cándido Amado y se servía en su vaso. Permitió que llenara el suyo también y, antes de beber, inquirió:

—¿Acabarás con los secretos? ¿Qué carajo ocurre? —El otro sonrió apenas, entre burlón e irónico.

—Tu enamorado se ha enamorado —dijo.

Restalló una sonora carcajada e Imelda extendió la mano en forma de cuenco.

—¡Tú estás loco! —exclamó—. Candidito Amado comerá en esta mano hasta que yo quiera. ¿Lo oyes? Hasta que Imelda Camorra quiera.

—Mierda.

—¿Cómo dices?

—Lo has oído: «mierda» —repitió, recalcando mucho la palabra, y tras beber muy despacio para mantener así más tiempo su interés, añadió—: El patrón dejó de comer en tu mano desde el momento en que vio a esa muchacha.

—¿Qué muchacha?

Aunque trató de evitarlo, el timbre de voz mostraba una innegable alarma.
—La que vive en la casa grande. —Lanzó un silbido de admiración—. ¡Guá! ¡Tendrías que verla! Te juro que cuando comenzó a surgir de entre las vacas con un cántaro en la mano se me pusieron los ojos rectitos por primera vez en mi perra vida... ¡Guá! —insistió, silbando de nuevo—. Ni en sueños imaginé que pudiera existir una hembra semejante, pero allí estaba, joven, limpia, tímida y callada. Al patrón se le aflojaron las piernas, y tanto le temblaba la mano al agarrar el cántaro que se echó el agua por la pechera.
—¡Estás mintiendo!
—Eso es lo que tú quisieras. —Hizo una pausa y la miró con fijeza—. Pero ayer no vino, ¿verdad? Empleó la noche en bañarse y afeitarse, y creo que ni siquiera se acostó, porque con las tinieblas ya me tenía llano adelante rumbeando hacia el río. —Agitó la cabeza mientras bebía de nuevo—. ¡Tendrías que haberle visto!: repeinadita la calva, recortado el bigote, oliendo a limpio y llorándole al viejo zorro de Aquiles para que le dejara entrar en la casa, o que «al menos la muchacha le trajera un poco de agua, porque se moría de sed...». ¡Vaina! Nunca vi a nadie humillarse de ese modo, ni aun por salvar la vida.
Imelda Camorra tardó en hablar. Había escuchado en silencio la larga perorata y ya no dudaba de su veracidad. Sus ojos centellearon, su labio superior se agitó presa de un leve temblor y su cerebro trabajó a mayor velocidad de lo habitual.
—¿Quién es? —quiso saber al fin.
—¿La «guaricha»? —inquirió Ramiro Galeón encogiéndose de hombros—. ¡Ni idea! Ni aun su nombre averiguamos, porque hoy ni siquiera asomó los hocicos, y de veras que eso fue aún peor, porque el patrón se calentó y el viaje de vuelta lo hicimos al galope. Casi revienta a la potranca y si no fuera tan mal jinete le habría perdido de vista el rabo. Parece como

si se le hubieran «barajustado» las ladillas y las garrapatas. La «godita» lo entonteció aún más con sus ojazos verdes.

—¿Cómo sabes que es española?

—Eso se nota aunque no hable. Criolla es criolla, y ella no lo era. Ni su madre, que se le parece mucho, ni los dos fulanos que vi y que deben ser sus hermanos.

—Puede que uno de ellos sea su marido.

—Esa potranca no tiene aspecto de haber conocido «padrote». Es muy joven y mira como las vírgenes.

—¡Qué sabrás tú de vírgenes! ¿Cuándo has visto una?

—¡A mí «pata-e-rolo»! —Fue la agresiva respuesta—. Lo que importa es la opinión del amo, que al venir acá me dijo: «Ni media palabra a nadie, pero con esa carajita me caso. Tú de 'Juan Callao', o ya estás agarrando tus 'corotos' y largándote de 'Morrocoy'».

—¡Mientes!

—No miento y lo sabes. Has perdido tu tiempo tratando de convertirte en dueña de un «hato» sin tener en cuenta que no perteneces a la raza de los patrones «blancos», sino a la de los peones «oscuros», muertos de hambre y «abusados». Te lo vengo diciendo, y nunca me escuchas.

—¿Y qué quieres que haga? ¿Seguirte a pasar miseria por esas sabanas hasta que también te canses? Yo sé bien que Cándido Amado es un «comemierda», pero es la única oportunidad que he tenido de casarme y dejar de ser puta. —Bebió muy despacio y mientras lo hacía parecía meditar en su nueva situación—. Y no me voy a dejar joder tan fácilmente —continuó—. Al fin y al cabo, una cosa es que a él le guste, y otra que ella le acepte.

—Olvidas la plata.

—¿Qué plata?

—La del patrón. Tiene mucha, porque desde que nació no ha hecho otra cosa que «cachapear» ganado de sus vecinos, vendiéndolo como propio y amarrando cada «fuerte» a la espera del día que pudiera comprar «Cunaguaro». Si le ofrece sacarla del establo para convertirse en ama, tal vez le dé resultado. —Hizo una significativa pausa—. Contigo se lo dio.

La mano de Imelda Camorra se cerró en torno a la botella, y por unos momentos pareció a punto de lanzársela a la cabeza, pero resultaba evidente que Ramiro Galeón era demasiado hombre incluso para ella, y cambió de opinión, tratando de aparentar serenidad.

—¡Bien! —masculló—. Yo no soy de las que corren antes de que «ronque» el tigre. ¡Esperaré! Esperaré, pero puedes jurar que no voy a permitir que me deje plantada.

—Acabarás quedándote sin el chivo ni el «mecate». —La voz de Ramiro Galeón sonaba claramente amenazadora—. Empiezo a cansarme de que estés tan ciega. ¡Nunca se casará contigo!

—¡Aún no conoces a Imelda Camorra!

Él la observó como si la viera por primera vez. Pareció a punto de montar en cólera, pero de improviso su expresión cambió, suavizándose, y alargó una mano para acariciar la de ella.

—Sabes que te quiero —dijo—. Que incluso me aparté de mis hermanos por ti. —Su tono era de súplica—. Eres una mujer de verdad y mereces algo más que ese «huevón» impotente y medio tonto. ¡Cásate conmigo!

—Voy a casarme con Cándido Amado. Y voy a ser la dueña de la «Hacienda El Tigre». —Imelda sonrió malignamente y jugueteó con la mano que la acariciaba—. Y cuando sea la patrona, me acostaré contigo los días que me apetezca. —Le guiñó un ojo con picardía—. Tal vez esta noche me apetezca. ¿Estás seguro de que no va a venir?

—O poco le conozco, o ya se está poniendo bello, y en cuanto cene hará sonar la campana para que me presente. De nuevo me veo de noche hacia «Cunaguaro», y si le dejo solo se cae a un «caño» y te quedas sin sacristán antes de que el cura oficie la boda.

Ramiro Galeón demostró conocer bien a su patrón, porque sobre las nueve repicó por tres veces la campana del porche, lo que indicaba que el capataz tenía que acercarse hasta la casa principal, y cuando lo hizo fue para recibir la orden de que esa noche emprendería el camino tres horas antes que la anterior, porque tenían que estar frente a la casa del río al amanecer.

–¿Llevo el rifle? –quiso saber.

Cándido Amado le observó desconcertado, y al fin alzó el brazo en un ademán despectivo.

–¡Qué rifle ni qué vaina! No vamos a matar a nadie.

–Después de cómo le trató Aquiles, es lo menos...

–¿Quién piensa ahora en Aquiles?

–¡Yo! Me molestó lo que le dijo, porque usted es mi patrón, y si me lo pide le arreglo el cuerpo al viejo para siempre sin que se «barajuste» el personal. Nadie va a enterarse.

El otro agitó la cabeza una y otra vez, como quien está tratando con un mostrenco al que no le entra idea alguna en la mollera, hizo una pausa en la que se cercioró de que del interior de la casa llegaba el monótono canturreo de su madre rezando uno de sus incansables rosarios, e inclinándose hacia delante sobre la baranda, replicó bajando la voz:

–Vosotros los Galeones todo lo arregláis a tiros. Te agradezco el gesto porque sé que me aprecias, pero a mí lo que me interesa es ese hembrón, y el viejo que se vaya al coño de su madre, que a mí ya me pasó la calentura. –Bajó aún más la voz–. Te lo dije y te lo repito: «Con esa carajita me caso».

Ramiro hizo un gesto hacia el interior de la casa.

–¿Y qué dirá su señora madre?

–Ya soy mayorcito. No tengo que pedirle permiso.

—Siempre se opuso a que se casara con Imelda. ¿Y si continúa en sus trece, le retira la firma y ya no puede usted comprar ni vender nada?
—Imelda es Imelda. Esto será distinto.
—¿Cómo lo sabe? No la ha visto más que una vez. Ni siquiera le habló. Y es casi una niña.
—¿Una niña? —se asombró su patrón—. Es la mujer más mujer que he visto nunca. ¿Y qué importa si habla o no? Me he pasado la vida junto a una idiota que no sabe más que rezar...
—Hizo un gesto de impaciencia, dando por concluida la conversación—. Y ahora vete a dormir porque a las cuatro te quiero aquí con los caballos listos y provisiones para el día.

A las cuatro en punto de la mañana, con un gajo de luna en un cielo en el que se amontonaban casi tantas estrellas como mosquitos en el estero, Ramiro Galeón se encontraba ya al pie de la balaustrada montando su enorme caballo marmoleado y manteniendo de la rienda la yegua leonada de su amo, aquella hija de Torpedero en Caradeángel que él mismo «requisó» una noche semejante del «hato» hacia el que ahora pensaba dirigirse.

Más puesto, más peinado, más perfumado y acicalado que nunca, Cándido Amado hizo su aparición en la puerta de la casa, se acomodó un rojo fular anudado al cuello, trastabilleó a causa de unas botas demasiado estrechas y trepó trabajosamente a su montura por culpa de unos pantalones excesivamente nuevos y cortos de tiro.

Otro que no hubiera sido Ramiro Galeón tal vez hubiera soltado la carcajada, o al menos habría dejado escapar una leve risa burlona, pero los estrábicos ojos y el cetrino rostro permanecieron impávidos y se limitó a entregar las riendas a su patrón y presionar las rodillas para que su montura se pusiera en movimiento.

Un minuto después, las tinieblas, que eran dueñas absolutas de la sabana, se los había tragado, convirtiéndolos en parte de ellas mismas.

Solo un hombre como Ramiro Galeón sería capaz de encontrar en aquella noche su camino.

Fue una noche agitada. Un «yacabó» lanzó durante horas su fúnebre grito, «¡ya-acabó!», «¡ya-acabó!», presagio casi siempre en la sabana de tétricos acontecimientos, y el maldito pajarraco tan solo decidió guardar silencio cuando comenzó a rugir junto al río un tigre en celo que «roncó» furioso hasta que debió asustarle la presencia del espíritu de don Abigail Báez, que llegó para lamentarse una vez más de que no quedara en su familia un auténtico hombre capaz de sacar de su cama a Yaiza Perdomo, llevársela sobre la grupa llano adentro y fundar con ella una nueva estirpe prodigiosa.

–Un hijo tuyo que llevara la sangre de los Báez levantaría un imperio en estas tierras, sería líder del Arauca y redentor de esas tribus condenadas a extinguirse sin remedio. Un hijo tuyo, y de los Báez, alcanzaría tanta gloria como el mismo Bolívar.

Escuchándole, Yaiza incluso abrió el sueño posible de dar vida en su seno a un hijo de los Báez, y más tarde, sentada bajo el paraguatán a la orilla del río, en su cotidiano extasiarse ante el portento del amanecer llanero, se regodeó en la evocación de las palabras del difunto, tratando de hacerse una idea de lo que significaría traer al mundo a un ser destinado a grandiosas empresas.

Nunca, que se recordase en los anales de Lanzarote, se había dado el caso de un niño que heredase un «don» reservado exclusivamente a las mujeres, pero tal vez allí, tan lejos de la isla, pudiera acontecer, y que por primera vez un hombre «atrajera a los peces, amansara a las bestias, aliviara a los enfermos y agradara a los muertos», aprendiendo además a utilizar provechosamente tales dones, convirtiéndose, como don Abigail aseguraba, en guía y redentor de los desheredados.

Yaiza jamás había entendido por qué la Naturaleza malgastaba con ella unos prodigios que para nada servían más que para desconcertarla y atraer la desgracia, y aunque ansiaba desprenderse para siempre de unos atributos que no había solicitado, a veces especulaba con la posibilidad de traspasárselos a alguien que supiera encarrilarlos, ya que resultaba evidente que a ella no le habían servido más que para sembrar el caos a su alrededor.

Demasiado joven para soportar el peso de su responsabilidad en tantas muertes y en la infelicidad que había llevado al seno de su propia familia, en ocasiones se preguntaba si no resultaría en verdad desmoralizador e injusto que algún día sus poderes desaparecieran sin haber dejado a su paso más que una trágica estela de dolor.

¿Qué terrible pecado habría cometido aquella lejanísima antepasada que por primera vez recibió de nadie sabía quién la pesada carga de un «don» incontrolable? ¿Había sido, como contaba la leyenda, la hechicera Armida, que se vio de ese modo castigada por haber seducido con malas artes al Caballero Reinaldo, apartándolo durante los años que lo mantuvo enamorado de la misión de encontrar el Santo Grial para la que Dios le había elegido? ¿Era Yaiza en verdad la última descendiente de aquellos amores malditos y por eso en ella se unían la hermosura de Reinaldo y las mágicas artes de Armida?

Aquella era la confusa historia que intentó contarle durante una de sus visitas el espíritu de «Señá» Florinda –la que leía el futuro en las tripas de los marrajos–, pero era sabido que, incluso en vida, «Señá» Florinda con frecuencia desbarraba, y Aurelia, que era la persona más equilibrada e inteligente que Yaiza hubiera conocido nunca y que además la amaba más que nadie, insistió en que no debía aceptar ningún tipo de explicación fantasiosa que pretendieran darle sobre sí misma y unos atributos que tan solo debían considerarse una lógica consecuencia de una sensibilidad demasiado acusada.

Pero la muchacha había comprendido que ningún exceso de sensibilidad justificaba que tantos muertos a menudo desconocidos acudieran a buscar su consuelo o que con tanta frecuencia sus predicciones se cumpliesen, y tras noches como aquella, en la que los difuntos le hablaban con mayor naturalidad de lo que solían hablarle los vivos, no conseguían evitar que su imaginación se desatase tratando de hallar una respuesta más convincente de la que su madre daba.

Solía suceder que luego, de improviso, volvía a la realidad, se espantaba de sí misma y huía por el sistema de encerrarse en un mutismo que constituía un auténtico caparazón, procurando entonces, a través de un agotador esfuerzo físico, cansarse de tal forma que no le quedaba tiempo para pensar y angustiarse con sus abrumadoras obsesiones.

Era en esos momentos cuando el miedo a la locura invadía su ánimo con más fuerza y consideraba entonces que la solución a sus desgracias no estaba en la esperanza de tener un hijo que emulase a Reinaldo buscando un imposible Santo Grial, sino arrojarse al río de aguas turbias y reunirse para siempre con aquel que hubiera podido ser «el último Báez merecedor de tal nombre».

Pero aquella mañana ni tan siquiera el río significaba una solución, puesto que su cauce había descendido de tal modo que en parte se vadeaba sin mojarse los tobillos, en las más profundas hoyas no cubría por encima de la cintura, y era tal la acumulación de galápagos, caimanes y peces, que casi hubieran conseguido mantener a flote cualquier objeto que cayera en su interior.

El ganado, esquelético y aterrorizado, mugía continuamente sin alejarse de los escasos bebederos, temiendo que pudieran arrebatárselos, al igual que les habían arrebatado uno por uno los que meses antes se desperdigaban por la llanura, y los odiosos «zamuros» parecían haberse multiplicado hasta el infinito, como si nacieran de las entrañas mismas de cada animal que moría, ensuciando el cielo con su negro vuelo amenazante o cubriendo de luto inmensas extensiones de la sabana.

Los observaba asqueada, siguiendo con los ojos sus monótonas evoluciones, cuando de nuevo le sorprendió aquella especie de nervioso graznido.

–¡Buenos días!

Le alarmó su proximidad, y más aún le alarmó descubrir que no había advertido su presencia ni tenía la menor idea de dónde podía haber surgido tan inesperadamente, y él pareció comprenderlo, porque se apresuró a abrir los brazos en un ademán que intentaba ser tranquilizador.

–No se asuste –rogó–. No pretendo hacerle daño. ¿Me permite?

En la mano izquierda sostenía un reluciente sombrero y en la otra un ramillete de rosas que adelantaba en lo que pretendía ser un gesto galante y en verdad resultaba ridículo. Con el ralo y largo cabello engominado luchando inútilmente por cubrir su blanquecina calva, los dos colores, tan distintos, de rostro y frente, la endeble constitución que destacaba aún más lo desmesurado de su absurdo bigote, y aquella vestimenta de campesino endomingado en la que todo parecía quedarle demasiado ancho o demasiado estrecho, ofrecía un aspecto que invitaba a la risa, pero él no parecía darse cuenta, y al advertir que Yaiza no hacía ademán de tomar las flores, se limitó a colocarlas a sus pies con la deferencia con que podría haberlas colocado ante el altar de la mismísima Virgen María.

—Son del jardín —señaló—. Mi madre las cultiva todo el año para sus santos. Tiene tantos santos que siempre necesita montañas de flores, pero creo que hoy tendrá que adornarlos con serpentinas —Rio estúpidamente su propio chiste—. Con su permiso voy a sentarme —añadió—. Estas botas me están matando.

Yaiza permaneció en silencio, y resultaba evidente que le desagradaba la presencia del hombrecillo que, acomodándose a poco más de un metro de ella lanzó un hondo suspiro, y con un gesto que resultaba sin duda superior a sus fuerzas, se descalzó y comenzó a agitar los desnudos dedos de los pies con la desesperación de quien acababa de escapar de la más insoportable de las torturas.

Cerró los ojos como si se concentrara en el hecho de conseguir que el dolor cesara con mayor rapidez, y tras lanzar varios breves mugidos entrecortados, los abrió de nuevo y la miró.

—¡Santo cielo! —exclamó aliviado—. Creí que iba a volverme loco.

Yaiza estaba acostumbrada a que los muchachos de Playa Blanca anduvieran descalzos, pues la mayoría eran pescadores poco acostumbrados a los zapatos, pero se le antojó desconcertante que un hombre que le doblaba la edad, era dueño de un «hato» llanero y vestía de forma tan aparatosa, se le aproximara cuando aún el sol ni siquiera había hecho su aparición en el horizonte, le entregara un ramo de flores y la deleitara con una gratuita exhibición de gimnasia pedicular.

—«Distintos países, distintas costumbres» —comentó—. Es lo que siempre dice don Aquiles. ¿No es cierto?

El otro la observó un tanto confuso, reparó en que los luminosos ojos verdes parecían fascinados por los movimientos de sus pies y no tuvo otra ocurrencia que cubrirlos con el inmenso sombrero gris, pues encontró que esa era sin duda la mejor solución para ocultarlos y poder continuar al propio tiempo reactivando la circulación de la sangre.

—Usted perdone —se disculpó—. No es mi costumbre ni la de ningún llanero, pero ya sabe: uno aquí, tan aislado de todo, usa siempre las mismas botas, y no estaban presentables. Apestaban a estiércol.

La miró con fijeza, como si quisiera cerciorarse de que en efecto era tan hermosa como le pareció la primera vez que la vio, y tras un leve instante de duda inquirió:

—Perdone. ¿Está usted casada?

—No.

—¿Se quiere casar conmigo?

—¿Cómo ha dicho? —inquirió ella, sorprendida.

—Que si se quiere casar conmigo.

—Pero si ni siquiera sabe quién soy ni cómo me llamo...

—Para mí es la mujer más maravillosa de la Tierra. En cuanto al nombre, no importa. ¿Cómo se llama?

—Yaiza.

—¡Yaiza! —repitió él admirativamente—. También es precioso. —Hizo una corta pausa como regodeándose en la belleza del nombre, y por último añadió—: Yo me llamo Cándido Amado, tengo treinta y siete años y soy el dueño del «Hato Morrocoy», que carga unas seis mil cabezas de ganado sin contar los caballos. Si se casa conmigo todo será suyo, y también la casa donde ahora vive, porque espero comprarla muy pronto.

—Celeste nunca se la venderá.

Su expresión cambió, y por unos instantes volvió a ser el bebedor colérico y violento capaz de golpear a una mujer con una silla, insultar a su propia madre o maltratar a sus peones, porque Cándido Amado era un hombre al que una determinada persona podía transformar de inmediato con su sola presencia.

Acomplejado e inseguro desde niño, sabiéndose hijo de una deficiente mental y un enclenque sacristán despreciado por cuantos conocían la canallesca y rastrera forma en que había adquirido su fortuna, se había sabido siempre «fruto de confesionario» e indigno por su origen, carácter y constitución física de formar parte de la raza de los auténticos llaneros, y por lo tanto había crecido sin tener una idea muy clara de a qué mundo pertenecía, pues ni la sabana le aceptaba, ni él aceptaba la beatería que su madre pretendió siempre inculcarle.

Había luchado mucho para tratar de parecer llanero, pero en esa lucha había confundido dureza con crueldad, firmeza con violencia y hombría con machismo, y a consecuencia de ello se había convertido en una caricatura de su propia ilusión, y lo sabía.

Su madre lo trataba como a un niño tan retrasado como ella; Imelda le pegaba y ofendía; sus peones le despreciaban, y su capataz, aquel impasible Ramiro Galeón que sí era por derecho un auténtico llanero, le acomplejaba con su temible y recia personalidad. Pero de todos los seres de este mundo, quien más le ofendía, despreciaba y acomplejaba sin haberle visto nunca era sin lugar a dudas su prima Celeste Báez.

—Acabará cediendo —masculló, cesando casi instantáneamente de agitar los pies que, como por ensalmo, habían dejado de molestarle—. Al fin comprenderá que le conviene aceptar mi oferta, porque se me acabó la paciencia y conmigo no se juega.

—No puede obligar a nadie a vender lo que es suyo —le hizo notar la muchacha—. Y ella no quiere vender.

—Pero es que no es suyo —fue la rápida y rabiosa respuesta—. La «Hacienda El Tigre» le correspondía a mi madre, pero mi abuelo quiso castigar a mi padre y la partió, sin tener en cuenta que a quien en el fondo castigaba era a mi madre y a mí. Ella era demasiado inocente para tener culpa de nada, y yo aún ni siquiera había nacido. —Tomó una piedra y se la lanzó a un toro que se había aproximado demasiado—. ¡No es justo! −exclamó, convencido−. No es justo que mi tío Leónidas se aprovechara de que mi madre no estuviera en condiciones de defender lo que era suyo−. Hizo una corta pausa y añadió−: Pero yo repararé esa injusticia y lo recuperaré por las buenas o por las malas.

−No me parece que Celeste sea de las que se dejan convencer por las malas −puntualizó Yaiza−. Yo no le aconsejaría que intentara quitarle la casa.

−¿Ni aun a sabiendas de que vivirá en ella?

−Ya vivo en ella.

−Pero no como dueña.

−No me interesa ser dueña de nada. −Observó unos instantes los «zamuros» que se habían abalanzado sobre una vaca que pataleaba agónicamente al otro lado del río, y bajando el tono de voz añadió como para sí−: Lo único que desearía es volver a Lanzarote.

−¿Qué es Lanzarote?

−El lugar donde nací. En Canarias.

−¡Canarias! Eso está en España, ¿verdad? −Ante la muda afirmación, señaló−: En el viaje de bodas iremos a Lanzarote. Siempre quise conocer España.

Ella le miró adustamente.

−Usted es un hombre de ideas fijas, ¿no es cierto?

−No mucho. Pero desde el momento en que la vi supe que nos casaríamos. Fue como una premonición. ¿Nunca ha tenido una premonición?

Yaiza Perdomo tuvo que hacer un esfuerzo para evitar sonreír.

−A veces −admitió.

−Pues eso es lo que me ha ocurrido. La vi y dije: «Esa es la mujer de mi vida; o me caso con ella, o con ninguna». Y yo, cuando me propongo algo, lo consigo.

−¿Como el «Hato Cunaguaro»?

—Hace mal en burlarse —le advirtió endureciendo el tono de voz–. Los llaneros tenemos fama de pacientes, pero el día que esa paciencia acaba, somos temibles. ¿Sabía que en su mayor parte fueron llaneros los que derrotaron en la Guerra de la Independencia a sus antepasados, los españoles...?

—No. Pero tampoco creo que fueran mis antepasados. Salvo uno que fue dieciocho veces a China doblando el Cabo de Hornos, los demás jamás se movieron de Lanzarote. Excepto Reinaldo y Armida, claro está.

—¿Quiénes?

—Es la hora del ordeño y mi madre me está buscando. No haga caso. ¡Son cosas mías...! —Se puso en pie.

Echó a andar, pero él la detuvo con un gesto.

—¿Le gustan los caballos? —inquirió, y como ella le miraba un tanto sorprendida y en silencio, añadió con cierta timidez–: Me gustaría regalarle la potranca más hermosa que ha nacido jamás por estas tierras.

—Lo siento —negó la muchacha—. Ya tengo caballo y nunca lo cambiaré. ¡Adiós!

—¡Adiós!

Cuando Ramiro Galeón surgió a su lado trayendo de las riendas las monturas, Cándido Amado aún continuaba con los ojos fijos en la espalda de Yaiza, que estaba a punto de desaparecer en el palmar.

—¡Me casaré con ella! —repitió sin volverse a su capataz, que seguía la dirección de su mirada—. Ahora estoy seguro: me casaré con ella.

—¿Y qué pasará con Imelda?

Cándido Amado se volvió sorprendido.

—¿Imelda? —inquirió—. ¡Por mí como si se la comen los caimanes! —Colgó las botas del arzón de la silla y decidió montar descalzo, aunque no le gustaba hacerlo—. La otra noche me amenazó con largarse a un burdel. De acuerdo. ¡Que se largue!

—Desde lo alto de la silla observó al llanero–. ¿Crees que cinco mil «bolos» serán suficiente regalo de despedida?

Los atravesados ojos bizquearon más que nunca, pero el menor de los Galeones contuvo su ira.

—Es su dinero, patrón –dijo–. Cada hombre sabe el precio de lo que una mujer ha hecho por él.

El otro le observó largamente tratando de leerle el pensamiento, pero el rostro y los ojos de Ramiro Galeón hacían imposible cualquier tipo de lectura.

—¡A veces pareces listo! –comentó por último Cándido Amado–. Incluso demasiado listo. ¡Bien! –concluyó mientras taconeaba a su montura para que se pusiese en movimiento–. Le ofreceré siete mil. Si quiere los toma, y si no la echas de una patada en el culo –rio divertido–. ¡Al fin y al cabo, que le den patadas es lo que más le gusta en este mundo!

Lanzó la yegua al galope y el bizco le siguió.

Al concluir la cena Aquiles Anaya tomó de nuevo el rifle, se cercioró de que estaba a punto y cargado, y descolgando de la pared una gran calabaza hueca, comenzó a limpiarla librándola de las telarañas y el polvo acumulado durante meses.

—¿Qué es eso? –quiso saber Sebastián.

—Un «coroto».

—Sí, ya sé –admitió–. Para los venezolanos, cualquier cosa es un «coroto». ¿Pero ese para qué sirve exactamente?

—Para darle una serenata al «mano-e-plomo» que nos roncó en la oreja toda la noche. ¿No lo oíste?

—¿Los rugidos? Sí. Pero también podía ser un mono araguato.

—¡Escucha, hijo! —señaló el capataz—. Si hubiera araguato en el mundo capaz de rugir con esa potencia, te juro que me impondría más respeto que el propio tigre, porque mediría por lo menos dos metros. —Agitó la cabeza negando seguro de sí mismo—. Ese «pintado» era un macho en celo y peligroso. Si la sabana está repleta de animales moribundos a los que puede derribar de un zarpazo sin que nadie le moleste, ¿a qué diablos viene ese pasarse la noche rondando la casa y amenazando? No me gusta —concluyó—. No me gusta nada de nada.

—¿Y por eso va a matarlo? —se lamentó Yaiza—. ¿Tan solo porque no le gusta que ronde la casa?

—¡Desde luego! —admitió el llanero—. ¿Sabes lo que puede significar? Que el gran carajo en alguna ocasión se comió a un cristiano, le agradó el sabor y está deseando cambiar menú de vaca por persona. —Chascó la lengua—. Y en esta casa nadie ha nacido para capricho de tigre «gourmetre».

Aurelia, que no pudo evitar sonreír desde la cocina al escuchar la pintoresca expresión, comentó en voz alta:

—¿No será que como en el cuarto de Yaiza no hay alfombra quiere proporcionarle una?

—Algo hay también de eso —replicó el anciano con la pícara expresión del chiquillo cogido en una travesura—. Pero una cosa no quita la otra.

—¡Yo no quiero ninguna piel de tigre en mi habitación! —se apresuró a puntualizar la muchacha, alzando el dedo amenazante—. Ni de tigre, ni de ningún otro animal. Así que ya puede ir guardando su «coroto» y su escopeta, y mejor nos cuenta una de esas historias que conoce. Me gustan tanto como las de Maestro Julián, el Guanche.

—Aquel era más mentiroso —bromeó Asdrúbal—. O al menos podíamos cogerle más fácilmente las mentiras porque

eran historias del mar. Pero aquí... ¡Como apenas sabemos nada del Llano!
—¡Y menos sabrás si no abres las orejas, carajito! —masculló Aquiles Anaya–. Os queda mucho que aprender. —Luego se volvió a Yaiza y había seriedad en sus palabras–. Si no la quieres, no tendrás alfombra —dijo–. Pero eso no impide que tenga que matar al bicho. No podría dormir pensando que en cualquier momento puede meterse de un salto por una ventana. Un animal de su tamaño, de un solo golpe destripa a cualquiera.

—¿Puedo ir con usted?

Se volvió a Asdrúbal, que era quien había hecho la pregunta.

—Te advierto que hay que pasarse horas inmóvil y en silencio, dejando que te acribillen los zancudos y sin poder orinar siquiera. El tigre huele una meada de hombre a dos kilómetros.

—¿Puedo ir yo también?

Era Sebastián quien se sumaba al grupo y el llanero se encogió de hombros en mudo asentimiento.

—Seis ojos ven más que dos y los míos empiezan a estar cansados. —Se volvió hacia la cocina–. ¿No le importa que me lleve a sus chicos? —inquirió dirigiéndose a Aurelia–. Los cuidaré bien.

Esta asomó la cabeza por la pequeña ventana que separaba el comedor de la cocina y sonrió:

—A los catorce años pescaban tiburones a los que ese «gato» de ahí fuera no les hubiera servido ni de postre. No se preocupe: saben cuidarse solos, pero tenga cuidado porque si el tigre se acerca demasiado, Asdrúbal le machaca la cabeza de un puñetazo. Se lo he visto hacer con un camello.

El viejo se volvió, asombrado, al aludido.

—¿Es cierto? —quiso saber.

—¡Bueno! —se disculpó el otro—. No le machaqué la cabeza. Únicamente lo tumbé. Fue una apuesta un día que estaba borracho, pero Yaiza se enfadó tanto que prometí no repetirlo... —Sonrió—. Ni siquiera con un tigre.
—Es muy bruto —sentenció la muchacha, molesta.
—No es bruto. Es fuerte —intercedió Sebastián—. Pero papá era aún más fuerte. Asdrúbal jamás pudo ganarle un pulso. —Se volvió a Aquiles Anaya—. Mi padre medía dos metros y pesaba más de cien kilos. Podía sacar una barca del mar él solo.
—Me hubiera gustado conocerle —señaló el llanero.

Se hizo un silencio, como si la evocación de Abel Perdomo pesara de pronto en el ánimo de su familia entristeciéndola y sumiéndola en unos recuerdos de donde únicamente pareció sacarla Aquiles Anaya, que se puso en pie decidido.

—Es hora de marcharse —dijo—. El que quiera venir que se busque una manta y una cantimplora. La espera va a ser larga.

Fue larga en verdad, pues se alejaron a pie durante más de media hora en dirección a un chaparral que comenzaba más allá del último recodo del río, y se internaron en él hasta coronar una diminuta loma de no más de cuatro metros que constituía el mejor mirador de los contornos. Una suave brisa soplaba de la dirección que habían traído, y el viejo permaneció unos instantes muy quieto a la luz de una luna que estaba ya más que mediada iluminando fantasmagóricamente la dormida sabana.

—¡Bien! —exclamó—. Este lugar es perfecto; tenemos el viento de cara, no puede olernos y resultaría difícil que nos sorprendiera. —Dejó el rifle en el suelo—. De todos modos, más vale «pelar bien el ojo», por si pretende echarnos una vaina.

A continuación se arrodilló, colocó la calabaza a poco menos de un palmo del suelo, y ajustando la boca a la parte alta como si se tratara de un megáfono emitió un fuerte gruñido.

171

Al rebotar contra la tierra, el sonido cambió el tono y se expandió por la llanura en lo que constituía sin lugar a dudas una notoria imitación del rugido de un jaguar.

Repitió la acción una docena de veces ante la sorprendida mirada de sus acompañantes y luego se sentó a esperar con el oído atento.

Nada.

Nada durante casi media hora en la que permanecieron inmóviles como si fueran una piedra más en la llanura, y únicamente entonces el llanero decidió alargar la mano, tomar de nuevo el «coroto» y repetir la llamada.

Nada tampoco. Tan solo el zumbido de los zancudos que atacaban con inusitada ferocidad obligándoles a cubrirse con las mantas sin dejar al aire más que ojos, nariz y oídos, o el silbido de los «pájaros-bombarderos» que imitaban obsesivamente el ruido de una granada a punto de caer.

Asdrúbal fue el primero en acurrucarse como un inmenso feto envuelto en su cobija para quedar pronto traspuesto, y Sebastián, aunque sentado, echaba de tanto en tanto una cabezada en una duermevela de la que ambos regresaban súbitamente cuando el capataz repetía sus rugidos, cada vez más frecuentes.

—¿Y si fuera sordo? —aventuró Asdrúbal en uno de aquellos espabilarse de improviso—. Seguro que ya nos han oído hasta en Caracas.

—No hay tigre sordo —sentenció el otro.

—¿Cómo lo sabe?

—Porque he matado más de treinta y jamás vi ninguno con trompetilla. «Mano-e-plomo» es muy desconfiado desde que sabe que a las señoras de París les encanta hacerse un abrigo con su pellejo. Duerme y no ronques.

Habían pasado cuatro largas horas y se diría que todos los mosquitos de los contornos habían decidido acudir al reclamo en representación de una fiera que prefería no aparecer, cuando al fin un lejano rugido llegó desde los rumbos de la casa.

–¡Ahí está! –musitó el viejo excitado–. ¡Eh! Despertad. ¡Ya roncó el bicho!

Los dos hermanos se irguieron prestando atención y alargando la oreja, y Aquiles Anaya repitió una vez más su gruñido, que fue devuelto casi como si de un eco se tratase.

–¡Macho! –exclamó el llanero–. Un macho adulto.

–¿Cómo puede saberlo? –Los miró confuso.

–Lo sé y basta –replicó al fin–. Quien no aprende a distinguir si el que responde al reclamo es macho o hembra, jamás conseguirá cazar un tigre. –Rio por lo bajo–. Aquí, como en todo, es el coño el que manda.

Se inclinó de nuevo sobre la calabaza, pero en esta ocasión la apartó algo más del suelo, de modo que, aún siendo básicamente el mismo tipo de rugido el que emitía, ahora se le advertía más débil en su timbre e intensidad.

–¡Hembra en celo que necesita macho! –susurró muy por lo bajo–. Ese llega volando y con la excitación apenas tomará precauciones por miedo a que otro se le adelante... –Cogió el rifle, le quitó el seguro y, tumbándose cuan largo era, se encaró el arma y clavó la vista al frente–. ¡Ni un susurro! –pidió–. Dentro de nada lo tendremos aquí.

Asdrúbal y Sebastián lo imitaron echándose a su lado, y a ambos les costó contener su nerviosismo mientras se esforzaban por distinguir algún movimiento que delatara la presencia de la fiera.

Todo se mantuvo sin embargo en calma unos minutos, y en ese tiempo Sebastián pudo advertir hasta qué punto se habían desarrollado sus sentidos, y cómo se consideraba capaz de distinguir sonidos y olores de la sabana que un mes antes no hubiera sabido diferenciar ni tan siquiera claramente separados entre sí.

Le vino luego a la mente aquella lejana noche en que siendo apenas un niño su padre le llevó por primera vez mar adentro, a la vista de las costas saharianas y cebaron los anzuelos con grandes pedazos de atún ensangrentado lanzando las liñas y aguardando a que los gigantescos marrajos acudieran a presentar batalla.

También entonces experimentó idéntica sensación, abrigando durante horas el convencimiento de que de pronto se había convertido en un auténtico pescador de altura, un «lobo de mar» de los que no temían izar a bordo un tiburón que lanzaba a uno y otro lado dentelladas asesinas.

Fueron muchas las noches que siguieron a aquella e incontables los marrajos embarcados, pero jamás resultó ya tan fascinante, ni volvió a experimentar la impresión de haberse transformado de improviso en superhombre.

Pero ahora estaba allí de nuevo, tan lejos de su casa, el océano y su mundo, tumbado sobre una tierra recalentada y seca, advirtiendo cómo por las venas le corría aquella misma sangre diferente —más violenta y más viva— y cómo los ojos pugnaban por saltar de sus órbitas en un desesperado deseo de ver surgir de las tinieblas la silueta de un gigantesco tigre.

—¡Ahí está!

Buscó en la dirección señalada y no vio más que la noche que llevaba todo el tiempo viendo, pero «supo» que era verdad y que allí estaba el jaguar, porque si algo había aprendido era a confiar en los conocimientos que de su tierra y sus bestias tenía el viejo llanero.

Transcurrieron lo que no debió ser más que unos segundos pero que se les antojó un tiempo infinitamente largo, hasta que de la oscuridad nació una mancha más clara que avanzó silenciosamente y luego súbitamente se detuvo porque su instinto había avisado a la fiera del peligro y por un momento dudó entre seguir adelante o desaparecer de nuevo, y para siempre, en la negrura de la noche.

Resultó evidente sin embargo que Aquiles Anaya sabía de antemano lo que iba a suceder, y fue en el instante en que el jaguar permaneció desconcertado, cuando centró el punto de mira de su arma y apretó el gatillo para que un relámpago de fuego iluminara la oscuridad y un estampido de muerte se alejara por la sabana rebotando contra las palmeras y los paraguatanes.

Cuando la explosión que había atronado los oídos se perdió para siempre en la distancia, un portentoso maullido pareció llenar el vacío que había dejado y al maullido siguieron una rápida sucesión de rugidos de dolor y un agitarse de matas y arbustos mientras el animal saltaba y se revolcaba de un lado a otro del chaparral.

—¡Quietos ahora! —susurró el llanero—. Quietos y atentos porque es muy capaz de lanzarse al ataque. ¡Está furioso y asustado, y eso le hace mucho más peligroso!

Fue aún más larga la noche pues no quedaba el recurso de adormilarse, y más temible se hizo cuando a los rugidos siguió un jadeo y luego un silencio que tan solo rompía el rumor de un cuerpo que se deslizaba sigiloso, chasquidos de ramas al partirse, susurros del viento en el pajonal, y el deprimente canto de un solitario «yacabó» que pareció sustituir a los «pájaros-bombarderos», que habían huido aterrorizados por el estruendo de la muerte.

Asdrúbal, sentado allí, con un revólver que jamás había disparado en una mano y el sudor del miedo en la otra, no pudo por menos que evocar aquella otra noche, tan eterna, en que un desconocido y gigantesco monstruo marino se frotó insistentemente contra el maltrecho barco en mitad del océano durante la infinita travesía que había de llevarlos de Lanzarote a América.

También había sido aquella una noche de temor a la espera del ataque final, con la diferencia de que ahora Yaiza no se encontraba allí para asegurarles que con el amanecer llegaría el viento y el monstruo desaparecería para siempre en las profundidades.

—¿Es que aquí no amanece nunca? —masculló cuando ya le dolían los ojos de mirar a la nada.

—Todos los días —replicó irónico el viejo—. Pero siempre a la misma hora.

—¡Muy gracioso!

—A ver si imaginas que van a hacer una excepción porque estemos cagaditos de miedo.

—¿Usted también?

—Ya lo creo, hijo. ¡Ya lo creo! A Demetrio el Chusmita le largó un manotazo un bicho como ese, se le llevó las tripas enganchadas en las uñas y se alejó dando saltos como un borracho tirando una serpentina en Carnaval. Para enterrarlo tuvimos que rellenarle el hueco con periódicos. ¡Y ahora calla, que si nos oye es peor!

Le hicieron caso, y permanecieron inmóviles y en silencio hasta que una claridad lechosa comenzó a aplastar la noche contra el Llano borrando en primer lugar del cielo a las estrellas, mostrando luego los penachos de las más altas palmeras, al poco las copas de los araguaneys y los caobos, y por último los matojos del chaparral y la grandeza de la sabana ilimitada.

—¡Por mi «taita» que ahora viene lo peor! —exclamó Anaya tras lanzar una larga ojeada a su alrededor—. «Mano-e-plomo» se oculta en algún lugar entre esas matas, y lo mismo puede estar difunto y panza arriba que vivito y encabronado, aguardando a que nos acerquemos para lanzarnos un viaje. Así fue como murió el pobre Chusmita: buscando en el panojal. Yo estaba como que aquí y él a no más de tres metros, pero no vimos al bicho hasta que ya andaba por el aire. Se diría que tienen un resorte en el culo esos «pintados» del demonio.

—¿Y qué hacemos?

—Lo primero, mear —replicó el otro mientras comenzaba a desabrocharse parsimonioso la bragueta—. Y luego decidir si volvemos a casa dejándole malherido o si nos arriesgamos a que nos airee las tripas.

Sebastián concluyó de orinar a su vez lanzando un suspiro de evidente alivio y señaló:

—Hay que buscarlo.

—¡Es lo correcto, hijo! Es lo correcto. Ya lo dice el refrán: «El que quiera peces que se moje el culo, y el que quiera tigres que se lo cague». ¡Andando!

Hizo ademán de comenzar a descender del minúsculo otero, pero Asdrúbal lo detuvo sujetándolo por el antebrazo y señalando hacia la llanura por la que se aproximaba la nube de polvo que alzaban al cielo del amanecer un grupo de caballos.

—Alguien viene —dijo.

Forzaron la vista y fue también Asdrúbal el primero en reconocer al jinete que marchaba en cabeza conduciendo la reata.

—¡Es Yaiza! —exclamó.

Era en efecto Yaiza, que comenzaba a adentrarse en esos momentos en el chaparral viniendo directamente hacia ellos.

—¿Pero qué nace? —exclamó el llanero—. ¿Se ha vuelto loca? Si el tigre anda por ahí puede saltarle encima.

Comenzaron a agitar los brazos y a gritarle para que no se aproximara, pero la muchacha se limitó a saludarlos con la mano y continuar su marcha.

Aquiles Anaya se encaró el arma, decidido a disparar en cuanto la fiera hiciese acto de presencia y tanto Asdrúbal como Sebastián corrieron al encuentro de su hermana dispuestos a protegerla.

Pero Yaiza llegó tranquilamente hasta donde se encontraban, obligó a detenerse a las bestias y saludó sonriente.

—¡Buenos días! —exclamó—. He traído los caballos, café caliente y «arepas». ¡Vamos a desayunar!

—¿Desayunar? —explotó Sebastián fuera de sí—. ¿Es que eres tonta? Por ahí anda un tigre que tal vez esté malherido y ataque en cualquier momento. ¡Baja!

Pero ella continuó sobre la silla y se limitó a negar con la cabeza.

—Hace más de dos horas que está muerto —dijo.

—¿Cómo lo sabes?

Yaiza abrió las manos en un gesto que no quería decir nada, y el llanero, que se había aproximado con el dedo en el gatillo y mirando desconfiado a todas partes, insistió:

—¿Estás segura?

—Completamente.

Se diría que un súbito ataque de ira se apoderaba de Aquiles Anaya, que lanzó al suelo su cantimplora.

—¿Pero cómo puedes saberlo? —explotó—. ¿Cómo? ¿Vas a decirme que te lo contó Abigail Báez, o el mismo tigre fue a avisarte de que lo habían matado?

Yaiza, la menor de los Perdomo Maradentro, soltó una carcajada, feliz de su propia travesura, y descabalgó mientras señalaba a sus espaldas.

—¡Nada de eso! —replicó—. Está allí, al comienzo del chaparral, tieso ya y comido por las moscas.

Algunas noches, cuando el aire parecía haberse espesado hasta el punto de no ser capaz de penetrar a través de la fina malla de los mosquiteros contra los que se precipitaban una y otra vez furiosamente ejércitos de hambrientos «zancudos» ávidos de sangre, Yaiza Perdomo sacaba de un cajón su manoseada libreta de tapas azules y a la luz de un cabo de vela iba anotando con letra diminuta cuanto se refiriese a aquellos fenómenos aparentemente inexplicables que de continuo inquietaban su ánimo.

Había llegado tiempo atrás a la conclusión de que resultaba tan difícil hablar con los vivos de los muertos como tratar con los muertos sobre quienes continuaban con vida, porque el miedo de los unos y el rencor de los otros había levantado entre ambos un muro infranqueable, un muro que se iba espesando a medida que ella se hacía mujer y perdía la espontánea infantilidad de la niñez.

No era ya para cuantos la rodeaban una mocosa a la que los muertos utilizaban como mero vehículo de sus deseos de mantenerse en contacto con el mundo real, ni era tampoco al parecer para esos difuntos la ignorante chiquilla incapaz de dar una respuesta lógica a sus demandas. Ahora unos y otros parecían sentirse con derecho a presionarla, como si en verdad creyeran que ella, Yaiza Perdomo, la menor de la estirpe de los Maradentro de Lanzarote, que ni siquiera había tenido oportunidad de concluir los estudios de Primaria, tuviera que saberlo todo sobre los vivos y los muertos.

—¡Vete! —había ordenado una noche a don Abigail Báez—. ¡Vete para siempre porque entre todos acabaréis por volverme loca!

Pero el eterno jinete regresó dos días más tarde, y en esta ocasión venía acompañado por un hombre rubio y fuerte que montaba un brioso alazán tostado y conducía de la rienda a otros dos animales idénticos.

—Mi vida valía por la de mis cuatro hermanos —dijo como entre sueños—. Ellos solo sabían emborracharse y a mí me aguardaba un gran destino. Yo hubiera salvado a miles de indios de una muerte segura, pero mi padre prefirió asesinarme cuando le daba la espalda. ¿Por qué?

–Tal vez porque para un padre, héroes o borrachos, todos los hijos son iguales. Ellos eran cuatro y tú uno solo.
–Yo no era uno solo. «Cuibás» y «Yaruros» dependían de mí. –Se diría que aquella única pregunta obsesionaba a su soledad de muerto ya olvidado–. ¿Por qué me mató? ¿Qué respuesta encontrar a los diecisiete años ante una pregunta semejante? ¿Qué respuesta existía aunque fueran mil años los que se habían vivido?

El Catire Rómulo aguardó con su infinita paciencia de difunto que sabe que no tiene adonde ir, pero cuando apuntaba el día y comprendió que sus contornos comenzaban a difuminarse, hizo girar en redondo su montura y suplicó:

–¡Pregúntale a mi padre! ¡Por favor! ¡Pregúntale a mi padre! –Se perdió de vista seguido por sus dos alazanes tostados, hermanos del que montaba y Yaiza Perdomo observó acusadora a don Abigail, que había asistido a la escena muy quieto y en silencio.

–Yo no conozco a su padre –protestó–. Ni lo conozco, ni quiero conocerle... ¡Vete! Te dije que no volvieras nunca. ¡Vete!

–¿Adónde? Estoy tan cansado de galopar sin rumbo y sin encontrar nunca mi casa... ¡Tan cansado!

¿Cómo reflejar más tarde todo aquello en un barato cuaderno de tapas de un azul desvaído sin que al releerlo a la luz del día le asaltara la sensación de que se estaba trastornando por momentos?

¿Cómo evitar sentir que enloquecía, si a la noche siguiente fue un anciano de rostro sarmentoso y contraído por el dolor quien vino a visitarla?

–¿Qué otra cosa podía hacer si eligió ese camino? –se lamentó con voz quebrada–. Se lo advertí mil veces: «Nadie se ha enfrentado a Juan Vicente Gómez y sigue con vida. No continúes poniéndonos a todos en peligro». –Se sorbió los mocos sonoramente y a Yaiza le distrajo el descubrimiento de que un muerto pudiera tener mocos–. Pero no me hizo caso –con-

tinuó sollozante el anciano–. Desafió una y mil veces a aquel sucio tirano, y en todo ese tiempo jamás pensó en mí ni en sus hermanos. Nunca quiso entenderme y ahora quiero que seas tú quien le obligue a que lo haga.
—¿Yo? ¿Por qué yo?
Aquella había sido desde siempre la eterna pregunta sin respuesta, y su esperanza estaba en que algún día, cuando hubiera madurado y se sintiera capaz de sentarse sin miedo a releer cuanto había ido anotando en aquellas páginas de grueso papel amarillento, conseguiría descubrir los motivos por los que la eligieron como consejera de los muertos y amiga de las bestias.
¡Algún día!
Pero ese día estaba aún muy lejos y cuanto podía hacer por el momento era anotar con infinito cuidado cada frase de Abigail Báez, El Catire Rómulo, su atormentado padre o la infeliz Naima Anaya.
«¿Qué hacían cuando yo aún no había llegado? ¿A quién le iban con sus lamentos y sus llantos? ¿A quién le habían contado anteriormente los odiosos secretos que se llevaron a la tumba?».
La decepción de Naima, el rencor de El Catire o la sucia verdad que se escondía tras el asesinato de don Abigail y que él mismo le había confesado un frío amanecer en el que incluso el sol se negó a hacer su aparición avergonzado, constituían a menudo una carga demasiado pesada para sus jóvenes hombros ya fatigados a causa de sus propios problemas que nunca quiso confiar al cuaderno de tapas azules, pero que se mantenían en su mente, asaltándola en las noches en que no acudían los muertos a visitarla, o acosándola durante sus largos paseos por la llanura y los amaneceres bajo el paraguatán.
Observaba a su madre tratar de adecentar una casa que no era suya ni nunca lo sería, contemplaba el regreso de sus hermanos destrozados por una larga jornada de durísimo

trabajo, asistía a sus prolongados silencios cuando se hundían en sus recuerdos evocando la isla que habían dejado atrás, captaba el tenue deje de amargura de sus voces cuando se referían al pasado, y se sentía culpable y asaltada por unos incontenibles deseos de llorar.

¿Por qué se lamentaban los muertos de sus míseras tragedias si ella arrastraba consigo la tragedia de toda su familia?

—Cándido Amado me ha pedido que me case con él.

Asdrúbal no pudo contenerse y expulsó de golpe el agua que estaba bebiendo en ese instante, empapando a su madre que cenaba frente a él, y que tuvo que secarse la cara con el borde del delantal.

—¿Cómo has dicho? —quiso saber Sebastián tras el corto silencio que siguió al cómico incidente.

—Que Cándido Amado me ha pedido que me case con él.

—¿Cuándo le has visto?

—Vino anteayer cuando estaba en el río.

—Le pegaré un tiro —sentenció Aquiles Anaya.

—No hizo nada malo.

—Lo hará.

Resultaba evidente que el viejo llanero estaba convencido de su aseveración y cuando todos se volvieron a mirarle, insistió:

—Conozco a Cándido Amado. Es voraz como una piraña, escurridizo como una «mapanare» y paciente como un caimán. —Resultaba evidente que necesitaba un cigarrillo y comenzó a preparárselo mientras añadía—: Y además es tonto, y eso le hace aún más peligroso, porque siempre puedes prever cómo va a reaccionar un canalla, pero no un estúpido. —Arrugó la nariz en una extraña mueca que en él denotaba preocupación—. Si se ha enamorado puede armar un «saperoco» de mil demonios.

—¿Qué es un «saperoco»?

—Un lío, un «mierdero», un «barajuste»... ¡Como quieran llamarlo! Sea lo que sea, nos joderá la vida, y la única solución es que vaya a verle y le aclare que la próxima vez que traspase los límites de «Cunaguaro» le meteré una bala entre los cuernos. Sabe que puedo hacerlo porque la «Ley del llano» está de mi parte. Una cosa es «cachilapiarme» los potros, y otra muy distinta merodearme la casa y sus mujeres. A ese respecto el llanero es inflexible, porque esta sabana es muy grande y un jinete no puede estar cuidando al mismo tiempo de su honor y de sus vacas. Y si te roban una vaca, robas la del vecino, pero si te cogen a la mujer, a lo peor la del vecino es gorda y sucia.

—No creo que fueran esas sus intenciones —comentó Yaiza tratando de quitar importancia al tema—. Al fin y al cabo, con no volver al paraguatán se soluciona todo. Se cansará de esperar.

—Inventará otra cosa. Tú no sabes hasta qué punto puede ser ladino y baboso ese enano castrado.

—¡Pobre Cándido Amado! ¡Cómo lo trata! —El viejo Aquiles Anaya sonrió con malicia.

—¡Y peor pienso tratarle!

Y en efecto lo hizo, porque a la mañana siguiente, cuando el perfumado Cándido Amado hizo su aparición junto al paraguatán con otro ramo de rosas en la mano, fue para toparse con la boca del rifle del capataz del «Hato Cunaguaro», que lo aguardaba sentado en el punto exacto en que pensaba encontrar a Yaiza Perdomo.

—Si en este momento apretara el gatillo, todos mis problemas acabarían —le hizo notar el llanero cuando aún el otro no había tenido tiempo de reaccionar—. El juez cerraría el expediente sin tan siquiera amonestarme y la mayoría de los hacendados de la región me felicitarían. —Bajó el arma y la dejó atravesada sobre sus rodillas—. Pero su pobre madre no tiene culpa de nada, y no quisiera causarle un dolor innecesario.

¡Pero se lo advierto! –añadió con firmeza–. Si vuelve a entrar en el «Hato» tan solo un metro, le vuelo la cabeza.
—¿Dónde está?
—¿Yaiza? En casa.
—Quiero verla.
—No volverá por aquí.
—Necesito verla –insistió Cándido Amado sin escuchar lo que el anciano le decía–. Voy a casarme con ella.
Le miró con asombro:
—¿Realmente lo piensa? ¿Se le ha pasado de verdad por la cabeza la idea de que se case con usted? ¡Oh, vamos, Cándido! Está más loco de lo que imaginaba.
—Ella me aceptará.
—¿Cómo dice?
—Me aceptará. Estoy seguro.
Aquiles Anaya experimentó una casi irrefrenable necesidad de soltar la carcajada, pero hasta cierto punto le conmovía aquel pobre hombre porque resultaba evidente que Candidito, «el amado de los 'zamuros' y los buitres», hijo de sacristán y fruto de confesionario, se había enamorado desde la raíz de sus escasos cabellos a la puntal de sus doloridos pies, y su idiotizada expresión de desaliento y sus frases sin sentido lo desarmaron.
—Nos casaremos –repitió el otro como entre sueños–. Nadie podrá interponerse entre nosotros.
—¡No sea niño, Cándido! Ella no quiere casarse. ¡Es absurdo!
—¿Por qué absurdo? Soy un hombre y sé cómo tratar a las mujeres. Lo he demostrado con Imelda Camorra. –Alzó el dedo muy rígido–. ¡Así la tengo! Yo soy un hombre –repitió machacón–. Un llanero rico. Puedo darle a Yaiza todo lo que pida, incluso la mejor casa del Arauca, que pronto será mía...
—Su timbre de voz sonaba desafiante–. ¿Por qué tiene que pa-

recerle absurdo que acepte casarse conmigo? ¿Es que se cree usted con más derecho?

—¿Yo? —exclamó Aquiles Anaya entre asombrado y divertido—. ¡Yo! ¡Dios me libre! —Agitó la cabeza—. No dudo que hace treinta años me hubiera matado por ella con cualquiera. ¡Pero a mi edad!

—¡Los viejos son todos iguales! —le espetó el otro con rencor—. Lo que no pueden tener para ellos tampoco se lo quieren dejar a los demás. —Advirtió cómo Aquiles Anaya empuñaba instintivamente el rifle, encañonándolo de nuevo, pero negó con un ademán de la cabeza—. ¡No me asusta! —dijo—. Sé que no va a matarme. Ahora me marcho, pero se lo advierto: me casaré con Yaiza. —Dio dos pasos, alejándose, pero se volvió por última vez y le apuntó acusadoramente—. ¡Recuérdelo! —insistió—. Me casaré con ella por las buenas o por las malas.

—¡Pendejo!

La despectiva exclamación le había surgido del alma, pero sentado bajo el paraguatán y observando cómo Cándido Amado cruzaba sin mojarse los pies el río que no era ya más que una reseca barranca, Aquiles Anaya experimentó una olvidada sensación de vacío en el estómago, porque había tenido ocasión de captar hasta qué punto era cerril el empecinamiento de aquel estúpido.

—¡Cualquiera sabe lo que estará pasando en estos momentos por la cabeza de ese cretino! —masculló—. Aunque cualquiera sabe lo que puede pasar por la cabeza de todo el que se enamore de esa chica. Razón tienen sus hermanos, y en verdad es más peligrosa que una piraña en el retrete.

Se mantuvo largo rato así, con la espalda recostada en el tronco del árbol y el arma entre las piernas viendo la nube de polvo que levantaban los caballos de Cándido Amado y Ramiro Galeón, que se perdían de vista hacia el «Hato Morrocoy», evocando la figura y la personalidad de Yaiza Perdomo, y tratando de analizar cuáles eran sus sentimientos con respecto a la muchacha.

Pero aquella era sin duda la empresa más difícil a la que se hubiera tenido que enfrentar el viejo llanero, porque había llegado a la conclusión de que Yaiza Perdomo era un ser inclasificable al que no bastaba con admirar, sino que al propio tiempo había que temer por aquel incontrolable «don» que le habían dado, o su infinita capacidad de «atraer la desgracia» sobre cuantos la rodeaban.

Nadie, ni siquiera un hombre de su edad, que no esperaba ya de la vida más que la llegada de la muerte, podía encontrarse seguro de lo que sentía cuando se trataba de la menor de la estirpe de los Perdomo Maradentro.

Tímidas nubes comenzaron a emborronar el azul angustioso del cielo.

Eran nubes muy altas, blancas y algodonosas que cruzaban, distanciadas y dispersas, hacia el Oeste; nubes que habían nacido sobre las húmedas y espesas selvas de la otra orilla del Orinoco, más allá de la Gran Sabana, cerca ya de las cumbres del Roraima o las costas atlánticas, y que se deslizaban empujadas por un viento suave, pero constante, que tras obligarlas a atravesar de lado a lado la infinita llanura, las estrellaba contra los contrafuertes de la Cordillera, junto a cuyos precipicios y acantilados permanecían a la espera de nuevas nubes que llegaran de igual modo siguiendo idéntico camino.

Aquel constituía el primer aviso del cambio de estación y el fin de la sequía, pero las gentes de la región sabían por experiencia que aún se necesitaba tiempo para que la masa de nubes fuera creciendo hasta cubrir por completo la sabana, pues casi trescientos kilómetros les separaban de la serranía y ese constituía sin lugar a dudas un territorio muy extenso para cubrir de nubes de Norte a Sur y de Este a Oeste.

Días o semanas serían necesarios todavía para que el manto gris espeso y húmedo se interpusiera entre la tierra polvorienta y el furioso sol que parecía luchar por destruirla y las reses mugían con desesperación por la tardanza de aquel agua que tanto necesitaban, mientras los seres humanos alzaban el rostro en busca de una leve esperanza de que la larga agonía podría acortarse.

Ya nadie se movía. Todo esfuerzo resultaba inútil desde que el escaso ganado sobreviviente se amontonaba en torno a los últimos charcos de un lodo espeso que desaparecía a ojos vista, y aventurarse a galopar sobre lo que no era ya más que polvo y cenizas constituía una locura sin sentido porque hasta el momento en que cayeran las primeras lluvias los Llanos de Venezuela y el Oriente colombiano se habían convertido en una tierra arrasada que semejaba un campo de batalla tras la más dura y cruel de las contiendas.

—¿Qué podemos hacer?

—Nada. —La voz de Aquiles Anaya denotaba una absoluta seguridad—. Ahora nuestro único trabajo es sentarnos a esperar procurando evitar que nos mate una insolación, más tarde nos parta un rayo, o por último nos arrastre la corriente. —Hizo una leve pausa y sonrió apenas—. ¿Sabes jugar al ajedrez?

—Un poco.

—Pues te aconsejo que practiques, puesto que el ajedrez y la lectura se convertirán en nuestra mejor compañía en estos meses. —Chascó la lengua—. Confío en que doña Celeste se acuerde de traer libros nuevos. Esos me los sé ya de memoria.

—¿Cree que vendrá?

–Si ella dijo que vendría, vendrá.
–Tal vez cambie de idea. Sería un suicidio aventurarse por esas llanuras abrasadas por el sol.
–Ella está acostumbrada.

Una semana más tarde una nube de polvo cubrió el horizonte allá por el noroeste, se fue aproximando como un gigantesco gusano amarillento cuya cola se abría en abanico, y la que en un tiempo fuera camioneta blanca y verde, y ahora semejaba un polvorón con ruedas, se detuvo al caer el sol ante la puerta de la casa.

–¡Dios bendito!

La exclamación se le había escapado a Aurelia Perdomo al ver surgir de la cabina lo que se le antojó un fantasma recubierto de chocolate.

–Prepárame un baño –rogó Celeste Báez con voz ronca–. Un baño y una botella de ron. Traigo cuatro cajas.

Fue un placer descargar el vehículo abarrotado de las más variopintas mercancías, y el mayor placer constituyó para todos acomodarse luego en el amplio porche frente a una Celeste Báez ya limpia y reconocible, que con el vaso en una mano y un cigarrillo en la otra pidió un relato detallado de cuanto había sucedido durante su ausencia.

–¡Está loco! –fue lo primero que dijo cuando Aquiles Anaya concluyó de hablar–. Está loco o es más tonto aún que su madre.

»¿Cómo puede pretender casarse con Yaiza «por las buenas o por las malas»? Eso no se le ocurriría ni al mismísimo Pérez Jiménez, y en verdad que poca gente hay en el mundo más absurda que ese maldito coronel. ¡Vaina de país! Apenas hemos escapado de las garras de Juan Vicente Gómez y ya estamos a punto de caer en las de otro tirano. –Bebió con su ansia de siempre y luego, pasándose el dorso de la mano por los labios, se volvió a Yaiza–: Y ahora acláramelo tú –pidió–.

¿Qué le dijiste a ese estúpido para que perdiera de ese modo la cabeza?
—Nada —fue la sincera respuesta—. Lo primero que dijo fue que se casaría conmigo.

Celeste Báez observó largamente a la muchacha; paseó despacio la vista por su rostro, su cabello y su cuerpo, y acabó por asentir con un levísimo ademán de la cabeza.

—¡Te creo! —señaló—. Admito que tan solo con verte ese cretino haya perdido el poco seso que tenía. El Llano te sienta bien y cada día estás más guapa. —Luego se volvió a Aurelia— Usted también. —Sonrió—. «Todos» tienen mejor aspecto, y eso me alegra. ¿Se van acostumbrando a la sabana?

—¡Desde luego! Aunque el calor apriete, es un lugar hermoso y le estamos muy agradecidos.

La llanera hizo un gesto con la mano como queriendo rechazar sus palabras y señaló a su alrededor con un amplio ademán.

—Soy yo quien debe dar las gracias —replicó—. La casa parece otra y hasta Aquiles se ha quitado años de encima. —Luego hizo una corta pausa, miró con profunda fijeza a Yaiza, e inquirió—: ¿Y el abuelo Abigail? ¿Ha vuelto alguna vez?

—Alguna.

—¿Y qué ha dicho?

Resultaba evidente que la muchacha pretendía eludir el tema, pero Celeste insistió con suavidad.

—¿Qué ha dicho? —Esbozó una media sonrisa que pretendía infundirle confianza—. ¡No tengas miedo! —rogó—. No vas a impresionarme como la primera vez. Estoy preparada.

Yaiza dudó, se agitó incómoda en el banco en el que estaba sentada de cara a la noche que se iba adueñando del horizonte, y por fin, bajando la vista hasta mirarse las puntas de los pies, replicó quedamente:

—Vino con otro hombre: el Catire Rómulo, que aún no ha logrado entender por qué su padre lo asesinó.

—¡Rómulo! —exclamó Celeste Báez con el tono de quien evoca un tiempo muy lejano y repleto de nostalgias—. Todas las jovencitas de mi tiempo estábamos enamoradas en secreto del Catire Rómulo. —Hizo una pausa—. Pero no es Rómulo quien me interesa ahora, sino el abuelo. ¿Sabes quién lo mató y por qué?

Yaiza Perdomo jamás había mentido y tampoco lo hizo ahora.

—Sí —admitió—. Lo sé. Pero es un secreto que no desea que se divulgue.

—¿Ni siquiera puedes contármelo a mí, que soy su nieta?

—¿De qué le serviría si quienes le mataron están ya muertos y es una fea historia de la que todos se avergüenzan?

Celeste Báez pareció sorprenderse.

—¿Incluso él?

—Incluso él —replicó la muchacha—. Pero no le sorprenda —añadió—. A la mayoría de los muertos les avergüenza estarlo.

—Es posible —admitió la llanera—. Pero estás tratando de desviar la conversación y lo que me gustaría saber es si mi abuelo tuvo parte de culpa en su propia muerte.

—No pienso decírselo —fue la firme respuesta—. No puedo evitar que vengan y me cuenten sus cosas, pero no quiero seguir siendo un «correveidile» entre vivos y muertos.

—Estás cambiando.

—¿No es lógico que cambie después de todo lo ocurrido? —inquirió Yaiza casi agresiva—. Ya no soy una niña que anuncia que los atunes están a punto de entrar por la Punta del Papagallo o revela a la familia dónde había escondido una difunta sus ahorros. Fueron esas las cosas que me condujeron a esta situación. Si un muerto me anuncia que me caerá un ladrillo en la cabeza, no por ello dejaré de pasar por el lugar que indique.

—Pocos ladrillos pueden caerte del cielo en la sabana —bromeó Celeste Báez—. Pero supongo que si tú no eres la primera en iniciar esa lucha, nadie la empezará por ti... –Hizo una larga pausa que aprovechó para ponerse en pie, avanzar hasta la barandilla y contemplar la caída de la tarde, más roja que nunca a causa de los distantes nubarrones–. ¡De acuerdo! –dijo sin volverse–. Continuaré ignorando ese pasaje oscuro de la historia de mi familia y no volveré a preguntar por los difuntos. –Giró sobre sí misma sonriente–. Concentrémonos en los vivos: ¿Qué va a pasar con mi primo?

La pregunta iba dirigida a todos, y los cinco se miraron confusos, hasta que Sebastián decidió responder.

–Nada –señaló con naturalidad–. Imagino que eso de que se casará con Yaiza por las buenas o por las malas no deja de ser una bravata.

–¿Y si no lo es?

–¿Qué quiere decir?

–Que por aquí si un hombre rapta a una muchacha, la ley no interviene si acaba casándose con ella. Tal vez sean esas sus intenciones.

–Si se acerca a Yaiza lo mato.

Aurelia Perdomo se volvió con rapidez a su hijo Asdrúbal, que era quien había hecho semejante aseveración, y pareció fulminarlo con la mirada.

–¡Nunca repitas eso! –dijo–. Ya una vez mataste a un hombre y no volverás a nacerlo, ni por Yaiza ni por nadie. –Hizo una corta pausa y concluyó decidida–. ¡Nos iremos!

–¿Otra vez? –se alarmó Sebastián–. ¿Es que nos vamos a pasar la vida huyendo? Escapamos de Lanzarote y no sirvió de nada. Escapamos de Guadalupe y no sirvió de nada. Escapamos de Caracas y tampoco sirve de nada. –Lanzó un resoplido que pretendía poner de manifiesto su profundo hastío–. Si cada vez que alguien pretende ponerle la mano encima a Yaiza, vamos a tener que perder el culo corriendo, te garantizo que el mundo se nos va a quedar pequeño. –Negó con un brusco ademán de la cabeza–. ¡No! –aseguró–. Aquí estamos bien y aquí nos quedaremos, venga quien venga. —Alargó la mano y la colocó sobre la rodilla de su madre como si pretendiera consolarla—. Lo siento —concluyó—, pero fuiste tú quien me nombró cabeza de familia cuando murió papá, y esa es mi decisión.

Aurelia Perdomo fue a protestar, pero pareció comprender las razones de su hijo y concluyó por inclinar la cabeza aceptándolas, mientras Asdrúbal y Yaiza parecían de acuerdo con su hermano, y Celeste Báez y Aquiles Anaya procuraban mantenerse al margen.

Sin embargo, al día siguiente, mientras los demás se ocupaban en pintar las habitaciones interiores, Celeste Báez acudió a la cocina y tomó asiento frente a Aurelia, ayudándola en su tarea de limpiar lentejas.

—No tiene por qué inquietarse —fue lo primero que dijo—. Esta casa puede ser una fortaleza, y mi primo no tiene agallas para atacarla porque sabe que si lo intenta los llaneros le correrán hasta el Apure para echarlo a las pirañas. La decisión de Sebastián es la más sensata; aquí están bien y aquí deben quedarse.

—¿Hasta cuándo?

—Hasta que ustedes quieran. Este es un trato que nos beneficia a todos. Aquiles es feliz, e incluso los indios parecen más contentos. Me han dicho que los visitan con frecuencia, se preocupan por los niños y les llevan comida.

—¡Se les ve tan desvalidos...!

—Demasiadas cosas les separan de nuestra civilización, y por mucho que hagamos, nunca lograremos que se adapten a ella. Están condenados a extinguirse, y nuestra obligación es procurar que su agonía sea lo menos dolorosa posible.

—¿Y no se podría hacer nada?

—¿Como qué? ¿Alzarlos en armas reclamando sus derechos? ¿Qué armas? ¿Arcos y flechas contra tanques y aviones del Ejército? ¿Qué derechos? ¿Inmensas extensiones de tierra por las que nomadear viviendo de la caza y sin permitir que apaciente allí una vaca o un caballo o se cultive arroz y patatas? ¿O derecho a una forma de vida que rechazan y que no les proporciona más que infelicidad y enfermedades? ¡No! –señaló convencida–. Resulta triste admitirlo, pero llegaron al final de su camino. El Catire Rómulo pudo ser un loco maravilloso, pero al fin y al cabo su causa fue desde siempre una causa perdida.

–¿Y si desde muy pequeños se educara a los niños en nuestras costumbres? ¿No podrían adaptarse?

–Tal vez –admitió Celeste–. ¿Pero cómo pretende que se haga? ¿Arrebatándolos a sus padres desde el día en que nacen, o abriendo desde el primer momento una brecha entre sus dos culturas, consiguiendo que padres e hijos se sientan extraños y se avergüencen los unos de los otros? –Agitó la cabeza pesimista–. Solo algunos, muy pocos, conseguirán salvar el abismo de esos siglos de retraso. Él resto concluirá por extinguirse en silencio, igual que se han extinguido tantísimas culturas durante el transcurso de la Historia.

–Cuesta aceptarlo.

–Pero hay que aceptarlo. –Se detuvo en su labor de separar cuidadosamente las piedras de las lentejas y observó a Aurelia Perdomo–. Usted comentó en una ocasión que allá en Lanzarote, antes de casarse, era maestra, ¿no es cierto?

–Sí. Después de casarme seguí enseñando a los niños del pueblo.

–¿Le gustaría tener una escuela aquí?

–¿Aquí? –se asombró Aurelia Perdomo–. ¿Y a quién enseñaría? El «hato» más cercano está a tres horas de camino.

–Sí, pero hay peones. Y esos peones tienen hijos que nunca aprenderán a leer porque ni siquiera sus padres saben. –Se animó de improviso como si la idea se le antojara factible–. Podríamos acondicionar algunas habitaciones y parte de los establos y los niños vendrían por temporadas. Un mes o algo más de clases intensivas. Luego regresarían a sus casas para volver en la época de lluvias en que no hay nada que hacer. ¿Qué le parece?

—Sería precioso —admitió Aurelia—. Pero supongo que costaría mucho dinero y no sé si los peones querrían pagarlo.

—No se preocupe por el dinero —fue la respuesta de la llanera—. ¿Cree que entre Yaiza y usted podrían ocuparse de una escuela para quince o veinte niños?

—Sí. Naturalmente que podríamos. —Se interrumpió, con la mirada fija en un punto de la llanura—. Alguien viene —señaló con gesto de preocupación.

Celeste Báez se puso en pie y se aproximó a la ventana, entrecerrando los ojos para evitar el violento resplandor del sol del mediodía, tratando de distinguir al jinete que dejaba como siempre a sus espaldas una nube de polvo.

—Hay que estar loco para cruzar la sabana a esta hora del día —masculló—. Es como un horno.

—¿Aviso a los hombres?

—No. No es necesario.

Salieron al porche y aguardaron a la sombra hasta que un pequeño y nervioso potro castaño se detuvo ante ellos resoplante y sudoroso.

—¡Buenos días!

—¡Buenos días! —Se miraron.

—Usted es Celeste Báez, ¿verdad? No esperaba encontrarla aquí, pero me alegra conocerla. Soy Imelda Camorra. —Hizo una significativa pausa y dejando caer las palabras, añadió—: sobrina de Facundo Camorra, que en paz descanse.

Las manos que se apoyaban sobre la barandilla se contrajeron pero la voz no mostró inflexión alguna al responder:

—Será mejor que entre.

La recién llegada no se hizo repetir la invitación, descabalgó ágilmente permitiendo que su montura buscara por sí misma la sombra y el abrevadero, y siguió a las dos mujeres al amplio salón, que era la estancia más fresca y acogedora de la casa.

Aurelia Perdomo hizo ademán de continuar hacia la cocina, pero Celeste la detuvo con un gesto.

—No. No se vaya —pidió—. Si no esperaba encontrarme aquí, imagino que no era por mí por quien venía—. Se volvió a Imelda, que se sacudía el polvo—: ¿O me equivoco?

—En absoluto. —Trató de sonreír en lo que era casi una mueca—. ¿Podrían darme algo de beber? —rogó—. Creo que me he tragado todo el polvo de esa maldita llanura.

—¿Limonada? —ofreció Aurelia.

—Con un poco de ron, si no le importa.

Se dejó caer con un gesto de fatiga en una de las butacas y lo observó todo con interés, reparando en los pesados muebles, los viejos cortinones, la ancha escalera que ascendía majestuosa hacia el piso alto y los enormes cuadros.

—¡Así que esta es la casa! —exclamó—. Años llevo oyendo hablar de ella y haciéndome a la idea de que algún día será mía. —Sonrió con ironía volviéndose a Celeste—. ¿Sabía que su primo prometió casarse conmigo y traerme a vivir aquí?

—No. No lo sabía.

—¡Pues así es! —Agitó la cabeza como si a ella misma le costara trabajo admitirlo—. ¡Y llegué a creérmelo! —añadió—. ¡Si seré pendeja! —Clavó la vista en Aurelia, que había regresado de la cocina con una bandeja que contenía la jarra de limonada, tres vasos y una botella de ron, y mientras permitía que le sirviera, señaló—: Usted debe ser la madre.

—Tengo tres hijos —fue la seca respuesta.

—Sí. Lo sé. Dos chicarrones y una muchachita por la que Cándido está dispuesto a mandarme de vuelta al burdel. —El tono de su voz se hizo desafiante, casi altivo—. Porque yo era puta, ¿sabe? A mi tío Facundo lo asesinaron, mi padre era un inútil, y a mí no me quedó otro camino que lanzarme a la vida. ¡Siete mil bolívares! —masculló con rencor—. Siete mil bolívares me ofrece ese cerdo a cambio de los mejores años de mi vida y la promesa de casarme y vivir en esta casa. —Abrió las manos en un amplio ademán significativo—. ¿Qué les parece?

—Que mi hija no tiene nada que ver —replicó Aurelia con naturalidad—. Ignoro lo que Cándido Amado pueda haberle dicho, pero Yaiza no le ha visto más que dos veces en su vida y me parece ridículo que un hombre pueda hacerse semejantes ilusiones.

—¡Usted no le conoce! —señaló Imelda Camorra tras beber largamente su ron con limonada—. Es casi tan tarado como su madre y siempre actúa por impulsos. A mí me sacó a rastras del prostíbulo la noche en que me conoció, y si la vieja no se hubiera opuesto amenazándolo con no volver a firmar un solo papel, esa misma semana nos habríamos casado. Pero él teme a la vieja. La odia y la desprecia, pero la teme. —Se volvió a Celeste Báez—. Su abuelo hizo bien las cosas —añadió—. Si no hubiera sabido amarrarlas tanto, a estas horas su tía estaría en un manicomio y yo casada.

—Lo siento por usted y me alegro por mi tía.

—No. No lo siente. No tiene por qué sentirlo, pese a que yo sea sobrina de Facundo Camorra. —Hizo una pausa—. Ustedes, los Báez, siempre fueron la desgracia de los Camorra, pero es lógico tratándose del Llano, donde los patronos joden constantemente a sus peones. Así ha sido desde que el mundo es mundo, y así seguirá siendo mientras exista la sabana. Siempre habrá «blancos» y «oscuros».

—¿Qué quiere de mí?

La miró con sorpresa:

—¿De usted? Nada. ¿Qué puedo querer de quien ni siquiera sabía que estaba aquí? —Observó a Aurelia—. Tampoco quiero nada de usted. Ni de su hija. Pero me gustaría conocerla.

—¿Por qué?

—Simple curiosidad. —Trató de sonreír—. ¿No le parece lógico que una mujer que ve cómo sus sueños se esfuman tenga curiosidad por conocer a su rival?

—Yaiza no es su rival y nunca lo ha sido, diga lo que diga Cándido Amado.

—Pues él piensa de otro modo —le hizo notar—. Está como loco, y lo mismo manda llamar a sus peones ordenándoles que se armen para venir a rescatar a «su novia», como se encierra en «El Cuarto de los Santos» y se bebe todo lo que encuentra, y le aseguro que en «Morrocoy» alcohol es lo que sobra. Le repito que está loco —concluyó—. Y menos de casarse conmigo, le creo muy capaz de cualquier tontería.

—Se le pasará. Esas chifladuras se les pasan a todos.

Era Celeste quien lo había dicho, pero Imelda se volvió a ella, y al hablar lo hizo con parsimonia, segura de sí misma.

—Su primo no es como todos —puntualizó—. Su primo nació tarado, creció despreciado, y vivió siempre a caballo entre la vergüenza que siente por sus padres y el entusiasmo que siente por sí mismo. Pasa de la risa a la furia sin transición, y lo mismo se muestra tierno que comienza a golpearme o busca que yo le pegue hasta cansarme. —Bebió como para animarse a sí misma—. ¡Nos pegamos a muerte! —añadió—. A punto hemos estado varias veces de matarnos, pero él lo disfruta. ¡Dios! No sé por qué he venido hasta aquí a contarles miserias, pero lo único que pretendía era conocer a esa chica antes de decidir si regreso al prostíbulo, me caso con Ramiro o me quedo a esperar. —Hizo una pausa—. Me entienden, ¿verdad? Sí, supongo que me entienden.

—La entiendo —admitió Aurelia, y luego llamó hacia dentro—. ¡Yaiza! Yaiza...: ¿Puedes venir un momento, por favor? Aquí hay alguien que quiere conocerte.

A los pocos instantes Yaiza Perdomo hizo su aparición en la puerta. Vestía unos viejos pantalones de su hermano y una camiseta cubierta de lamparones de pintura que ensuciaban igualmente sus manos y su cara. Se detuvo en el umbral y observó a Imelda Camorra, que la observó a su vez detenidamente y musitó:

—Es injusto.
—¿Cómo dice?
—Que es injusto —repitió Imelda Camorra—. Empiezo a comprender a Cándido, pero es injusto que existan personas como tú.

«El Cuarto de los Santos» era la única estancia de la casa que los «zancudos» respetaban.

«El Cuarto de los Santos», siempre cerrado e impregnado de olor a flores marchitas, incienso y humo de lamparillas de aceite, repelía incluso a los voraces mosquitos, y en aquellas ardientes noches en las que ejércitos de ellos llegaban desde los últimos charcos de lo que fuera el estero, Cándido Amado aguardaba a que su madre se durmiera, y armado de una botella de fuerte «caña» y un mazo de cigarros de marihuana se acomodaba en el viejo sillón de doña Esmeralda y dejaba pasar las largas horas de su insomnio bebiendo, aturdiéndose y pensando en Yaiza.

Aunque más que pensar, Cándido Amado rumiaba, porque todo en él se limitaba a girar y girar en torno a una sola y obsesiva idea: la forma de conseguir que aquella criatura se casara con él.

¡Se casara! No quería apoderarse de ella, poseerla, acariciarla, besarla o violarla; quería casarse, porque influido por la beatería de su madre y la santurrona hipocresía de su difunto padre, el matrimonio bendecido por la Iglesia constituía la forma de posesión más completa y definitiva que pudiese existir bajo la capa del cielo o la superficie de la Tierra.

Y si de algo estaba seguro Cándido Amado en esta vida, era de que lo único que deseaba ya era ser dueño de la menor de los Perdomo Maradentro hasta el fin de los siglos.

Por ello rumiaba.

Y rumiaba rodeado de imágenes, altares y estampas que le observaban desde cada pared y cada rincón, preguntándose cómo podría distinguir su madre a san Pancracio de san Antonio o san Jenaro, si todos se le antojaban el mismo muñeco recubierto con distintos ropajes.

Durante más de una semana el olor dulzón de la marihuana vino por tanto a unirse a los pegajosos olores que impregnaban «El Cuarto de los Santos», pero al alba del décimo día doña Esmeralda se vio en la necesidad de tomar cartas en el asunto, pues se le antojó un sacrilegio que su hijo roncara sonoramente espatarrado en el sillón mientras la mitad de una botella de ron aparecía volcada sobre la raída alfombra y docenas de colillas se desparramaban por los amados altares de santa Águeda y san Agustín.

—¡Lárgate de esta habitación! —fue lo primero que dijo al despertarlo agitándolo con violencia—. De todo cuanto tenía no me hacéis dejado más que este rincón, y ahora también lo invades... ¡No hay derecho!

Cándido Amado le dirigió una larga mirada somnolienta mientras se pasaba el dorso de la mano por la boca reseca.

—¿Y a dónde quieres que vaya? —inquirió malhumorado—. La «plaga» está imposible.

—¿Y a mí qué me cuentas? Vete a tu cama y tápate con el mosquitero... Aunque dudo que ningún «zancudo» se decida a picarte; en las venas debes tener más ron que sangre.

Había comenzado a limpiarlo todo con sumo cuidado, colocando de nuevo cada lamparilla y cada flor con maniática meticulosidad, y su hijo la observó sin moverse, preguntándose por enésima vez si aquel ser que tan profundamente le repelía era en verdad su madre y aún tendría que continuar sufriendo durante mucho tiempo una presencia que a cada instante le recordaba quién era, de dónde provenía y qué insoportable número de factores negativos condicionaban su existencia.

Verla así, afanándose en la colocación de los vestidos de santos y vírgenes, y refunfuñando por lo bajo mientras dedicaba a cada estampa o muñeco una plegaria específica, le hacía tomar conciencia de que continuaba siendo «el hijo de una tonta, fruto del confesionario, «amado de los 'zamuros' y los buitres».

—¿Viste a san Jacinto?

Ella se volvió a mirarle sin comprender.

—¿Cómo has dicho? —quiso saber.

—Que si el día en que mi padre te pidió que te bajaras las bragas para ver a san Jacinto, ¿lo llegaste a ver realmente?

La mano que sostenía la cerilla destinada a prender una lamparilla de aceite tembló perceptiblemente, y Esmeralda Báez tuvo que buscar apoyo en el muro, porque advirtió que sus piernas flaqueaban. Las lágrimas acudieron a sus diminutos ojos, pero se mordió los labios para evitarlas, y al fin, con voz ronca y apagada, replicó:

—Yo puedo no ser muy lista, aunque no es mi culpa si Dios quiso que naciera así, pero aquel día tu padre no me prometió ver a san Jacinto. Yo sabía muy bien lo que quería y sabía que quizá, con un poco de suerte, tendría un hijo que alegrara mi vida cuando mis padres hubieran muerto y mis hermanos me hubieran dejado sola. —Apagó la cerilla de un soplo y se encaminó a la puerta con paso cansino—. Pero está claro que una vez más me equivoqué. Los tontos siempre nos equivocamos.

Salió cerrando a sus espaldas, y Cándido Amado permaneció muy quieto, sorprendido por uno de aquellos escasos rasgos de lucidez de que su madre solía hacer gala. Esos chispazos y su terquedad a la hora de no firmar un solo documento sin haberlo leído, releído y estudiado con minuciosidad durante horas, era lo que le había impedido apartarla de su lado, encerrándola definitivamente en una casa de salud para evitarse el eterno castigo que significaba tenerla noche y día ante sus ojos, recordándole que una gran parte de aquella sangre enferma corría por sus venas.

Recogió la botella y se bebió de un trago lo que quedaba en ella mientras con una de las lamparillas de aceite encendía un nuevo cigarro de marihuana.

A través de las rendijas de la ventana cerrada desde hacía años penetraba ya la leve claridad del día que se iniciaba y salió al porche a contemplar el mismo paisaje que llevaba toda la vida contemplando: una monótona llanura siempre idéntica a sí misma, pero que tal vez aquella mañana resultaba diferente, porque negros nubarrones muy bajos se extendían, amenazantes, hacia el Oeste.

Cuatro días, tal vez una semana, y los cielos se abrirían como si de las compuertas de un inmenso embalse se tratara, para que una catarata de agua se precipitara sobre la inmensa sabana transformándola en una gran laguna.

La zona de los Llanos, entre los ríos Apure y Meta, desde los Andes hasta las márgenes del Orinoco, constituía una gigantesca hoya de suelo arcilloso recubierto apenas por una débil capa de tierras de aluvión, y cuando las pertinaces lluvias empapaban esa capa de tierra y alcanzaban la arcilla impermeable, transformaban la región en el más gigantesco estanque de agua, barro y fango que mente alguna fuera capaz de imaginar. Únicamente algunas colinas y montículos quedaban a salvo de la inundación, que se mantendría hasta que el sol del verano y el lento drenaje de los ríos consiguieran convertir nuevamente la laguna en sabana.

Era aquel un ciclo que se venía repitiendo desde el comienzo de los siglos; un ciclo al que Cándido Amado asistía resignado año tras año, pese a que cada vez que veía aproximarse las nubes y el ambiente parecía cargarse de electricidad, enervándole y amenazando con hacer estallar sus nervios, se prometía a sí mismo que aquel sería el último invierno, y con la llegada del buen tiempo se apoderaría del «Cunaguaro», o se largaría para siempre en busca de un lugar del mundo en que no se sintiera a cada instante a punto de volverse tan idiota como se volvía su propia madre con la llegada de las lluvias.

Cuatro días, tal vez una semana, pero ya una electricidad casi palpable se había adueñado del ambiente, espesándolo, y la ropa chisporroteaba o todos los vellos del cuerpo se le erizaban mientras una insoportable tensión se había ido apoderando de hombres y bestias, que parecían a punto de saltar y destrozarse.

Cándido Amado reconocía aquel desasosiego que le recorría la espina dorsal y se concentraba en lo más profundo de su estómago obligándole a beber para acallarlo, pero en esta ocasión la angustia era aún más intensa, porque a ella se unía la ansiedad que sentía de ver a Yaiza, hablar con Yaiza, acariciar a Yaiza, casarse con Yaiza.

—¡Yaiza! ¡Yaiza! ¡Yaiza!

Incluso los eternos «yacabó» parecían haber traicionado la fidelidad a un canto que venían repitiendo noche tras noche desde que el Creador los escondiera entre los pajonales de la sabana, y hubiera jurado que ahora se divertían burlándose de él al repetir una y otra vez el nombre obsesivo:

—¡Yaiza! ¡Yaiza! ¡Yaiza!

Hasta doce peones bien armados podría reunir para galopar hasta «Cunaguaro» y llevarse a la muchacha a donde nadie pudiera encontrarlos, regresando tan solo cuando el cura de Elorza los hubiera casado, pero presentía que para conseguirla a la fuerza en el camino tendría que dejar cara al cielo a sus hermanos y al anciano capataz, y aquello era algo muy serio que ni ella, ni la ley, ni los llaneros, le perdonarían nunca.

Y rumiaba.

Rumiaba y su cabeza amenazaba con estallar porque además estaba convencido de que Aquiles Anaya, que conocía mejor que nadie todos los trucos de la sabana, se encontraba prevenido y lo csería a balazos en cuanto se adentrara un solo metro en tierra de los Báez.

Siempre había aborrecido de un modo instintivo a aquel llanero socarrón y despectivo que le obligaba a sentirse inferior con pronunciar tan solo dos palabras, pero ahora advertía que lo odiaba a muerte, pues había llegado a convencerse de que constituía el principal obstáculo que se interponía entre Yaiza y él.

–Debí dejar que Ramiro Galeón lo matara hace tiempo –musitó–. Un buen golpe en la nuca y todo el mundo hubiera aceptado que el maldito viejo se había caído del caballo...

Ensilló él mismo su yegua; aquella doña Bárbara, hija de Torpedero en Caradeángel, con la que un buen jinete hubiera sido capaz de ganar incluso el «Grand Nacional», y se alejó al galope y sin rumbo fijo, pues más allá del «caney» de los peones o la cabaña de Imelda Camorra, cada horizonte se semejaba a otro horizonte, como cada día se asemejaba a otro día en la llanura.

Necesitaba correr. Necesitaba sentir la yegua entre sus muslos y clavarle con fuerza las espuelas, y necesitaba sentir el aire del amanecer en el rostro antes de que el sol comenzara a ascender en el horizonte convirtiendo la sabana en un infierno. Necesitaba huir; escapar de su casa, de su madre, de sí mismo, y en especial, y sobre todo, del ardiente recuerdo de la menor de los Perdomo Maradentro.

Cuando al fin se detuvo junto a unas matas de «totumo» a orillas de un «caño» que no era ya más que barro seco, doña Bárbara aparecía cubierta de espuma y temblorosa, pero en él la tensión no había disminuido, pues se la diría superior a cualquier galopada o distracción.

Dejó libre a la yegua, que se alejó unos metros en busca de un bebedero inexistente, tomó asiento al pie de un flamboyán requemado por el calor y el polvo del final del verano, y fue entonces cuando lo descubrió afanado en la tarea de extraer agua de un diminuto pozo que había cavado en el centro mismo del cauce del «caño», y desde el primer momento le sorprendió lo altivo de su porte y la total carencia de aquel pánico ancestral que parecía acompañar siempre a los «salvajes».

–¿Quién eres? –inquirió con acritud.

–Xanán.

–¿Eres «cuibá»? –Ante el despectivo gesto negativo que en cierto modo ya esperaba, añadió–: ¿A qué tribu perteneces?

–«Guaica».

–¿«Guaica»? –se sorprendió Cándido–. Los «guaicas» viven muy lejos, más allá del Orinoco, y nunca salen de sus selvas.

–Pues yo salí, «cuñao».

–No me llames «cuñao». Yo no soy «tu cuñao». Soy Cándido Amado, el dueño de estas tierras. ¿Cómo has entrado en ellas?

El indígena se había aproximado y cada uno de sus gestos tenía una gracia felina, como de animal dispuesto a dar un salto hacia delante. Miraba de frente; había una especie de reto o burla en sus ojos.

–No abrí puerta ni salté muro, «cuñao» –dijo.

–¿Y qué haces aquí?

–Vengo y me voy.

–¿A dónde?

El «guaica» se encogió levemente de hombros. Sentado en cuclillas y apoyado en un largo arco de inmensas flechas, su gigantesco pene atado con una liana atrajo de inmediato la mirada de Cándido Amado, que jamás había imaginado que pudiese existir un órgano masculino de semejantes proporciones.

–Busco.

–¿Qué demonios buscas en mis tierras? –Nuevamente el indígena se encogió de hombros.

–No sé –admitió–. Nuestro hechicero teniendo un sueño dijo: «'Camajay-Minaré' ha vuelto. Los guerreros deben salir a buscarla y mostrarle el camino porque la diosa pertenece a los 'guaicas'».

El llanero dejó escapar una breve risa que más bien semejaba el graznido de un «zamuro»:

–¿Pretendes que me crea esa historia? –exclamó despectivo–. Tú no has venido a mis tierras a buscar diosas. Has venido a robarme.

Los acerados ojos redondos y profundos lanzaron una larga mirada a su alrededor:

–¿Robar qué? Tus toros se mueren y yo no los necesito. A ti podía haberte matado cuando apareciste y no lo hice –negó–. Xanán no roba ni miente. Xanán es hijo de jefe. Xanán solo busca a «Camajay-Minaré».

–¿Y dónde piensas encontrarla?

–Donde esté.

–¿Y dónde crees que está?

El «salvaje» extendió el brazo y sus largas y afiladas flechas señalaron un punto indeterminado hacia el nordeste:

–Por allá.

–¿Cómo lo sabes?

–Ella me llama.

–¿Qué te dice?

Se señaló la frente con un dedo, golpeándosela repetidas veces:

–Por las noches habla. Al despertar ya sé el camino –repitió el gesto con el arco y las flechas–. Hacia allá. Pronto la encontraré.

–¿Qué harás entonces?

–Conducirla a mi pueblo y los «guaicas» volveremos a ser fuertes.

—¿Y si no la encuentras?
—Otro guerrero lo hará. Ella está aquí. —Se puso de pie, y al hacerlo, Cándido Amado se asombró de nuevo por la perfección de aquel cuerpo atlético y musculoso, aquel pene inmenso y envidiable, y aquella hermosa melena negra que le caía sobre la espalda lisa y brillante—. Me voy —dijo el indio con naturalidad—. ¡Adiós, «cuñao»!
—¡Yo no soy tu «cuñao»!
Los labios del «guaica» se distendieron en una levísima sonrisa que hirió profundamente a Cándido Amado.
—Lo sé —musitó—. Tú no tienes «cuñaos». Nunca tendrás «cuñaos».
Dio media vuelta y se alejó elástico y altivo, con el arco y las flechas en una mano y el zurrón de cuero de venado en la otra, y Cándido Amado odió la hermosura de su cuerpo, la elegancia de sus gestos, el tamaño de su pene y la sensación de fortaleza, confianza y libertad que emanaba de todo él mientras se encaminaba, decidido, hacia los lejanos araguaneys.
—¡«Cuñao»! —le gritó.
Pero el otro no se volvió a mirarle, limitándose a alzar el brazo y agitar su arma en señal de despedida.
Cándido Amado desenfundó con parsimonia su pesado revólver, se cercioró de que estaba cargado, alzó el percutor, permitió que el indio se alejara unos metros para hacer el disparo más difícil, y por fin, apoyando la muñeca en su rodilla, apuntó cuidadosamente a la ancha espalda, justamente bajo el punto en que acababa el largo cabello muy negro, y, procurando mantener el pulso firme, apretó el gatillo.
Xanán, guerrero hijo de jefe, que había recorrido cientos de kilómetros atravesando ríos, montes, selvas, pantanos y llanuras en procura de la diosa «Camajay-Minaré», se precipitó hacia delante como si una monstruosa mano lo empujara bruscamente y quedó tendido sobre el polvo de la reseca sabana del final del verano, muerto en el acto.

Cándido Amado ni se inmutó siquiera. Guardó con parsimonia el arma, satisfecho de la exactitud de su disparo, extrajo un nuevo cigarro de marihuana y lo encendió recostándose en el tronco del flamboyán a fumar sin prisas.

No podía experimentar nada que recordase tan solo levemente al remordimiento, porque aunque era aquella la primera vez que mataba a un ser humano, ese ser humano no era más que un indio, un «salvaje», miembro además de una remota tribu fronteriza de la que se contaba que asesinaban a los «racionales» en cuanto ponían el pie en su territorio.

Aquel Xanán o como diablos se llamase, había penetrado ilegalmente en su hacienda y tenía por tanto todo el derecho del mundo a librarse de él por muy hijo de jefe que se considerase, muy fuerte que fuese y muy grande que tuviera el pene.

Además, no había creído una sola palabra de aquella estúpida historia de la diosa que había vuelto al mundo; una diosa de la que ya otras veces había oído hablar como de un ser indescriptiblemente hermoso, mítico e inalcanzable por cuyo amor los hombres se trastornaban, asesinándose. «Camajay-Minaré» no existía ni había existido nunca, y tan solo se trataba de una superstición de seres primitivos, tan idiota a su modo de entender como la afición de su madre a llenar «El Cuarto de los Santos» de muñecos, estampas y lamparillas de aceite.

Se preguntó si habría sido capaz de mantener con idéntica firmeza el pulso si se hubiera tratado de disparar contra su propia madre, Aquiles Anaya o cualquier otro «cristiano», y apuraba hasta quemarse los dedos con la colilla cuando llegó a la conclusión de que se sentiría exactamente igual de tranquilo si quien se encontrara en aquellos momentos frente a él, contemplando por última vez el polvo de la sabana, fuera Esmeralda Báez.

El día que su madre muriese dejaría al fin de ser el espejo en que él se veía obligado a mirarse a cada instante, y a partir de entonces podría comenzar a dar libertad a su fantasía e imaginar que en verdad era tan fuerte, atlético y hermoso a los ojos de los demás como pudiera serlo aquel sucio «salvaje» analfabeto. Y el día que su madre muriese, «Morrocoy» le pertenecería por completo, no tendría que dar cuenta a nadie de sus actos y las cosas comenzarían a cambiar realmente en la sabana.

Pero su madre no era un sucio «guaica» invasor al que pegar un tiro impunemente porque nadie podía demostrar que su intención no era la de robar, como parecía lógico entre los de su especie, sino pasar de largo en busca de una absurda diosa de las selvas que había decidido habitar entre los humanos; su madre era el más cristiano de todos los «cristianos» racionales, y la Ley del Llano, que tantas cosas acostumbraba a consentir a los patronos, aún no había llegado al extremo de permitir que se disparase contra una madre por muy retrasada mental, fea y molesta que pudiera resultar.

Esmeralda Báez tendría que morirse por sí misma, quizá de un empacho de avemarías o una intoxicación de padrenuestros, pero resultaba evidente que por el momento era una viva recalcitrante sin la menor prisa por acudir a reunirse con todos aquellos santos, vírgenes y mártires que amaba a larga distancia.

Un primer «zamuro» trazó muy despacio sus cuatro círculos y fue a posarse muy cerca de la mano que aún aferraba el arco y las flechas, aunque permanecía atento a alzar el vuelo de inmediato, como si desconfiase de la presencia del hombre que recostado bajo el reseco flamboyán semejaba un cadáver más de aquella llanura tan cansada de sostener cadáveres.

—Pronto le arrancará los ojos —se dijo Cándido Amado—. Parecía estar burlándose de todo y de un golpe le quité las ganas de burlarse de nada. ¡Indio de mierda! Aprendió rápido que no hay que llamarle «cuñao» a un racional.

Se sentía bien, tranquilo, relajado y satisfecho, sin apartar la vista del ave carroñera, que se encontraba a punto ya de iniciar su festín de carne humana, e incluso le guiñó un ojo.

—¡Los huevos! —musitó como dándole una orden—. ¡Cháscale la pinga y los huevos para que no ande por ahí haciendo exhibiciones!

Pero el negro pajarraco no obedeció, sino que alzó el vuelo para ir a desaparecer más allá de las matas de «totumo», asustado sin duda por la presencia del gran caballo marmoleado de Ramiro Galeón, que caracoleó nervioso cuando su dueño le obligó a detenerse junto al cuerpo aplastado contra la tierra de la sabana.

—Escuché el disparo —señaló el estrábico sin desmontar—. Y temí que le hubiera ocurrido algo. ¿Quién es?

—Un merodeador.

—¿«Yaruro» o «Cuiba»?

—«Guaica»

—¿«Guaica»? —Se asombró el capataz del «Hato Morrocoy» desmontando y haciendo girar con el pie el cuerpo del indio para observarlo a gusto—. Nunca había visto ninguno. ¿Qué diantres hacía tan lejos de sus tierras?

—Robar.

—¿Robar qué? No creo que pretendiera llevarse un toro en brazos hasta el Alto Orinoco. —Acudió a tomar asiento junto a su patrón, y juntos observaron el cadáver, que ahora parecía contemplar fijamente los lejanos nubarrones del Oeste—. No debió matarlo —dijo—. Si su gente está cerca querrá vengarse. Puede que fuera explorador de una partida armada.

—Tranquilo —fue la respuesta—. Estaba solo.

—¿Cómo lo sabe?

—Él me lo dijo y esos salvajes no saben mentir. —Hizo una corta pausa y por último, casi burlonamente, añadió—: Buscaba a «Camajay-Minaré», que ha vuelto a la Tierra.

—Sí. Ya lo sé.

Cándido Amado se volvió sorprendido a su capataz, que no se dignó mirarle a su vez, con la vista fija en el muerto.

—¿Lo sabes? —inquirió—. ¿Qué mierda quieres decir con eso de que lo sabes? ¡No me envaines! ¿Quién lo dice?

—Todo el Llano lo dice. Los peones en el «caney», los indios en sus chozas, los «baqueanos» en los «botiquines» y las putas en el burdel. El Cielo y la Tierra se han inundado de presagios que lo anuncian: «La diosa ha vuelto y los hombres se matarán por ella».

—¡Pendejadas!

—¿Pendejadas? —repitió el bizco indicando con el mentón hacia el zamuro que había ocupado su sitio junto a la cabeza del difunto—. Puede que tan solo sea un sucio indio, pero usted se lo ha echado al pico por culpa de «Camajay-Minaré».

—¡No fue por ella!

—¿Por qué entonces?

—Era un ladrón.

—¡Guá, patrón! No me eche a mí ese cuento. Los dos sabemos que no lo mató por eso. ¿Por qué fue?

—Se me antojó.

—Ya eso lo entiendo mejor, aunque usted nunca tuvo esos «antojos», y no me irá a decir que está preñado.

—Es la lluvia que no acaba de llegar. El que no entre el agua me altera los nervios.

—Y la carajita... La «guaricha» de «Cunaguaro».

—¡Un respeto!

—Todos los respetos, pero andar por ahí ventilándose indios no es forma de resolver problemas de coño. —Ramiro Galeón se puso en pie, se aproximó a su inmenso caballo marmoleado, que no se había alejado más de cinco metros, y extrajo del «porsiacaso» una botella de ron que le alcanzó a su jefe—. Si tanto le interesa esa cuca, reúno a mis hermanos y se la traigo.

—¿Tus hermanos? ¿Para qué necesitas a tus hermanos?

—Porque los peones del «Hato» no le «echan pichón» a nada. No tienen bolas. Hace falta gente arrecha a la que no le importe enfrentarse a la posibilidad de que Aquiles Anaya le pegue un tiro. Ese viejo del demonio no «masca», y para quitarle a la niña necesito a mis hermanos.
—Si Goyo la ve, se la queda.
—¡Seguro! Pero ni de vaina molestaría yo a Goyo por una pendejada semejante. ¡Me arrancaría las orejas!

Cándido Amado guardó silencio –o tal vez como siempre «rumiando», y resultaba evidente que la sola mención de Goyo Galeón había tenido la virtud de inquietarle–. Al fin comentó:
—Está bien. Si no llamas a Goyo lo pensaré.
—Como quiera. ¡Piénselo! Pero si no toma pronto una decisión, el agua la tomará por usted. No me lo imagino encerrado viendo caer los rayos, chupando ron y pensando en esa niña. Ya está madura, y para el fin del invierno algún otro se la habrá enculado.
—¿Quién?
—¡Cualquiera! La presencia de una mujer así no pasa desapercibida. Unos peones la vieron cruzar a caballo; otros comentan que a usted lo ha «vajeado» la carajita del «Cunaguaro» y que lo tiene talmente «nefato» de lo buenísima que está. Eso despierta curiosidad, y ya algún calentón habla de irse a ofrecer como vaquero al «Hato» para estar cerquita de una «cuva» tan sabrosa. Los meses del invierno son largos y sobra tiempo para enredar a un virgo.
—¡Mataré a quien lo intente!
—¿Con qué derecho? No son indios ladrones de ganado. Estamos en la sabana, patrón, y aquí la mujer es del primero que se la coge y la sabe defender. Si usted no le «echa pichón», otro lo hará.
—¿Por qué me «achuchas»? ¿Qué ganas con eso?
—No le «achucho». Solo le advierto. Usted es el patrón y si no está contento todos pagamos las consecuencias. —Se puso

en pie como si diera por concluida la charla–. ¿Quiere que mande a los hombres a enterrar al «salvaje» o se lo brindamos de almuerzo a los «zamuros»?

—¡Déjalo así! Los pobres bichos tienen derecho a cambiar de menú de tanto en tanto. No todo va a ser carne de toro... –Alzó el rostro hacia el otro, que ya había subido a su caballo–. ¿Cuánto tardarías en hacer venir a tus hermanos? –quiso saber.

—Dos días. Tal vez, tres.

Cándido Amado consultó una vez mes el amenazante cielo.

—¡Malditas lluvias! –exclamó.

—¡No las maldiga! Si no entran, pronto no le quedará una vaca ni para la leche del desayuno... –Hizo una significativa pausa, le contempló desde lo alto de su cabalgadura y añadió, con marcadísima intención–: Pero si no lo hace antes de cuatro días, ni siquiera los Galeones seremos capaces de adentrarnos en ese barrizal en busca de su «novia». –Fustigó al animal, al que ya se le advertía con ganas de lanzarse a galopar llano adelante–. Me acerco hasta el «morichal» y luego sigo hasta el «caney», pero recuerde: si esta noche no ha tomado una decisión será demasiado tarde.

El gran caballo blanco y negro se lanzó hacia delante, pero antes de que se alejara una docena de metros, Cándido Amado alzó el brazo y gritó:

—¡Espera! Ya he tomado la decisión. ¡Llama a tus hermanos! A todos menos a Goyo.

—¡Usted manda, patrón!

La figura de Ramiro Galeón desapareció al instante oculta por la espesa columna de polvo que las patas de su caballo levantaban y Cándido Amado quedó de nuevo a solas con el muerto y el «zamuro», aferrado a la botella de ron que el otro le había dejado, y tan ligero de ánimo como si la última orden que había dado a su capataz hubiera tenido la virtud de resolver todos sus problemas. Estaba claro: los Galeones le traerían a Yaiza y él se la llevaría a Elorza, donde el cura los casaría sin protestas porque si se atrevía a rechistar Ramiro le volaría la cabeza. Luego, ya casados, se irían a pasar la luna de miel a algún rincón tranquilo, a orillas del Capanaparo, y dejarían pasar las grandes lluvias amándose a todas horas. A finales de octubre, con Yaiza embarazada, la familia se habría calmado y se pondría de su parte a la hora de exigir a Celeste Báez que le vendiera «Cunaguaro». Entonces él, Cándido, «el hijo de la tonta, fruto del confesionario, amado de los 'zamuros' y los buitres», tendría la más bella esposa, la mejor casa y la más extensa hacienda entre el Apure y el Meta, y todos le mirarían con envidia y respeto cuando se levantara a dar su opinión sobre los precios del ganado, las disputas de límites o las nuevas leyes del Llano.

Sería un «hombre»; un llanero capaz de matar a los indios que invadían sus tierras, apoderarse de la mujer que amaba, imponer su voluntad a los que se le oponían y hacerse respetar por cuantos hasta aquel momento le habían «ninguneado».

–Al fin y al cabo –musitó–, la mitad de la sangre que corre por mis venas es de los Báez, y fue así como los Báez se convirtieron en la familia más poderosa de la sabana. Lo que fue bueno para ellos no tiene por qué ser malo para mí.

Antes que el agua llegó el viento.

Era un viento insistente y monótono; un «barinés» que avanzaba llorando entre los pajonales, inclinaba las copas de las «moriches», desmelenaba las cabelleras de los añosos robles y los altivos paraguatanes, y cubría la sabana de un polvo amarillento y áspero que irritaba los ojos y crujía entre los dientes.

El viento era el último castigo que el Creador lanzaba sobre los Llanos como colofón de una larga sequía, y el polvo —que era el resultado lógico de la unión de viento y sequía— martirizaba de tal forma a hombres y bestias bajo un sol de fuego y una sed angustiosa que podría pensarse que incluso el sentido de la conservación dejaba de ser válido, pues más lógico era dejarse morir en paz que continuar soportando tan injustificados sufrimientos.

Qué razones tenía la Naturaleza para querer mostrarse año tras año tan dura y cruel, nadie podría saberlo, pero lo cierto era que allí, en las llanuras del cajón del Arauca, sol, viento y polvo se confabulaban cada mes de abril para transformar la inmensidad de la sabana en una exhibición a cielo abierto de los martirios del más profundo infierno.

Ni tan siquiera una casa tan inteligentemente construida como la de los Báez permanecía a salvo de las furias de los elementos durante ese mes de abril, pues aunque se alzase dando la espalda al «barinés» se diría que este conseguía que el intangible y desesperante polvo penetrase a través de los muros de gruesa madera, haciendo que muebles, camas, y hasta la comida cuando permanecía unos instantes sobre la mesa, aparecieran recubiertos de una fina película amarillenta y rasposa.

¡Y sus gemidos!

El llanto del viento en la sabana apureña era como el angustiado lamento de todos los torturados de todas las cárceles del mundo que unieran sus voces para entonar un sollozo interminable, que cuando descendía de tono era tan solo para quebrantar aún más los nervios a la espera de que retornara con inaudita violencia.

—¡Es para volverse loco! ¿Hasta cuándo va a durar?

—Hasta que entren las lluvias.

—¡Dios!

Pero ningún dios habitaba en aquellos momentos en el llano, tal vez porque el viento lo había arrastrado al igual que arrastraba a las aves que venían a estrellarse contra las paredes de la casa o contra las ramas del viejo roble que parecía a punto de escapar de la eterna esclavitud de sus raíces y lanzarse a volar en busca de las espesas selvas del Sur.

Ya no había día ni noche. Solo había viento. Ya no había alba ni ocaso. Solo había polvo.

Ya no había hoy ni mañana. Solo había espera.

—¿Hasta cuándo?

—Hasta que entren las lluvias.

—A veces pienso que es mentira; que en este lugar maldito nunca lloverá.

Tumbados en la estancia, en penumbra, dejando pasar las horas sudorosos y muy quietos, porque cualquier movimiento obligaba a sudar aún más, Sebastián y Asdrúbal se limitaban a leer, charlar o dormir largas siestas a la espera de que el sol desapareciera en el horizonte y dejara de achicharrar la casa y la sabana con el furor con que venía haciéndolo casi desde el momento mismo en que nacía.

—Tiene que llover —sentenció Sebastián—. O llueve, o pronto no quedará aquí bicho viviente.

—¿Por qué permanecen en un lugar tan inhóspito? ¿Por qué no se han ido a las selvas o al mar?

—Por la misma razón por la que nosotros seguíamos en Lanzarote. También había sol y viento, y sequía, pero habíamos nacido allí y no lo cambiábamos por nada. ¿Ya no te acuerdas?

—Sí me acuerdo. Por desgracia me acuerdo demasiado.

Sebastián se irguió a medias apoyándose en el codo, y observó con atención a su hermano menor.

—¿Aún sientes nostalgia? —quiso saber.

—¿Tú no?

—Procuro evitarlo. Algo me dice que jamás volveremos y que Lanzarote es para nosotros como la infancia que quedó atrás definitivamente. Rememorarla es causarse un daño inútil.

—A mí me gusta hacerlo. Me gusta recordar cuando salíamos a pescar en los amaneceres o cuando íbamos a cantarle serenatas a las mozas.

—¡Mozas...! —Sebastián lanzó un leve silbido—. ¿Cuánto tiempo hace que no tocamos una?

—¡No lo menciones!

—¿Te acuerdas de Pinito, la de Femés? ¡Menudo culo tenía!

—Para culo el de Manuela. —Se volvió a mirarle de reojo—. ¿Por qué no te casaste con Manuela?

—Tal vez porque presentía que algo de esto iba a ocurrir —fue la respuesta—. No debía atarme a nadie porque la vida se encargaría de llevarme muy lejos.

—¡Se pasó de lejos! Como diría el viejo Aquiles: «Por mi 'taita' que se pasó de maraca». —Asdrúbal permanecía con las manos bajo la nuca contemplando con fijeza el alto techo de gruesas vigas—. En realidad también a mí me ocurría algo semejante —admitió—. También, desde que tuve uso de razón y comprendí que Yaiza era distinta, empecé a hacerme a la idea de que cosas sorprendentes nos sucederían. De hecho venían sucediendo desde el momento mismo en que nació.

—¿Por qué?

Se hizo un largo silencio durante el cual resultaba evidente que ambos trataban de hallar respuesta convincente a una pregunta que llevaban toda la vida repitiéndose.

—Tendríamos que haber estudiado muchísimo más de lo que lo hicimos para saberlo —admitió por último Asdrúbal—. Aunque siempre he creído que no hay nadie en el mundo que pueda saberlo con exactitud. «Nos echaron tremenda lavativa», y no queda más que resignarse.

—¿Y nunca te rebelas?

—¿Contra quién? ¿Contra Yaiza, que es quien más padece las consecuencias, o contra la Naturaleza que complica las cosas? ¡Mira lo que está haciendo aquí la Naturaleza, y a ver qué sacamos con rebelarnos!

—Puedes rebelarte contra el destino.

—¿El destino? Nadie sabe cuál es su destino hasta que ha llegado al final, y para entonces ya es demasiado tarde. ¿Quién nos asegura que todo esto no es más que un camino para llegar a algo fabuloso?

—¿Como qué?

—¡Ni idea! —Asdrúbal giró el rostro para mirar de nuevo a su hermano mayor—. ¿Sabes por qué quiero seguir siendo pescador? Porque cuando estás en el mar siempre alimentas la ilusión de que bajo tus pies se oculta algo maravilloso que puedes izar con tus redes. En tierra no existen sorpresas ni misterios. Bajo la tierra solo hay tierra.

—¡Eso son chiquilladas!

—Probablemente, pero lo único que puedo decirte es que en estos últimos tiempos hemos conocido grandes ciudades, islas tropicales, algunas selvas y llanuras sin límite, pero no cambiaría todo ello por un solo día en el mar viendo cómo cabrillean las olas, el agua cambia de color, el aire trae olor a limpio y las nubes corren por el horizonte. No hay nada, ¡nada!, comparable a la pelea con un buen atún o un mero gigante, sintiendo en la mano cómo el pez está tratando de zafarse del anzuelo.

—Volverás a sentirlo.

—¿Cuándo? A menudo tengo la impresión de que nos hemos enterrado para siempre aquí y jamás sabremos encontrar el camino de regreso.

Sebastián rio divertido.

—¡Mira ese río que corre a espaldas de la casa! —dijo—. En cuanto empiece a llover se llenará de agua y te bastará subirte a un tronco para que te arrastre hasta el mar.

Asdrúbal Perdomo fue a decir algo pero de improviso se irguió dando un portentoso salto y quedó de pie en el centro de la estancia con los ojos casi desorbitados.

—¿Te das cuenta de lo que has dicho? —casi gritó—. Cuando ese río crezca puede llevarnos hasta el mar. —Avanzó un metro y se arrodilló junto a la cama de su hermano—. ¡Piénsalo! —exclamó—. Si en lugar de ir en un tronco, lo hacemos en muchos, ¡muchos!, troncos, llegaremos al mar en nuestro propio barco.

Sebastián tomó asiento, y en su mente comenzó a abrirse paso la idea que intentaban transmitirle.

—¡Nuestro propio barco! —repitió—. ¿Me estás proponiendo que construyamos un barco al igual que hizo el abuelo?

—¡Mejor! —fue la entusiasmada respuesta—. Mucho mejor, porque él tuvo que aprovechar los «jallos» que traía el mar, mientras que aquí disponemos de las mejores maderas del mundo. Por todas partes, en las márgenes de los ríos, o abandonados en medio de la llanura, aparecen troncos de roble, caoba, paraguatán, ceiba o samán... ¡Toneladas y toneladas de magnífica madera seca y lista para ser aprovechada...!

—¡Pero nosotros nunca hemos construido un barco! No sabemos cómo se hace.

—Tampoco el abuelo sabía y el Isla de Lobos navegó treinta años —le hizo notar Asdrúbal—. Recuerdo el barco palmo a palmo y cuaderna a cuaderna. Sería capaz de dibujarlo con los ojos cerrados y no tenemos más que copiarlo.

—¿Un velero? —se asombró su hermano—. ¿Pretendes que construyamos un velero?

—¿Por qué no? Para adaptarle un motor siempre estaremos a tiempo. El abuelo decía que si el Isla de Lobos no hubiera sido tan viejo le acoplaría un motor —asintió convencido—. El nuestro lo tendrá.

—Pero muy pronto entrarán las aguas.

—¡Mejor aún! Ya oíste a Aquiles: tendremos meses para aburrirnos. ¡Bien! No nos aburriremos: construiremos un barco. —Había ido a tomar asiento en su propia cama y su mente trabajaba con rapidez—. Antes de que empiece a llover iremos a buscar la madera y la pondremos a cubierto. Luego alzaremos un cobertizo a la orilla del río y trabajaremos en él. Cuando suba la corriente no tendremos más que empujar el barco y ponerlo a flote.

Sebastián, cabeza de familia de los Perdomo Maradentro, meditó unos instantes. Había tanto entusiasmo en las palabras de su hermano que comprendió que sería capaz de llevar adelante aquel proyecto aunque tuviera que arrastrar él solo los troncos a través de la sabana. Al fin afirmó muy despacio:

—De acuerdo. Le pediremos permiso a Celeste, y si no se opone, mañana mismo saldremos a buscar esa madera aunque tengamos que llenarnos de piedras los bolsillos para que el maldito viento no nos lleve. —Golpeó con afecto la rodilla de Asdrúbal y sonrió—. ¡Bueno! —dijo—. ¿Cómo se va a llamar?

—Yaiza.

Pero Yaiza se opuso.

Le fascinó la idea de construir un barco, puesto que su mayor ilusión era que sus hermanos volvieran al mar y tal vez algún día pudieran regresar juntos a Lanzarote, pero se negó en redondo a que llevara su nombre alegando que eso tan solo atraería la desgracia sobre él.

—No quiero que se nos llene de difuntos —concluyó con un levísimo deje de humor—. Yo creo que el nombre que mejor le cuadra es el de la familia: Maradentro.

—Está bien —aceptó Asdrúbal—. Me gusta el nombre. Se llamará Maradentro —Se volvió a su hermano—. ¿De acuerdo?

—De acuerdo —replicó Sebastián—. Aunque teniendo en cuenta que lo vamos a construir a mil kilómetros del mar, tal vez debiera amarse Tierradentro. Ahora tan solo nos falta el permiso de Celeste... —Hizo una pausa—. Y construirlo.

Celeste Báez les dio permiso y puso a su disposición las cuadras, las herramientas y toda la madera aprovechable que pudieran encontrar dentro de los límites del «hato», aunque lo primero que hizo fue advertirles que si la necesitaban muy seca tendrían que apresurarse a resguardarla antes de que comenzara a diluviar.

—Les ayudaré con la camioneta —concluyó—. Pronto tendré que regresar a la «Hacienda Madre» si no quiero arriesgarme a quedarme empantanada, pero antes les echaré una mano.

—Junto al «morichal» que linda con «Morrocoy» hay un tronco inmenso en lo que debió ser tiempo atrás una laguna —señaló Sebastián—. Estuve sentado en él un día en que me tiró el caballo. Sería una quilla perfecta.

—Al amanecer iremos a buscarlo.

—No creo que la camioneta pueda arrastrarlo.

—Inventaremos algo.

Lo inventaron, y fue un larguísimo y agotador día de trabajo bajo un viento que casi les lanzaba al suelo, un calor de horno y un polvo amarillo y pegajoso que se agarraba a las gargantas, hacía llorar los ojos y se introducía en los oídos y las fosas nasales.

Resultó imprescindible el esfuerzo de todos, la colaboración de ocho caballos y la máxima potencia de la camioneta para conseguir despegar el gigantesco tronco de casi veinte metros de su trampa de tierra y transportarlo a paso de procesión hasta el punto elegido para alzar el cobertizo.

En especial a Asdrúbal se le diría atacado por el virus de una enfebrecida actividad, y desde el momento mismo en que puso manos a la obra pareció transformarse como si su infinita capacidad de trabajo aflorase de pronto ante el hecho de que trataba de construir un barco con el que lanzarse río abajo hacia el mar.

Se despojó de la camisa y su inmenso tórax y sus brazos que semejaban muslos impresionaron nuevamente a Celeste Báez, que en más de una ocasión quedó absorta y como idiotizada al observar cómo se contraía cada músculo de aquel cuerpo que parecía hecho de acero, y cómo con una sola mano era capaz aquel mocetón de cuadrada mandíbula de dominar al más rebelde y cerrero de los potros.

Nada parecía importarle; ni el viento huracanado y estruendoso, ni la pegajosa y cegadora polvareda, ni un sol que amenazaba chamuscarle los pensamientos, y el sudor corría por su velludo torso y su cuello de toro sin que reparara en ello, obsesionado por la certeza de que se estaba adueñando de la quilla de su nuevo navío.

El espíritu del abuelo Ezequiel, tan alejado últimamente «porque perdía el rumbo en aquellas sabanas», parecía haber regresado de improviso como si quisiera supervisar hasta el menor detalle del nacimiento de una goleta que sería gemela de la que él mismo diseñara tantísimos años antes, y Yaiza podía distinguirlo recostado en un merey observando con gesto aprobatorio el magnífico tronco de jabillo que habría de surcar las olas con tanta valentía como lo hiciera aquel que él encontrara un día en Roque del Este y toda una flotilla de chalanas tuvo que trasladar a las arenas de Playa Blanca.

Se repetía la historia y los Maradentro, pescadores desde el nacimiento de su estirpe, volvían a sus orígenes al plantar los cimientos de su nuevo barco que algún día los llevaría al mar del que jamás debieron salir.

Era empezar de nuevo, renacer de sus propias cenizas, bucear en sus más puras raíces y encontrar el punto de apoyo que les faltó desde el momento mismo en que el Isla de Lobos se fue al fondo arrastrando a Abel Perdomo, que había sido hasta entonces el indiscutible cabeza de familia.

Al atardecer, cuando por unos instantes cambió el viento y el sol se dio una noche de descanso en su tarea de abrasar la llanura, Asdrúbal tomó asiento en uno de los escalones del porche no lejos de donde lo hacía el abuelo, aunque él no pudiera verlo, y acarició la mano de su madre, que permanecía en pie a su lado.

—Será un hermoso barco —dijo sin apartar la vista del tronco que parecía dotado de vida propia—. Un barco capaz de atravesar el océano de vuelta a Lanzarote.

Aurelia recordó las veces que su esposo le había hecho el amor al timón del Isla de Lobos cuando en su viaje de bodas la llevó a pescar a las «Costas del Moro» y asintió convencida mientras acariciaba el ensortijado cabello de su hijo.

—¡Muy hermoso! —replicó—. El más hermoso barco que se haya construido nunca en el corazón de los Llanos de Venezuela.

El polvo era aún más denso porque una ancha nube que se alzaba al cielo avanzaba contra el viento, lo que resultaba a todas luces absurdo, pero no lo advirtieron hasta que Celeste se detuvo en su tarea de golpear los largos clavos que aseguraban la techumbre del cobertizo y desde lo alto de la escalera señaló hacia el Sur.

—¿Qué es aquello, Aquiles? —inquirió—. Parece ganado.

El viejo capataz aguzó la vista entrecerrando los ojos, y al fin asintió con voz ronca:

—Es ganado, niña. Y, o yo entiendo poco de toros, o ahí vienen por lo menos tres mil.
—¿Y qué hacen tres mil reses en mis tierras? Jamás hemos tenido tantas aquí.
—Puede que anden de paso —intervino Sebastián.
—¿De paso? —se sorprendió la llanera—. Ni al más estúpido cuatrero se le ocurriría arrear vacas por la sabana con esta sequía y estas tolvaneras. Al menor descuido se le desmandarían y tendría que ir a buscar las pocas que le quedaran a la mismísima Colombia.

Bajó la vista hacia Aquiles Anaya y con el martillo hizo un gesto hacia la lejanía.

—Empújate y dile a quienquiera que sea que se desvíe hacia el Oeste.

No tardó tres minutos el viejo en ensillar y partir al galope, y apenas lo había hecho, el jinete que marchaba de «puntero» de la reata se destacó a su vez acudiendo a su encuentro a lomos de un enorme caballo marmoleado.

Se detuvieron el uno frente al otro, y cuando sus monturas dejaron de caracolear, el capataz del «Hato Cunaguaro» señaló con un amplio ademán a la masa de animales que continuaba su lento avance.

—¿A dónde vas con eso? —quiso saber.

Ramiro Galeón, cuya mano descansaba muy cerca de la culata de un pesado revólver que mostraba provocativamente, agitó la cabeza al tiempo que se quitaba el ancho sombrero para secarse el sudor de la frente con la manga.

—¡Pues ya lo ves! —replicó calmoso—. Arreamos estos toritos hacia la casa.

—¿Hacia la casa?

—Eso es lo que he dicho, viejo: hacia la casa —rio divertido—. Mis hermanos y yo vamos a pararlos ahí mismo, donde termina el pajonal, y tú vas a llevarle un recado a la «carajita». —Hizo una pausa buscando dar con ello más énfasis a sus palabras y, extrayendo del bolsillo superior de su sudada camisa un grueso cigarro habano, añadió–: Si en el tiempo que tardo en fumarme este «tabaco» no sale decidida a casarse con mi patrón, el ganado se nos va a «barajustar» y tú sabes que, en tratándose de una estampida, estos bichos no van a dejar tabla más grande que mondadientes. Y los huesos de quien coja dentro van a quedar más regados que fruta de maraca.

Aquiles Anaya hizo ademán de echar mano al rifle, pero el estrábico se le adelantó empuñando su arma y apuntándole al pecho.

–¡No me obligues a matarte antes de tiempo, viejo! –advirtió–. Contigo no va la vaina, y no es tan grave. Don Cándido tiene buenas intenciones. Por primera vez en su puta vida, ese taradito de patrón mío quiere casarse por la Iglesia, y ya que por las buenas no le dejaste tener un «noviazgo» normal, me ordenó que reuniera los «mautes» y le llevara a la niña por las bravas. –Buscó un fósforo y protegiéndose con el sombrero encendió el habano aspirando una bocanada de humo–. Tendrá su vestidito blanco y su boda con cura y todo. –Se colocó de nuevo el sombrero–. ¿Qué más puede pedir una «godita pata-en-el-suelo» que ni donde caerse muerta tiene?

Aquiles Anaya alzó la vista y la fijó más allá de su interlocutor, en la punta de ganado que continuaba su lento avance, y pudo escuchar con claridad las canciones con que los jinetes que lo arreaban trataban de tranquilizarlo, porque el calor, la sed, y sobre todo los remolinos de polvo que el viento les echaba de continuo a la cara, le mantenían inquieto.

Nadie. Nadie que no estuviera muy decidido a llevar a cabo su amenaza se habría tomado el trabajo de reunir tal cantidad de animales diseminados a todo lo largo y lo ancho del inmenso «Hato Morrocoy» para lanzarse con ellos llano adentro exponiéndose a que en cualquier momento aquellas bestias cimarronas ya de por sí agresivas y ahora asustadas decidieran desbandarse espontáneamente lanzándose a una carrera desenfrenada en la que ni siquiera darían tiempo a sus conductores a poner tierra por medio.

Contó hasta cuatro vaqueros en retaguardia; cuatro de los cinco hermanos que al bizco le quedaban con vida; cuatro cuatreros de cuyos robos, crímenes y fechorías se contaba hasta nunca acabar.

—¡Falta Goyo! —fue todo lo que se le ocurrió decir—. Falta Goyo porque seguro que él no hubiera necesitado tanto toro. Él tiene más «bolas». —Como advirtiera que al otro no parecían afectarle sus palabras, añadió—: ¿Tan bajo habéis caído los Galeones? ¡Dios bendito! Por mi «taita» que se acabaron los hombres en esta sabana. Cinco cornudos no se bastan para raptar a una novia. Necesitan esconderse detrás de otros tres mil.

—Mi tabaco se consume, viejo —le hizo notar Ramiro Galeón alzando la mano sin alterar el tono de su voz—, y te garantizo que si me obligas a empujar los «mautes» no pienso dejar testigos. Cuando venga la Justicia no le quedará otro remedio que aceptar que los toritos se «barajustaron» solos y tuvieron la mala ocurrencia de pasar por donde había cristianos. —Hizo una pausa que aprovechó para aspirar profundamente el humo de su cigarro—. Por desgracia son accidentes comunes en la sabana en esta época del año.

El capataz del «Hato Cunaguaro» fue a añadir algo, pero advirtió que los primeros animales se encontraban a menos de doscientos metros de distancia y continuaban avanzando como una inmensa aplanadora que no dejara a sus espaldas más que tierra removida y aquel denso polvo en el que a veces incluso desaparecían los jinetes, y tomando una brusca decisión hizo virar grupas a su yegua regresando hacia la casa en cuyo porche le aguardaban Celeste Báez y los Perdomo Maradentro.

—¿Qué ocurre? —inquirió impaciente la llanera—. ¿Quiénes son?

—Los Galeones, patrona —señaló—. Si Yaiza no va a casarse con Candidito, nos echarán encima las reses. —Saltó de su montura y golpeó el más cercano de los postes que mantenían la vivienda a poco más de metro y medio del suelo—. Y estos palos tienen ya muchos años, niña —añadió—. No aguantarán un «embite» semejante.
—¿Está Goyo?
—No. Goyo no está, gracias a Dios.
—Entonces no se atreverán —exclamó la llanera—. No es más que una bravata.
—Yo no estaría tan seguro —sentenció el viejo—. Si fueran peones lo creería, pero nadie llama a los Galeones para «tirarse una parada». Esos no «mascan», y saben que si no fueran capaces de llevar a cabo una amenaza Goyo les arrancaría el pellejo. ¡No! —concluyó convencido—. No es ninguna bravata. O hacemos algo y pronto, o nos pasarán por encima.
—¿Tenemos tiempo de escapar?
—¿Cómo?
—En la camioneta.
—¡No diga tonterías! Antes de que la pusiera en marcha nos habrían acribillado a balazos. Esos malnacidos son buenos tiradores y tienen suficientes huevos para disparar a la primera provocación. ¡Aguaite! ¡Aguaite cómo nos observan!
En efecto, la punta del ganado se había detenido a menos de setecientos metros y mientras Ramiro Galeón los vigilaba con ayuda de unos pesados prismáticos, sus cuatro hermanos continuaban circulando entre el ganado, cantando quedamente y lanzando aquellos silbidos, chasquidos y frases sueltas que tenían la virtud de aquietarlo.
—¡Vamos dentro! —pidió Celeste Báez—. A ese bizco del demonio le creo capaz de leerme los labios—. ¡Lo ahorcaré! —exclamó mientras penetraba airadamente en la casa—. ¡No pararé hasta verle colgando de una ceiba! ¡A él y a sus hermanos! —Ya en el comedor se aproximó a la ventana y dirigió una

nueva mirada a los jinetes–. Y también ahorcaré al mierda de mi primo. –Golpeó con fuerza la mesa, cuyo florero saltó al aire–. ¿Cómo se atreve a hacerme esto a mí? ¡A una Báez!

–Bueno– intervino Asdrúbal, que parecía conservar la calma–. Ahora no es momento de meditar venganzas, sino de buscar soluciones... –Se volvió al anciano e inquirió serenamente–: ¿Qué podemos hacer?

–Echarles plomo –señaló el llanero–. Si hacemos suficiente ruido quizá logremos desviar la estampida. Y una vez haya pasado y descienda por la orilla del río habrá llegado el momento de ajustar cuentas con los Galeones.

–Los Galeones son cinco –puntualizó Aurelia–. Y por lo que tengo entendido, acostumbrados a matar. ¿Qué esperan conseguir?

–No sé lo que conseguiremos –replicó Celeste Báez–. Pero sí sé lo que ellos no van a conseguir: llevarse a Yaiza. Si creen que pueden reunir unas cuantas vacas e imponernos su voluntad, se equivocan. Los Báez nunca hemos aceptado presiones.

–No se trata ahora de los Báez, los Amado o los Galeones –le hizo notar Sebastián–. Se trata de que el tiempo corre y tenemos que tomar una decisión. O intentamos escapar, o nos hacemos fuertes en la casa, y que sea lo que Dios quiera. –Se dirigió a Aquiles Anaya–. ¿Está seguro de que esos pilotes no aguantarán?

–Tienen casi un siglo, hijo, y aunque son de paraguatán y están bien asentados, en cuanto un «bigarro» de setecientos kilos los embista se quiebran, porque no puedes darte la idea de la fuerza que es capaz de desarrollar un toro asustado. Y si esos palos ceden y este tinglado se viene abajo, al que no hayan aplastado las vigas del techo, lo pisoteará la manada.

–Tiene que haber otra salida.

–¿Cuál, madre?

—No lo sé, pero me cuesta trabajo aceptar que en mil novecientos cincuenta unos hombres puedan presentarse empujando unas vacas y hacer su voluntad.

—Ya le dije que aquí, en el Llano, no vivimos en el mismo año que el resto del mundo. —Celeste Báez se volvió a Aquiles Anaya—: ¿Queda dinamita de cuando se abrió el pozo?

—No lo sé, patrona. Y si queda debe estar tan pasada que dudo que sirva.

—Sea como sea, es nuestra única esperanza. Si conseguimos que explote, el ganado se echará hacia atrás y le daremos a esos Galeones una ración de su propia medicina. —De inmediato pareció transformarse nuevamente en la mujer organizada y decidida que había sido siempre—. ¡Aquiles! —añadió—, busca en el almacén; Sebastián en el establo; Asdrúbal en el cuarto de herramientas; Aurelia en las despensas, y Yaiza y yo en los armarios... ¡Rápido, porque o encontramos esa dinamita o nos pasarán por encima!

Se inició la desbandada, y todos partieron en procura de aquellos hipotéticos cartuchos que nadie había visto en diez años; todos excepto Yaiza, que penetró en su dormitorio, se cambió el viejo pantalón y la camisa sucios de pintura por el vestido rosa y blanco, y tras lanzar una larga mirada a aquella habitación en la que en cierto modo había sido feliz, recogió su cuaderno de tapas azules y salió directamente al porche, desde el que descendió a la sabana para encaminarse al punto en que aguardaban los toros.

El viento se calmó de improviso dejando de sollozar y de elevar al cielo tolvaneras de polvo amarillento, y se podría asegurar que el mundo se detenía para que cinco jinetes, e incluso las bestias que cuidaban, pudieran contemplar a su gusto a la mujer que avanzaba por la reseca y ardiente sabana con la misma gracia con que podría nacerlo por los lujosos salones de un palacio.

Su paso era más firme que nunca y su expresión más altiva, e incluso Ramiro Galeón, para el que no existía más mujer que Imelda Camorra, se sintió impresionado y lanzó un suspiro de alivio al comprender que no tendría que cargar sobre su conciencia las vidas de otras seis personas.

–¡O me la traes o acabas con ellos! –había sido la orden recibida–. Que no quede rastro de Celeste Báez ni de la casa.

Pero Cándido Amado ni siquiera había sido capaz de venir, y se había quedado escondido en su «Cuarto de los Santos» pegado como siempre a una botella, aunque Ramiro lo prefería porque sus hermanos y él se bastaban para llevarle a Yaiza Perdomo.

–Te va a costar cara –musitó para sus adentros sin apartar la vista de la muchacha–. Ahora que la tengo, no vas a salir del paso con siete mil bolos y una patada en el culo. Si la quieres, tendrás que soltar lo suficiente como para que Imelda y yo podamos fundar nuestro «hato» allá en Colombia...

Le tenía echado el ojo a un sitio a menos de una jornada al sur de Caracol, donde podría reunir dos mil toros en torno a un «caney» que se alzaba al borde de una hermosa laguna. Su dueño, un «zambo» medio paralítico, se lo vendería a buen precio, y estaba seguro de que si convencía a Imelda para que fuera a verlo aceptaría casarse con él.

Cándido Amado podía quedarse por tanto con aquella españolita que continuaba aproximándose como si no supiera en manos de quien iba a caer, e incluso con el «Hato Cunaguaro», si es que alguna vez lo conseguía. A él, Ramiro Galeón, le bastaba con cincuenta mil bolívares e Imelda Camorra para iniciar una nueva vida lejos del Arauca.

Apuró su tabaco hasta el límite, lanzó la colilla al suelo y se regodeó al igual que sus hermanos en la contemplación de la mujer que venía hacia ellos.

Menos de trescientos metros separaban a Yaiza Perdomo de los primeros animales, que se habían quedado muy quietos sin dejar de mirarla, cuando tuvo la seguridad de que alguien caminaba a su lado, y al instante comprendió que se trataba de su padre.

Ningún jinete lo vio, pero ella sí pudo verlo claramente, tan alto, tan fuerte y tan amado como siempre, al igual que probablemente pudieron verlo –o presentirlo– las bestias, pues fue el caballo de Ramiro Galeón el primero en lanzar un relincho y alzarse súbitamente sobre sus patas traseras, y como si aquello hubiera sido una señal, los restantes caballos le imitaron, las reses mugieron enloquecidas e inesperadamente iniciaron una despavorida desbandada.

Tal vez fue la invisible presencia del gigantesco Abel Perdomo, tal vez la insólita cercanía de la muchacha de flameante vestido que marchaba a pie por la sabana, o tal vez –y esa parecía ser la explicación más lógica– el aullido del viento que decidió volver de modo inesperado con tanta furia y violencia que arrojó a los ojos de las bestias espesas masas de un polvo denso y caliente.

Como quiera que fuera, el mal se hizo, y sorprendidos por la rapidez con que se desarrollaron los acontecimientos, los cuatro jinetes que arreaban el ganado no tuvieron tiempo de escapar de la trampa de cuernos y pezuñas en que estaban inmersos, y sumidos en un oscuro mar de oscura tierra removida por millares de patas, resultó inútil su esfuerzo por ganar llanura abierta. Uno por uno fueron cayendo, mientras afilados cuernos destripaban sus monturas, para acabar tragados por un ondulante océano de carne en movimiento, y tan solo de uno se escucharon los gritos porque un enorme toro lo empitonó por el sobaco y lo arrastró colgando de su poderosa cabeza de modo que en su desesperación parecía que nadase sobre olas de cuerpos estremecidos.

Derribado por su caballo, que se perdía en la distancia, desbocado y sin rumbo, Ramiro Galeón asistió incrédulo y horrorizado al espantoso fin de sus hermanos y a la salvaje masacre que las bestias estaban provocando entre las que tenían la mala fortuna de tropezar, y tan solo cuando los cuartos traseros del último animal se perdieron de vista en el pajonal y el viento arrastró lejos la polvareda, reunió fuerzas suficientes como para arrodillarse sobre la menos lastimada de sus piernas y alzar los estrábicos ojos hacia la niña-mujer que se había detenido frente a él y le observaba con fijeza:

–¿Cómo has podido hacerlo? –musitó Ramiro roncamente–. ¿Cómo?

Yaiza Perdomo no dijo una palabra. Se limitó a mirar largamente a aquel hombre, que era la más pura estampa de la desesperación, el temor y el desconcierto, y paseando luego muy despacio la vista por la multitud de ensangrentados guiñapos que cubrían la llanura y habían sido hasta minutos antes seres vivos, agitó tristemente la cabeza, giró sobre sí misma y emprendió muy despacio el regreso hacia la casa.

Bandadas de negros «zamuros» acudían desde los cuatro puntos cardinales a disputarse la carroña.

Yaiza se encerró en su habitación, y su madre y sus hermanos parecieron comprender que en aquellos momentos prefería quedarse sola.

Desde la ventana distinguía las bandadas de aves carroñeras que se cebaban en los destrozados cuerpos que la masacre había desparramado por la llanura, y le constaba que entre aquel revoltijo de carne desgarrada se encontraban los cadáveres de cuatro hombres; cuatro hermanos que habían encontrado la muerte por su causa.

No quería tener en cuenta que aquellos hombres fueran los temidos Galeones, cuatreros, ladrones y asesinos de los que la Humanidad necesitaba librarse, ni se detenía tampoco a meditar en el hecho de que estaban decididos a lanzarle encima una manada de toros cimarrones. Para Yaiza lo único que importaba era la certeza de que una vez más había sido la causante del trágico fin de unos seres humanos, y aquella venía siendo una constante que se repetía en su vida con obsesiva insistencia.

Cualquier razonamiento que tratara de hacer resultaba por tanto inoperante, pues concluía por estrellarse contra el hecho innegable de que allí, a setecientos metros de la casa, Asdrúbal, Sebastián y Aquiles Anaya se afanaban en depositar sobre la camioneta que conducía Celeste Báez los restos de cuatro difuntos que habrían de enterrar en confuso revoltijo en una polvorienta fosa común.

Tuvo que escuchar luego durante casi toda la noche cómo arrastraban llano adentro cadáveres de toros y caballos, mientras los faros iluminaban fantasmagóricamente la sabana tapizada de ensangrentados bultos que a menudo aún se agitaban, y eso le producía un insoportable dolor avivado por el hecho de que abrigaba la seguridad de que aquella escena habría de perdurar en su memoria hasta el fin de sus días.

Buscó en la imagen que le devolvía el espejo razones válidas para el cúmulo de desgracias que la seguían de continuo, y no acertó a distinguir más que un rostro triste y fatigado, unos ojos enrojecidos por el llanto y unos hombros que empezaban a sentir el tremendo peso de la absurda carga de muertos que el destino estaba arrojando sobre ellos.

Se fue estirando la noche, no disminuyó el calor, pero sí aumentó la tensión de un ambiente excesivamente cargado de electricidad, y advirtió cómo chorros de un sudor que manaba lentamente de cada poro se deslizaban a lo largo de su cuerpo mientras un silencio angustioso heredaba el lugar que hasta poco antes había ocupado el tétrico runrunear del motor que alejaba los restos de las reses.

La casa estaba muy quieta; el viento debía haberse alejado arrastrando muy lejos las almas de los cuatro jinetes, y ni siquiera los «yacabó» cantaban en el pajonal, como si a ellos también les hubiera impresionado la magnitud de la tragedia que había tenido lugar en la sabana.

El primer resplandor arrastró de un manotazo las tinieblas, y a su deslumbrante fulgor pudo distinguir a Abel Perdomo, que la observaba sentado en la alta silla del rincón.

El rayo partió en dos una palmera a un tiro de piedra de su ventana, y el horrísono estruendo estremeció la casa, que por una décima parte de segundo pareció haber sido desgajada de sus cimientos y lanzada a los aires por una fuerza irresistible.

Entraba el agua.

Entraba el agua y entraba anunciando su llegada con la más espectacular de las tormentas, pues al primer resplandor le siguieron cientos y el primer rayo precedió a un ejército furioso que asaeteó la sabana rompiendo a su vez el cielo en mil pedazos, de modo que durante casi tres horas hubo más luz que sombras en la noche, más ruido que silencio y más temor a un final apocalíptico que alegría por el término de la larga sequía.

Cansadas de correr las bestias reiniciaron sin embargo la estampida, pero desparramadas como se encontraban por la llanura, cada una se lanzó locamente en una dirección distinta y a los toros y vacas se unieron los caballos salvajes, los ágiles venados, los temibles jaguares e incluso los asustadizos «chigüires», mientras rayos asesinos iban eligiendo aquí y allá a sus víctimas y todo a lo largo y ancho del cajón del Arauca quedaba sembrado de calcinados cadáveres humeantes.

Llovía.

Llovía, pero nadie se atrevería a afirmar que era lluvia lo que caía del cielo, porque aquel cielo cuarteado por los rayos derramaba sobre la tierra todo el inmenso mar que había estado atesorando durante largos meses.

Lluvia eran gotas, pero lo que se precipitaba sobre la gran llanura no eran gotas, sino un ininterrumpido chorro de agua semejante a una cascada de mil metros de altura, a través de la cual el fulgor de los relámpagos cobraba a veces fantasmagóricas tonalidades, y sentados uno en la cama y otro en la silla, Yaiza y su padre contemplaban en silencio el portentoso espectáculo de aquella Naturaleza desmelenada.

No hablaban porque entre ellos no eran necesarias las palabras, y a Yaiza le bastaba con verle y saber que estaba haciéndole compañía y protegiéndola, mientras con los ojos se decían todo cuanto hubieran deseado decirse durante los largos meses que permanecieron separados.

Abel Perdomo no se quejaba y no era un muerto desorientado, como solían serlo los que a menudo la visitaban, pues había sido un hombre que eligió el fin que tuvo, consciente de que con su desaparición salvaba a los seres que amaba.

Abel Perdomo estaba bien donde estaba, a la espera paciente del día en que Aurelia quisiera reunírsele, y si no había venido antes a decírselo fue porque no quiso ser un muerto más de los que de continuo inquietaban a su hija.

Abel Perdomo volvió cuando se le necesitó y, ahora, en aquella terrible noche interminable, brindaba su apoyo y se mantenía a la espera, tal vez para evitar que otros muertos más recientes pretendieran hacer acto de presencia.

Y siguió lloviendo.

Llovió y llovió incluso cuando una lechosa claridad había vencido ya el resplandor de las centellas, y sobre la llanura ahora empapada de la que el viento había huido destacaban los hinchados cadáveres de las bestias muertas por la estampida, los rayos, o el invencible miedo que las había llevado a caer reventadas más allá de los lejanos araguaneys en los que comenzaban las tierras de «Morrocoy».

Y seguía lloviendo cuando entrado el día Ramiro Galeón se aventuró a abandonar el minúsculo refugio en el que había pasado la noche más alucinante de su existencia, para buscar, renqueante y empapado, el camino de regreso a su «caney».

Jamás hubiera imaginado que una distancia que tantas veces recorriera a caballo pudiera alargarse de aquel modo, porque una pierna le dolía, cediendo de improviso y obligándole a caer de tanto en tanto, y el barro que comenzaba a formarse en la sabana se aferraba a sus botas como si intentara clavarle al suelo para siempre.

Maldiciendo, gimiendo, aullando o llorando por el recuerdo de sus hermanos pisoteados por mil vacas, avanzó arrastrándose, levantándose de nuevo o gateando, y cubierto de barro de los pies a la cabeza, aquel al que no abatían las balas daba tumbos como un borracho por un llano azotado por el agua.

Y tenía miedo.

Él, que se había enfrentado tantas veces a la muerte viniera disfrazada de sequía, inundación, hombre o bestia, sentía ahora miedo porque comprendía que aquella terrorífica muerte que en cuestión de segundos se había adueñado de sus hermanos nada tenía en común con cuantas le habían rondado a lo largo de su aguadísima existencia.

¿De dónde había surgido?

Había pasado la noche en vela viendo caer los rayos y la lluvia y escuchando el galopar de las bestias enloquecidas, preguntándose una y otra vez cómo era posible que sus cuatro hermanos –¡los cuatro!–, acostumbrados desde niños a robar reses y lidiar con toros cimarrones o vacas resabiadas, se hubieran dejado sorprender por la estampida sin que tan solo uno de ellos consiguiera ponerse a salvo.

Ramiro Galeón sabía por experiencia que cuando una punta de ganado se «barajustaba» sin razón aparente, cada animal emprendía la huida sin rumbo fijo, pero podría creerse que en aquella ocasión un infranqueable muro de cristal había frenado su lógica progresión, y ni tan siquiera un toro o la más inofensiva de las becerras había osado atravesar una línea imaginaria, más allá de la cual Yaiza Perdomo y él mismo se encontraban.

Gracias a ello seguía con vida, y pese a que estaba habituado al hecho de que siempre escapaba ileso de los infinitos problemas en que se había metido, se le antojaba milagroso que, desmontado y a menos de cincuenta metros de la manada, ni una sola de aquellas fieras cornilargas hubiera decidido arremeter contra él.

La escena pasaba una y otra vez por su mente, tan confusa como la más absurda pesadilla –polvo, viento, mugidos, y los gritos de Florencio, que fue el único al que dieron tiempo de comprender que lo mataban–, pero no era la estampida en sí lo que con más insistencia volvía a su memoria, sino la imagen de la muchacha del traje rosa, cuya presencia parecía haber provocado tan terrible tragedia.

¿Estaba sola?

Ramiro Galeón tenía la absoluta seguridad de que sola había salido de la casa y sola había avanzado por la sabana hasta casi donde él se encontraba, y pese a la certeza de que nadie podía habérsele unido surgiendo de la nada en una llanura sin accidentes, como entre sueños se le aparecía en ocasiones la figura de un hombre alto y fuerte que la tomaba de la mano.

¿Qué explicación tenía?

¿De que rincón perdido de su cerebro nacía aquella imagen si estaba claro que cuando todo había pasado y se le aproximó hasta casi tocarle no había nadie con ella?

Vio cómo se alejaba de regreso a la casa, y cómo de esta surgían, angustiados, su madre y sus hermanos, pero estaba convencido de que ningún hombre alto y vestido de dril rondaba por los alrededores, y aquella aparición era fruto tan solo de su mente trastornada.

¿O era aquel un «Espanto de la Sabana» de los que hablaban los viejos llaneros y de los que se aseguraba que hacían acto de presencia precediendo a las desgracias?

Pero nadie tenía noticias de un «Espanto de la Sabana» a plena luz del día, porque ni tan siquiera el «Ánima Sola», la «Llorona» o «El Bongó del Diablo», por nombrar a tres de los más afamados, habían tenido nunca la osadía de presentarse ante cristiano alguno mientras brillaba el sol.

–Fue imaginación –se dijo, tratando de calmarse a sí mismo–. Al caer me golpeé la cabeza, y al igual que otros ven las estrellas, yo vi a un hombre que la llevaba de la mano.

Pero estaba asustado.

Reiniciaba su dolorosa peregrinación camino de «Morrocoy», pero no podía evitar volver de tanto en tanto la cabeza a cerciorarse de que un gigante de cuadradas espaldas no surgía de pronto de la tierra empapada a enviarle una nueva desgracia.

Seguía lloviendo.

El agua era como un millón de cortinas que se interpusieran entre él y su destino; los rayos continuaban buscando las copas de «moriches» y «chaguaranos» como objetivo de su furia, y llegó a preguntarse por qué razón uno de ellos no le escogía como víctima, poniendo así colofón a todas sus desgracias.

Pero también los rayos lo respetaban, y poco a poco se fueron alejando con su acompañamiento de truenos y chasquidos, para que al fin el diluvio degenerara en una mansa llovizna sin aspavientos, que le permitió fijar el rumbo y llegar jadeante y destrozado a la vista de la casa.

Cándido Amado lo aguardaba en el porche. La tarde anterior había visto llegar el caballo marmoleado y comprendió al instante que algo terrible tenía que haber ocurrido para que un jinete como Ramiro Galeón hubiera sido desmontado. Luego pasaron algunos toros desmandados, a lo lejos distinguió la nube de polvo que alzaban otros muchos en la loca carrera, y cuando cayó la noche y estalló la tormenta, abrigó la absoluta certeza de que había perdido a los hombres y al ganado.

Con el día, la llanura sin límites que circundaba la casa se quedó incluso sin horizontes a causa de la lluvia, y ahora que esta disminuía, todo lo que alcanzaba a contemplar era la doliente y derrotada figura de Ramiro Galeón que se acercaba.

—¿Qué pasó?

—Murieron todos. Ceferino, Nicolás, Florencio y Sancho. ¡Todos! Los «mautes» se «barajustaron» y no tuvieron tiempo ni de rezar un padrenuestro. ¡Todos, patrón! Mis cuatro hermanos.

—¿Y ella? ¿Y Yaiza?

—Ella fue la culpable. En cuanto se aproximó, el ganado inició la atropellada como si estuviera venteando al mismísimo demonio.

—¿La mataron?

—¿A esa? A esa no se atreve a tocarla ni el «bigarro» más arrecho. —Se había dejado caer sobre los escalones, incapaz de dar un paso, y apoyando la espalda en uno de los postes alzó un desencajado y sucio rostro que parecía haber envejecido en horas—. Esa bruja es una «ojeadora» que ha hecho un pacto con las bestias y el infierno.

—¡No digas pendejadas!

—¿Pendejadas? —Con un significado gesto de la mano, el estrábico se indicó a sí mismo de los pies a la cabeza, y por último señaló hacia la llanura—. ¿Es esto una pendejada? ¿Lo es que a mis hermanos los hayan dejado como mascada de tabaco o que esa sabana esté sembrada de toros destripados? —Negó con un violento gesto de cabeza–. ¡No! No era fácil acabar con los Galeones, y ella acabó de un solo carajazo.

Cándido Amado, cuyas manos temblaban de modo perceptible, tomó una botella de ron, llenó hasta el borde los dos mayores vasos que encontró, y entregando uno a su capataz se bebió el otro de un golpe.

–Cuéntamelo despacio –pidió, tomando asiento frente a él–. Aún no he conseguido enterarme de qué es lo que pasó.

Ramiro Galeón bebió a su vez, se limpió la boca con el antebrazo, alargó el vaso para que se lo llenara de nuevo, y tras un hondo suspiro, con el que pareció serenarse y reencontrar el hilo de sus ideas, replicó:

–Tal como usted ordenó, nos echamos al monte y juntamos el ganado que pastaba entre las matas de totumo donde usted tumbó al indio y el «lambedero» del Noroeste. Casi la mitad de los toros del «Hato». Pasado el mediodía nos presentamos ante la casa y le transmití a Aquiles su recado. Al rato, cuando el plazo se cumplía salió ella. Hasta ese momento todo iba «chévere», porque aunque los «mautes» estaban algo inquietos, mis hermanos conseguían sujetarlos. Pero en llegando ella como de aquí al «caney», fue como si la atómica hubiera estallado entre las patas de los bichos, que se echaron pa'trás, y esa fue la «rochela» más arrecha que yo haya visto en mi vida. Al primer envite aplastaron los caballos, y cuando quise darme cuenta ya no quedaba más que aquel muertero y la caraja, que me miraba como si yo fuera un pendejo por haber intentado echarle semejante lavativa. –Apuró de un trago su ron–. ¡Lo sabía! Estoy seguro de que lo sabía, porque ni un solo momento tuvo miedo.

–¿Y mi prima Celeste?

–La vi de lejos. –Chascó la lengua, incrédulo–. Y me sorprendió que ni ella ni Aquiles vinieran a retarme cuando me supieron desmontado y cojeando.

–¿Estás seguro de que te vieron?

—¡Guá! ¿Pues no iban a verme? ¡Ni ciegos que fueran! Yo estaba como de aquí a la cabaña de Imelda, y salieron a comprobar que de mis hermanos no quedaba ni envoltura. Me fui alejando y me miraban. Les hubiera bastado con echar mano a un rifle y ahí mismo me tumban como a tigre renco. ¡Menudo «tiro-fijo» es Aquiles Anaya!

—Si saben que estás vivo, mandarán a la Justicia a por ti.

—¡Y a por usted, patrón! ¡Y a por usted! Al fin y al cabo es siempre el patrón quien da las órdenes. —Agitó la cabeza con gesto de incredulidad—. ¡Vaina de carajita! —exclamó—. Hay que ver cómo nos embromó la vida.

—Tienes que irte.

Ramiro Galeón contempló incrédulo a Cándido Amado.

—¡Menuda noticia! Ya sé que me tengo que ir porque la Guardia Nacional vendrá dispuesta a enchironarme, así que en cuanto usted me suelte la plata, agarro mis «macundos» y me va a faltar sabana hasta llegar a Colombia.

—¿Plata? ¿Qué plata?

—La que me va a dar para que yo me eche encima toítos los muertos y no lo encierren en mi misma celda. Y la que me va a dar por mis hermanos. Diez mil «bolos» por cada Galeón atropellado, y otros diez mil por este, que sigue vivo. En redondo, cincuenta mil bolívares con los que podré fundar mi propio «hato» allá en Colombia.

—¿Cincuenta mil bolívares? —se espantó Cándido Amado—. ¿Te has vuelto loco?

—¿Loco? —fue la asombrada respuesta—. ¿Es que valen menos las vidas de mis hermanos? ¿Es que no lo valen veinte años de cárcel o tener que abandonar mi patria para siempre? Fue usted quien se enconó con esa «cuca» sin haberla olido siquiera, y quien organizó este «saperoco». Fue usted quien ordenó que la trajera o los matara a todos, y era usted quien se beneficiaba si las cosas salían bien. Pero salieron mal, y lo lógico es que también pague las consecuencias. —Se encogió de hombros, como dando por concluida la conversación–. Ha sido un mal día –admitió–. Yo he perdido cuatro hermanos y mi trabajo, y usted ha perdido a esa carajita y cincuenta mil bolívares...

–¡Pero no dispongo de tanto dinero! –protestó Cándido Amado.

El bizco le miró de medio lado, entre molesto y burlón.

–¡Vamos, patrón! ¡No me venga con vainas! Yo sé cuántas veces hemos vendido ganado suyo o de «Cunaguaro», y cuántas veces ha vuelto a casa con un saco repleto de billetes, «fuertes» de plata, e incluso «morocotas» de oro puro. Y también sé que jamás le vi ir con ellas a parte alguna, de modo que ahí dentro debe tener más de cien mil bolívares, si la memoria no me falla. –Se puso en pie apoyándose en el poste y dejó a un lado su vaso vacío–. Voy a lavarme un poco, recoger mis «corotos» y ensillar. Si cuando vuelva el dinero está sobre esa mesa, no tendremos problemas.

–¿Me firmarás un documento declarando que actuaste por tu cuenta y eres el único responsable de lo ocurrido?

–Le firmaré incluso que tuve un hijo natural con Juan Vicente Gómez, pero tenga esa plata dentro de una hora o se va a enterar de quién es Ramiro Galeón.

Dio media vuelta y se encaminó renqueante hacia el «caney» de los peones, pero apenas había dado una docena de pasos cuando Cándido Amado extrajo muy lentamente su pesado revólver, se apoyó en la baranda, le apuntó con sumo cuidado a la espalda, justamente por debajo de la nuca, y apretó muy despacio el gatillo.

El estampido acalló el rumor de la lluvia.

Pero Ramiro Galeón no cayó muerto como hubiera sido su obligación, sino que se volvió con rapidez, se lanzó al suelo y buscó su arma para responder al asombrado Cándido Amado, que no podía entender cómo era posible que hubiera fallado semejante disparo a tan corta distancia.

El miedo fue en esta ocasión más veloz que la sorpresa, pues al advertir que su capataz se aprestaba a matarle, Cándido Amado se precipitó al interior de la casa al tiempo que una bala levantaba astillas de la puerta.

Ya desde dentro, sacando apenas la mano armada y siempre protegido, disparó una y otra vez sobre el estrábico tendido al descubierto en medio de la sabana, pero bien porque el pánico le impedía hacer blanco, o bien porque un extraño sortilegio protegía a su enemigo, lo cierto fue que únicamente el barro de la llanura recibió los impactos, aunque hubo un par de ellos que se perdieron silbando en la distancia.

Ramiro Galeón pareció comprender que su posición resultaba insostenible, calculó que su pierna herida no le permitía correr hacia la casa para buscar también refugio en ella, y optó por retroceder arrastrándose como buenamente podía, atento siempre a no permitir que el otro tuviera la oportunidad de asomar la cabeza y afirmar su pésima puntería.

No fue al «caney» en busca de sus cosas, sino que se encaminó directamente a las cuadras, ensilló su caballo, montó de un salto y partió al galope.

Cándido Amado, que había cambiado el inútil revólver por un pesado rifle de cazar tigres, le disparó seis veces más, pero fue como dispararle a la luna, a una nube, o a la mismísima lluvia que de nuevo caía con violencia.

Ramiro Galeón, aquel al que evidentemente nunca abatirían las balas, se perdió pronto de vista, abriéndose camino entre cortinas de agua rumbo a Colombia.

E l cochecito tirado por dos caballejos trotones hizo su aparición a media tarde del día siguiente, y tras abrazar con innegable afecto a su sobrina, a la que no veía hacía más de veinte años, doña Esmeralda Báez, viuda de Amado, le suplicó, casi de rodillas, que no denunciara a su hijo.

–¡Pero intentó matarnos!

–Eso no es cierto –protestó la pobre vieja–. Cándido le ordenó expresamente a Ramiro que no os hiciera daño... ¡Me lo ha jurado! Lo único que quería era casarse.

–¿Y dónde está ahora Ramiro?

–Ha huido. Quiso robar a Cándido y escapó. –Aferró con fuerza las manos de Celeste–. ¡Créeme! –insistió–. Conozco a mi hijo y es incapaz de hacer mal a nadie. Está enamorado, y los jóvenes pierden la cabeza cuando se enamoran...

Se diría que el esfuerzo por hilvanar correctamente aquellas frases que traía aprendidas había sido excesivo para Esmeralda Báez, que súbitamente pareció hundirse en el sillón, y tras cerrar unos instantes los ojos y pasarse el dedo bajo la nariz en aquel gesto que su hijo tanto odiaba, señaló un espacio vacío sobre la vieja chimenea del salón.

–Ahí estaba san Jenaro –afirmó–. Un san Jenaro enorme y precioso.

–Cándido no ha hecho otra cosa que robarme ganado todo este tiempo.

–No lo hará más. –Se diría que ya tan solo una cosa le obsesionaba–. ¿Qué fue del san Jenaro?

–No tengo ni idea. –Celeste seguía atenta a lo que en verdad le importaba–. Tu hijo imagina que puede hacer lo que le da la gana, y este es el momento de pararle los pies. O le freno ahora o se creerá dueño de estas sabanas para siempre.

–Cándido es inofensivo. Era Ramiro Galeón el que lo maleaba. ¿No lo tendrás guardado?

–¿A quién?

—A san Jenaro. —Se pasó la gorda lengua por los labios, como si estuviera regodeándose ante la posibilidad de probar un manjar exquisito—. ¡Quedaría tan bonito en mi «Cuarto de los Santos»!

Celeste pareció comprender que resultaba inútil tratar de hacer volver a su tía a la realidad de lo que estaban discutiendo, y se preguntó qué podría hacer aquella pobre mujer el día que a su hijo lo metieran en la cárcel. Probablemente acabaría en un asilo y le repugnó la idea de saber a una Báez —aunque fuera la madre de Cándido Amado— encerrada en un manicomio.

—Haré que Aquiles busque ese San Jenaro —prometió al fin, para que su tía se centrara de nuevo en lo esencial—. ¿Qué garantías tengo de que tu hijo no va a seguir echando vainas?

—Te devolverá mil toros, y traigo un documento por el que se compromete a no insistir en la adquisición de «Cunaguaro» ni penetrar nunca en sus límites. Y renuncia a ver a esa muchacha. —Abrió su pequeño bolso y alargó un sobre cerrado al tiempo que imploraba—: ¿Por qué no se lo pides ahora?

—¿Pedirle? ¿Pedirle qué?

—Que busque a san Jenaro. ¡Sería tan feliz si pudiera llevármelo!

Celeste la miró embobada porque le costaba trabajo aceptar que continuara obsesionada con un viejo cuadro sin valor cuando se encontraba en juego la posibilidad de que enviaran a la cárcel a su único hijo, pero cayó en la cuenta de que se trataba de su tía Esmeralda, que había nacido retrasada, y así seguiría hasta el día de su muerte, y al tiempo que abría el sobre y estudiaba atentamente su contenido, se encaminó a la ventana y le gritó a su capataz, que se encontraba trabajando en la quilla del barco de los Perdomo Maradentro:

—¡Aquiles! —rogó—. Mira a ver si encuentras el cuadro de san Jenaro.

—¿Qué? —fue la asombrosa respuesta.

—¡El san Jenaro que colgaba sobre la chimenea! En alguna parte debe de estar...
—¡Pero si lo quitamos de allí hace por lo menos quince años...!
—No creo que pueda estar muy lejos. ¡Hazme ese favor! —rogó—. Mi tía lo quiere.

El viejo llanero dejó a un lado el escoplo y el martillo con los que estaba trabajando sobre el inmenso tronco de jabillo y se puso en pie, rezongando malhumorado:

—¡Mi tía lo quiere! ¡Mi tía lo quiere! No me extraña que ese huevón de Candidito Amado haya acabado como un cencerro. Su madre es capaz de fregarle la paciencia a un «cachicamo» y hacer bajar de su palo a un «perezoso». ¡El cuadro de san Jenaro! ¡Vaya ganas de echar lavativas!

—No gruña, que yo le ayudo —se ofreció Aurelia Perdomo—. Me pareció ver unos cuadros detrás de las garrafas, en la despensa grande... Tal vez esté entre ellos...

Estaba allí, en efecto; un san Jenaro enorme, mohoso y descolorido, con más termitas que madera como marco, pero de los diminutos ojos de doña Esmeralda Báez manaron gruesas lágrimas de alegría y se abrazó al mugriento lienzo con tanto amor y entusiasmo que podría pensarse que por el hecho de haberlo recuperado recuperaba también su infancia y aquellos felices años en los que, por ser una pobre niña cariñosa y retrasada, era también la más querida y mimada de la casa.

¿Cómo se podía amenazar a semejante criatura con arrebatarle a su único hijo para dejarla desvalida y sola durante los pocos años que le quedaban de vida?

¿Cómo hacerle entender que había traído al mundo a un sucio canallita, cobarde, solapado, rastrero y asesino?

Cuando emprendió el regreso a su casa con el san Jenaro sobre la cabeza a modo de pamela para que el pequeño toldo del cochecillo lo protegiera de la lluvia, doña Esmeralda Báez, viuda de Amado, había olvidado por completo la razón por la que, después de tantos años, había regresado al «Hato Cunaguaro», y mientras la veía alejarse levantando cortinas de fango por la sabana sumida ahora en una luminosidad glauca que desdibujaba los contornos, Celeste Báez rompió en pedazos el documento que Cándido Amado le había enviado, porque comprendía que hasta el día en que aquella pobre tonta dejara de existir, ningún miembro de la familia sería capaz de hacer daño a su hijo.

−Es como un seguro de vida lo que tiene ese «amado de los 'zamuros' y los 'buitres', y la única esperanza que me queda es que sea Ramiro Galeón el que tome la medida de su ataúd.

Contempló luego la tierra, que se iba empapando hora tras hora, y advirtió que había perdido la oportunidad de regresar en la camioneta a la «Hacienda Madre», pues la mayoría de los ríos y «caños» se habían vuelto intransitables, y no le quedaba más opción que soportar seis largas jornadas a caballo bajo la lluvia o descender en «bongó» hasta el Orinoco para volver desde allí a su casa, vía Caracas.

Pero no se lamentaba. Noche tras noche se había planteado la necesidad de emprender el viaje a la mañana siguiente, pero día tras día había buscado una disculpa que retrasara su partida, pues la sola idea de encerrarse durante otro largo invierno en la tediosa «Hacienda Madre», a ver caer la lluvia en soledad, la deprimía.

La «Hacienda Madre» disponía de incontables salones y dormitorios, pero en ella no había más que miles de reses, un capataz decrépito, cuatro criadas mulatas y veinte zafios peones malencarados que mataban el tiempo gastando siempre las mismas bromas y cantando idénticas canciones. En la «Hacienda Madre» no había más que noches interminables, botellas de ron y una desesperante apatía que estiraba las horas hasta el infinito. En la «Hacienda Madre» comía sola, bebía sola, dormía sola, y su agobiante soledad se transformaba en una losa que amenazaba con acabar por enterrarla, mientras que allí, en «Cunaguaro» había gente distinta que hablaba del mar, islas lejanas, sueños perdidos, muertos que aparecían, prodigios inexplicables e ilusiones renacidas.

En «Cunaguaro» vivían unos seres que construían una goleta a mil kilómetros del mar, provocaban estampidas con su sola presencia, constituían la más hermosa familia que hubiera conocido, y conseguían que nunca, nadie, llegara a sentirse solo.

En «Cunaguaro» estaba Yaiza Perdomo.

Y en «Cunaguaro» se encontraba, por último, Asdrúbal Perdomo, aquel que cada noche irrumpía en sus sueños y le hacía gritar de placer como únicamente le hiciera gritar tantos años atrás Facundo Camorra, porque pasada la barrera de los cuarenta, Celeste Báez se sorprendía a sí misma obsesionada por un muchacho que podría ser aquel hijo que alguien arrojó a los caimanes a las pocas horas de nacido.

A veces, cuando despertaba en mitad de la noche tras haber hecho el amor hasta sus últimas consecuencias con la imagen de Asdrúbal Perdomo, experimentaba la necesidad de castigarse físicamente de algún modo, pero en cuanto volvía a cerrar los ojos y «percibía» de nuevo el «contacto» de aquellas manos enormes, toda resistencia cesaba y se veía obligada a entregarse por completo al placer silencioso y no compartido de gozar al imaginar que era Asdrúbal Perdomo quien la estaba acariciando.

De día se sentía incapaz de mirarle a la cara temiendo que pudiese leer en sus ojos que había pasado la noche amándole locamente, pero al verle con el torso desnudo afanado en cepillar tablones o talar gruesos troncos, de nuevo la invadía aquel invencible desasosiego, y las fuentes se le caían de las manos o se machacaba los dedos con los martillos, porque por mucho que tratara de negárselo a sí misma, lo cierto era que, ya en su madurez, Celeste Báez se había enamorado como una tonta adolescente.

Tan solo dos personas lo habían advertido. Una era Yaiza, cuya forma de ser le impedía hacer comentarios aunque constituyera un motivo de preocupación para ella, y la otra el viejo Aquiles Anaya, que no dudó a la hora de plantearlo claramente.

—No soy quien para meterme en sus asuntos, patrona —dijo—. Pero últimamente la veo más agitada que maraca en sábado. —Estaba liando uno de sus apestosos cigarrillos amarillentos mientras veían caer la lluvia del atardecer y la familia Maradentro en pleno se ocupaba en alzar las primeras cuadernas de su barco—. ¿Qué le ocurre?

—¿A qué viene esa pregunta de comadre chismosa si yo sé que tú sabes muy bien lo que me ocurre?

—¿Y no le inquieta? A mí me inquietaría.

—¿Por qué crees que no duermo de noche y por el día ando más desplumada que guacamayo en muda?

—Es casi un niño.

—¡No friegues!

—Tiene tremenda fachada, pero en el fondo es una criatura, y su única ambición es regresar al mar.

—No seré yo quien se lo impida, y pienso ayudarle en cuanto esté en mi mano. —Hizo una pausa y le miró a los ojos—. Pero dime: Si yo fuera un hombre de cuarenta años y él una mujer de veinte, ¿tendrías alguna objeción que hacerme?

—Ninguna.

—¿Entonces?

—¿Entonces? —repitió el viejo, encendiendo su pitillo—. Si mi yegua tuviera un gran pico de colores sería un tucán... —Negó con un gesto de la cabeza—. Las cosas son como son y como siempre fueron. Usted lleva mejor los pantalones que la mayoría de los que le echan la pata encima a un potro en estas sabanas, pero no quiere decir que pueda cambiar costumbres, que ya eran viejas cuando yo aún cenaba teta. —Lanzó un resoplido—. Y el problema no es mañana, porque usted todavía es mujer para encandilar al más pintado: el problema vendrá más adelante.

—¿Y crees que no lo sé?

—Parece como si se esforzara en olvidarlo.

—Hay cosas que no se pueden olvidar por más que se intente... —Hizo una larga pausa y observó con fijeza a su viejo capataz—. Dime... ¿tú conociste a Facundo Camorra?

—Lo vi un par de veces en la gallera.

—Todo el mundo decía que no era más que un zafio garañón borracho y pendenciero, pero a mí me demostró que era un hombre soñador, tierno y sensible. ¿Qué derecho tenía mi padre a matarlo?

—Nadie tiene derecho a matar a nadie, pero resulta comprensible que cuando un padre descubre a su hija en manos de un tipo de la fama de Facundo Camorra pierda los estribos. Y si además se trata de un Báez, todo está dicho.

Celeste tardó en responder; contempló largamente a Asdrúbal Perdomo, que había concluido de cortar un grueso tronco y salía a la lluvia a permitir que el agua le refrescara corriéndole libremente por el cuerpo, y agitó la cabeza con gesto de profundo pesar.

—Llamarse Báez a menudo cuesta muy caro —musitó—. Demasiado caro.

Goyo Galeón era un hombre de estatura media, complexión fuerte, piel aceitunada, ojos de color miel, que cuando refulgían se dirían dorados, lo que le daba el inquietante aspecto de un felino al acecho, y larga y encrespada melena leonina que desde muy joven se le había encanecido por completo.

El cuarto de nueve hermanos, ninguno de los cuales destacó jamás por su blandura, Goyo Galeón se impuso sin embargo muy pronto a los restantes miembros de su difícil familia gracias a su astucia, su sangre fría y una asombrosa e indescriptible crueldad que le había convertido, siendo apenas un muchacho, en el más afamado asesino de uno y otro lado de la frontera.

Cuatrero, salteador, atracador de Bancos, pistolero a sueldo, guerrillero, mercenario y terrorista sin otra ideología que su propio provecho, poco a poco se había ido especializando en la más lucrativa y menos arriesgada de sus actividades: «cazador», ya que los dueños de «hatos», fundos, caucherías, minas y explotaciones madereras le pagaban muy buen dinero por cada molesto «salvaje» que eliminaba, evitando así que rondasen los campamentos, robando, «echando vainas» o reclamando tierras.

Se había establecido por tanto en una isla del río Meta, justamente en la línea divisoria entre los dos países, y allí solían acudir a buscarlo quienes necesitaban una labor de «limpieza» en cualquier lugar.

Sobornando a las autoridades de una y otra orilla, que de vez en cuando utilizaban además sus servicios en una época en la que tanto Venezuela como Colombia se hallaban sumidas con más fuerza que nunca en rencillas políticas internas, Goyo Galeón había logrado mantener a lo largo de los últimos años un cómodo equilibrio que le permitía vivir sin sobresaltos y sin tener que escapar continuamente a uña de caballo de quienes se empecinaban en que rindiera cuenta por sus innumerables crímenes.

Compartía la vida y la cama con dos negras, dos hermanas guayanesas de largas piernas y enormes senos, y no lejos de la isla pululaban media docena de facinerosos que le obedecían ciegamente, porque si había algo que Goyo Galeón supiera hacer, aparte de matar, era imponerse como jefe indiscutido.

Nunca demostró emoción por nada, ni lo hizo tampoco al enterarse del trágico fin de sus hermanos, pero Ramiro, que lo conocía bien, puesto que desde que tenía uso de razón había sido su mentor y su ídolo, comprendió que la noticia le había afectado, porque sus ojos amarilleaban más que nunca y en su boca se dibujó un leve rictus de indignación.

–¿Quién tuvo la culpa? –quiso saber.

–Los toros. Se «barajustaron» de repente y se los llevaron por delante.

–Cuesta aceptarlo. Ceferino y Sancho me enseñaron a montar y a manejar un lazo. Sabían bien su oficio y una estampida nunca les hubiera tomado desprevenidos. ¿Qué la provocó?

–Nada.

–Nada, no es respuesta, Ramiro. Te conozco desde el día en que naciste y sé que ocultas algo. ¿Cuál fue tu error?

–¿Por qué mío?

–Porque tú los mandaste llamar y ahora están muertos. –Goyo clavó los ojos en su hermano pequeño y consiguió aterrorizarle, como lo aterrorizaba cuando aún era una criatura que no levantaba medio metro del suelo–. Cuéntamelo todo y recuerda que te agarro siempre las mentiras... ¿Qué pasó exactamente?

Había detalles, como el de aquella absurda impresión de que había visto un gigante de la mano de Yaiza, o el error de darle la espalda a Cándido Amado en el peor momento, que Ramiro Galeón hubiese deseado silenciar, pero llegó al convencimiento de que era preferible soltar de una vez cuanto llevaba dentro y no ocultarle absolutamente nada a su hermano, que escuchó sin hacer ni siquiera un gesto, y que cuando consideró concluido el relato se limitó a indicar con la cabeza el cuarto vecino.

–¡Está bien! –musitó–. Vete a dormir. Mañana hablaremos.

Era su forma de ser y Ramiro lo sabía, por lo que obedeció en silencio y aguardó a que al amanecer le despertara para llevarle a pescar bajo la lluvia en una frágil «curiara» anclada en el centro de un remanso del río.

Mientras preparaban los sedales y cebaban los anzuelos, Goyo comentó como si hablara de algo sin importancia:

—No voy a ayudarte —dijo calmosamente—. La venganza nunca sirvió de nada, y ellos estaban en edad de saber qué caballo ensillaban. Muerto es muerto, aunque la viuda le llore. Quedan los vivos, y la fama de los Galeones se puede hundir si uno de ellos se deja pisotear. Y en esta ocasión tú has sido el más pisoteado, aunque suene a «mamadera de gallo». Te equivocaste, y nunca me gustó corregir tus errores, sino que te obligué a enmendarlos solo. Si no le llevabas a la carajita no tenías derecho a exigir dinero a tu patrón como pago por unos muertos que no eran suyos, y no me extraña que te respondiera a balazos. —Tuvo la sensación de que un pez había picado el anzuelo, y dio un fuerte tirón, pero al comprender que no había conseguido engancharlo, continuó—: Tu obligación es atrapar a la muchachita, llevársela a Cándido Amado, hacer que te suelte cincuenta mil bolívares, agarrar a Imelda por el cuello y encerrarla donde te salga del forro de las bolas. Si lo haces continuaré respetándote y admitiré que no perdí mi tiempo contigo, pero si lo que pretendes es que te saque las castañas del fuego, olvídalo, porque me habré hecho a la idea de que no fueron cuatro, sino cinco, los hermanos que perdí bajo los toros.

No se habló más del tema y pasaron el resto de la mañana disfrutando de la pesca, porque las lluvias parecían haber inyectado nueva vida a las aguas del gran Meta, que renacía tras su largo letargo veraniego.

Hablaron de todo: de los tiempos pasados, de los hermanos muertos, de la madre desaparecida, del inquieto presente de una Colombia sumida en una guerra civil no declarada, y de una Venezuela a punto de pasar una vez más a manos de uno de los tantos dictadores de su historia. Hablaron de todo, excepto de aquello de lo que Ramiro Galeón hubiera deseado hablar, porque el estrábico conocía mejor que nadie a su hermano y le constaba que jamás se echaba atrás sobre una decisión adoptada.

La admiración y el respeto de Ramiro hacia Goyo iba sin duda mucho más allá del hecho de que se tratase de un hombre cuyas inauditas hazañas había ido escuchando una y mil veces a todo lo largo de su vida. Su adoración se remontaba a los primeros recuerdos infantiles, cuando era el héroe de todas las batallas, guía de todas las exploraciones, inventor de todas las travesuras y conquistador de todas las muchachas.

Ramiro aún recordaba, como si hubiera ocurrido un mes antes, la tarde en que dos borrachos molestaron a su madre en la cantina. Eran dos hombrones inmensos y Goyo apenas había cumplido catorce años, pero sin hacer comentarios ni alterársele el pulso, entró en la casa, tomó un revólver y con toda calma le pegó tres tiros a cada uno.

La serena indiferencia de aquel rostro infantil, que contemplaba a sus víctimas mientras recargaba el arma, había quedado grabada en la memoria de Ramiro, que siempre se preguntó cómo era posible que alguien fuese dueño de semejante sangre fría a aquella edad y en el momento de cometer su primer delito.

Cuando el sargento Quiroga vino esa noche a detenerle y le comunicaron que había escapado, pero que si tenía mucho interés en encontrarle estaría esperándole en el palmeral del estero, el buen hombre se limitó a retorcerse el enorme mostacho con gesto adusto y negar seriamente.

—¡Ah, carajito cuatriboleado! —exclamó—. Lo mismo se desayuna con dos muertos que con tres, por más que uno de ellos sea sargento. Desde que era mocoso ando «ojo pelao» con él porque es más arrecho que guindilla chilena. En los papeles pondremos que esos dos se suicidaron porque como ni plata ni familia tienen, nadie va a venir a meterse de «entrépido» ni a jeringarnos la paciencia en averiguaciones. —Ya en la puerta se volvió, dando por zanjado el asunto—. En cuanto al muchachito, que esté un par de años sin volver por el pueblo, y tan amigos.

El sargento sabía mirar por su pellejo y aquella noche le hizo un quiebro a la muerte, pero estaba claro que su bala la guardaba Goyo Galeón, que se la clavó en el entrecejo ocho años más tarde, cuando arreaba una punta de ganado robado hacia Colombia y la patrulla de Quiroga tuvo la mala ocurrencia de interponerse en su camino.

Ese día Ramiro cabalgaba muy cerca de su hermano, y le asombró ver cómo a la primera voz de alarma se deslizaba por las ancas del caballo al tiempo que extraía el rifle de su funda, desapareciendo como por ensalmo tragado por el pajonal para surgir a cuarenta metros de distancia y hacer que se cumpliera, al primer tiro, el destino del viejo sargento.

Y aquel era el mismo hombre que veinte años más tarde se columpiaba en una hamaca del porche de su lujosa mansión de una isla del Meta, y que tras sorber el agua de un coco verde que había cortado con su enorme machete señaló hacia las dos provocativas guayanesas que se bañaban en la orilla.

—Cógete a la que quieras —dijo—. O a las dos, si te apetece, porque se divierten más si lo hacen juntas. Quédate aquí, descansa y disfruta de la vida. Hay cosas que conviene meditar y hacer bien.

—Me quedaré —aceptó Ramiro—. Pero no pienso «tirarme» a tus guarichas. A mí solo me interesa Imelda Camorra.

—¡Ah, vaina de pendejo enamorado! ¿Qué provecho se puede sacar de un huevón que desprecia a dos negras cucas sabrosas, que cuando las abres son como jugosas brevas maduras, por un putón que anda buscando casarse con un tonto? Cierto que casi todos fuimos hijos de distinto padre, pero en ocasiones pienso que tú lo eres incluso de distinta madre, gran carajo. ¿Qué voy a hacer contigo?

–Convencer al zambo paralítico de que me venda el «hato».

–El «hato» será tuyo, pero si no vuelves con Imelda y los reales, mejor no lo hagas nunca.

Al estrábico le había afectado ver a sus cuatro hermanos desaparecer bajo las patas de los toros, pero por grande que fuera su dolor, mucho mayor sería el de saber que había perdido el afecto de Goyo, pues la idea de pasar el resto de su vida sabiendo que le repudiaba constituía a su modo de entender un sufrimiento insoportable.

Ser dignos hermanos de Goyo era probablemente la razón que había impulsado a los restantes hijos de Feliciano Galeón a echarse a la sabana a robar ganado, organizar revueltas, matar «cristianos» o «cazar salvajes», porque ser digno hermano de Goyo requería una gran concentración y un gran esfuerzo, ya que era él mismo quien constantemente exigía a los demás que se pusieran a su altura.

¿Pero quién podía ser tan frío, tan cruel, tan astuto y tan sádico?

¿Y quién podía despreciar la vida propia y la ajena con la absoluta naturalidad con que él las despreciaba?

Quince años atrás, un cacique colombiano le había contratado para que le librase de un enemigo político, famoso por las medidas de seguridad de que solía rodearse. Goyo consiguió ser invitado a una de sus partidas de póquer y se presentó solo y desarmado. Súbitamente, y en mitad de la apuesta, se lanzó de cabeza por la ventana en el justo momento en que el inmenso habano que había dejado sobre el cenicero explotaba destrozando a los presentes. Cuando los guardaespaldas quisieron reaccionar, ya galopaba noche adentro.

¿Quién podía imaginar que alguien hubiese estado fumándose durante diez minutos un cartucho de dinamita sin que se le alterara el pulso? ¿Cómo se podía tener valor para esperar hasta el último momento, consciente de que un error de décimas de segundo lo enviaría al infierno?

—¡Y además iba ganando! —comentó el único superviviente.

Pero allí estaba tan tranquilo, bebiéndose plácidamente un coco y ofreciendo sus «guarichas», contento porque esa mañana la pesca había sido abundante, y pocas cosas hacían tan feliz a Goyo Galeón como una buena jornada de pesca.

—Háblame de la carajita —pidió de pronto.

—¿La española? —Ante el mudo gesto de asentimiento, Ramiro señaló—: A mí quien me interesa es Imelda, pero entiendo que jamás ha pisado la sabana una hembra semejante. A su lado, esas dos negras tuyas serían como garrapata en rabo de tigre: ni se verían. ¡Lástima da que quien vaya a cogérsela sea un castrado como Cándido Amado!

—Tal vez más adelante vaya a quitársela.

El bizco observó a su hermano y se dijo que si algún hombre de este mundo merecía una mujer como Yaiza Perdomo, ese hombre era Goyo Galeón. Y si alguna mujer reunía méritos suficientes como para atraer a Goyo Galeón, esa mujer no podía ser otra que Yaiza Perdomo. Parecían haber nacido el uno para el otro, porque a Goyo le había llegado la hora de fundar una familia, y no serían putones como los que ahora se bañaban en el río los que le ayudarían a conseguirlo, mientras que Yaiza estaba ya en edad de tener hijos, y no sería Cándido Amado quien supiera hacérselos.

—Tendrías que conocerla —dijo—. Tendrías que conocerla antes de que se la entregara a ese huevón de mierda...

Pero su hermano no respondió, y cuando se volvió a mirarle descubrió que dormía, balanceado por la suave brisa aún con el vacío coco sobre el pecho.

Incluso dormido era el hombre más hombre que hubiera visto nunca.

Tenía ya aspecto de barco.

Plantada la quilla y alzadas las cuadernas, el casco iba tomando forma, porque los Perdomo Maradentro trabajaban en él catorce horas diarias, y Asdrúbal parecía capaz de realizar la labor de toda una cuadrilla de carpinteros contratados a destajo.

Las reses del «hato» se las arreglaban solas, ya que el agua sobraba y comenzaban a hacer su aparición los primeros brotes de un pasto suave y apetitoso, y como en «Cunaguaro» no había trabajos de vaquería que hacer, puesto que no contaba con suficientes toros como para que valiera la pena reunirlos y conducirlos al matadero, todos los esfuerzos podían concentrarse en la construcción de la goleta.

Seguía lloviendo, ahora ya mansamente, la temperatura era agradable porque el sol no abrasaba la tierra, el polvo se había convertido en barro y una suave brisa refrescaba el ambiente consiguiendo que el esfuerzo de clavar, cepillar o lijar no se volviera agobiante, puesto que además iba acompañado de charlas, bromas y canciones.

Aquiles Anaya refunfuñaba al verse convertido a sus años en improvisado carpintero de ribera, pero en el fondo disfrutaba al ver cómo aquel montón de informes troncos se iban transformando en el esqueleto de una hermosa y robusta embarcación, mientras Celeste había contribuido con los tablones de uno de los establos en desuso, lo que reducía notoriamente tiempo y trabajo, ya que serrar troncos era uno de los más arduos problemas a que se habían enfrentado los Perdomo casi desde el primer momento.

Los planos esbozados por Asdrúbal, que era quien mejor recordaba el viejo Isla de Lobos, y perfeccionados por Sebastián, que poseía mayores conocimientos técnicos de náutica, habían sido dibujados por Aurelia, que no había escatimado tiempo y dedicación para que a la hora de la verdad todas las piezas encajaran con matemática precisión.

—¡Será un gran barco!

Tenía que serlo porque muy pocos se habrían construido con tanto entusiasmo, y mientras lijaba una tabla o ajustaba un tornillo, Yaiza trataba de imaginarse a su padre y a su abuelo cuando allá en Playa Blanca realizaban idéntica labor muchos años antes de que ella hubiera nacido.

—¿Quién dibujó los primitivos planos?

—Mi amigo José Rial, farero de Isla de Lobos. Su hija Margarita fue mi primer pasajero cuando la llevé a bautizar a Corralejo.

Cien veces le había oído contar aquella historia al viejo Ezequiel cuando se sentaba en el patio de la casa a ver cómo su goleta se mecía airosamente en el canal de la Bocaina, y al recordarlo experimentaba la dulce sensación de que levantar aquel barco sobre sus calzos era como ir recuperando la historia de la familia o el orgullo de seguir siendo Perdomo Maradentro para dejar definitivamente atrás la amarga y dolorosa condición de emigrantes obligados a compartir un cuartucho indecente en una pensión de mala muerte o comer al aire libre a la vista de un pueblo en mitad de una plaza.

Alzar las cuadernas era como estar construyendo un nido o una coraza que los protegiera del mundo exterior y sus constantes agresiones, porque aquella goleta sería su hogar y su castillo; la fortaleza de los Perdomo Maradentro, el lugar en el que conseguirían aislarse por extrañas que fueran las tierras que atravesasen u hostiles sus habitantes.

Y el barco los unía. Los unía aún más incluso desde el momento mismo en que tan solo era un sueño de barco, porque tenía la virtud de concentrar en un solo esfuerzo cada uno de sus esfuerzos, y en una única ilusión todas sus ilusiones, y pasaban las horas apiñados cepillando tablones o taladrando el costillaje para que cada juntura resistiera cien años de mar y de tormentas.

El día en que terminaron de calafatear el casco, sorprendentemente no llovía, y Celeste decidió que esa noche se celebrara una fiesta a la que acudieron los indios, que no salían de su asombro por los rápidos progresos de aquella estrambótica «curiara», preguntándose el porqué de tan tremendo esfuerzo, si para descender por el Arauca y el Orinoco bastaba con unir entre sí media docena de troncos y dejarse arrastrar por la corriente.

–Es que al final del río está el mar.

–¿Y qué es el mar?

–Un estero muy profundo y mayor que todas las sabanas juntas.

Pero para los «cuibás», conscientes de que los esteros se encontraban en la sabana, no resultaba concebible que en algún lugar del mundo la parte pudiera ser mayor que el todo, y desechaban la idea de que pudiera existir el mar, limitándose a acuclillarse en un rincón a devorar grandes pedazos de carne y observar en silencio la fiesta de los blancos, ya que el viejo Aquiles Anaya había sacado un «cuatro» que no tocaba desde hacía por lo menos diez años, y Yaiza –que no había vuelto a cantar desde la trágica noche en que su hermano tuvo que matar a un hombre–, le acompañó con voz dulce y profunda. Luego los Maradentro entonaron «folias» de sus islas, y resultaba extraño, y hasta cierto punto conmovedor, escucharías allí, en el más perdido rincón de la llanura venezolana.

Fue por lo tanto una noche de alegría, pero fue también, sobre todo, una noche de nostalgia, y más tarde se hizo un gran silencio en el que cada cual pareció hundirse en sus propios recuerdos, momento que los indígenas aprovecharon para regresar calladamente a su ranchería.

–No se sienten cómodos –señaló Celeste al verlos marchar–. Hagamos lo que hagamos, jamás se sienten cómodos cuando estamos cerca.

–¿Por qué?

—No nos entienden, del mismo modo que nosotros tampoco los entendemos a ellos –intervino el viejo Anaya–. Mi mujer era india y yo la amaba tanto que no me importó arriesgar la vida al casarme, ya que el día de la boda nos colocaron el uno frente al otro a poco más de un metro de distancia, desnudos y observados por toda la tribu, y si en ese momento no hubiera sido capaz de tener una erección tan solo de mirarla, sus hermanos me hubieran cosido a lanzazos allí mismo. Sin embargo, de nada me sirvió estar tan loco por ella y siempre fuimos como extraños. Para Naima, su selva, su tribu y sus costumbres eran mucho más importantes que cuanto yo pudiera ofrecerle.

—¿Por qué se casó entonces?

El anciano se encogió de hombros como si en verdad aquello fuera algo que se había preguntado muchas veces.

—Al principio supongo que me quería –replicó–. Yo era un gran guerrero blanco que había llegado de lejanísimas tierras venciendo incontables peligros. –Sonrió como burlándose de sí mismo–. ¡Y era guapo! Aunque ahora cueste creerlo, por mi «taita» que era el «baqueano» más buen mozo de mi tiempo, e incluso les permití que me arrancaran todo el vello del cuerpo para parecer uno más de la tribu. Todo eso debió de impresionarla, pero en cuanto la saqué de sus selvas fue como cortar una flor y plantarla en un tiesto: se marchitó. –Hizo una larga pausa, y por último añadió, sin apartar la vista del casco de la goleta sobre el que las llamas de la hoguera lanzaban cambiantes sombras–: por eso, cuando veo ese barco y pienso que van a marcharse, me apeno, pero entiendo que ustedes no pertenecen a esta tierra y a la larga acabarían marchitándose también. «Cada mochuelo a su olivo».

—Nosotros ya no tenemos «olivo» –le hizo notar Sebastián–; nunca podremos regresar a Lanzarote.

—Puede que regresen, y puede que no –admitió Aquiles Anaya–. Pero aquel será siempre su «olivo» y jamás conseguirán echar auténticas raíces en ninguna parte: «Negro es negro por mucha leche que mame...».

–...«Y llanero hablador de paja por mucho grano que coma...» –intervino Celeste Báez con intención–. ¡Vaina de viejo para guachifatear una fiesta! Pues no ha conseguido que se pongan mustios... Normal que sientan nostalgia por su isla. Malnacidos serían si no la sintieran, pero ahora tienen un lugar donde vivir y donde se les aprecia, y pronto tendrán tronco de barco para correr el mundo.

–Eso es lo que me asusta.

Era Aurelia quien había hablado por primera vez en el transcurso de la noche, porque casi desde el momento mismo en que llegaron a los Llanos se había convertido en una mujer silenciosa que a medida que transcurría el tiempo se encerraba más y más en sí misma. Ella, que había constituido el alma de la familia, y que en Playa Blanca había llegado incluso a convertirse en maestra, guía y consejera de gran parte del pueblo, parecía haber perdido su fuerza, tal vez porque le faltaba el apoyo de su marido o tal vez porque lo insólito del paisaje, las gentes y las bestias que la rodeaban la habían desconcertado.

No se sentía capaz de reaccionar, porque su edad, su mentalidad y su educación no le permitían asimilar el incontable número de acontecimientos que se habían precipitado sobre su familia en menos de un año, y aún eran mayoría las noches en que se despertaba buscando el contacto de Abel Perdomo para descubrir que se encontraba a miles de kilómetros de su casa, en un mundo hostil y en una cama vacía.

El viento, el polvo, la sequía, las bestias, la lluvia, los rayos y las armas contribuían a inquietarla, y ahora le preocupaba también el armazón de aquella ilusoria goleta con la que sus hijos soñaban lanzarse a la aventura por ríos, selvas y mares desconocidos.

—Creí que estabas de acuerdo en que volver al mar era lo mejor —le hizo notar Asdrúbal—. ¿Qué te ha hecho cambiar de opinión?

—No es que haya cambiado de opinión —rectificó—. Sigo creyendo que el mar es mejor para nosotros, pero tengo la impresión de que ese mar queda demasiado lejos. Y no es el nuestro —concluyó—. Nada tiene que ver con el mar de Lanzarote.

—Tiene agua, tiene olas, tiene peces... —puntualizó Asdrúbal—. Y sabemos vivir en él. Papá, el abuelo y generaciones de Maradentro nos enseñaron a hacerlo. Por eso este barco es tan importante: no es un barco para ganarse la vida; es un barco para vivir.

—¿Y pretendes que nos convirtamos en vagabundos?

—¿Y qué somos ahora sino vagabundos «pata-en-el- suelo»? —Señaló agresivo el casco de la goleta—. Puedes estar segura de que cuando flote en el mar, ni Sebastián ni yo permitiremos que paséis hambre, y la gente no nos mirará como a pordioseros sin hogar. ¿Es eso lo que te asusta? —concluyó.

Su madre negó despacio sin apartar la vista de la hoguera que ya se consumía.

—No —musitó—. Lo que en verdad me asusta es que con frecuencia no reconozco nada de cuanto me rodea—. Lanzó un leve suspiro mientras se ponía en pie cansadamente—. Ni siquiera a mis propios hijos. —Hizo un gesto con la mano como si pretendiera dejar a un lado todo aquello—. Estoy cansada —señaló—. ¡Buenas noches!

—¡Buenas noches!

La siguieron con la vista hasta que desapareció en el interior de la casa, y únicamente Sebastián recriminó a su hermano.

—Has sido muy duro con ella —dijo—. Tiene demasiadas preocupaciones para que encima la ataques.

—No la ataco —fue la segura respuesta—. Lo único que pretendo es que reaccione. La necesitamos como antes.

—La muerte de papá ha sido un golpe demasiado fuerte.
—¿Y para nosotros no...? —se asombró Asdrúbal—. Entiendo que ha sido terrible, pero la vida continúa, y si acaba por hundirse nos arrastrará con ella y ya no seremos una familia, sino tan solo tres hermanos que tirarán cada uno por su lado.
—Siempre es así —intervino Celeste Báez—. La vida es así.
—Pues no quiero que sea nuestro caso —replicó Asdrúbal con firmeza—. ¡Qué amargura haber sufrido tantas calamidades y una tragedia semejante para acabar diluyéndonos como un terrón de azúcar! ¡Tantas muertes para terminar enviándonos una triste felicitación por Navidad! ¡No! —insistió—. Todo lo que hemos soportado estará bien empleado si continuamos juntos, pero constituirá un desastre si conduce a separarnos.
—Nunca nos separaremos.
Era la voz de Yaiza; de aquella Yaiza que parecía no ser ella misma, sino alguien que hablaba por su boca.
—Nunca nos separaremos —repitió mientras los demás la contemplaban en silencio—. Seguiremos juntos aunque una parte de los Perdomo Maradentro se quede para siempre aquí.
—¿Qué quieres decir con eso? —quiso saber Sebastián.
—No tengo ni la menor idea.
—¡Pues vaya una gracia! Para decir algo así podrías haberte callado. No estoy de ánimo para charadas.
—Lo lamento.
Se puso en pie, se despidió con un ¡buenas noches! casi inaudible, y siguió el camino que había tomado su madre minutos antes.
Sebastián se volvió a los que quedaban y abrió las manos en un gesto que denotaba impotencia.
—Ahora soy yo quien ha metido la pata —admitió—. Y también lo lamento porque se suponía que esto iba a ser una fiesta, pero quizás estemos nerviosos. Es mejor que me vaya a dormir.
Se puso en pie y Aquiles Anaya le imitó.

—Yo también estoy que me caigo —señaló—. Hace años que me acuesto con las gallinas y al primer canto de ese maldito gallo ya estoy en pie. Mañana voy a tener los huesos más molidos que colchón de puta china.

Quedaron por lo tanto a solas Celeste y Asdrúbal, y era la primera vez que eso ocurría, lo que motivó que ella se inquietara y su pulso temblara levemente cuando se sirvió un gran vaso de ron. Reparó en cómo él la miraba y asintió.

—Sí. Ya sé que bebo demasiado —admitió—. Pero, como dijo Sebastián, se supone que esto es una fiesta.

—¿Por qué lo hace?

—¿Beber? —Se encogió de hombros—. Por lo mismo que lo hace casi todo el mundo: me gusta. —Contempló el fuego a través del vaso—. Tal vez algún día, cuando llegues a mi edad, lo comprendas.

—Conozco gente que se emborracha a los veinte años, pero mi abuelo murió a los ochenta sin haber bebido nunca. No es cuestión de edad.

—Lo sé. Es cuestión de temperamento. Pero no es que sea una alcohólica; es que la mayoría de las veces no tengo nada mejor que hacer.

—¿Se siente sola?

—Como cura en Carnaval.

—¿Por qué no ha vuelto a casarse?

—Porque patadas y bofetones nunca fueron compañía y no hacen reír más que en el circo.

—Mi padre jamás pegó a mi madre.

—Tal vez ella nunca se lo buscó.

—¿Usted sí?

—Probablemente.

Celeste Báez quedó en silencio recordando cuántas veces había sido ella la que provocó a propósito la cólera de Mansur Tafuri, porque su boda con el turco no fue más que una forma de autocastigarse por permitir que le arrebataran a su hijo. La muerte de aquella criatura había sido un crimen del que siempre se consideró cómplice, y aunque por aquel entonces no quisiera admitirlo de un modo consciente, aceptar que aquella bestia la ofendiera, humillara y maltratara no había constituido más que una manera muy personal de intentar pagar sus culpas.

Bebió despacio sin sentir placer alguno y casi sin darse cuenta de lo que estaba haciendo y repitió:

–Probablemente a ninguna mujer la golpean por segunda vez si no lo desea, pero es una triste historia de la que prefiero no hablar.

–No habla, pero vuelve sobre ella cada vez que bebe.

–Eso no es más que una teoría. Eres muy joven y, aunque en los últimos meses te hayan ocurrido cosas terribles, te falta experiencia. ¿Qué sabes tú de mujeres? ¿Has conocido a muchas?

–No creo que haga falta experiencia para darse cuenta de que acabará destruyéndose. –Hizo una pausa que aprovechó para echar un leño al fuego a punto ya de apagarse–. Yo soy el menos inteligente de mi familia y lo único que me interesa es el mar y la pesca, pero haría falta estar ciego para no saber qué es lo que usted realmente necesita.

–¿Y qué es, según tú, lo que yo necesito?

La miró largamente y ella advirtió que la mano temblaba de nuevo, y si el vaso hubiese estado tan solo medianamente lleno, el líquido se le habría derramado encima. Transcurrió un largo minuto que a Celeste Báez se le antojó inacabable, y por último Asdrúbal inquirió con un susurro:

–¿Realmente quiere que se lo explique?

Ella asintió en silencio porque la garganta se le había secado y se consideraba incapaz de emitir tan siquiera un sonido, y tampoco fue capaz de protestar o fingir resistencia cuando él la tomó de la mano y la obligó a levantarse para conducirla hacia el cobertizo bajo el que se alzaba el casco de la goleta.

Una hora más tarde yacían desnudos, agotados y satisfechos en el fondo del barco.

Cándido Amado agonizaba de terror.
La promesa que le trajera su madre de que ni Celeste Báez ni los Perdomo Maradentro iban a denunciarle por su complicidad en un intento de rapto no había bastado para tranquilizarle, porque en el fondo, a quien en realidad Cándido Amado temía era a Ramiro Galeón, y encerrado en el «Cuarto de los Santos» bebiendo hasta que al fin conseguía aturdirse, en cuanto recobraba nuevamente la razón se golpeaba la frente contra un muro maldiciéndose por la estúpida ocurrencia que había tenido de intentar matar a su capataz con el único fin de ahorrarse cincuenta mil cochinos bolívares.

Aunque de lo que en verdad Cándido Amado se arrepentía no era de su intento de matar a Ramiro Galeón, sino del hecho de no haber sido capaz de conseguirlo, fallando incomprensiblemente sus disparos a menos de diez metros de distancia.

Era como si una mano invisible hubiera elevado el cañón del arma en el último momento; la misma mano que había desviado luego el pesado rifle con el que acostumbraba abatir venados a la carrera, y cuando cesaba de golpearse histéricamente la cabeza se mordía los nudillos odiándose por aquella vergonzosa cobardía que le había hecho temblar como una niña, permitiendo que el asqueroso bizco se perdiera de vista en la llanura.

¡Y volvería!

Estaba convencido de que regresaría, y aquel sí que era un hombre al que jamás le temblaría el pulso a la hora de meterle una bala entre los ojos.

Y si no era él, sería Goyo.

¡Goyo Galeón!

«Goyo Galeón no tiene enemigos, porque uno por uno los fue enterrando a todos». Aquella era una frase acuñada al sur del Apure; una frase eminentemente llanera que le martilleaba constantemente los oídos, porque estaba convencido de que se había convertido de la noche a la mañana en el próximo enemigo que Goyo Galeón trataría de enterrar.

Contaba con una docena de peones armados, pero, ¿qué significaban frente al terror que producía el solo nombre de Goyo Galeón? En cuanto supieran que era al hermano de su antiguo capataz a quien tenían que enfrentarse, aquellos doce pobres vaqueros perderían el culo, sabana adelante, dejándole sin más ayuda que una retrasada mental y un montón de imágenes de santos frente al asesino más peligroso que había galopado por aquellas llanuras desde los tiempos de Boves.

Tenía que huir. Tenía que marcharse para siempre a donde los Galeones no supieran encontrarlo, pero la idea de aventurarse solo por aquella infinita extensión de tierra empantanada, bajo una lluvia obsesiva y unos rayos que apenas permitían unas horas de descanso, le producía tanto terror como quedarse a la espera del milagro de que Ramiro Galeón decidiera renunciar a la venganza.

Sin decir nada a nadie había ido reuniendo todo el dinero que escondía en la casa o tenía enterrado en un rincón de la quesera, y cada mañana se encerraba a recontar los ciento setenta y cuatro mil bolívares que constituían aquella pequeña fortuna con la que tal vez pudiera recomenzar su vida lejos de los Llanos.

Pero, ¿y si le robaban...? Y si en su largo viaje a través de la salvaje sabana de la que el agua había borrado ya todos los senderos tropezaba con merodeadores de los que en aquella época aprovechaban para levantar ganado y le despojaban de su dinero e incluso de la vida?

Cándido Amado había nacido en el Llano y había pasado en él toda su existencia, pero le temía de igual modo que le hubiera temido a la selva, las montañas, el mar o las ciudades si hubiera habitado en ellas, porque un miedo visceral le había sido transmitido por su propia madre en el momento mismo de la gestación, ya que a primera reacción de Esmeralda Báez al saber que esperaba un hijo había sido aterrorizarse ante la idea de que pudiera nacer tan tarado como ella.

Hora tras hora, durante nueve meses la pobre mujer había experimentado aquel pánico invencible, y treinta y tantos años después su hijo continuaba padeciéndolo, porque la raíz de todos sus problemas estribaba en el temor de ser tan anormal como ella, y atrapado ahora entre el miedo a escapar y el miedo a quedarse, dejaba pasar las horas con los ojos clavados en el punto del horizonte por el que había desaparecido el gran caballo de Ramiro Galeón.

—Te quedarás ciego de tanto mirar la sabana.

—¿Es que hay alguna otra cosa que mirar?

—No lo sé, pero se me antoja que más que un hijo tuve un búho —replicó con un deje de irónica amargura—. Hasta las lechuzas se aburrirían de hacerte compañía porque ellas de tanto en tanto parpadean.

—¡Déjame en paz!

—«Dejarte» puedo, pero «en paz» lo veo peludo, porque tú no vas a encontrar la paz mientras un Galeón monte a caballo. —Esmeralda Báez había tomado asiento a su lado, y sin mirarle, añadió—; ¿cuándo piensas marcharte?

—¿Marcharme? —fingió asombrarse su hijo—. ¿Quién ha dicho que pienso marcharme?

−Nadie, pero andas como urraca en invierno desenterrando hasta nuestra última «locha» y ante eso incluso yo puedo deducir que quieres marcharte. ¿Adónde vas?
   −No he dicho que me vaya. Recojo el dinero porque prefiero tenerlo todo junto.
   −¿Para que Ramiro Galeón te lo robe más fácilmente o para ofrecérselo a cambio de que te perdone? −Negó con firmeza−. No es esa la solución −añadió−. La única solución es Dios. ¡Si rezaras...! −Extendió las manos y tomó una de él, apretándosela con fuerza−. ¿Por qué no le ofrecemos una novena a san Jenaro para que nos libre de los Galeones? Es tan hermoso. ¡Y cumple tan bien cuando se le pide algo!
   Su hijo dejó de mirar el horizonte y se volvió a ella, contemplándola anonadado, puesto que a pesar de los años transcurridos, con frecuencia le sorprendía aún con la profundidad de su simpleza.
   −A veces me pregunto si en verdad eres tan tonta como aparentas, o lo exageras a propósito −replicó con manifiesto desprecio−. ¡Te arrodillas ante unos mamarrachos y te pasas horas pidiendo gracias que nunca, ninguno, te concedió jamás. ¡Estás loca!
   »¡Eres tonta, retrasada mental y loca! Después de más de medio siglo de rezarles no han sido capaces de proporcionarte ni tan siquiera una pizca de cerebro, y aún insistes.
   Esmeralda soltó la mano de su hijo, se puso trabajosamente en pie, descendió los escalones y salió a la lluvia y el barro de la llanura. Desde allí se volvió a mirarle.
   −Tienes razón, y es muy posible que no me hayan proporcionado ni tan siquiera un poco de cerebro. Pero me han concedido corazón, y paz, y una gran resignación a la hora de soportarte. −Se pasó el dedo por la nariz, lo que concluyó de enervar a su hijo−. Y también me concedieron valor para enfrentarme a la vida, y eso es algo que tú nunca conseguirás aunque reces mil años.

Se alejó llanura adelante sin importarle que la lluvia la empapara y los zapatos se le hubieran quedado clavados en el fango y él la observó mientras iba empequeñeciéndose en la distancia, menuda y encorvada; contrahecha y repelente; odiosa y tambaleante.

Luego, muy despacio se puso en pie y penetró en la casa encaminándose directamente al «Cuarto de los Santos», donde de una seca patada abrió de par en par una ventana que siempre había permanecido cerrada a cal y canto. Observó a su madre, que continuaba alejándose sin rumbo por un llano que no conducía a ninguna parte, y extendiendo la mano, tomó la primera imagen que encontró y la estudió con detenimiento.

—Santa Águeda —dijo y la lanzó por encima de la galería.

El segundo era un san Francisco que siguió idéntico camino, y uno tras otro, santos, santas, vírgenes, mártires, ángeles y arcángeles salieron volando en forma de imágenes, cuadros, escapularios, medallas y estampas hasta que en la amplia estancia no quedaron más que desnudas paredes de las que descolgó en último lugar al inmenso y apolillado san Jenaro.

Con él en las manos salió al porche, lo regó con petróleo de un quinqué, le prendió fuego arrojándolo sobre los otros y se sirvió un gran vaso de coñac, del que bebió muy despacio mientras contemplaba cómo la hoguera iba ganando intensidad y cómo los lienzos se convertían en cenizas, los pedazos de madera en carbón, los vestidos y cabellos en humo, y los pintados rostros de escayola en desportilladas masas informes.

Cuando alzó de nuevo el rostro fue para descubrir a Imelda Camorra en la puerta de su cabaña y, tras reflexionar unos instantes, llenó de nuevo el vaso, lo apuró de un trago y se dirigió hacia ella.

Imelda lo observó mientras se aproximaba, pero cuando se encontraba a menos de veinte metros de distancia penetró en la casa, tomó asiento tras la mesa colocando sobre ella una botella; ni siquiera le miró al entrar fingiendo concentrarse en llenar los vasos.

—Veo que te has decidido —dijo, no obstante—. Siempre me pregunté cuánto tardarías en quitarle lo único que le habías dejado.

—Muerto el perro se acabó la rabia. Ahora tendrá que buscarse algo de provecho en qué pensar. Esos monigotes la estaban volviendo loca.

—Más bien creo que eran ellos los que la ayudaban a no volverse loca, pero ni ese es mi problema, ni soy quien para opinar.

—Cierra la boca entonces.

—Lo haré cuando me salga del coño. Al fin y al cabo le tengo ley a la vieja. Me ha empachado a novenas, pero en cierto modo le estoy agradecida: impidió que me casara contigo.

—Creí que era eso lo que buscabas.

—Ya no, aunque lo cierto es que sería el mejor momento, porque en cuestión de días me quedaría viuda, con plata y respetada.

—¿Tan segura estás de que Ramiro podrá matarme?

—Con una mano atada a la espalda y uno solo de sus bizcos ojos —replicó alargándole un vaso cuando él hubo tomado asiento frente a ella—. Aunque aposté con los muchachos a que no sería Ramiro el que te matará, sino Goyo. —Rio divertida—. ¿Qué pasa? Te pones verde cuando menciono a Goyo... ¿Recuerdas aquella vez que mató al gordo Enríquez con un hierro de marcar ganado? Le estuvo grabando al rojo el culo, la barriga, el pecho y los brazos hasta que no le quedó un pedazo de piel sana... —Paladeó su ron intencionadamente y chascó la lengua con satisfacción—. Un tipo con imaginación Goyo Galeón; capaz de inventar cien maneras de acabar con un «cristiano».

—No le resultará fácil conmigo.

—¿Y cómo te las arreglarás para impedírselo? ¿Disparándole? Tendrías que pedirle un cañón al Ejército, y aún así dudo que acertaras. –Agitó la cabeza negativamente–. ¡Dios! Si no lo veo no lo creo; lo tenías tirado en el suelo, cojitranco, escoñado y sin un puto matojo tras el que esconderse y te dedicaste a hacerle agujeros al barro. ¡Hasta un niño le hubiera acribillado, pero tú andabas ocupado cagándote los pantalones!

–No he venido a empezar con lo de siempre.

–¿Ah, no? –fingió sorprenderse Imelda Camorra–. ¿A qué has venido entonces? ¿A comerme el coño? Porque coger, lo que se dice «coger», lo dudo. El miedo impide que se te empine.

–A veces me pregunto cómo he podido soportarte tanto tiempo.

–Porque yo he sido la única suficientemente pendeja como para soportarte a ti. Pero se acabó. Me ofreciste siete mil bolívares por marcharme. ¡Bien! En cuanto me los des y deje un solo día de llover, me largo.

–Cambié de idea.

–¿Cómo has dicho?

–Que cambié de idea. Cuando te los ofrecí no los quisiste, y ahora la situación es distinta. Puedes largarte, pero no te pienso dar ni un «fuerte».

Imelda Camorra no dijo nada porque resultaba evidente que en cierto modo aquello era algo que esperaba, y jugueteó con su vaso vacío haciéndolo girar alrededor de su dedo índice. Transcurrió un largo rato mientras permanecía con la cabeza gacha, y por último, con la voz aún más ronca que de costumbre, comentó:

–Si me das ese dinero nunca más volverás a saber de mí, pero si me quedo, cualquier noche puedo entrar en tu casa, pegarte un tiro y llevarme todo lo que encuentre. Sabes que me sobran cojones para hacerlo.

–Es posible –admitió «el amado de los 'zamuros' y los buitres»–. Es muy posible que te sobren cojones, pero tendrás que hacerlo esta noche, porque mañana les diré a los muchachos que te echen de «Morrocoy».

Sin soltar el vaso, Imelda Camorra lo estrelló sobre el rostro de Cándido Amado, y aprovechando su aturdimiento y que la sangre lo cegaba, le volcó la mesa encima y se lanzó de inmediato contra él.

Resulta difícil asegurar que era realmente una mujer la que luchaba, pues Imelda Camorra se había convertido como por arte de magia en una bestia, una arpía o un ente endemoniado al que el odio, la furia o los ocultos poderes del averno habían dotado de una fuerza sobrehumana que le permitían golpear, machacar, morder, arañar, patear e incluso aplastar con su peso a un hombre confuso y asustado al que el dolor, la sangre, un pánico cerval y un profundo desconcierto impedían reaccionar.

Seguía lloviendo.

El espeso colchón de nubes se extendía desde el Apure al Meta y del Orinoco a la Cordillera, y llovía y llovía con la misma monótona pesadez con que meses antes abrasó inclementemente el sol o sopló incansable el viento.

Llovía mansamente, pero los hombres y las bestias echaban de menos el fragor de la tormenta y el restallar de los rayos asesinos, porque aquel eterno «calabobos» sin personalidad aburría a las vacas y enmohecía las articulaciones.

—Este barco lleva camino de convertirse en el «Arca de Noé» —comentó Sebastián al observar cómo había ascendido el nivel del río en el trascurso de una sola noche—. Si continúa cayendo agua lo pondrá a flote sin necesidad de que lo empujemos.

—Aún faltan por lo menos dos semanas para que ese cauce alcance su altura máxima —replicó Aquiles Anaya—. Recuerdo que hace seis años el agua sobrepasó los dieciocho metros sobre el fondo del río, la casa se inundó y tuve que mudarme al piso alto hasta que comenzó el desagüe.

—En ese caso meteremos aquí una pareja de animales de cada especie y navegaremos hasta que aparezca una paloma con un ramo de olivo —rio Aurelia—. Cuesta trabajo entender esta tierra: o se muere de sed o se ahoga... —Se volvió a Celeste, que ayudaba a Asdrúbal a ajustar una tabla en cubierta—. ¿Siempre es así? —quiso saber.

—Gracias a Dios, porque eso es lo que impide que la gente nos invada y dejemos de vivir como nos gusta.

—¿En verdad le gusta?

Celeste Báez se detuvo en su tarea, aplastó un zancudo que había acudido a alimentarse antes de hora y sonrió:

—No creo que pudiera vivir en otra parte aunque me ofrecieran todo el oro del mundo.

Aurelia no respondió aunque permaneció largo rato preguntándose las razones de su notable cambio de carácter, porque la madre de los Perdomo era la única persona de la casa que aún ignoraba —o se esforzaba por ignorar— lo que estaba ocurriendo entre su hijo y Celeste Báez.

Sebastián había advertido casi desde el principio las ausencias nocturnas de su hermano y no necesitó esforzarse para llegar a la conclusión de dónde y con quién pasaba las noches; Yaiza, cuyo sexto sentido le permitía percibir muchas cosas incluso antes de que sucedieran, supo ya durante la fiesta que se acercaba lo inevitable, y Aquiles Anaya conocía lo suficiente a su patrona como para adivinar que si se había enamorado de Asdrúbal Perdomo aun sin haber mantenido con él ningún contacto físico, ahora ese amor se había transformado en una auténtica pasión por más que se esforzara en controlarla, consciente de que aquella relación estaba condenada, desde el momento mismo en que nació, a durar poco tiempo.

Los Perdomo Maradentro querían marcharse al mar en que habían nacido y se habían criado, y nadie conseguiría retenerlos, porque se irían aun en el caso de que intentaran oponerse, y tenían que irse antes de que cesaran las lluvias y se iniciara el desagüe.

Un navío del calado del que estaban construyendo necesitaría el máximo nivel de aguas para descender por el Arauca y sortear las chorreras y carameros hasta su unión con el Orinoco, e incluso el gran río representaba innumerables peligros para la navegación si no se aprovechaba la época de crecida. Tan solo los «bongueros» más experimentados podían arriesgarse por aquellos rumbos con las aguas bajas, y pese a que Celeste Báez no dudaba de la pericia de los dos hermanos como navegantes de alta mar, poco confiaba en ellos como pilotos de rápidos, bancos de arena y corrientes traicioneras.

—Saldremos adelante —la había tranquilizado Asdrúbal un amanecer en que permanecían despiertos tras haberse amado hasta casi extenuarse—. Recuerda que conseguimos atravesar el océano en un barco que se caía de viejo.

—En el océano no hay rocas ocultas, bajíos traicioneros, ni troncos de árboles clavados en el lecho del río...

—Terminaremos el barco antes de que empiecen a bajar las aguas, no te inquietes.

—¡Naturalmente que me inquieto! —protestó ella—. ¿Cómo piensas gobernarlo sin motor y sin velas?

—A base de pértigas, como hacen los «bongueros» —se inclinó a besarla impidiendo así cualquier nueva protesta—. Confía en los Maradentro —añadió—. Conseguiremos que ese barco llegue al mar.

Pero Sebastián, con más conocimientos técnicos y mucho más prudente, no se mostraba tan seguro, dada la absoluta

imposibilidad de probar el barco, ya que desde el momento en que soltaran amarras no tendrían opción de volver sobre sus pasos luchando contra corriente. Cualquier error –grande o pequeño– tendrían que corregirlo sobre la marcha, cuando se encontraran en el centro del cauce de un río desconocido y en mitad de una tierra hostil y desolada.
　–Y no olvides que esas aguas están infestadas de caimanes, anacondas, tembladores, rayas, y sobre todo, millones de pirañas –le advirtió a su hermano cuando trataron a solas del tema–. Si hemos cometido algún fallo y volcamos, nuestras posibilidades de sobrevivir son nulas. Esas pirañas devoran a una vaca en tres minutos.
　–No somos vacas. Y no hay fallos.
　–¿Cómo lo sabes?
　–Lo sé. Y si no lo supiera, Yaiza lo sabría. El abuelo se lo habría dicho.
　–¡No seas estúpido! –fue la indignada respuesta–. ¿Cómo puedes confiar la seguridad de toda la familia a la información que quiera dar un muerto? ¡Es ridículo!
　–Cuando se trata de prevenir el peligro, Yaiza nunca se equivoca.
　–Alguna vez tiene que ser la primera.
　Sebastián Perdomo no podía imaginar hasta qué punto aquella aseveración resultaba profética, puesto que aproximadamente en el mismo momento en que la hacía, a poco más de dos jornadas de marcha río arriba, Ramiro Galeón concluía una rústica balsa en la que llevaba tres días trabajando.
　El estrábico, que había disfrutado de un largo mes de descanso en casa de su hermano sin otra preocupación que la pesca, partidas de póquer y alguna borrachera en común, llegó una mañana a la conclusión de que el cajón del Arauca debía encontrarse ya inundado, con los afluentes y «caños» crecidos y la sabana impracticable, por lo que cargó los tres caballos

más fuertes, lentos y pesados que encontró y cruzó a la orilla venezolana.

—¿Por qué no esperas a que deje de llover? —aventuró Goyo. —Con el llano como está no llegarás a parte alguna.

—Llegaré. Y llegaré en el mejor momento: cuando nadie me espere.

—¡Vaina! —protestó el otro—. ¿Cuál es la prisa? Si te vas ahora te hundirás en el barrizal, te escoñará un rayo o te consumirán las fiebres. ¡Espera!

Ramiro, que se afanaba en asegurar la carga y cerciorarse de que las cinchas no se aflojarían por mucho que se empaparan, observó a su hermano por encima de la grupa de uno de los caballos e inquirió con intención:

—¿Tú esperarías? —Aguardó unos segundos y al comprobar que no recibía respuesta sonrió con intención—. ¿Por qué? ¿Porque eres Goyo Galeón el Cuatriboleado que le «echa pichón» a todo? ¡Vale! Pues yo soy Ramiro, que no estudió en peor colegio. Fuiste tú quien me enseñó que lo imposible resulta siempre lo más fácil. ¡Cuídate y no te apures que a mí el llano me respeta!

—¿Cuánto tardarás?

—Aún no lo sé, pero si en un mes no he vuelto, mejor me olvidas.

—¡Suerte!

—¡Suerte!

Se estrecharon la mano y el bizco montó sobre el primer animal, tomó las riendas de los otros y ascendió por la resbaladiza orilla del río hasta alcanzar la línea de árboles. Desde allí se volvió a saludar a su hermano, que había reembarcado rumbo a la isla, y por último se adentró, chapoteando, en la infinita llanura empantanada.

Seguía lloviendo.

Llovía y llovía, y casi una quinta parte de Venezuela parecía haberse transformado en un gigantesco charco del que sobresalían desperdigados montículos, algunos árboles, altivas palmeras y aisladas cabezas de ganado cimarrón, el único capaz de abandonar la protección de los oteros para buscar bajo el agua algunas briznas de hierba con las que aplacar su hambre.

El cielo continuaba siendo una gran mancha gris hacia la que no convenía alzar la vista porque encharcaba el espíritu, y ni el ancho sombrero encerado, ni el chubasquero negro a media pierna, ni las altas botas, bastaban para impedir que el agua empapara, y pronto a esa agua se unió un espeso sudor que corría libremente por el cuerpo.

Alguien con tan solo un punto menos de valor que Ramiro Galeón hubiera renunciado a su empeño dando media vuelta en redondo el primer día, pero el estrábico había demostrado sobradamente ser uno de los mejores «baqueanos» del Apure, y era además un hombre decidido a dejar bien sentado que era hijo de Feliciana Galeón, la cantinera que había tenido nueve hijos de por lo menos siete padres distintos.

Avanzaba sin prisas, inclinado sobre el cuello de su montura, con la mirada atenta a cada detalle que permitiera adivinar la profundidad del agua y el espesor del fango, y no dudaba a la hora de detenerse y permanecer durante largo rato inmóvil bajo la lluvia estudiando metro a metro la llanura, tratando de descubrir la presencia de venenosas serpientes que podían matarle un caballo en cuestión de minutos, enormes anacondas de feroz agresividad o terribles caimanes que solían abandonar en aquella época los márgenes de los ríos para sorprender a sus víctimas en la sabana inundada.

Y seguía lloviendo.

Arreció el agua a media tarde, lo que le obligó a buscar la protección de un bosquecillo de caobos, y sin descabalgar colgó de dos altas ramas su «chinchorro», pero antes de tenderse a intentar descansar, aunque tan solo fuera parte de la noche, aseguró los caballos a un grueso tronco y comió frugalmente sin moverse de una silla de montar a la que parecía atornillado.

Por último se puso en pie, orinó desde lo alto de la cabalgadura, y se alzó a pulso hasta la hamaca en la que se acostó cuan largo era dejando al alcance de la mano, colgado de la rama más próxima, un pesado «Winchester».

Cuando cayó la noche ya dormía, aunque podría creerse que lo hacía con un ojo cerrado y otro abierto, sin que le importara que el agua continuara empapándolo, o que cualquier movimiento brusco pudiera precipitarle al suelo desde tres metros de altura.

Durante los ocho días que siguieron Ramiro Galeón apenas puso el pie en una tierra en la que por lo general el agua y el fango le llegaban a los tobillos, puesto que era un hombre capaz de sobrevivir a la grupa de un caballo, pero al final de ese tiempo, y tras haber vadeado cuatro ríos e innumerables «caños» en uno de los cuales se le ahogó una remonta, alcanzó su destino sin más percance que cinco caimanes muertos a tiros, un fuerte dolor de riñones y un molesto catarro que le obligaba a estornudar continuamente.

Se sentía satisfecho porque había avanzado más aprisa de lo que tenía previsto y los tres enemigos a los que más temía, serpientes de agua, anacondas y fiebre, no habían hecho su aparición.

Con ramas y una lona encerada levantó un refugio en seco, descansó todo el día y al amanecer del siguiente comenzó a cortar árboles sin perder de vista el río, dispuesto a echarle el lazo a cualquier tronco flotante que arrastrara la corriente.

Cuando al fin tuvo listo el rústico «bongó», trasladó a él sus pertenencias, dejó en libertad a los caballos y emprendió, con la sola ayuda de pértigas, una larguísima y aburrida travesía porque el río corría mansamente y todo su trabajo se limitaba a permanecer atento a que un escondido tronco clavado en el fondo no le volcara la frágil e inestable embarcación.

Ramiro Galeón parecía haberse convertido en el único ser humano superviviente tras un catastrófico diluvio; una extraña figura enfundada en un impermeable y cubierta con un sombrero de alas caídas, que con las piernas abiertas y una pértiga en la mano mantenía un difícil equilibrio sobre media docena de troncos, atravesando en silencio las llanuras sin más testigos que garzones, «coro-coros», familias de asombrados chigüires, y centenares de reses bravas que en aquellos meses se desparramaban a su capricho en busca de pasto o huyendo de las fieras.

Tan solo en una ocasión cruzó frente a una ranchería desde cuya ventana un chiquillo de ojos tristes le contempló pensativo hasta que se perdió de vista en la distancia, y el paisaje aparecía tan monótono y desdibujado bajo las pesadas nubes y la insistente lluvia que al segundo día comenzó a asaltarle la inquietante impresión de que se había desorientado equivocándose de afluente.

¡Cambiaba tanto el llano con el agua, visto además desde el centro de un río cuyas orillas variaban de aspecto según el nivel de la corriente!

No había allí pueblos, caminos, ni accidentes geográficos claramente reconocibles, y en la distancia todas las palmeras se asemejaban, todos los bosquecillos parecían el mismo y todos los samanes solitarios podrían encontrarse igualmente allí que a diez días de distancia.

Al oscurecer varaba en una playa el improvisado «bongó», colgaba su «chinchorro» entre dos árboles y luchaba por encender ruego con una madera que se resistía a arder, pero cuya espesa humareda no bastaba para alejar las nubes de mosquitos que pretendían desangrarle.

Roncaban los tigres cerca, pero Ramiro Galeón era un hombre que jamás había temido a ningún tigre, y tras una frugal cena a base de queso, tasajo y casabe, que constituía su único alimento diario, cerraba los ojos y se quedaba dormido con el pensamiento puesto en los inmensos pechos de oscuros pezones y el vello espeso, tibio y oloroso del sexo de Imelda Camorra.

Nadie, ni siquiera Goyo Galeón, conseguía entender la obsesiva fijación de su hermano con aquella mujer bronca y bravía, pero es que nadie, ni siquiera el mismo Ramiro Galeón, había descubierto nunca que el olor a hierbas silvestres, jabón barato y hembra salvaje de Imelda Camorra era exactamente el mismo que el de aquella también bronca y bravía cantinera llamada Feliciana Galeón, que tuvo nueve hijos de siete distintos padres, pero que con los nueve demostró ser la más dulce, tierna y amorosa de las madres.

Esconderse en un aislado «caney» para disfrutar para siempre de aquel olor y aquella indomable mujer de duras carnes y tersa piel era cuanto el estrábico ex capataz de «Morrocoy» le pedía a la vida, y por conseguirlo se sentía capaz de desafiar a la Naturaleza, las bestias, los nombres e incluso a los mismísimos «Espantos de la Sabana».

Por ello continuaba infatigable su larga navegación sin reparar en los enormes caimanes que le contemplaban golosos desde un bancal de la ribera, y ni siquiera le inquietó la anaconda de cuatro metros que descubrió un amanecer muy cerca de donde había pasado la noche.

Fue aquella misma mañana cuando comenzó a divisar lugares que le resultaban vagamente familiares, y a media tarde, a la vista de «Las Cuatro Moriches», cuatro palmeras idénticas que marcaban los puntos cardinales con sorprendente exactitud, calculó por la velocidad que llevaba que probablemente antes de que cerrara la noche alcanzaría la curva del río desde la que se dominaba gran parte del «Hato Cunaguaro».

No se equivocó, y el día siguiente lo pasó oculto entre unos mereys a no más de medio kilómetro de la casa espiando a sus moradores con la ayuda de unos potentes prismáticos y su infinita paciencia de llanero.

Lo primero que le sorprendió fue el descubrimiento de un gran barco alzado bajo un cobertizo a un costado de la casa, y como en sus treinta y dos años de vida jamás había abandonado la sabana y nunca había visto por tanto una embarcación de tales dimensiones, se preguntó para qué diantres la querrían allí, tan lejos de donde podría ser útil.

Luego centró su atención en Yaiza Perdomo, estudiando con minuciosidad cada una de sus idas y venidas, hasta que llegó a la conclusión de que su dormitorio no podía ser otro que el de la esquina suroeste o el inmediatamente anterior.

Pasado el mediodía distinguió a Celeste Báez y un mozarrón que se besaban y acariciaban aprovechando que el casco del barco se interponía entre ellos y la casa, y lanzó un largo silbido de admiración al advertir como él la alzaba por la cintura, ella le pasaba las piernas por la espalda y hacían el amor de pie, allí mismo.

—¡Aguaita! ¡Aguaita cómo se la está cogiendo en pleno día! —musitó para sí—. ¡Ah, putarrón desorejado! Tan altivota siempre y ahí anda, «beneficiándose» a la peonada. ¡No se puede creer en nadie!

Durmió luego un buen rato presintiendo que la noche iba a ser larga y le agradó descubrir que con la caída del sol la lluvia aumentaba, pues sabía que cuanto mayor fuera el aguacero, menos posibilidades de descubrirle tenían.

Aguardó por lo tanto, soportanto impertérrito y paciente el asalto de los zancudos y gengenes, y pasadas las tres de la mañana se aproximó sigilosamente a la casa y se ocultó entre los postes de paraguatán que la mantenían en alto.

Escuchó.

El golpear de la lluvia ahogaba cualquier otro sonido y eso le decidió a trepar a la galería, justamente bajo la ventana del dormitorio de la esquina suroeste. Luego, moviéndose con la paciencia de un «perezoso», alzó la cabeza y atisbó dentro. Tardó largo rato en acostumbrar los ojos a la oscuridad, entrevió una cama cubierta con un mosquitero y alguien que dormía y en su ayuda acudió un lejanísimo relámpago que le bastó para llegar a la conclusión de que se trataba de Yaiza Perdomo.

Se deslizó dentro, alzó el mosquitero, la golpeó en la nuca para impedir que despertara y tras cerciorarse encendiendo una cerilla que se trataba en efecto de ella, se la cargó a la espalda, recogió sus botas y la ropa que aparecía cuidadosamente doblada sobre una silla, y saltó de nuevo al porche.

Instantes después desaparecía en las tinieblas hacia el lugar en que había quedado la balsa, y cuando la primera claridad del nuevo día comenzó a teñir de gris el espeso manto de nubes que cubría la llanura, ya los límites de «Cunaguaro» habían quedado definitivamente atrás y la corriente lo empujaba con firmeza hacia el Arauca.

Yaiza no volvió en sí hasta media mañana. Lo primero que distinguió fue el oscuro techo de lona de una pequeña toldilla que apenas bastaba para protegerla de la lluvia, y al descubrir a Ramiro Galeón, que permanecía en popa aferrado a una larga pértiga, este la saludó con una leve sonrisa irónica.

—¿Sorprendida? —inquirió.

La muchacha pareció necesitar unos instantes para hacerse una idea de cuál era la situación y al fin negó con la cabeza:

—No mucho.

—¿Y eso?

—Siempre supe que lo haría.

—¡Ah, vaina! —El bizco soltó una carcajada porque se sentía triunfante—. ¿Y si lo sabías, por qué no lo impediste?

—Porque la única solución era marcharnos, pero el río aún no ha crecido lo bastante. ¿Qué piensa hacer?

—Venderte a Cándido Amado por cincuenta mil bolívares. —Le guiñó un ojo tratando de tranquilizarla—. Pero dentro de unos meses te divorcias, le quitas un buen montón de plata y a volar... La vida hay que tomarla como viene y a ti te lo han dado todo para sacarle provecho.

Al decir esto había hecho un significativo gesto con la cabeza, y ella reparó en que únicamente se encontraba cubierta con un húmedo camisón que se le pegaba al cuerpo. Buscó a su alrededor, descubrió su ropa y sus botas, y dejando caer la lona se vistió lo más aprisa que le fue posible, dado lo reducido del recinto.

Ramiro Galeón continuó hablando mientras tanto, pese a que su vista permanecía fija en el río y atento a empujar con la larga pértiga en cuanto surgía el menor peligro, pues con el peso de Yaiza el pequeño «bongó» resultaba difícil de maniobrar.

—¡Me alegra que no estés asustada! —dijo subiendo el tono de voz—. ¡Cosa jodida una mujer histérica en un río preñadito de «caribes»! ¡No pienso hacerte daño! —añadió—. Mi madre me enseñó a respetar a las mujeres, porque hombre que no respete a una mujer no es hombre, y a los Galeones nos han podido acusar de todo, menos de no serlo.

—Pero me va a vender como si fuera una vaca —respondió ella desde dentro.

—Negocio es negocio.

Yaiza reapareció vestida y permaneció largo rato observando los garzones de la orilla que, por encontrarse en época de muda y empapados, semejaban mustios frailes, de cuyas largas narices goteara el moquillo de un molesto resfriado, mientras patos, garzas y «gallitos de agua» volaban de un lado a otro rozando con las puntas de las alas la superficie del río en busca de su presa. No había allí caimanes, pero sí vio muchas tortugas que, escondidas en sus caparazones, semejaban inmensos platos oscuros que alguien hubiese abandonado sobre la arena.

—Matarán a Cándido Amado —musitó al fin, alzando el rostro hacia Ramiro Galeón—. Mis hermanos buscarán a Cándido Amado y lo matarán.

—Ese no es asunto mío —se limitó a replicar el estrábico—. No lloraré por él. El gran «coñodesumadre» intentó asesinarme por la espalda, pero le temblaba tanto la mano que falló a diez pasos.

Yaiza negó convencida:

—No falló. Alguien desvió la bala.

Los bizcos ojos se clavaron en ella, tratando de averiguar el sentido de unas palabras que le sonaron extrañamente.

—¿Qué has querido decir? —inquirió al fin.

—Que a usted no le matan las balas.

—¡Chiquita pendejada!

—¿Es que no lo sabía?

—¿Saber qué? ¿Que no me matan las balas? —El menor de los Galeones agitó la cabeza divertido—. ¡Aguaita que el plomo le pesa igual en el cuerpo a todo el mundo! ¡Ni que el primer baño me lo hubieran dado con el «cariaquito morao de la suerte»!

Ella no dijo nada; ese silencio suyo tuvo la virtud de inquietar a Ramiro Galeón más que cualquier argumento y por su memoria pasó el recuerdo de una infausta noche en un «botiquín» de Puerto Nutrias en la que dos de sus hermanos y tres llaneros cayeron acribillados sin que a él las balas le tocaran, o el amanecer cerca de Mata-Azul en que el sargento Quiroga les tendió una emboscada de la que resultaron siete heridos y cuatro difuntos, sin que a él tampoco acertaran a darle.

Agitó con un brusco gesto la cabeza.

—¡Pendejadas! —masculló.

Pero ella continuó absorta y eso le desbarató los nervios.

—Pendejadas —repitió—. ¿Por qué razón no habrían de acertarme las balas...? —quiso saber.

—Probablemente porque su destino sea otro.

—¿Cuál?

—Que le mate un rayo.

—¡Putísima madre! —El bizco cruzó los dedos y tocó repetidas veces uno de los troncos de la balsa—. ¡Vaina de carajita para joderle la vida a un cristiano! Mejor te callas.
—Como quiera.

Enmudeció de nuevo sumida en la contemplación del monótono paisaje que parecía complacerse en repetirse una y otra vez a sí mismo, como si la imaginación del Creador se hubiera agotado y aquel fuera el fin del mundo, y el menor de los Galeones la observó perplejo, preguntándose las razones por las que aquella sorprendente criatura había logrado descubrir que únicamente los rayos le asustaban.

—Tú no eres normal, ¿verdad? —inquirió por último con un notable esfuerzo—. ¿No eres como el resto de la gente?
—¿Por qué no habría de serlo?
—Por las cosas que dices. Y por las que haces. —Se diría que estaba tratando de leer sus pensamientos—. El día de los toros... —añadió—. Cuando murieron mis hermanos. Sabías lo que iba a ocurrir, ¿no es cierto?
—Al principio, no. Luego, cuando estuve cerca, sí.
—¿Cuando apareció el hombre?

Yaiza se sorprendió:
—¿Lo vio?

El otro negó con un gesto.
—No. No lo vi, aunque más tarde me pareció recordar que lo había visto... ¡Guá! Ni yo mismo me aclaro. —Escupió con rabia al río—. ¿Lo vi o no lo vi? ¡Qué sé yo! Todo esto es un mierdero. —Hizo una pausa—. ¿Quién era?
—Mi padre.
—¿De dónde salió?
—No lo sé.
—¿Dónde está ahora?
—Murió el año pasado.

Ramiro Galeón clavó la pértiga, empujó el «bongó» hasta vararlo en la orilla más próxima y saltó a tierra, donde comenzó a darle patadas a las tortugas que encontró a su paso.

—¡Vaina! ¡Vaina! ¡Vaina! —exclamó una y otra vez como si de esa forma consiguiera descargar la tensión que le dominaba. Luego se volvió a Yaiza, que permanecía inmóvil, y la apuntó con un dedo—. De mí no te burlas, ¿me oyes? —le advirtió—. De mí no se burla una carajita como tú, porque del primer bofetón te arranco la cabeza. —Lanzó un resoplido e hizo un supremo esfuerzo para calmar sus nervios—. ¿Qué es eso de que tu padre murió el año pasado? ¿Crees que nací pendejo?

Ella se limitó a encogerse de hombros.

—Si no quiere, no lo crea; pero mi padre se ahogó el año pasado cuando veníamos hacia América.

—¿Y quién era el que yo vi?

—Usted sabrá. ¿Era muy alto?

—Sí.

—¿Vestía pantalones y camisa de dril?

—Sí. Creo que sí.

—Entonces era mi padre —replicó ella con naturalidad—. Y probablemente por eso se espantaron los toros.

El estrábico tomó asiento, cruzó las piernas y comenzó a juguetear con la arena húmeda como si le fascinara verla correr entre los dedos. Luego, sin alzar los ojos inquirió, como si le avergonzara hacerlo:

—Dime: ¿eres acaso «Camajay-Minaré»?

—¿Quién...? —se sorprendió ella.

—«Camajay-Minaré», la diosa de las selvas que ha vuelto a la Tierra.

—¡Qué tontería! ¿Cómo se le ocurre una cosa semejante?

—La gente lo dice. Aseguran que «Camajay-Minaré» ha regresado. —Hizo una pausa y la miró de frente—. Y el otro día Cándido Amado mató a un «guaica» que venía en su busca.

—¿Qué es un «guaica»?

—Un salvaje del Alto Orinoco.

Yaiza recordó al indio de enorme arco y larguísimas flechas que a menudo cruzaba como una sombra por sus sueños sin detenerse jamás en su eterno vagar por la llanura. No se parecía a los tristes «cuibás» o «yaruros» de la sabana y siempre le habían llamado la atención su porte y su altivez, aunque jamás habían intercambiado una sola palabra y podría pensarse que el indio ni siquiera podía verla.

Cuando habló de nuevo resultó evidente que deseaba desviar la conversación del tema de «Camajay-Minaré».

—Usted es la primera persona que ve algo de lo que yo veo —dijo—. ¿Nunca le había ocurrido antes?

—¿Qué? —se sorprendió él—. ¿Ver muertos? —Agitó la cabeza con brusquedad, casi sacudiéndola para desechar un mal pensamiento—. No, desde luego, y Dios no lo permita. A menudo sueño con mi madre y la veo tan clarita como te estoy viendo ahora, pero supongo que eso le pasa a cualquiera.

—¿Y nunca presintió que iba a ocurrir una desgracia?

—Únicamente cuando a mi hermano Goyo le brillan los ojos. ¡Guá! —exclamó, admirado—. Cuando Goyo se despierta, con los ojos como pepas de oro refulgiendo en el fondo de un río engraso el rifle porque estoy seguro de que se forma algún mierdero. Al poco se le encrespa el pelo y es mismamente como los gatos que presienten el terremoto o la tormenta. Ese día hay difuntos.

—Pero por lo que tengo oído, estando su hermano cerca lo raro es que no los haya.

—Es el destino. Hay quien va por el mundo y siempre encuentra dinero. Otros encuentran mujeres, y otros enfermedades. Goyo encuentra gente con ganas de morirse de repente. —Rio divertido—. Y él les ayuda. —Se puso en pie y lanzó una larga mirada al cielo cada vez más oscuro y encapotado—. Va a caer «piazo palo de agua» —señaló—. Y nos vamos a enchumbrar hasta los tuétanos. —Indicó sus alforjas sobre el «bongó»–. Si tienes hambre, come algo, y si quieres dormir puedes hacerlo cuanto quieras porque no me pienso detener hasta el Arauca.

–¿A dónde me lleva?

–Lejos.

–¿Dónde? –insistió ella, decidida a no subir a la balsa si no recibía una respuesta.

Ramiro Galeón la observó unos instantes, dudó, pero al fin replicó escuetamente:

–A casa de mi hermano.

Fue un viaje largo y especialmente monótono. Agua arriba y agua abajo, agua en el cielo y agua sobre la tierra, y como única variante una orilla que era siempre la misma, como si aquel no fuera un río, sino una pescadilla que se mordiera la cola y estuvieran condenados a realizar una y mil veces idéntico itinerario, porque si el llano era de por sí infinito en verano, se estiraba en invierno semejando una masa de pan humedecida que se desparramara más allá de sus límites, convirtiéndose en una plasta acuosa, deslavazada y sin forma.

Todo era fangoso y gris, y hasta los «coro-coros» parecían haber perdido el brillo de su rojo plumaje, como si el mundo de colores violentos, que meses atrás refulgía bajo una luz cegadora, se hubiera deteriorado al igual que una vieja fotografía para transformarse en un manoseado daguerrotipo de imprecisos contornos.

La luz, filtrada y vuelta a filtrar por las espesas nubes, llegaba al suelo tan fatigada ya que ni extraía reflejos al metal o los esteros, y estos últimos no acertaban a servir de espejo a las palmeras, pues su superficie jamás conseguía aquietarse un solo instante por culpa de la lluvia.

Era melancolía más que tristeza lo que se apoderaba en aquel tiempo del espíritu, y abrazada a sus rodillas bajo la diminuta toldilla de lona encerada, que ya incluso comenzaba a permitir que traspasara el agua, Yaiza dejaba que transcurrieran las horas, callada y mustia, con el pensamiento puesto en su familia, a la que imaginaba mucho más preocupada de lo que ella misma se sentía.

No tenía miedo. No le asustaba Ramiro Galeón, ni le inquietaba tampoco que intentara «venderla» a Cándido Amado, pero no podía sentirse segura con respecto a Goyo Galeón, pues, según Celeste Báez, bajo su apariencia de hombre tranquilo ocultaba una auténtica personalidad de psicópata asesino que jamás dudaba a la hora de matar a un ser humano por dinero, pero que a menudo también mataba por el simple placer de hacerlo.

—Hay quien asegura que la sangre le emborracha —había contado una noche tras la cena—. Al verla se vuelve como loco y ya no le importa si son mujeres o niños lo que mata.

Yaiza huía de los locos. Se sentía rechazada por ellos y recordaba que al verla, el tonto de Uga, Tinín el Microcéfalo, lanzaba espuma por la boca, aullaba y le tiraba piedras, pese a que por lo general solía comportarse como un pobre bobo inofensivo. Más tarde, otro loco, fogonero de un mercante andaluz que recaló de arribada forzosa a Playa Blanca, comenzó a insultarla a gritos, sin motivo, y fueron necesarios cuatro tripulantes para arrastrarlo a un bote que lo llevara de regreso al barco, donde el capitán tuvo que encerrarlo en la sentina hasta que se le pasó el ataque. Ella, que amansaba a las bestias y atraía a los muertos, desagradaba sin embargo profundamente a los locos, y ahora temía enfrentarse al más peligroso de los locos conocidos.

Ramiro Galeón no hablaba demasiado de su hermano pero cada vez que lo hacía dejaba traslucir la desmesurada admiración que sentía por él; admiración que le impulsaba a justificar todos sus actos, achacándolos a que se había visto forzado por las circunstancias.

—Cuando has nacido hijo de cantinera y padre de paso, esta tierra no te deja dónde elegir. O aceptas ser perro de cualquier amo que come no más que los huesos o te afilas las espuelas lanzándote a la gallera a ganar o a que te ganen.

—¿Y hacía falta matar tanto?

—Lo malo de ese oficio no es lo mucho que mates, sino que basta con que a ti te maten una sola.

—¿Y por qué no lo deja? Por lo oído, dinero no le falta...

—Él es Goyo Galeón y lo será hasta el final. «Tigre es tigre, y hasta muerto huele a tigre». Yo intenté dejarlo por Imelda Camorra y aquí estoy, aguardando a que el patrón me arroje sus sobras y ladrando en su nombre. —Chascó la lengua—. Y cuando quise morder me zumbaron doce tiros.

—¿Y por qué en lugar de raptarme a mí no raptó a Imelda Camorra?

—¿A Imelda? —se asombró—. ¡Castrado quien lo intente! Un día quise darle un beso a la fuerza y aquí está la cicatriz del bocado que me arreó en los hocicos. Sobrada de cojones anda esa para haber nacido hembra, y no se abre las piernas si no es a cambio de un «hato» con dos mil toros.

—¿Y espera conseguirlos vendiéndome...?

—Al menos Goyo verá que lo he intentado.

¡Goyo! En ocasiones tenía la impresión de que más que admiración había una punta de temor en la voz de Ramiro Galeón, como si se estuviese refiriendo a un padre excesivamente severo o un maestro riguroso y se preguntaba qué clase de hombre tenía que ser quien conseguía asustar incluso a Ramiro Galeón.

El viaje se hacía eterno. Húmedo, fastidioso y eterno, porque al desembocar en el Arauca cambió la anchura del río, pero no el tedio del paisaje, y tan solo el aumento de las manchas de ganado que pastaban en la sabana y aisladas rancherías que se alzaban a una y otra orilla hacían pensar que navegaban por una de las más importantes arterias fluviales de la llanura, pero al fin apareció ante sus ojos lo que sin duda Ramiro Galeón venía buscando desde mucho tiempo atrás: un caserón de considerables proporciones ante el que se encontraba varada una ancha «curiara» de cinco metros de largo dotada de un potente motor.

Nada más verla, el estrábico varó el «bongó», se cercioró de que nadie se había apercibido aún de su presencia, y con un trozo de cuerda de la toldilla ató las manos de la muchacha.

—¡Quédate aquí y no digas nada! —le ordenó—. No estoy para vainas.

Tomó luego su rifle, se cercioró de que estaba cargado, lo amartilló y echó a andar sigilosamente hacia la casa procurando que el talud de la orilla le ocultase.

Yaiza lo siguió con la vista hasta que desapareció en el interior de la vivienda y a los pocos instantes escuchó un disparo. Se hizo un silencio y cuando reapareció, Ramiro Galeón cargaba un saco y un pequeño bidón de gasolina que dejó en la «curiara» y regresó, sin prisas, en su busca.

—Vamos —dijo—. Viajaremos más cómodos.

Le siguió, subió a la embarcación y mientras él la empujaba para ponerla a flote, percibió, llegando de la casa, unos sollozos.

—¿Ha sido capaz de matar a alguien tan solo por viajar más cómodos? —inquirió horrorizada.

—Únicamente le esmoché una pata —contestó él sin mirarla—. Y fue porque se lo buscó.

Saltó a la embarcación y puso en marcha el motor, al tiempo que la corriente les empujaba río abajo, mientras Yaiza, que continuaba con la vista fija en la casa, advertía cómo una negra y una niña salían a la puerta y les miraban. Mostró sus manos atadas en señal de impotencia y la negra y ella se estuvieron mirando hasta que Ramiro Galeón la hizo volver a la realidad.

—Ahora todos sabrán con quién vas y qué dirección llevas —fue lo que dijo—. ¿Crees que eso les servirá de algo a tus hermanos?

—Espero que no —respondió ella—. Espero que no intervengan y no haya más tragedias que lamentar. No me inquieta que se enfrenten a Cándido Amado, pero sí a su hermano.

—¿Te asusta Goyo?

—Casi tanto como a usted.

Ramiro Galeón soltó una divertida carcajada y le guiñó un ojo, inclinando a un lado la cabeza en señal de admiración.

—¡Ah, carajita endemoniada nacida para enredar! —exclamó—. Empiezo a creer que eres demasiado lista para mí, y me siento como puma con puercoespín como cena, dudando entre acostarse con hambre o con el morro escocido. —Hizo un gesto para que extendiera las manos y, mientras la liberaba de sus ataduras, inquirió observándola muy de cerca—. ¿Qué te hace pensar que le tengo miedo a Goyo? Si es mi hermano, ¿por qué habría de temerle?

—¿Cómo quiere que averigüe en tres días lo que usted no ha sabido averiguar en años...? —replicó ella con calma—. Se comporta como el chiquillo que ha hecho algo malo y está intentando que su padre le perdone... —Hizo una larga pausa y al fin añadió severamente—: Yo soy su regalo.

—¿Regalo? —se sorprendió el bizco—. ¿De qué regalo hablas? Cincuenta mil bolívares no son ningún regalo.

—¿Y quién espera que se los pague? ¿Cándido Amado? —Había dejado de mirarle, volviéndose a contemplar una vez más la orilla del río que continuaba sin cambiar de apariencia—. Usted no se ha tomado tantas molestias para entregarme a Cándido Amado a cambio de un dinero que nunca le va a pagar. Usted me lleva como trofeo a su hermano.

—Al menos Goyo es un hombre.

—No es más que una bestia, por muy «hombre» que usted lo considere. —Resultaba difícil sostener fijamente la mirada del bizco—. ¿E Imelda Camorra? —quiso saber—. ¿También renunciará a ella por su hermano?

—Esa es otra historia.

—No, no es otra; es la misma —replicó Yaiza al tiempo que se acostaba en la proa de la «curiara» dispuesta a dar por concluida la conversación—. Es la eterna historia de los ocho hermanos Galeones que cometieron toda clase de crímenes por emular las hazañas del noveno... —Su tono de voz era profundamente despectivo—. ¡Pobres tontos!

Aquella fue la última conversación que mantuvieron, porque podría creerse que se habían dicho ya todo cuanto tenían que decirse y Yaiza sabía que Ramiro Galeón no cambiaría de opinión, decidido a presentarse con ella en casa de su hermano costase lo que costase.

Esa misma tarde alcanzaron el ancho cauce del inmenso Orinoco y el estrábico no lo dudó un instante a la hora de enfilar la proa de la embarcación aguas arriba, luchando ahora contra corriente en busca de la confluencia con el Meta, que se encontraba casi a doscientos kilómetros de distancia rumbo al Sur.

El paisaje se había transformado, pasando de la monotonía del llano a la monotonía de la selva, y era como si la tierra hubiese desaparecido para dar paso a un verde muro de vegetación impenetrable en el que gigantescos árboles, bejucos, enredaderas y arbustos espinosos se hubieran puesto de acuerdo para entretejer una hostil cota de mallas de materia viva.

Con las aguas a punto de alcanzar su nivel máximo, no quedaban al descubierto playones ni sesteaderos, y se podía navegar durante horas sin descubrir un pedazo de orilla en el que varar la «curiara» para estirar las piernas.

Se vieron obligados por tanto a dormir a bordo, aprovechando las minúsculas ensenadas de las curvas del río, amarrados de proa a algún tronco y escuchando el rumor de la corriente al rozar contra el casco, lo que se había convertido ya en el obsesivo acompañamiento de la desesperante travesía.

Seguía lloviendo, pero la lluvia llegaba ahora en forma de violentos chaparrones que pretendían ahogar el Universo bajo el peso de las toneladas de agua que caían en cuestión de minutos para dejar luego paso a un cielo despejado y muy limpio que en las noches se adornaba con miríadas de estrellas y de día con un sol casi blanco que hacía nacer de la superficie del río un pesado vaho denso y caliente.

Tres días tardaron en remontar el Orinoco y luego el Meta, acosados por el calor, los mosquitos, el cansancio y las tormentas, y cuando al mediodía del cuarto divisaron al fin la isla en que se alzaba la casa de Goyo Galeón, Yaiza no pudo evitar experimentar la desagradable sensación de que comenzaba a despertar de un pesado sueño para adentrarse en una profunda y violenta pesadilla.

A Goyo Galeón le dolía la cabeza.

Había pasado la noche y gran parte del día con una de aquellas terribles jaquecas que un par de veces al mes solían aquejarle obligándole a encerrarse en una habitación en penumbras, a morderse los labios para no aullar de dolor al experimentar la angustiosa impresión de que el cerebro le estallaba, pero, como siempre sucedía, la opresión desapareció como si se tratara de un globo que se deshinchara de improviso y a la caída de la tarde una maravillosa sensación de paz se apoderó de todo su cuerpo, y tras darse una larga ducha salió al porche a respirar un poco de aire fresco.

Y la vio allí contemplando la puesta de sol, enfundada en la bata azul de una de las negritas guayanesas, con la que la confundió en un principio, pero cuando pudo observarla a gusto reconoció que su hermano tenía razón y que aquella era sin lugar a dudas la mujer más hermosa que hubiera pisado jamás los llanos a cualquier lado de la frontera.

—¡Aquí la tienes!

Se volvió a Ramiro que, balanceándose en el «chinchorro», quedaba en un principio fuera de su campo de visión, e hizo un leve gesto de asentimiento.

—Sí, en efecto, y no exageraste al describirla... —hizo una corta pausa mientras iba a tomar asiento en una especie de extraña butaca de mimbre que colgaba del techo y le servía para columpiarse apoyándose únicamente con las puntas de los pies en el suelo—. Pero tengo una mala noticia que darte...

—Cándido Amado ha muerto.

Era Yaiza quien lo había dicho y resultó indudable que ambos hermanos se sorprendieron, Ramiro por lo inesperado de esa muerte, y Goyo por el hecho de que fuera ella quien se adelantara a anunciarla.

—¿Cómo lo sabes? —inquirió de inmediato.

—Lo sé.

—¿Desde cuándo?

—Desde anteanoche.

Ramiro, que se había puesto en pie y se diría que se encontraba tan desconcertado que no sabía a quién dirigirse, se volvió a su hermano.

—¿Es cierto? —quiso saber—. ¿Ha muerto Cándido Amado?

—Hace diez días.

—¿De qué?

Goyo, cuyos inquietantes ojos dorados no se habían apartado un instante del rostro de Yaiza, como si estuviera tratando de averiguar cuanto pasaba por su mente, se dirigió a ella en tono casi provocativo.

—¿Lo sabes también? —preguntó—. ¿Sabes cómo murió Cándido Amado?

Ella se limitó a negar con la cabeza, y únicamente entonces Goyo se volvió a su hermano, y con estudiada lentitud añadió:

—Lo mató Imelda Camorra.

—¡No!

Había sido el grito de dolor de un animal herido; una negación angustiosa y desesperada, impropia de un hombre aparentemente tan duro y curtido como Ramiro Galeón.

—No... ¡Imelda, no! ¿Por qué habría de hacerlo?

—Tuvieron una pelea y lo estranguló... —Goyo hizo un ademán con las manos que parecía indicar que era algo que no debía sorprenderle—. Todos sabían que algún día acabarían matándose...

—¿Dónde está?

—¿Imelda? En Elorza, a la espera de que mejore el tiempo y puedan llevarla a Caracas.

Ramiro Galeón miró a su hermano con tanta fijeza que se diría que en verdad no estaba viéndole, luego se volvió a Yaiza, y por último al sol que acababa de ocultarse sobre la superficie del río.

—Iré a buscarla —dijo—. Iré a Elorza y la sacaré de allí. —Dio unos pasos hacia un lado y luego hacia otro, como una bestia enjaulada—. No dejaré que se la lleven a Caracas.

—Iré contigo —indicó Goyo con naturalidad.

—¡No! —La voz del estrábico sonó más firme que nunca y se le diría a punto de abalanzarse sobre su hermano si se le ocurría insistir en su ofrecimiento—. No quiero que intervengas en esto. —Agitó las manos como si desechara incluso su contacto—. ¡Yo la sacaré de Elorza! Únicamente yo. ¿Lo has entendido?

—Está muy claro... —Goyo Galeón no acababa de entender a su hermano, pero tampoco parecía tener demasiado interés por mezclarse en aquel asunto, y con un levísimo deje de burla, añadió—: Si crees que no me necesitas, no vale la pena que me moleste.

—Lo único que quiero es un animal de remonta y algún dinero.

—¿Cuándo piensas marcharte?
—Mañana, en cuanto aclare el día.
—No vaya.

Ramiro Galeón se volvió a Yaiza como si le hubiera pinchado y su voz sonó profundamente hostil cuando advirtió:

—¡Tú, calla! Me cansé de tus vainas. No quiero que prediges que me va a partir un rayo, ni mierdas por el estilo. Se trata de Imelda y nada me hará cambiar de opinión... Me largo y punto.

Su hermano, que había tomado un coco de una gran pila que había en un cesto, comenzó a cortarlo con ayuda de un afilado machete, y como si el tema no le interesara demasiado señaló a Yaiza.

—¿Qué piensas hacer con ella...? —quiso saber.

El bizco pareció tardar en comprender de lo que estaba hablando porque su mente se encontraba muy lejos de allí, pero reaccionó encogiéndose de hombros.

—¿Con ella? —repitió—. Decide tú. Es tuya.

—¿Mía? ¡Guá! ¡Tronco de regalo...! Me has brindado muchas cosas en mi vida, pero nunca una «guaricha» que se entiende con los muertos. —Bebió del coco sin importarle que parte del líquido le corriera por la barba y se secó con el dorso de la mano—. ¡Me lo estaba temiendo! —añadió—. Desde que te fuiste imaginé que tenías entre los cuernos la idea de echarme tremenda lavativa... —Se encaró con él, pero sonrió con ironía—. ¿Y quién te ha dicho que quiero quedármela? ¿Qué hago con Sandra y Lena?

—¡Las regalas! ¡O regalas a esta...! ¿Qué más da? —La señaló acusadoramente—. No quiero saber nada de ella —dijo—. Nada en absoluto, porque desde el día que la vi no me ha traído más que disgustos. ¡Caraja mandada hacer para jeringar! Primero murió aquel indio. Luego Ceferino, Nicolás, Florencio y Sancho. Ahora Cándido Amado, y han metido presa a Imelda. Ganas me dan de tirarla al río y que se indigesten los «zamuritos». –Cruzó los dedos y golpeó repetidas veces la pata de la mesa más cercana–. ¡Pavosa! Tanta cara, tanto culo y tanta teta para andar echándole mal de ojo a la gente... –Se volvió a su hermano y se le diría convencido de lo que estaba afirmando–. Mejor te libras de ella: trae mala suerte.

–Yo no creo en pendejadas.

–Allá tú, pero lo que es yo, me salgo de esta. Te la coges, se la regalas a tus hombres o la tiras al río, pero no quiero volver a verla... –Lanzó una mirada a su alrededor como si buscara algo, ni él mismo sabía qué, y penetró decidido en la casa–. Voy a preparar mis «corotos» –dijo–. Voy a descansar o a descapullar monos... ¡Cualquier cosa con tal de no volver a verla...!

Desapareció tan agitado como si le estuvieran acosando todos los zancudos de la sabana y Goyo y Yaiza permanecieron unos instantes silenciosos, observándose.

–No le hagas caso –comentó él al cabo de un rato–. Lo de Imelda Camorra le ha desquiciado. Se diría que esa mujer le dio «pusana».

–¿Qué es eso?

–Un brebaje de los indios. Un afrodisíaco, aunque hay quien dice que en realidad es un filtro amoroso y el que lo bebe ya no vive más que para adorar a quien se lo dio. ¡Años lleva así ese cretino de hermano mío! ¡Con tanta hembra buena como sobra en el mundo...!

Yaiza no dijo nada. Tomó asiento en un banco de madera que corría a todo lo largo de la pared, observó cómo las sombras se apoderaban rápidamente del río y los árboles de la orilla, y por último, sin volverse, inquirió:

–¿Qué piensa hacer conmigo?

–Joder, naturalmente...! –Goyo Galeón hizo una corta pausa–. Eres un regalo.

–No se puede regalar a las personas como si se tratara de libros o cajas de bombones. Él no es mi dueño.

—Ese no es mi problema. Cómo te obtuvo es cosa suya. —Señaló a su alrededor—. En esta isla todo me pertenece, yo soy la ley y suelo ser justo. Si eres buena conmigo, seré bueno contigo... —Sonrió levemente—. Pero no te asustes. No soy de los que se lanzan sobre una mujer, la golpean y la violan.

—No estoy asustada —le hizo notar ella—, pero no voy a ponerme a suplicarle porque, si como dicen está loco, de poco iba a valerme.

—¿Quién dice que esté loco?

—Todo el mundo. Mata por matar, y no ha parado hasta que siete de sus hermanos han muerto también.

—¿Y yo qué culpa tengo? A Chucho y Jacinto se los cargaron en una riña de taberna cuando yo estaba al otro lado del llano. A cuatro los aplastaron los toros, y Blas cayó en una emboscada al cruzar la frontera. ¿Estoy loco por eso?

—Lo está quien provoca a sus hermanos a comportarse como lo hicieron —sentenció Yaiza con calma—. Tengo la impresión de que a los siete se les fue la vida en aguardar a que usted les diera una palmadita en la espalda por ser tan «machos». Y sabiendo que eso acabaría por llevarlos a la tumba, lo más piadoso que se puede pensar es que está loco.

—He matado a muchos por la décima parte de lo que has dicho —fue la seca advertencia—. No abuses. Hace media hora no te conocía y dentro de media hora, cuando los caribes no hubieran dejado de ti más que los huesos, ya te habría olvidado. —Goyo Galeón se llevó la mano a la frente y se la palpó apretando los parietales entre los dedos pulgares y corazón—. He tenido un mal día —añadió—. Aún me duele un poco la cabeza y no me gustaría arrecharme... Lo dicho: no abuses.

Ella lo observó un largo rato y por último asintió con un leve gesto:

—¡De acuerdo! No abuso, pero recuerde que yo no le pertenezco a nadie.

Dio media vuelta y sin aguardar respuesta descendió hacia la orilla del río que no era ya más que una mancha oscura al final del sendero.

Goyo Galeón, que no había cesado de masajearse la frente, la siguió con la vista hasta que se perdió en las sombras y por último se frotó los ojos con gesta de fatiga. Dudaba entre tomar el machete de cortar cocos y abrirle la cabeza o echarse a reír ante el hecho de que una mocosa hubiera sido capaz de plantarle cara, cosa a la que nadie se había atrevido desde que contaba los mismos años que ella.

–Tiene bolas –musitó por fin–. Cuadradas las tiene, pero le voy a enseñar educación, que buena falta le hace. Va a aprender quién es Goyo Galeón. ¡Maldita sea! –masculló con rabia–. Había dejado de dolerme y esa estúpida ha vuelto a «barajustármela»... –Lanzó un hondo suspiro de resignación–. Esta noche no estoy para galopadas, pero mañana esa cretina va a aprender lo que son dos cojones.

Al amanecer, Ramiro Galeón había emprendido viaje hacia Elorza, y una hora más tarde las negritas guayanesas salían acompañadas por un «baqueano» hacia Buena Vista con la orden expresa de pasar quince días divirtiéndose y comprando «trapos».

–¡Pero no más de dos semanas! –advirtió severamente Sandra, que era la más lista–. Disfruta de la «guaricha» blanca, pero cuando volvamos tiene que haberse marchado... ¿Prometido?

Goyo Galeón lo prometió, convencido de que aquel era tiempo suficiente para hastiarse de una muchacha inexperta, y cuando acabó de agitar la mano y la «curiara» desapareció aguas arriba en la curva del río, comenzó a silbar una alegre cancioncilla, feliz por el hecho de que ya no le dolía la cabeza y le habían dejado sin más compañía que una vieja cocinera mulata y una preciosa criatura que estaba pidiendo a gritos que le enseñaran lo que no sabía.

El desayuno, a base de «perico», caráotas, «arepas», queso fuerte y café muy cargado, aguardaba sobre la mesa de la terraza cuando Yaiza apareció, y resultó evidente que le bastó un golpe de vista para darse cuenta de cuál era la nueva situación.

—¿Se han ido? —inquirió.

Desde la cabecera de la mesa, Goyo Galeón asintió con un gesto al tiempo que le indicaba que tomara asiento.

—Todos —admitió—. A Ramiro ni siquiera tuve oportunidad de verle.

—Pues me temo que ya jamás podrá hacerlo... —señaló ella mientras comenzaba a servirse un gran plato de huevos revueltos con tomate y cebolla, acompañado de abundantes fríjoles negros—. No debió permitir que se marchara.

—Ya es mayorcito y no es mi trabajo andar cuidando hermanos.

—Eso se nota, visto que se le han muerto siete, pero imaginé que a este, que es el último, trataría de conservarlo... —Comenzó a comer con apetito pero aún añadió—: ¿Quién espera que le admire el día que también desaparezca?

—Nunca he necesitado que nadie me admire.

—¿Ah, no?

Había tanta burla, ironía o incredulidad en sus palabras que Goyo Galeón a punto estuvo de montar en cólera pese a que se había prometido a sí mismo que no permitiría que aquella chiquilla, a la que doblaba en años, consiguiera sacarle de quicio.

—No quiero andar con rodeos, ni perder el tiempo —le advirtió—. Pienso acostarme contigo durante quince días, porque siempre he creído que un hombre y una mujer tienen un número determinado de polvos que echar juntos, y con esos me basta. Al término de ese tiempo te devolveré a «Cunaguaro» y todos contentos. –Hizo una significativa pausa–. Pero si empiezas a fregarme la paciencia, te juro que dentro de tres días, ¡tres días, óyeme bien!, te cuelgo sobre el río para que te coman los caimanes... ¿Está claro?

–Muy claro.

–Decídete pues.

Yaiza señaló su plato:

–¿Puedo terminar de desayunar?

Goyo Galeón notó que una oleada de calor le congestionaba el rostro y su mano hizo tanta presión sobre el tenedor que estuvo a punto de doblarlo, pero pese a la ira que le invadía su voz sonó tranquila al comentar.

–La verdad es que aún no he decidido si eres demasiado lista o demasiado inconsciente... –Hizo una pausa y su tono se volvió amenazador–. ¿Tienes una idea de con quién estás hablando?

Yaiza asintió convencida:

–Con Goyo Galeón, que solo ha tenido miedo a dos cosas en su vida: a ser hijo del sargento Quiroga o de Anastasio Trinidad.

El tenedor cayó sobre los fríjoles con un «ploff» que sonó absurdamente y el mantel y la camisa del dueño de la casa quedaron salpicados de una salsa marrón oscura y espesa.

Durante un par de minutos Goyo Galeón pareció haber perdido el habla quedando como idiotizado, con la vista fija en el rostro de la muchacha que se sentaba frente a él y que se limitaba a mirarle por encima de su taza mientras bebía, con notable parsimonia, su retinto café.

Por último, casi con un hilo de voz, articuló a duras penas:

–¿Cómo sabes eso?

–Anoche me lo contaron.

—¿Quién?
—Alguien que lo sabía.
—Únicamente mi madre lo sabía.
—Pues sería ella.
—Murió hace once años.
—No me dijo la fecha. Sólo me dijo que cuando era niño y se encontraba a solas le insistía, llorando y suplicando, para que le dijera el nombre de su padre. Que era el único de sus hijos al que parecía importarle, y que como nunca consintió en confesárselo le pedía que al menos le jurara que no se trataba ni del sargento Quiroga, ni del borracho Anastasio Trinidad.

Goyo Galeón agitó de un lado a otro la cabeza sin dejar de mirarla y, por último, casi mordiendo las palabras, aseguró:

—Eres una mala bestia, hija de puta... Con esa cara de ángel eres el bicho más dañino que he conocido nunca... —Apartó el plato y echó hacia atrás la silla porque podría creerse que de improviso sentía asco, e incluso el aire le faltaba, y sin cambiar el tono, añadió—: No sé qué trucos empleas, pero conmigo no van a servirte porque al sargento Quiroga le metí una bala entre los cuernos y a Anastasio Trinidad le rebané el pescuezo cuando dormía sobre sus propios vómitos.

—Ninguno de ellos era su padre.
—¿Cómo lo sabes?
—Su madre nunca tuvo nada que ver con el sargento porque era impotente. Y Trinidad fue únicamente el padre de su hermano Ceferino.
—¡Lo estás inventando!

Yaiza se limitó a encogerse de hombros y él insistió machacón:

—Lo estás inventando. Ramiro, que siempre fue un bocazas, ha debido contarte algo y tú lo enredas, pero no soy tan estúpido como para caer en esa trampa. —Encendió un cigarrillo y tuvo que hacer un esfuerzo para evitar que ella advirtiera que la mano que sostenía la cerilla le temblaba. Era la primera vez que le ocurría y eso le enfureció aún más. Cuando al fin aspiró dos bocanadas de humo y se sintió más tranquilo, añadió–: Ya que pareces saber tanto, dime, ¿quién fue en realidad mi padre?

–Si ella vuelve esta noche tal vez me lo diga.

–¿Quién, mi madre? –negó convencido–. Dudo que salga de su tumba para contarte algo que jamás contó a nadie. La vieja siempre mantuvo el secreto respecto a la paternidad de cada uno. Éramos hijos suyos y punto. A todos nos quería por igual.

–Y eso le molestaba...

–¿Qué?

–Que les quisiera a todos por igual. Que no se diera cuenta de que usted era diferente. –Yaiza le miraba fijamente, tratando de leer en su rostro la reacción a cada una de sus palabras–. Y por eso decidió llamar su atención. Con la disculpa de que dos pobres borrachos la habían insultado, los mató. A partir de ese momento ya era diferente.

Él no dijo nada. Pareció necesitar tomarse un tiempo para asimilar cuanto acababa de decirle y al fin se puso lentamente en pie, rodeó la mesa, se plantó frente a ella, y de improviso, con todas las fuerzas de que se sintió capaz, le cruzó la cara de un rabioso bofetón.

Yaiza no hizo gesto alguno, limitándose a mirarle con unos inmensos ojos verdes, profundos y desafiantes que en aquellos momentos parecían pertenecer a una mujer que hubiera vivido mil años.

Goyo Galeón debió descubrir en esos ojos que acababa de enfrentarse a la criatura que «atraía a los peces, amansaba a las bestias, aliviaba a los enfermos y agradaba a los muertos», y ese descubrimiento pareció tener la virtud de desconcertarle aún más, porque súbitamente se miró la mano como si le sorprendiera el hecho de que había osado golpearla, y musitando un «lo siento...», apenas audible, dio media vuelta y penetró en la casa para encerrarse en su habitación, porque de nuevo le dolía terriblemente la cabeza.

Yaiza permaneció muy quieta largo rato, luego se sirvió con parsimonia una nueva taza de café y bebió pensativa, observando la lluvia, los patos, las garzas que sobrevolaban el río y el grueso tronco de ceiba que traía la corriente y sobre el que distinguió un diminuto araguato que realizaba desesperados esfuerzos por mantener el equilibrio y no caer a un agua en la que le esperaba una muerte cierta. Se preguntaba una vez más qué hacía ella allí, tan lejos de Lanzarote y de su casa, y hasta dónde pensaba empujarla un destino estúpidamente caprichoso que parecía complacerse en jugar con su vida y la de los seres que amaba, como si no tuvieran mayor oportunidad que aquel triste mono, al que el agua arrastraba, obligándole a sufrir mil sobresaltos hasta llegar al raudal de la próxima angostura donde lo enviaría definitivamente a las fauces de los caimanes.

Allí estaba ella, en mitad de un turbulento río de aguas oscuras que servía de salvaje frontera en el confín remoto de dos países, lejos de su madre y sus hermanos, y a solas con un asesino cuyo evidente desequilibrio mental parecía remontarse a su infancia.

—Quería destacar siempre —le había confesado Feliciana Galeón—. Quería parecer superior a todos en todos los conceptos y odiaba que pese a cuanto hiciera le continuaran llamando «hijo de puta» porque esa era una realidad que jamás conseguiría cambiar.

Debió ser muy atractiva en su tiempo aquella mujer ya raída por los años que había tomado asiento en el más alejado rincón de su dormitorio y no había apartado ni un instante de su rostro unos ojos cansados y enrojecidos.

—Siempre quise tener una hija —dijo luego—. Una niña que pudiera entender que desde el día en que mis padres me echaron de casa no me quedaban muchos caminos que seguir.

Pero Dios tan solo quiso darme hijos. Nueve hijos rebeldes, o más bien un rebelde y ocho idiotas, que se dejaron manejar como corderos. Los quise a todos por igual, les di cuanto tenía y luché por convertirlos en hombres de provecho. –Su voz era como un quejumbroso runruneo–. Pero uno estaba «bichado» y me pudrió al resto. Y ahora siete de mis hijos están muertos y Goyo rico y cubierto de sangre.

»¡No es justo! –protestó–. No es justo, ni por sus hermanos, ni por mí, ni por su pobre padre que merecía un hijo mejor.

–¿Quién fue su padre?

No hubo respuesta, porque Feliciana Galeón desapareció tal como había llegado, furtivamente y sin siquiera un susurro, dejando tan solo como recuerdo de su paso un leve aroma a hierbas silvestres y jabón barato, y Yaiza volvió a dormirse hasta que, ya entrada la mañana, la cocinera mulata vino a anunciarle que «el amo» la esperaba para desayunar.

Y ahora aquella misma mulata acababa de aparecer de nuevo frente a ella, como fantasmagóricamente emergida de debajo de la mesa, y mientras recogía los platos y las tazas, musitó sin alzar los ojos, pues se diría que vivía aplastada por el miedo de mirar a la gente a la cara:

–¡No le lleve la contraria! –advirtió–. No haga que se arreche de veras porque se le cruzan los cables y es terrible. Es verdad que a una «catira» colombiana que quiso abandonarlo la colgó de aquella rama del samán que cae sobre el río y la dejó allí, gritando, hasta que los caimanes le comieron las piernas. ¡Está loco! –concluyó en el mismo tono mientras se alejaba de regreso a una cocina en la que parecía encuevada–. ¡Loco de perinola!

Yaiza permaneció muy quieta, con la vista clavada en el samán y el agua turbia del río, tratando de imaginar los sufrimientos de la pobre mujer sacrificada y sin poder evitar un estremecimiento de terror al tomar conciencia de que su verdugo era el mismo hombre al que se estaba esforzando estúpidamente por confundir, sin tener en cuenta que jamás conseguiría dominar las reacciones de un ser tan desquiciado.

Descendió más tarde a dar un largo paseo por la orilla y cuando arreció nuevamente la lluvia se dedicó a recorrer la amplia casa, que era cómoda y fresca, construida casi toda ella en auténtica caoba pero decorada con cuadros, alfombras, muebles y cortinas de pésimo y chabacano gusto.

Los colores más opuestos se entremezclaban sin orden ni concierto», al igual que los objetos más dispares, y en el mismo salón podía encontrarse una máscara africana colgada en la pared sobre un kimono japonés a pocos centímetros de distancia de inmensas flechas de indígenas amazónicos y un capote de torero de un rojo violento.

Pero si en verdad había en la casa una estancia digna de ser tenida en cuenta se trataba de la biblioteca: un luminoso salón con un cómodo sillón colocado junto a un gran ventanal que dominaba el río, con las paredes recubiertas —del techo al suelo— de estanterías de libros fuertemente apretados los unos contra los otros.

En lugar destacado, como presidiéndolo todo, un mueble tallado a mano contenía más de trescientos títulos encuadernados en piel, y Yaiza pudo comprobar, asombrada, que en aquella sala debían concentrarse por lo menos seis mil novelas de vaqueros, agentes del FBI, gángsters y detectives, aunque eran sin duda alguna las ambientadas en el Oeste americano las que superaban, en proporción de cinco a uno, a los restantes temas.

Y todas habían sido leídas y releídas; todas aparecían manoseadas, dobladas e incluso subrayadas en determinados párrafos, y aunque Yaiza recordaba que sus hermanos alguna vez habían sido sorprendidos por una indignada Aurelia con aquellos libros en la mano, y eran lectura común entre los muchachos de Playa Blanca, jamás pudo imaginar que proliferaran en tal cantidad, ni que existiera persona alguna en este mundo capaz de rendir semejante culto a tiros, puñetazos, cabalgatas y persecuciones.

Y aumentó su miedo. Le asustó comprender que se encontraba encerrada en una minúscula isla con alguien que se complacía en asimilar tanta violencia, y acomodándose en el mismo sillón que él debía ocupar durante horas empapándose de muertes, se preguntó qué extrañas ideas pasarían por la mente de Goyo Galeón cuando tratara de equipararse a aquellos pistoleros que galopaban por las praderas de Texas o los desiertos de Arizona persiguiendo pieles rojas o grabando muescas en las culatas de sus revólveres.

¿Desde cuándo leería aquel tipo de novelas? ¿Cuál de ellas le habría dado la idea de asesinar a un ser humano con un hierro de marcar ganado, jugar una partida de póquer fumando un cartucho de dinamita o colgar de las muñecas a una mujer con los pies rozándole el agua para que los caimanes acudieran a devorarla?

¿Cuántas barbaridades semejantes se esconderían entre aquellas miles de páginas impresas, y cuáles de ellas serían capaces de practicar un individuo tan desquiciado y que actuaba tan impunemente como Goyo Galeón?

Si alguna duda le quedaba sobre la inutilidad de su resistencia, las horas que pasó encerrada entre muertos de papel, viendo caer la lluvia y escuchando el lejano retumbar de los truenos que se alejaban sobre el llano, concluyeron por quebrantar su ya cansado ánimo, y cuando comenzó a caer la tarde y las sombras se adueñaron de la ventana impidiéndole distinguir la rama del samán que pendía sobre el agua, tomó la decisión de aceptar su destino y no volver a pronunciar una sola palabra que pudiese encolerizar a un ser tan propenso a la ira y la violencia.

Cenó sola y sin apetito el sabroso pescado que la esquiva mulata le puso sobre la mesa y se acostó desnuda, sin molestarse en echar la llave a una puerta que Goyo Galeón podía derribar de una patada.

Le despertó la sensación de saberse observada, pero al abrir los ojos no fue para encontrarse frente a alguno de los conocidos muertos que a menudo acudían a visitarla, sino frente al severo rostro de Goyo Galeón, que la contemplaba a la luz de una vela.

Su primer impulso fue gritar, pero se había hecho el firme propósito de no dejarse vencer por el miedo, consciente de que lo único importante era regresar junto a su madre y sus hermanos, y fue en el momento mismo en que él dejaba la vela sobre la mesa cuando comenzó a percibir un leve aroma, que le resultó vagamente familiar, aunque en un principio no supo asociarlo a nada o nadie en concreto.

Goyo Galeón, que no apartaba los ojos de aquella piel tersa y brillante y aquella espesa mata de vello que parecía tener la cualidad de hipnotizarle, tardó sin embargo algún tiempo más en advertir que el penetrante olor a hierbas salvajes y jabón barato se iba adueñando de la estancia, pero al fin el perfume cobró tal fuerza y tal presencia que le resultó imposible ignorarlo, y tras aspirar una y otra vez arrugando la nariz, llegó a la conclusión de que no era Yaiza la que olía de aquella forma tan personal y ya casi olvidada, y poco a poco su rostro se fue crispando al tiempo que palidecía y buscaba con la vista a su alrededor.

—¿Qué es eso? —musitó tan roncamente que se diría que casi le costaba un esfuerzo pronunciar las palabras—. ¿A qué huele?

Yaiza indicó con un ademán de la cabeza la silla que ocupaba el rincón más alejado del dormitorio.

—A ella. Está allí.

—Allí no hay nada —exclamó él, volviéndose hacia el lugar indicado—. No veo nada.

—No puede verla, pero está.

Goyo Galeón permaneció muy quieto, contemplando la silla vacía y comprobando que era desde aquel punto desde donde le llegaba a vaharadas el inconfundible olor a colonia casera y jabón áspero y duro de Feliciana Galeón, que había sido indiscutiblemente el primer aroma que se asentó durante su niñez en su memoria.

Su madre, aquella mujer enorme, dulce y maciza, cuyo amor y atención había intentado inútilmente monopolizar, estaba sin duda sentada allí, en la silla del más apartado rincón del dormitorio, y debía estar mirándole con aquella expresión ceñuda y severa con que le reprendía por inducir a sus hermanos a robar maíz de los «conucos» vecinos o propinarle una paliza a cualquier chiquillo del pueblo.

Estaba allí, pero no se advertía ternura ni amor en la forma en que estaba poniendo de manifiesto su presencia, sino que captó un rencor y una hostilidad tan acusados que le obligaron a ponerse en pie, aturdido, para abandonar súbitamente la estancia y cruzar a tropezones la casa a oscuras, salir a la lluvia y dejarse caer, tembloroso y aterrorizado, junto al tronco del samán cuyas ramas colgaban sobre el río.

Yaiza Perdomo observó en silencio la abatida figura de la derrotada mujer que ocupaba la silla y que alzó sus enrojecidos ojos cansados de llorar para musitar quedamente:

—Nueve veces me preñaron y nueve veces creí que mis hijos tenían derecho a la vida, aunque eso me obligara a matarme a trabajar... ¡Qué triste es admitir que las nueve veces me equivoqué!

—¡Eso no es cierto! —protestó Yaiza—. ¡Usted no se equivocó! Fueron ellos.

—¿Ellos? ¿En el fondo qué culpa tenían si eran hijos de Feliciana, «el coño más caliente de la sabana...»? ¿Quién era yo para decirles lo que estaba bien o mal si me acostaba con todo el que me apetecía y ni siquiera me atrevía a pedirles dinero para alimentar a sus hijos...?

Constituía un empeño inútil tratar de convencer a una muerta de que su vida había sido algo más que un cúmulo de errores a los que ya nunca conseguiría poner remedio y Yaiza sabía que aquella noche su misión se limitaba a permanecer allí, sentada en la cama y abrazada a sus rodillas, escuchando en silencio las quejas de quien lo único que pretendía era que alguien prestase un poco de atención a sus lamentos.

Luego volvió a dormirse y al despertar se enfrentó a un nuevo día de vagar a solas por la casa, sentir sobre su espalda los ojos de la mulata que abandonaba su cuchitril para espiarla o contemplar el río que estaba alcanzando su máximo nivel y amenazaba con sumergir la isla bajo el agua.

Pasó el resto de la tarde recostada en la hamaca del porche con el pensamiento puesto en su familia y en el calvario que estaría padeciendo a causa de su ausencia, y allí la sorprendió Goyo Galeón demacrado y ojeroso, al que el insoportable dolor de cabeza parecía haber atrapado de nuevo, estableciéndose de forma permanente justamente sobre unos ojos que ya no brillaban «como pepas de oro en el fondo de un río», sino que habían degenerado hacia una opaca tonalidad de cobre envejecido.

—¿Qué más dijo? —fue lo primero que preguntó con voz profundamente fatigada, mientras tomaba asiento en el banco de madera como si se sintiera incapaz de soportar el tremendo peso de su cuerpo—. ¿Qué más te contó de mí?

—Nada.

—Algo tuvo que decir. Sé que venía a contarte quién fue mi padre.

—No lo hizo. —Agitó la cabeza incrédula—. ¿Y qué importancia tiene a estas alturas...? ¿Qué más da quién fue su padre? Lo más probable es que esté muerto.

—No me interesa conocerlo. Nunca me interesó, porque no creo que tuviéramos nada importante que decirnos... —Hizo una pausa que aprovechó para masajearse las sienes con ambas manos–. ¡Esta cabeza me está matando! –masculló entre dientes y luego alzó el rostro–. Pero mi madre nunca me habló de su familia –añadió–. Solo sé que a los catorce años la echaron de casa porque estaba embarazada y jamás regresó. Ni siquiera creo que se llamara realmente Galeón. ¿Quién soy yo entonces? –inquirió–. Necesito saber algo más sobre mí.

–¿Para qué?

–Todo hombre tiene derecho a saberlo. Solo los perros nacen sin saber de dónde vienen... ¡Dios! –aulló de improviso golpeándose la frente con la palma de la mano–. ¿Por qué no estallas de una vez y me dejas en paz?

–¿No tiene aspirinas?

–Ya me he tomado un tubo.

Ella le observó unos instantes, pareció captar en sus enrojecidos ojos la profundidad del dolor que sentía, y muy despacio se puso en pie y acudió a su lado.

–Intentaré ayudarle –dijo–. ¡Vuélvase!

Se colocó a sus espaldas, tomó su cabeza entre las manos y con las yemas de los dedos rozó las sienes.

–A mi madre le alivia. Y a mi padre le descansaba cuando había tenido un día muy duro... Cierre los ojos e intente relajarse –ordenó–. No piense en nada.

Cinco minutos después Goyo Galeón abrió los ojos como si emergiera de un largo trance para descubrir, asombrado, que Yaiza había regresado a la hamaca y su insoportable jaqueca había desaparecido.

–¿Cómo lo haces? –inquirió estupefacto. Ella se encogió de hombros.

–Desde niña tuve el «don» de aliviar a los enfermos –sonrió apenas, como burlándose de sí misma–. Nunca hice curaciones milagrosas, pero me las arreglaba con las jaquecas, los resfriados y las diarreas infantiles.

–Eres una criatura extraña –admitió él–. Hablas con los muertos y alivias a los enfermos. Con la mitad de tus poderes mucha gente se ha hecho rica. ¿Qué haces perdida en la sabana?

—A los muertos no les gusta que se comercie con ellos. —Sonrió de nuevo pero ahora con una cierta amargura—. Y a mí me concedieron el «don» para sufrirlo, no para disfrutarlo. Si intentara aprovecharme de él se volvería en mi contra.

—¡Qué vieja pareces algunas veces...! —Lanzó un hondo suspiro que pretendía poner de manifiesto la intensidad de sus dudas—. ¿Qué puedo hacer contigo? —quiso saber.

—Dejarme marchar.

—No. Eso no. —El tono de voz de Goyo Galeón denotaba una profunda firmeza—. Te advertí que los trucos no te valdrían. —Hizo una larga pausa y resultaba evidente que lo que iba a decir le costaba un gran esfuerzo—. Pero estoy dispuesto a hacer un nuevo trato: si en dos días averiguas quién fue mi padre, te dejaré marchar. ¿Puedes hacerlo?

—No depende de mí —fue la sincera respuesta—. Si su madre quiere venir a contármelo, viene y me lo cuenta, pero yo no puedo hacer nada.

Él guardó silencio; se miró las manos como si de improviso le preocuparan sus uñas, y sin alzar el rostro, inquirió:

—Dime, ¿de verdad era ella?

—¿Quién? ¿Su madre? —Él asintió.

—¿Es cierto que estaba allí, sentada, mirándome y culpándome por cuanto le ocurrió a mis hermanos? —Ante el mudo gesto afirmativo, la observó de reojo y volvió de nuevo la atención a sus uñas, limpiándose unas con otras—. Tal vez le sobren motivos para estar furiosa conmigo —admitió—. Pero no tenía derecho a irnos echando al mundo como una coneja pare sus crías sin importarle quién es el padre, ni qué harán en la vida. Ramiro salió bizco, Jacinto chepudo y Florentino medio lelo. Anastasio Trinidad era un borracho inmundo, que apestaba a ron a veinte metros, se vomitaba encima y jamás coordinó media docena de palabras... ¿Crees que Ceferino merecía un padre semejante? ¿Crees que nadie en este mundo merece tal padre...?

–¿Y cree que su padre, quienquiera que sea, merecía un hijo que alardea de haber asesinado a doscientas personas...? –Yaiza agitó una y otra vez la cabeza negativamente–. Me esfuerzo por entenderle, pero no lo consigo. ¿A qué viene tanto interés sobre quién fue su padre? Lo que importa es quiénes somos nosotros, no nuestros padres.

–Eso puedes decirlo porque los has conocido. Pero yo no sé qué es lo que me impulsa a hacer las cosas que hago, ni qué clase de sangre corre por mis venas. Necesito saber las razones por las que soy como soy...

–Tal vez –admitió Yaiza–. Pero imagino que si se hubiera pasado la vida ayudando a la gente no necesitaría preguntarse por qué lo hace. –Se puso en pie, como dando por concluida la conversación–. Dispongo de dos días, ¿no es cierto?

–Dos días –aceptó él–. Si pasado mañana tengo una respuesta, haré venir a uno de mis hombres, que te acompañará a «Cuna-guaro». En caso contrario, te garantizo que ni el hecho de que mi madre me tire de los pies conseguirá detenerme. A mí pueden sorprenderme una vez, dos, no...

Y era cierto. Goyo Galeón había pasado la peor noche de su vida al percibir con tanta nitidez la presencia de su madre muerta hacía once años y más tarde un interminable día de sufrimiento aquejado por una de aquellas jaquecas que acabarían por volverle completamente loco, pero era un hombre acostumbrado a recobrar con rapidez su presencia de ánimo y hacer frente a cualquier situación. Cuando su hermano Ramiro mencionó a una muchacha portentosamente bella que hablaba con los muertos se le antojó ridículo pese a que como buen llanero siempre había sido propenso a aceptar historias de fantasmas y apariciones, y ahora, tras haber conocido personalmente a Yaiza y haber sido testigo de sus poderes no dudaba que fueran auténticos, pero no por ello se mostraba dispuesto a consentir que cambiaran el rumbo de su existencia.

Más importante para él quizá que el hecho de que el espíritu de su madre viniera a contarle a Yaiza que el sargento Quiroga o Anastasio Trinidad no podían ser su padre, era desde luego el haberse visto obligado a reconocer hasta qué punto había influido en sus hermanos a la hora de seguir un camino equivocado y qué distintos hubieran sido probablemente sus destinos si hubiera sabido encarrilar su innegable ascendente sobre ellos en mejor dirección.

Cuando la noche le sorprendió bajo el samán del que una vez colgó a una rubia colombiana cuyo nombre ni siquiera recordaba había llegado a la conclusión de que siempre había sentido un profundo desprecio por aquellos hermanos, que se le antojaban zafios, incultos y terriblemente simples, ya que el único que poseía una cierta personalidad digna de ser tenida en cuenta tenía los ojos tan cruzados que no se le podía mirar a la cara y había acabado por enamorarse del putarrón de Imelda Camorra para dedicarse a trabajar a las órdenes de un mierda como Cándido Amado.

¿Quién podía sentirse orgulloso de una familia semejante? Una cantinera semianalfabeta que se había dejado coger gratis por vaqueros, borrachos y muertos de hambre, y ocho hermanos que entre los ocho no serían capaces ni de leer un periódico.

Y un padre desconocido.

Más que nadie en este mundo, Goyo Galeón había experimentado desde niño una auténtica necesidad de saber quién era su padre, y de saber, además, que era un ser magnífico y maravilloso; alguien de quien había heredado la sangre que le diferenciaba de sus hermanos y justificaba que acabara por convertirse en el hombre más temido de la llanura.

—¿Pero quién?

Siglo y medio antes hubiera soñado con ser hijo del mismísimo Bóves el Urogallo, la mejor lanza del llano, el hombre que con su crueldad y su valor empujó fuera de la sabana incluso al propio Simón Bolívar, porque, al igual que él mismo, Bóves se ganó el respeto y la admiración de sus paisanos pese a la ingente cantidad de atrocidades que cometió y la excesiva sangre inocente que derramó inútilmente.

Aún recordaba que cuando jugaban a las guerras todos los chicos querían ser Bolívar, Miranda o Páez, pero él se reservaba indefectiblemente el papel de Bóves, el jinete que salió de la nada armado de una lanza y que a punto hubiera estado, si la muerte no le sorprende a destiempo, de retrasar cincuenta años la Independencia de Venezuela.

¿Pero ya no quedaban Bóves en el Llano...?

Ya no quedaban más que borrachos como Anastasio Trinidad, impotentes como el sargento Quiroga o sucios vaqueros de pies sudados que dejaban el dormitorio de su madre apestando a estiércol.

¿Cuál de aquellos patas sucias habría engendrado en el vientre de Feliciana, «el coño más caliente de la sabana», el cuarto de sus hijos y el único que realmente merecía haber venido al mundo?

¡Ninguno!

Goyo Galeón tenía el íntimo, firme e indestructible convencimiento de que quien le engendró no había sido un apestoso analfabeto, sino un ser fabuloso y mítico; un jinete digno de Bóves y digno igualmente de ser el padre de Goyo Galeón.

¿Pero quién?

Por primera vez en su vida llamó a un muerto, pero el muerto no acudió.

Por primera vez suplicó a los que tantas veces había ayudado que acudieran en su ayuda, pero ninguno la ayudó.

Estaba sola; sola en el gran dormitorio en cuya silla del rincón no volvió a sentarse nunca Feliciana Galeón, y pese a que cerraba una y otra vez los ojos para que de ese modo cualquiera de sus difuntos acudiese a visitarla, como tenían por costumbre, no consiguió conciliar un sueño profundo y todo se limitó a agitadas duermevelas de las que emergía sobresaltada, buscando a su alrededor la presencia del abuelo Ezequiel, «Señá» Florinda, o incluso su padre, Abel Perdomo, para encontrarse frente a una habitación más vacía que nunca.

Ni siquiera don Abigail Báez, el tuerto llanero de las tres balas en el pecho, se dignó hacer su aparición, y podría pensarse que los difuntos habían decidido abandonarla a su suerte como justo castigo por las muchas veces que les suplicó que regresaran a su mundo de sombras para no volver nunca.

¡Ya estaba sola!

Ya estaba sola y cayó en la cuenta de lo desamparada que se sentía sin el respaldo de aquellos poderes de los que siempre había abominado, sobre todo cuando quien se encontraba frente a ella era un hombre como Goyo Galeón, en cuyos dorados ojos descubría a cada minuto que pasaba una decisión más firme.

Perdió su aplomo. En el transcurso de cuarenta y ocho horas y tal vez debido a la falta de sueño, el cansancio, la excesiva presión del cúmulo de acontecimientos que había soportado, o al hecho evidente de que aquellos con quienes había convivido desde que tenía memoria la habían abandonado, Yaiza Perdomo, la menor de la estirpe Maradentro, «la que atraía a los peces, aplacaba a las bestias, aliviaba a los enfermos y agradaba a los muertos», dejó de poseer aquella confianza en sí misma que constituía una de las características primordiales de su carácter, y fue como si de pronto cayera en la cuenta de que había pasado a formar parte del mundo de los mortales, a los que individuos como Goyo Galeón podían destruir de un manotazo.

Y él lo captó de inmediato.

Le bastó con mirarla a la cara durante el almuerzo para descubrir que un velo de preocupación y desconcierto ensombrecía sus ojos y crispaba la hasta aquel momento inmutable serenidad de sus facciones, y casi al instante comprendió que tenía ganada la partida y ya no debía preocuparse por la presencia de Feliciana Galeón.

Pero no hizo ningún comentario. Comió en silencio, estudiando aquel rostro del que podía asegurarse que incluso había ganado belleza al humanizarse, analizando cada mirada y cada gesto de una niña-mujer que en cierto modo aborrecía pero por la que se sentía irremisiblemente atraído.

Había vencido. Una vez más había vencido y experimentaba la dulce y relajante sensación del jugador que presiente que ya todas sus cartas serán buenas y lo único que tiene que hacer es esperar a que su contrincante acepte la derrota.

La vio luego pasear por la orilla del río como si buscara en sus aguas respuesta a su desconcierto, y aguardó paciente, seguro de que aquella última noche concluiría por vencer toda su resistencia.

A la mañana siguiente podría creerse que Yaiza Perdomo había envejecido veinte años, y cuando, durante el desayuno, le preguntó si tenía alguna noticia que darle, ella se limitó a negar con la cabeza sin apartar la vista de la taza.

—El tiempo se acaba.

—Lo sé.

—¿Tienes miedo? —Ante su silencio Goyo Galeón extendió la mano sobre la mesa y tomó una de las de ella—. No hay motivo —dijo—. Eso es algo que les ocurre a todas las mujeres. —Sonrió con cierta ternura—. Y seré bueno contigo —añadió—.

Bueno, paciente y dulce... Al fin y al cabo, no soy tan bestia como dicen. Cierto que he matado a demasiada gente, pero la mayoría de ellos se lo buscaron y merecen estar muertos. –Lanzó lo que pretendía ser una carcajada divertida–. A mí, lo que en realidad me hubiera gustado es ser médico... ¿Te imaginas? ¡Médico! Hubiera podido matar lo mismo, pero con diplomacia. –Rio de nuevo–. En serio, soñaba con estudiar y ser útil a la gente, pero mi madre lo más que pudo enseñarme fue a leer y escribir. El resto tuve que aprenderlo solo –continuó con un cierto deje de orgullo en la voz–. ¿Has visto mi biblioteca?
　–La he visto.
　–¿Qué te parece?
　–Interesante.
　–¿Solo interesante? ¡Es magnífica! ¿Sabes lo que me ha costado reunir todos esos libros? ¡Años! Hago que me los traigan desde Caracas y Bogotá, y a veces tardan meses en llegar. Seguro que nadie tiene tantos como yo.
　–Seguro.
　Goyo Galeón hubiera continuado hablando de los miles de ejemplares de novelas del Oeste que componían su biblioteca, pero se interrumpió al advertir que un «bongó» hacía su aparición aguas arriba y se aproaba directamente a la pequeña cala en que se alzaba el samán y constituía el desembarcadero natural de la isla.
　Aguzó la vista preocupado en un primer momento, pero pareció tranquilizarse al reconocer a su único ocupante, un negro alto y escuálido que hizo un amistoso gesto con la mano, mientras varaba la embarcación en tierra, a la que saltó con la agilidad de un simio.
　Mientras ascendía sin prisas por el minúsculo sendero que conducía a la casa, saludó con un sonoro vozarrón, aunque resultaba evidente que no se le advertía feliz por la visita.
　–¡Buenos días, patrón! –dijo–. ¡Buenos días la compañía!

—¡Buenos días, Palomino...! ¿Qué te trae por aquí con este tiempo?

—Malas noticias, patrón... Bastante malas. —Había llegado hasta ellos, y tomando asiento sin esperar a que se lo indicaran, extendió la mano y se sirvió un generoso vaso—. ¡Con su permiso! —dijo y, tras bebérselo de un golpe, soltó lo que traía dentro—: El Ramiro se murió.

—¿Mi hermano? —se asombró Goyo Galeón.

—El mismo, patrón. Por eso me lancé río abajo con ese «palo de agua» que casi me quita el negro de la piel. Me enteré en Buena Vista. Un rayo lo alcanzó por los rumbos de Elorza y pajarito lo dejó. —Hizo una pausa que aprovechó para llenar de nuevo su vaso y servirle uno a Goyo Galeón, que parecía estar necesitándolo—. Por lo que me contaron, ahí mismito le echaron tierra, porque como cadáver ni para velorio servía, de chamuscado que estaba.

—Ahórrate los detalles —le interrumpió el dueño de la casa tras apurar de un solo trago su ron—. Mi hermano se murió y punto. —Se volvió a Yaiza y su tono era claramente agresivo—. ¡Estarás contenta! —le espetó—. Una vez más se cumplen tus augurios... Ramiro se murió y murió tal como habías predicho. ¡Maldita seas! —exclamó con rencor—. Maldita tú y todas las de tu raza agorera... Ganas me dan de sentarte en una hoguera, que es donde realmente deberías estar... ¡Vete! —ordenó bruscamente—. ¡Vete antes de que te vuele los sesos de un tiro! —La apuntó con un dedo, acusadoramente—. ¡Y recuérdalo! Se ha cumplido el plazo, y te juro, como Goyo Galeón que me llamo, que ni el virgo ni el culo te van a llegar sanos a esta noche...

Yaiza se puso en pie y se encaminó a la parte trasera de la casa, desde donde descendió hacia la ancha playa que dominaba los raudales de la angostura por la que el río, ahora en crecida, se precipitaba sonoro y turbulento. Le bastaría con dejar que la corriente la arrastrara para poner fin a todo, pero era aquella una solución que había decidido no adoptar, porque era Yaiza Perdomo, la menor de la estirpe Maradentro, la única mujer nacida en el seno de su familia en el transcurso de las cinco últimas generaciones, y tenía que hacer honor a dicha condición.

Tomó por lo tanto asiento en un tronco caído que la corriente había depositado sobre la arena y esperó. Esperó meditando, y ni tan siquiera hizo el esfuerzo de llamar de nuevo a Feliciana Galeón o a cualquier otro difunto, porque le constaba –tenía la absoluta certeza– de que ninguno vendría en su ayuda. No podía contar más que consigo misma, porque había dejado de ser la niña que atraía a los peces para convertirse en una mujer que desquiciaba a los hombres.

Permaneció por lo tanto pensativa, perdida la noción del tiempo e incluso del lugar en que se encontraba, con la mente puesta en «Cunaguaro», Lanzarote o aquella inolvidable y trágica travesía del océano, y tan solo salió de su abstracción cuando escuchó, bronca y aguardentosa, una imperativa orden que no admitía réplica:

–¡Desnúdate!

Estaba borracho. Tenía los ojos inyectados en sangre, apestaba a alcohol, hacía equilibrios para mantenerse en pie y probablemente le dolía la cabeza, pero se le advertía más decidido que nunca, y mientras comenzaba a desabrocharse torpemente la camisa, repitió:

–¡Desnúdate!, porque te juro que si en cinco minutos no te la he metido hasta los huevos, te pego un tiro... –Hizo una cruz con los dedos y se los besó–. ¡Por mi madre! Por Feliciana Galeón que en cinco minutos tengo que verte cogida o muerta... –Hipó sin poder contenerse y echó mano a su revólver amenazadoramente–. ¡Venga! ¡Espabila! ¡Fuera esa ropa!

Yaiza obedeció; se despojó primero de las botas y luego de la blusa, y al quedar al aire su portentoso pecho, erguido y desafiante, Goyo Galeón agitó la cabeza tratando quizá de alejar el dolor y encontrarse más lúcido para disfrutar plenamente del momento.

—¡Vaina! —exclamó—. Eres algo único. ¡Venga! Sigue. Sigue desnudándote y ponte de rodillas... ¡Rápido...! ¡Rápido, caraja de mierda!

Parecía otro hombre. Parecía realmente la bestia humana de la que tantas historias de violencia y muerte se contaban, y Yaiza experimentó un profundo terror porque se dio perfecta cuenta de que en aquellos momentos a Goyo Galeón le daba lo mismo poseerla que pegarle un tiro.

Se desnudó por tanto sin decir una sola palabra, permitió que la abrazara, besara y mordiera hasta casi hacerle gritar de dolor, y solo en el momento en que pretendió colocarla de rodillas sobre la arena, suplicó:

—¡Vamos entre esas matas! No quiero que aquel hombre nos vea...

Él buscó con la mirada en la orilla opuesta del río, y al no ver nada, inquirió agresivo:

—¿Hombre? ¿Qué hombre?

Ella pareció sorprenderse y alzó el brazo señalando:

—¡Aquel! El jinete junto al paraguatán... El que lleva de la rienda otros dos caballos iguales.

Goyo Galeón, que aguzaba la vista y trataba de distinguir a alguien, se volvió como si le hubiera mordido una víbora:

—¿Tres caballos iguales? —exclamó excitado—. ¿De qué color?

—Alazanes... —replicó Yaiza con naturalidad—. Sus tres caballos son alazanes...

—¿Alazanes tostados? «Tres alazanes tostados, hermanos los tres de padre»... —recitó quedamente Goyo Galeón, cuyo rostro parecía haberse transfigurado—. ¿Cómo es...? ¿Cómo es el hombre?

—No lo distingo. Está a la sombra del árbol.

—¿Es moreno?

—No. Más bien rubio... —Fingió aguzar la vista avanzando unos pasos hacia el agua—. Ahora lo veo: es rubio.

—¡Rubio! —exclamó Goyo Galeón como en éxtasis—. ¡El catire!

¡El catire Rómulo! ¡No podía ser otro! Estaba seguro de que no podía ser otro... ¡El catire Rómulo!

—¿Quién? —inquirió ella mostrando ignorancia.

—El catire Rómulo: el hombre más grande que ha dado el Llano en este siglo... —Se volvió a mirarla como si no la reconociera—. El mejor jinete, el más valiente, el más noble, aquel a quien únicamente la traición pudo vencer... —Movió de un lado a otro la cabeza y sonrió levemente como si fuera la confirmación de algo que siempre había sabido—. Mi padre.

—¿Su padre? —se asombró ella alzando la mano hacia el supuesto jinete—. ¡No puede ser su padre! ¡Es muy joven...!

—¡Es que está muerto! ¿No te das cuenta? ¡Está muerto...! Lo mataron hace más de treinta años... Está muerto pero al fin ha venido a decírmelo... —Avanzó hasta el agua y se introdujo en ella, gritando hacia el paraguatán de la otra orilla—. ¿Has venido a decírmelo? ¿Verdad? ¿Has venido a decirme que yo, Goyo Galeón, soy tu hijo? ¡Tu hijo...! ¡Dímelo! —suplicó—. ¡Dímelo de una vez!

—Se marcha.

Se volvió a ella y sus ojos parecían querer saltársele de las órbitas.

—¡No puede marcharse! —aulló—. ¡Dile que no se marche...! —Avanzó aún más dentro del agua hasta que esta le alcanzó casi la cintura y alzó un brazo hacia la otra orilla—. ¡No te vayas! —rogó—. No puedes irte después de haber estado esperándote toda la vida...

»¡Por favor! ¡Por favor, padre...! —sollozó—. ¡Nunca hice otra cosa que esperarte...! ¡Dios mío...! Otra vez vuelve a estallarme la cabeza...

Yaiza sintió pena. Pena y vergüenza por haber empujado a un hombre hasta aquella situación, a la vez ridícula y patética, y pena y vergüenza porque por primera vez en su vida estaba haciendo mal uso del «don» que le había sido concedido.

—Se ha ido —dijo al fin con un esfuerzo—. Se ha ido.

Goyo Galeón ni siquiera se volvió a mirarla y continuó adentro en el río.

—¡¡NO!! ¡No puede irse...! ¡No puede irse sin confesar que soy su hijo..! ¡Espera! —llamó hacia el paraguatán—. ¡Espera, padre! ¡Espérame...!

Comenzó a cruzar el río nadando a grandes brazadas, sin escuchar a Yaiza, que desde la orilla suplicaba:

—Vuelva. Vuelva, por favor... ¡Es mentira! Todo es mentira... No hay nadie... ¡Le juro que no hay nadie...!

Pero sordo a todo cuanto no fuera la ilusión infantil de que un hombre como el catire Rómulo era su padre, Goyo Galeón continuó adentrándose en el río hasta que la corriente lo tomó de pleno y lo arrastró braceando, debatiéndose y aún suplicando, hacia el violento raudal de la angostura.

—...Se lo tragó el remolino y no encontraron su cuerpo. —Yaiza hizo una corta pausa y apretó con fuerza la mano de su madre—. El negro Palomino aceptó llevarme de regreso a Buena Vista y la Guardia Nacional me acompañó hasta aquí. Ha sido un viaje muy largo —concluyó.

No habló más porque resultaba evidente que era un tema que deseaba eludir y su interés se centraba ahora en disfrutar de la presencia de los suyos, que con su regreso parecían haber vuelto a la vida tras aquellos interminables días de angustia e inquietud.

—Ahora lo que importa es preparar el viaje —señaló Sebastián, que parecía haber recobrado su calidad de cabeza de familia y no deseaba que la emoción prendiera en el ánimo de los suyos—. Ha dejado de llover y mamá también ha dejado de llorar, por lo que tenemos que darnos prisa o pronto los ríos comenzarán a bajar de nivel. El barco está listo.

Estaba listo en efecto, meciéndose sobre las aguas, en el diminuto remanso que formaba la gran curva, y era un hermoso navío pese a que aún le faltaran los mástiles, que no hubieran hecho más que dificultar la navegación por unos ríos flanqueados de copudos árboles.

Disponía, eso sí, de timón, pértigas, toldilla y camaretas, y en proa y popa, cuidadosamente dibujado por la mano de Aurelia Perdomo, lucía orgullosamente su nombre: MARADENTRO.

—¡Es un gran barco! —sentenció Asdrúbal satisfecho de su trabajo mientras atraía hacia sí a su hermana, abrazándola por los hombros—. Aún no hemos podido probarlo, pero lo siento bajo los pies cuando le empuja el agua. Es un gran barco y nos llevará al mar.

Yaiza alzó el rostro hacia él.

—¿No sientes irte? —inquirió con intención.

—Lo sentiría si no supiera que vamos al mar.

—El mar aún queda lejos —le advirtió suavemente mientras él le besaba la frente con ternura—. Queda muy lejos y pueden ocurrir muchas cosas antes de que lleguemos.

—Lo sé, pequeña, lo sé. Pero por lejos que esté y muchas cosas que ocurran, siempre, te pongas como te pongas, al final de todo está el mar.

Al día siguiente, mientras Yaiza contemplaba desde la barandilla del porche cómo sus hermanos y el viejo Aquiles se afanaban transportando a bordo el equipaje y provisiones, Celeste Báez acudió a tomar asiento junto a ella y, tras permanecer unos instantes en silencio, comentó:

—Ahora el llano se pondrá precioso. El sol hará crecer la hierba y millones de flores y parecerá en verdad el Paraíso. Me gustaría que pudierais quedaros a verlo, pero comprendo que tengáis que marcharos. —Le acarició con ternura la mejilla—. Y me hubiera gustado conocerte mejor... —Sonrió con dulzura—. De todos modos —añadió—, sé que por muchos años que viva y muchas cosas que ocurran, jamás podré olvidarte. Ni a ti ni a tu familia.

Yaiza la miró a los ojos y había una silenciosa complicidad en aquella mirada.

—Ya lo sé —admitió—. Al fin y al cabo, una parte de los Maradentro se queda aquí.

Una vez más Celeste Báez se sorprendió por algo que Yaiza había dicho; la observó con insistente fijeza e inquirió:

—¿Tú lo sabes? —Ante el mudo gesto de asentimiento, insistió—. ¿Piensas decírselo a Asdrúbal?

—Ni a Asdrúbal, ni a nadie. Es su hijo; únicamente su hijo; el que siempre quiso tener en sustitución de aquel que le quitaron... —Extendió la mano y la colocó muy suavemente sobre el vientre de Celeste Báez—. Y será un niño que llenará su vida y le dará infinitas alegrías. Será un digno descendiente de los Báez y los Perdomo Maradentro... —Sonrió con dulzura—. Pero se tiene que llamar Abel, como mi padre.

Lanzarote, agosto 1984

CPSIA information can be obtained
at www.ICGtesting.com
Printed in the USA
BVHW061936151222
654327BV00012B/1038